國家出版基金項目

詹福瑞 陳紅彥 主編

松陵集

歷代唐詩珍稀選本彙編

（唐宋金元卷）

⑮

鳳凰出版社

目次

松陵集

上海圖書館藏明抄本，清錢求赤校

明鈔松陵集上

錢求赤校

此松陵集十卷明人舊抄寫手精雅極可愛玩復有錢求赤收藏圖記累累真尤物也前日余聞石麒自甬上歸來即訪之於其所居未晤請其少君取所買書出而觀之得萬曆刊嘉靖大政類編明抄歐陽詹集明抄殘本廣漢志及此書帰四明故家收儲以明刻地志及晚明史料書為大宗似此名校者卻不多覯遂更覺其可珍矣此書有剜補痕求赤諸印即鈐于其上又牧齋印記二方亦不似偽作豈為絳雲之劫遺乎未見著錄亦無從考定也

壬辰九月廿三日燈下記　黃裳

錢謙貞字履之牧翁從祖弟懷古堂其奉母所闢也年五十餘遭世亂坎壈以卒其孫孫保能讀父書錢純照祖其本名字孝脩遵王從子此本有三世圖記由來舊矣卷尾割去半葉接補乃在求赤時頗疑其爲牧翁手跋又卷中印記亦有割去者求赤補鈐于其上亦當爲牧翁圖書此本在虞山錢家流轉凡數十年皆可於藏印中見之爰爲拈出　壬辰十月十六日海上初寒此本裝畢寄至重展卷題

此書卷尾有天啓甲子及錢氏校本二印甲子爲天啓四年更記

得此後一年又收錢孫保手訂慕書七種卷尾皆有朱筆手跋鈐歷唐朱記皆題雞鳴里人正本其藏記不見此本者凡六七方後又得孝脩手稿窮愁漫語一卷詩話之屬也絲欄格板匡外有懷古堂藏書五字已重裝矣當與此并儲之

甲午十月杪來燕榭四跋

松陵集序

前進士皮日休撰

詩有六義其一曰比比者定物之情狀也則必謂之木才之備者於聖為六藝在賢為聲詩噫春秋之後頌聲亡寢降及漢氏詩道若作然二雅之風委而不興矣在詩有三言四言五言六言七言九言之作三言者曰振振鷺鷺于飛是也五言者曰誰謂雀無角何以穿我屋是也六言者曰我姑酌彼金罍是也七言者曰交交黄鳥止于桑是也九言者曰洞酌彼行潦挹彼注

茲是也蓋古詩率以四言為本而漢氏方以五
言七言為之也其句亦出於毛詩五言者李陵
曰携手上河梁是也七言者漢武曰日月星辰
和四時是也爾後盛於建安建安以降江左君
臣得以浮艷之然詩之六義微矣逮及吾唐開
元之世易其體為律焉始切於儷偶拘於聲勢
然詩云見憫既多受侮不少其對也工矣堯典
曰聲依永律和聲其為律也甚矣由漢及唐詩
之道盡矣吾又不知千祀之後詩之道止於斯
而已邪後有變而作者予不得以知之夫才之

備者猶天地之氣乎氣者一也分而為四時其為春則煦熙枯發枿如育如護百蘤融冶酣人肌骨其為夏則赫曦朝升天地如窰草焦木渴若燎毛髮其為秋則凉颸高瞥若露天骨景爽夕清神不蔽形其為冬則霜陣一捷萬物昔率雲沮日慘若憚天責夫如是豈拘於一哉亦變之而已人之有才者不變則已苟變之豈異於是乎故才之用也廣之為滄溟細之為溝竇高之為山嶽碎之為瓦礫美之為西子惡之為敦治壯之為武賁弱之為處女大則八荒之外

不可窮小則一毫之末不可見若其才如是後能善用之則庖丁之牛慶之輪郢之斤不足謂其神解也意古之士窮達必形於謳詠若欲見乎志非文不能宣也於是為其詞詞之作固不能獨善必須人以成之昔周公為詩以貽成王吉甫作頌以贈申伯詩之訓贈其來尚矣後每為詩必多以斯為事咸通七年今兵部令狐員外在淮南今中書舍人弘農公守毗陵日休皆以詞獲幸忝蒙以所製命之和各盈編軸亦有名其首者十年大司諫清河公出牧於吳日休

於毛刻作未案於与烏通不必改未

為部從事居一月有進士陸龜蒙字魯望者以其業見造凡數編其才之變真天地之氣也近代稱溫飛卿李義山為之最俾陸生參之於知其孰為之後先也太玄曰稽其門闢其戶眼其鍵然後乃應況其不者乎予遂以詞誘之果復之不移刻由是風雨晦冥蓬蒿翳薈未嘗不以其應而為事苟其詞之來食則輟之而自飲寢則閣之而必驚凡一年為往體各九十三首今體各一百九十三首雜體各三十八首聯句問答十有八篇在其外合之凡六百五十八首繭

陽廣文潤卿隴西侍御德師或旅泊之際嘗其所為皆以詞致師詞之不多去之速也大司諫清河公有作或命之和亦著焉其餘則吳中名士又得三十首除詩外有序十九首總錄之得十通載詩六百八十五首漢書曰古者諸侯卿大夫交以鄰國以微言相感當揖讓之時必稱詩以喻其志蓋以別賢不肖也予之與生道義志氣窮達是非莫不見於是士君子或為之覽賢不肖可不別乎噫古之將有交綏而退者今生之於予豈是耶生既編其詞請於予曰爾

有文嘗為我序詩道篇無十通以名之曰休曰諾由是為之序松江吳之望也别名曰松陵請目之曰松陵集、

松陵集卷第一　往體詩一十二首

讀襄陽耆舊傳因作詩五百言寄皮襲

美　　鄉貢進士陸龜蒙

漢皐古来雄山水天下秀高當軫翼分化作英
髦囿暴秦之前人灰滅不可究自從宋生賢特
立冠耆舊離騷既日月九辯即列宿卓哉悲秋
辭合在風雅右龐公樂幽隱砕聘無所就秖愛
鹿門泉泠泠倚巖漱孔明卧龍者潛伏躬耕耨
忽遭玄德雲遂起鱗角鬬三胡節皆峻二習名
亦茂其餘文武家相望如斥堠緬思齊梁叙

寞寥清胄凝融為滴灑復結作瑩璞，不知將利
氣有得方大授，將生皮夫子，上帝可其奏，弁包
數公才，用以殿厥後。嘗聞兒童歲嬉戲陳俎豆
積漸開詞源，一派分萬流，先崇丘旦室，大懼隳
結構，次補苟孟垣，所貴亡罅漏，仰瞻三皇道，鑱
虱在宇宙，却視五伯圖，股掌弄孩幼，或能醢髖
髁，或與翼雛鷇，或喜掉直舌，或樂斬斜脰，或耨
鉏翳薈，或釐理錯謬，或如百千騎，合沓原野狩，
又如曉江平，風死波不皺，幽埋力須掘，遺落貲
必購，乃於文學中，十倍猗頓富，囊之向機鎬馬

重遲步驟專場射策時縛虎當羿彀歸來把通
籍且作高堂壽未足逞戈矛誰云被文繡從知
偶東下帆影拂吳岫物象悉摧藏精靈畏雕鏤
伊予抱沈疾顛頷守圭竇方推洪範疇更念太
玄首去聲陳詩採風俗學古窮篆籀朝朝貫薪米
往往逢責詬既被鄰里輕亦為妻子陋持冠適
甌越敢然不得售窘若曬沙魚悲如哭霜狖唯
君枉車轍以逐海上臭披襟兩相對半夜忽白
晝執熱濯清風忘憂飲醇酎驅為文翰侶駑皁
參驥廐既有詩諧宮商自喜真邂逅道孤清易苦

語直詩還瘦藻匠如見訓終身置懷袖

魯望讀襄陽耆舊傳見贈五百言過褒庸林靡有稱是然襄陽曩事歷歷在目夫耆舊傳所未載者漢陽王則宗社元勳孟浩然則文章大匠予次而賛之因而寄答亦詩人無言不訓之義也次韻

皮日休

漢水碧於天南荆廓然秀廬羅遵古俗鄢郢迷昔囿幽奇無得狀巉絶不能究興替忽矣新山川悄然舊班班生造士一一應玄宿巴庸乃嶮

岨屈景寔豪右是非既自分涇渭不相就粤自
靈均来清才若天漱偉哉洞上隱卓爾隆中耨
始将麋鹿狎遂與麒麟鬬萬乘不可謁千鍾固
非茂爰從景升死境上多兵候檀溪試戈船峴
嶺屯貝胄寂寞數百年質唯包礫琇上玄睿唐
德生賢命之授是為漢陽王帝曰俞爾奏臣德
聳神鬼宏才轢前後勢端唯金莖質古乃玉豆
行葉蔭大椿詞源吐洪流六成清廟音一柱明
堂構在昔房陵遷圜穹正中漏緊王揭然出上
下拓宇宙俯視三事者駃騠若童幼氐崔蒦中

與若鳫視其戲進隙以伸足逢迎詠將弓肟既正
北極尊遂治衆星謬重聞章陵幸再見岐陽狩
日似新刮膜天如重熨皺易政疾似欬求賢甚
於購化之未朞年民安而國富翼衛兩舜趨鈎
陳十堯驟忽然遺相印如羿御其彀姦倖却乘
釁播遷遂終壽遺廟屹峰崿功名紛組繡開元
文物盛孟子生荆岫斯文縱奇巧秦璽新雕鏤
甘窮卧牛衣受辱對狗竇思變如易文才通似
玄首祕於龍宫室怪鉑天篆擿知者競欲戴嫉
者或將詬任達且百觚遂為當時陋既作才鬼

終恐為仙籍售予生二賢未得作升木猨兼濟與獨善俱敢懷其臭江漢稱炳靈克明嗣清晝繼彼欲為三如醽如醇酎既見陸夫子駑心却伏廐結彼世外交遇之於邂逅兩鶴思競閒雙松格爭瘦唯恐別仙才漣漣涕襟袖

魯望昨以五百言見貽過有褒美内揣庸陋彌增愧悚因成一千言上述吾唐文物之盛次叙相得之懽亦迭和之徵旨也　日休

三辰至精氣生自蒼頡前粤從有文字精氣銖

於綴所以楊墨後文詞縱横鄭元猊宕彬徐建
安徽英賢厥祀四百餘作者如排窠五馬渡江
日羣魚食蒲年大風蕩天地萬陣黃鬚鞴縱有
命世才不如一空拳後至陳隋世得之拘且緩
太浮如瀲灩太細如蚳蟓太亂如靡靡太輕如
芊芊流之為酌醟變之為遊畋百足雖云衆不
救殺馬蚿君臣作降虜北走如獼猿所以文字
妖致其國朝還吾唐革其弊取士將科懸文星
下為人洪秀客於緶大開紫宸扉來者皆詳延
日晏朝不罷龍姿懽韔韔（音田呂氏春秋云天子韔韔）於焉周道

反由是秦法悏射洪陳子昂其聲亦喧闐惜哉
不得時將奮猶拘攣玉壘李太白銅隄孟浩然
李寬包堪輿孟澹凝漪漣埋骨採石壙留神鹿
門挺俾其羇旅死竇覺天地孱猗與子美思不
盡如轉輇音筌縱為三十車一字不可捐既作風
雅主遂司歌詠權誰知耒陽土埋却真神仙當
於李杜際名輩或泝沿良御非異馬由弓非他
弦其物無同異其人有媸妍自開元至今宗匠
紛如煙爽若沆瀣英高如岌嶭巔百家囂浮説
諸子率寓篇纂之為京觀解之為推詮各寺天

地維率意東西牽[illegible]抵冗代首爭[illegible]
作制誥數或為宮體淵或堪被金石或可投花
鈿或為輿隸唱或被兒童憐鳥壘虜亦寫雞林
夷爭傳披揭覆載樞捭闔神異鍵力撤尾閭立
鬼軌大塊旋降氣或若虹耀影或如蔑萬象瘡
復痏百靈瘠且瘉讕乎數十公筆若明堂椽其
中有擬者不絕當如縱齊驅不讓策並駕或爭
騈所以吾唐風直將三代甄被此文物盛由乎
聲詩宣採彼風人謠輶軒輕似飄灑著固不捨
鄙者亦為銓其中有鑒戒一一堪雕鐫乙夜以

觀之吾君無釋焉遂命大司樂度之如星躔播
於樂府中俾為萬代龡吹彼圓丘竹誦茲清廟
絃不惟娛列祖兼可格上玄粤予何為者生自
江海壖騃騃自髫角不甘耕一壥諸昆指倉庫
謂我死道邊何為不力農稽古真可嗚遂與襏
襫着無之簦笠全風吹蔓草花颭颭盈荒田老
牛瞪不行力弱誰能鞭乃将耒與耜並換槧與
鉛閱彼圖籍肆致之千百編携將入蘇嶺（廬門別名）不
就無出緣堆書塞低屋添硯涸小泉對燈任髻
鬆憑案從肘研句無刃玉刀誰余旨[illegible]

五寒暑試藝稱精專呂黎道未著文教如谷讏
其中有聲病於我如䑡䑙音天蟬語不正貌是敢驅顏波歸
之於大川其文如可用不敢佞與便明水在蕓
秸大羹臨豆籩將來示時人猰貐垂饞涎亦或
尚華縟亦曾為便嬛亦能制灝灝亦解攻翩翩
唯思逢陣敵與彼爭後先避兵入句吳窮悴秪
自跧平原陸夫子投刺來蹁躚開卷讀數行為
之加敬虔忽窮一兩首反顧唯曲拳始來遺巾
幗乃敢排戈鋋或為捘幟走或遭劘壘還不能
收亂轍豈暇重為簒雖然未三北亦可輸千鐉

限疑當之偎

毋專反尚書云贖罪千鍰向來詭文士爾汝名可聯聖人病没世不患窮而顛我未九品位君無一囊錢相逢得何事兩籠詶唱牋無顏解媮合底事居冗員方知萬鍾禄不博五湖船夷險但明月死生應白蓮吟餘凭几飲釣罷隈蓑眠終抛峴山業相共此留連

襲美先輩以龜蒙所獻五百言既蒙見和復示榮唱至於千字提奬之重蔑有稱實再抒鄙懷用伸詶謝　龜蒙

洪範分九疇轉成天下規河圖孕八卦煥作玄

中奇先闢否臧源次築經緯基粤若魯聖出正
當周德衰越疆必載質歴國將扶危諸侯恣屈
強王室方陵遲歌鳳時不偶獲麟心益悲始嗟
吾道窮竟使空言垂首贊五十易又刪三百詩
遂令篇籍光可並日月姿向非筆削功未必無
瑕疵迨至夫子遐微言散如枝所宗既不同所
得亦異宜名法在深刻虛玄致希夷自從戰伐
來一派從衡馳寒谷生艷木沸潭結流澌驚奔
失壯士好惡隨纖兒嬴氏幷六合勢尊丞相斯
加于挾書律盡取坑焚之南勒會稽頌北愜胡

亥阺猶懷徧巡狩不暇親維持及漢文景後鴻
生方鋠規箴敷揚堯舜風反作三代吹飄飖四百
載左右為藩籬鄴下曹父子獵賢甚熊羆發論
若霞駮魏文帝著典論有論文一篇裁詩如錦摛徐王應劉萇頭角
咸相衰或有妙絶賞或為獨步推或許潤色美
或嫌詆訶癡倏以中利病且非混醇醨雅當乎
魏文槩矣哉陳思不肯少選妄恐貽後世嗤吾
祖仗才力士衡文賦革車蒙虎皮手將一白旄直向文
場麾輕去聲若脫鉗釱豁如抽扊扅精鋼不足利
騕褭何勞追大可罩山岳嵌甚析毫釐十體絶

負贅百家咸起㥄爭入鬼神輿不容天地私一
篇邁華藻萬古無子遺刻鵠尚未已彫龍奮而
為劉勰有文心彫龍劉生吐英辯上下窮高卑下臻宋與齊
上揞軒從羲豈但標八索殆將包兩儀人謠洞
野老騷怨明湘纍立本以致詰驅宏來扺巇清
如朔雪嚴緩若春煙扁或欲開戶牖或將飾纓
緌雖非倚天劒亦是囊中錐皆由内史意致得
東莞詞梁元盡索虜後主終亡隋哀音但浮脆
豈望分雄雌吾唐揖讓初陛列森咎夔作頌媲
吉甫直言過祖伊明皇踐中日墨客肩參差岳

淨秀擢削海寒光陸離皆能取穴鳳盡擬乘雲
螭邇來二十祀後造相追隨于生落其下亦值
文明時少小不好弄逡巡奉弓箕雖然若貧賤
未省親嚅哢秋倚抱風桂曉烹承露葵窮年只
敗袍積日無晨炊遠訪賣藥客閒尋捕魚師歸
来蠹蝕編上得以含情窺抗韻吟比雅覃思念梲
欐困知昭明前剖石呈清琪又嗟昭明後敗葉
埋芳蕤縱有月旦評未能天下知徒為強貔豹
不免叅猻狸誰塞行地足誰抽刺天鬐誰作河
畔草誰為洞中芝誰若靈囿鹿誰猶清廟犧誰

輕如舉毛誰容如凝脂誰比蜀嚴靜誰方巴賨
貲誰能釣抃鼇誰能灼神龜誰肯如水火誰同
若塤篪誰可作梁棟誰敢驅谷蠡音鹿用世常不
快無人動交鈹空銷病裏骨枉白愁中髭廢門
先生才大小無不怡就彼六籍內說詩直解頤
顧我迷未遠開懷潰其疑初開鑿本源漸乃疏
旁支邃古派汎濫皇朝光赫曦揣摩是非際一
一如襟期李杜氣不易孟陳節難移信知君子
言可並神明著枯腐尚求律膏肓猶謁醫況將
太牢味見啗逋懸飢今來置家地正枕吳江湄

餌薄鈎不曲𨓈然守空坻嘿坐無影響唯君款
茅茨抽書亂籤帙酌茗煩甌犧或伴補鈌砌或
偕譜荒祠孤筇倚烟蔓細木横風漪觸雨妨扉
屨臨流泥江蘺既狎野人調甘為豪士嗤不敢
負建鼓唯憂掉降旗希君念餘勇挽袖登文陴

吳中苦雨因書一百韻寄魯望　日休

全吳臨巨溟百里到滬瀆海物競騈羅水怪爭
滲漉狂蜃吐其氣千尋勃然蹙一刷半天墨架
為欹危屋怒鯨瞪相向吹良山谷設倏忽猩沓

冥須史坼崖谷帝命有嚴程慈物敢潛伏噓之
為玄雲彌亘千萬幅直振倚天劔又建横海纛
化之為暴雨瀑瀑射平陸如將月窟寫似把天
河撲著樹勝戟支中人過箭鏃龍光倏閃照虬
角搊琤觸此時一千里平下天台瀑雷公恣其
志礮礰裂電目蹋破霹靂車折却三四輻雨工
避罪者必在蚑睫宿狂發鏗訇音不得懈怠傑
項刻勢稍止尚自傾蔌蔌不敢履洿處恐蹋爛
地軸自爾凡十日茫然晦林麓只是遇滂沲少
曾逢霡霂伊予之廨宇古製拙卜築頽簷倒菌

黃破砌頹莎綠只有方丈居其中踏且蹋朽處
或似醉漏時又如沃堦前平泛濫墻下深趚趚
唯堪着簦笠復可乘舟舫雞犬並淋漓兒童但
咿噢勃勃生濕氣人人牢於鍋鬢須眉漬將斷肝
腸蒸欲熟當庭死蘭芷四垣盛蒼蓑解帙展斷
書拂牀安壞櫝跳梁老蛙黽直向牀前浴蹲前
但相聒似把白丁辱空廚方欲炊漬米未離箄
薪蒸濕不着白晝須然燭汗来既已濘買魚不
獲鰍竟未成麥饘安能得粱肉更有陸先生荒
林抱窮蹙壞宅四五舍病篠三兩束蓋簷低碍

首蘚地滑漣足注欲透承塵濕雞庇廚簏低摧在圭竇索漠拋偏粲手指既已胼肌膚又將瘃一苞勢欲豸將撐乏寸木盡日欠束薪經時無斗粟蜣蝓將入甑蟚蜞已臨鍑（音腹，說文云如釜而大口）嬌兒未十歲愕然自啼哭一錢買粔籹數里走病僕破碎舊鶴籠狼籍晚蠶簇千卷素書外此外無餘蓄着處紵衣裂戴次紗帽醭惡陰潛過午未及烹葵菽吳中銅臭戶七萬沸如臛畜止甘蟹鰿侈惟僭車服皆希尉吏旨盡怕里胥録低眉事庸奴開顏納金玉唯到陸先生不能分一斛先

生之志氣薄漢如鴻鵠遇善必擊踞見才輒馳
逐廉不受一芥其餘安可黷如何鄉里輩見之
乃蝟縮粤予苦心者師仰但踖踧受易既可注
請玄又堪卜百家皆搜蕩六藝盡翻覆似餒見
太牢如迷遇華燭半年得訓唱一日屢往復三
秀闍稂莠九成雜巴濮奔命既不暇乞降但相
續吟詩口吻噦把筆指節瘃君才既不窮吾道
由是篤所益諒弘多厥交過親族相逢似丹漆
相望如脁朒論業敢並驅量分合繼躅相遠始
兩日忡忡想華縟出門泥漫患恨無直轅輂十

錢貨一輪逢上鳴斛觫赤脚枕書帙訪予穿詰
曲入門且抵掌大噱時碌碌滋淋既浹旬無乃
害九穀予惟餓不死得非道之福手中捉詩卷
語快還共讀解帶似歸來脱巾若沐浴踈如松
間篁野甚麋對麀行譚弄書籤卧話枕棊局呼
童具盤飧撒衣換雞鶩或蒸一升麻或煠兩把
菊用以閡幽奇豈能資口腹十分煎阜盧半榼
挽酃醁高談緊無盡畫漏何太促我公大司隷
一切從民欲梅潤侵束杖和氣生空獄而民當
斯時不覺有煩溽念澇為之災拜神再三告太

陰霾欻收天地一澄肅燔炙既芬芬威儀乃翌
翌音亦須權元化柄用拯中夏酷我願薦先生左
右輔司牧茲雨何足云唯思舉顏歌

奉訓襲美先輩吴中苦雨一百韻見寄

龜蒙

徽生參最靈天與意緒拙人皆機巧求百徑無
一達家為唐臣来奕世唯稷卨只垂清白風凛
凛自貽厥龜蒙五代祖六代祖皇朝繼在台輔猶殘賜書在編簡苦斷絶
其間忠孝字萬古光不滅孱孫誠瞢昧有志常
榾榾敢云嗣良弓但欲終守節喧譁不入耳讒

佞不挂舌，仰詠堯舜言，俯遵周孔轍。所貪既仁義，豈暇理生活。縱有舊田園，拋來亦蕪没。因之成否塞，十載真契闊。凍骭一襜褕，飢腸少糠籺。甘心付天壤，委分任迴斡。笠澤卧孤雲，桐江釣明月。盈筐盛芡芰，滿釜煮鱸鱖。酒幟風外颭，茶槍露中擷。（江南謂茶芽未展者曰槍，已展者曰旗也。）歌謡非大雅，捃摭爲小説。上可捕薫莖，傍堪跐牙蘖。（龜蒙嘗著稗説三卷。）方當賣罶罩，盡以易紙札。蹤跡尚吳門，夢魂先魏闕。尋聞天子詔，赫怒誅叛卒。宵旰憫烝黎，謨明問征伐。王師雖繼下，賊壘未即拔。此時淮海波，半是生人血。

霜戈驅少壯敗屋棄羸耄踐蹋比塵埃焚燒同
蒿秸吾皇自神聖執事皆閒傑射策亦何爲春
卿遂聊輟伊予將貢技未有恥可刷却問漁樵
津重耕煙雨墢諸侯急兵食冗賸方翦截不可
抱詞章巡門事干謁歸來闔蓬楗壁立空豎褐
煖手抱孤煙披書向殘雪幽憂和憤懣忽愁自
驚蹶文兮乏寸毫武也無尺鐵平生所韜蓄到
死不開豁念此令人悲翕然生內熱加之被皴
瘃況復久藜藿既爲霜露侵一卧增百疾筋骸
將束縛腠理如箠撻初謂抵狂貙又疑當毒蝎

江南，多事鬼巫覡連甌粵可口是妖訛忽情專
賞罰，良醫只備位，藥肆成虛設，而我正萎瘵安
能致詞咄，椒蘭任芳苾精粣從羅列醎竿既屢
傾，錢刀亦隨爇兼之濆財賄，不止行諂竊天地
如有知，微妖豈逃殺其時心力憒益使氣息㦗
永夜更呻吟，空林但皮骨，君來賛賢牧野鶴脚
簪笏，謂我同光塵，心中有溟渤輪蹄相壓至問
遺無虛月，首到春鴻濛猶殘病根芟看花雖眼
暈見酒忘肺渴，隱几還自怡，逢盧亦争喝抽毫
更唱和，𨷙戟相摩戛，何大不包羅，何微不挑刮

今來值霖雨晝夜無暫歇雜若碎淵淪高如破
轇轕何勞黿吼岸詎要鸛鳴垤秪意江海翻更
愁山岳裂初驚蚩尤陣虎豹爭搏噬又疑伍胥
濤蛟蜃相戲掇千家濛瀑練忽似好披拂萬瓦
垂玉繩如堪取縈結况予居低下本是蛙蚓窟
邇來增號呼得以恣唐突先夸屋舍好又恃頭
角凸厚地雖直方身能徧穿穴常參莊辯裏亦
造揚玄末偃仰縱無機形容且相忽低頭增嘆
恅到口復咽嗢𧗠洳漬琴書莓苔染巾襪解衣
換倉粟秕稗猶未脫飢鳥屢窺㙊泥童苦舂秫

或聞秋稼穡太半沈澎汃耕父蠱齊民農夫思旱魃吾觀天之意未必洪水割且要雷飛龍又圖滋跛鼈三吳明太守左右皆儒哲有力即扶危懷仁過救暍廛門皮夫子氣調真俊逸截海上雲鷹橫天下鸛鶴文壇如命將可以持玉鉞不獨扆義軒便當城老佛顧予為山恭所得才簣撮譬如飾箭材尚欠鏃與筈閒將斂兒唱強倚帝子瑟幸得遠瀟湘不然嗟賈屈開緘窺寶肆璣貝光比巇朗詠衝樂懸閩匏鑾鐘摚古来愁霖賦不是不清越非君頓挫才沴氣難摧折

馳情扣虛寂，力盡無所掇。不足謝徽音，秪令凋鬢髮。

初夏即事寄魯望　日休

夏景恬且曠，遠人疾初平。黄鳥語方熟，紫桐陰正清。廨宇有幽處，私遊無定程。歸來閉雙關，亦忘枯與榮。土室作深谷，蘚垣爲干城。敧杉突地架，迸笋支檐楹。片石共坐穩，病鶴同喜晴。癭木四五器，筇杖一兩莖。泉爲葛天味，松作羲皇聲。或看名畫徹，或吟閒詩成。忽枕素琴睡，時把仙書行。自然寡儔侣，莫訝更紛爭。具區包地髓，震澤含天英粤從三讓来後造紛然生顧予客茲地溥我皆為儋唯有陸夫子盡力提客卿各負出俗才俱懷超世情駐我一棧車啜君數藜羹敲門若我訪倒屣欣逢迎胡餅蒸甚熟貊盤舉尤輕茗脆不禁炙酒肥或難傾掃除就籐下移榻尋虛明唯共陸夫子醉與天壤幷

奉詶襲美先輩初夏見寄次韻　龜蒙

積雨晦臯圃門前烟水平蘋衡增遥吹枕席分餘清村旆詫酒美賒来滿鋞程未必減宣子何

羨謝公榮借宅去人遠敗牆連古城愁鵶占枯
枿野鼠趨前楹昨日雲破損晩林先覺晴幽篁
倚微照碧粉含踈莖蠹簡有遺字痝琴無泯聲
蠶寒甕尚薄燕喜雛新成覽物正摇思得君枌
夏行誠明復散誕化匠安能爭海浪刷三島天
風吹六英洪崖領玉節坐使虛音生吾祖傲洛
客因言幾爲傖末裔寔漁者敢懷干墨卿唯思
釣璜老遂得持竿情何須乞鵝炙豈在斟羊羹
畦蔬與甕醁便可相携迎蟠木几甚曲筍皮冠
且輕閒心放羈靮醉腳從欹傾一逕有餘遠一

窓有餘盱秦皇苦不達天下何足弃　日休

二遊詩并序

吳之士有恩王府參軍徐修矩者守世書萬卷優游自適余假其書數千卷未一年悉償夙志酣飫經史或日晏忘飲食次有前涇縣尉任晦者其居有深林曲沼危亭幽砌余並次以見之或退公之暇必造以息焉林泉隱事悉用研詠大凡遊於二君宅無浹旬之闊因作詩以留贈目之曰二遊兼寄陸魯望

徐詩

東莞爲著姓奕代皆雋喆強學取科第名聲盡
孫揭自爲方州來清操稱凜冽唯寫墳籍多必
云清俸絕宣毫利若風剡紙光於月札吏指欲
胼萬通排未闋樓船若夏屋欲載如埕塽轉徙
入吴都縱橫礙門闌縹囊輕似霧緗帙殷於血
以此爲基構將斯用貽厥重於通侯印貴卻全
師節我愛叅卿道承家能介潔潮田五萬步草
屋十數楶徽宦不能去歸來坐如刖保兹萬卷
書守慎如羈縶念我曾苦心相逢無間別引之
看祕寶任尋窮皮閲紬胄翠細刻識古江牙斥

帙解帶芸香卷開和桂屑枕兼石鋒刄榻共杦
瘡癤一卧寂無諠數編看盡徹或携歸廨宇或
把穿林樾挈過太湖風抱宿支硎雪如斯未星
紀悉得分毫末翦除幽僻藪滌蕩玄微窟學海
正狂波予頭向中頞烏沒反聖人患不學垂誡尤爲
切苟昧古與今何殊瘖共⿰目闕吾骨反昔之慕經史有
以備筆札何況遇斯文借之不曾輟吾衣任穀
纑吾食甘糠覈其道苟可光斯文那自伐何竹
青堪殺何蒲重好截如能盈無兩便足訓飢渴
有此競苟榮聞之兼可噦東皋耨煙雨南嶺提

薇巖何以謝徐君公車不聞設

任詩

任君恣高放斯道能寡合一宅閑林泉終身遠囂雜嘗聞佐浩穰散性多儑偕上吾盍反下音沓不着事貌歘爾解其綬遺之如棄靸歸來鄉黨內却與親朋洽開溪未讓丁列第方稱甲入門約百步古木聲霎霎廣檻小山敧斜廊怪石夾白蓮倚欄楯翠鳥緣簾押地勢似五瀉巖形若三峽猿眠但膃肭鳧食時唼喋擬苻下文竿結藤縈桂檝門留壁樹客辟書倚栽花鍤度箴止渴衣經旬佳句留多

君方閉戶顧我能倒屣請題在茅棟留坐於石榻魂從清景遥衣任煙霞裛堦墀龜任上枕席鷗方狎沼似頗黎鏡當中見魚眨杯杓悉杉瘤盤筵盡荷葉閒斟不置罰閒弈無爭劫閒日不整冠閒風無用箑以斯爲思慮吾道寧疲苶哀衣競縱纅鼓吹爭鞺鞳欲者解擠排詬者能詰譎權豪暫翻覆刑禍相填壓此時一圭竇不肯餽閶闔有第可棲息有書可漁獵吾欲與任君終身以斯愜

奉和二遊詩　龜蒙

徐詩

嘗聞四書曰、經史子集焉、茍非天祿中、此事無由全、自從秦火來、歷代逢迍邅、漢祖入關日、蕭何爲政年、盡力取圖籍、遂持天下權、中興延嘉時、教化還相宣、立石刻五經、置於太學前、賊莽亂王室、君臣如轉圜、洛陽且煨燼、載籍宜爲煙、逮晉武革命、生民纔息肩、惠懷承寡昧、戎羯𦚾腥羶、已覺天地閉、競爲東南遷、日既不暇給、墳索何由專、爾後國脆弱、人多尚虛玄、任學者得謗、清言者爲賢、直至沈范輩、（沈約范雲皆[illegible]）始家藏甯、

編衙府有不足仍令就之傳梁元渚宮日盡取
如蚳蝝兵威忽破碎焚爇無遺篇近者隋後主
搜羅勢駢闐寶函瑛玉軸彩翠明霞鮮伊唐奐
命初載史聲連延砥柱不我助驚波湧淪漣遂
令因去書半在餘浮泉貞觀購亡逸蓬瀛漸周
旋炅然東壁光與月爭流天偉矣開元中王道
眞平平八萬五千卷一一皆塗鉛（案開元麗正殿書錄云）人間
盛傳寫海內奔窮研自云西齋書有過東皐田
吾聞徐氏子奕世皆才賢因知遺孫謀不在黃
金錢插架幾萬軸森森若戈鋋風吹籤牌聲滿

室鏗鏘然佳哉鹿門子好問如除痟倏來叅卿處遂得叅卿憐開懷展廚籠唯在性所便素業已千仞今為峻雲巔雄才舊百派相近浮日川君苞王佐圖縱步凌陶甄他時若報德誰在叅卿先、

任詩

吳之辟彊園在昔勝槩敵前聞富脩竹後說紛怪石（竟陵子陸羽說月詩云辟彊舊林園怪石紛相向）風煙慘無主載祀將六百草色與行人誰能問遺迹不知清景在盡付任君宅却是五湖先偷來傍簷巢出門向城路車馬

聲轔轢入門望亭隈水木氣岑寂雙鼎紛崖
勢似行無極十步一危梁乍疑當絶壁池容澹
而古樹意蒼然鰷魚鷩尾半紅鳥下衣全碧斜
來島嶼隱恍若瀟湘隔雨靜挂殘絲煙消有餘
脉竭來任公子擺落名利役雖將祿代耕頗愛
巾隨策秋龍支遁鶴夜榻戴顒客説史足爲師
譚禪差作伯君多鹿門思到此情便適偶蔭桂
堪帷縱吟苔可席顧予眞任誕雅遂中心獲但
喜醉還醒豈知玄尚白甘閒在雞口不貴封龍
額即此自怡神何勞謝公屐

第一卷終

松陵集卷第二　往體詩二十八首

追和虎丘寺清遠道士詩并序

日休

聖人爲春秋凡諸侯有告則書無告則不書葢所以懲其僞而敦其實也夫怪之與神雖曰不言在傳則書之者亦撫其實而爲之也若然者神之與怪果安邪噫聖賢有不得其志者則必垂之於言也大則爲經誥小則爲謌詠葢不信於當時則取懇於後世抑鬼神有生不得其志者死亦然邪若憑而宜之則石言乎晉物丰丁

宋是也若夢而辨之貝長大有占書之哥聲作
有瓊瑰之謡是也自兹已後人倫不修神藻益
熾在君人者悟之則爲瑞逆之則爲妖其冥諷
昧刺時出於世者則與騷人押客往往敵於忽
微焉虎丘山有清遠道士詩一首其所稱自殷
周而歷秦漢迄乎近代抑二千年末以鬼神自
謂亦神怪之甚者格之以清健飾之以俊麗一
句一字若奮若搏彼建安詞人儻在不得居其
右矣顔太師魯公愛之不暇遂刻於巖際幷有
繼作李太尉衛公欽清遠之高致慕魯公之素

尚又次而和之顔之叙事也典李之屬思也麗
並一時之寡和又幽獨君詩二首亦甚奇愴予
嗜古者觀而樂之因總而爲和答幽獨君一篇
不知孰氏之作其詞古而悲亦存于篇末太玄
曰大無方易無時然後爲鬼神也噫淸遠道士
果鬼神乎抑道家者流乎抑隱君子乎詞則巳
矣人則吾不知也

清遠道士同沈恭子遊虎丘寺有作

我本長殷周遭罹歷秦漢四瀆與五岳名山盡
幽竄及此寰區中始有丘壑況丘壑可夢寐

湖渺漲漫吟換川之陰步上山之岸山川共澄
澈光彩交凌亂白雲翁欲歸青松忽消半客去
川島静人來山鳥散谷深中見旦崖幽曉非旦
聞子盛遊遨風流足詞翰嘉茲好松石一言常
累歎勿謂子鬼神欣君共幽讃

刻清遠道士詩因而繼作

太師魯公

不到東西寺于今五十春揭來從舊賞林壑宛
相親吳子多藏日秦皇厭勝辰劍池穿萬仞盤
石坐千人金氣騰爲虎琴臺化若神登壇仰生

一捨宅嘆珣珉中嶺分雙樹迴巒絕四鄰窺臨
江海接崇飾四時新客有神仙者於茲雅麗陳
名高清遠峽文聚斗牛津跡異心寧間聲同質
豈均悠然千載後知我揖光塵

追和太師魯公刻清遠道士詩

太尉衛公

茂苑有靈峯嗟予未遊觀藏山在平陸壞谷爲
高岸岡繞數仞牆巖潛千丈幹乃知造化意迴
幹資奇翫鏐騰昔虎踞劍没常龍煥潭黛入海
底崟岑聳霄半層巒未昇日哀狖寧知旦綠篠

夏凝陰碧林秋不換寘搜既窈窕迴望何蕭散
川暎（晴）嵐氣收江春雜英亂逸人綴清藻前哲留
篇翰共扣哀玉音皆舒文繡段難追彥回賞（褚彥回昔）
（凡人所稱常過其實唯見虎丘則適其所聞）徒起興公嘆一夕如冉升含毫星
斗爛

追和清遠道士詩兼次本韻

日休

成道自衰周避世窮炎漢荊杞雖云梗煙霞尚
容竄茲岑信靈異吾懷愜流翫（古）石（石）濫古鐵鉎嵐
重輕埃漫松膏膩幽徑蘋沫（末）著孤岸諸蘿幄幕

暗衆鳥陶匏亂巖鑄地中心海光天一半玄猿
行列歸白雲次第散蟾蜍生夕景沆瀣餘清旦
風日人採幽什墨客學靈翰嗟予慕斯文一詠復
三歎顯晦雖不同茲吟粗堪讚

同前亦次本韻　龜蒙

一代先後賢聲容劇河漢況茲邁古士復歷蒼
崖竄辰經幾十萬邈與靈壽訛海嶽尚推移都
鄙固蕪漫羸僧下高閣獨鳥没遠岸嘯初風雨
來吟餘鐘唄亂如何鍊精魄萬祀忽欲半寧爲
斷臂憂肯作秋柏散吾聞酆宮內日月自昏旦

左右修文郎縱橫洒篇翰斯人久冥漠得不垂慨歎庶或有神交相從重興讃

補沈恭子詩并序　龜蒙

按清遠道士詩題中有沈恭子同遊既爲神怪之儔得非姓氏謚爲恭子乎一作若趙宣子韓獻子之類邪恭子美謚也而詩中有風流詞翰之稱豈獨唱而不和者歟疑闕其文以爲恭子之恨乃作一章存於編中亦補亡之義也

詩

靈脊貫軒昊遐年越商周自然失遠裔安得怨

寡儔我亦小國亂易名㦁見優雖非放曠懷雅
奉逍遥遊攜手桂枝下屬詞山之幽風雨一以
過林麓颯然秋落日倚石壁天寒登古丘荒泉
已無夕敗葉翳不流亂翠鈇月隱衰紅清露愁
覽物性未逸反爲情所囚異才偶絶境佳藻窮
冥搜虚傾寂寞音敢作雜珮訓

幽獨君詩二首

幽明雖異路平昔忝工文欲知潛昧處山北有
孤墳
高松多悲風蕭蕭清且哀南山接幽隴幽隴空

崔嵬白日徒昭昭不照長夜臺雖知生者樂魂
魄安能迴況復念所親慟哭心肝摧慟哭更何
言哀哉復哀哉

答幽獨君

神仙不可學形化空遊魂白日非我朝青松為
我門雖復隔幽顯猶知念子孫何以遣悲惋萬
物歸其根寄語世上人莫厭臨芳樽莊生問枯
骨王樂成虛言

追和幽獨君詩次韻　　日休

念爾風雅魄幽咽猶能文空令傷魂鳥啼破山

邊墳

恨劇但埋土，聲幽難放哀。墳古春自晚，愁緒空崔嵬。白楊老無花，枯根侵夜臺。天高有時裂，川去何時迴。雙睫不能濡，六藏無可摧。不聞搴蓬事，何必深悲哉。

同前次韻　龜蒙

靈氣獨不死，尚能成綺文。如何孤窆裏，猶自讀三墳。

落日送萬古，秋聲含七哀。枯株不蕭瑟，枝榦虛崔嵬。伊昔臨大道，歌鍾醉高臺。臺今已平地，祇

有春風迴明月白草死積陰荒隴摧聖賢亦如此慟絶眞悠哉

讀黄帝陰符經寄鹿門子　龜蒙

清晨整冠坐朗詠三百言備識天地意獻詞犯乾坤何事不隱德降靈生軒轅口銜造化斧鑿破機關門五賊忽迸逸萬物争崩奔虚施神仙要莫救華池源但學戰勝術相高甲兵屯龍蛇競起陸鬬血浮中原成湯與周武反覆更爲尊下及秦漢得瀆弄兵亦煩姦強自林據仁弱無枝蹲狂喉恣吞噬逸翼争飛翻家家伺天發不

肯匡溺昬生民墜塗炭比屋爲寃魂秪爲讀此
書大樸難久存徵臣與軒轅亦是萬世孫未能
窮意義豈敢求瑕痕曾亦愛兩句可與賢達論
生者死之根死者生之根方寸了十字萬化皆
胚渾身外更何事眼前徒自喧黄河但東注不
見歸崑崙晝短苦夜永勸君傾一樽

奉和讀陰符經見寄　　日休

三百八十言出自伊祁氏上以生神仙次云立
仁義玄機一以發五賊紛然起結爲日月精融
作天地髓不測似陰陽難名若神鬼得之昇高

天失之沈厚地具淡雲未老大塊烟霞委自顛
項以降賊爲聖人執兒乃一庶人得之賊帝摯
摯見其德尊脱身授其位舜惟一鰥民冗冗作
什器得之賊帝堯白丁作天子禹本刑人後以
功繼其嗣得之賊帝舜用以平洚水自禹及文
武天機惛然弛姫公樹其綱賊之爲聖智聲詩
川競大禮樂山爭峙爰從幽厲餘寖極若孩稚
九伯眞犬彘諸侯實虎兕五星合其耀白日下
闕里由是生聖人於焉當亂紀黃帝之五賊拾
之若青紫高揮春秋筆不可刊一字賊子虐甚

浙姦臣痛於箠至今千餘年蚩蚩受其賜時代
更復改刑政崩且陊予將賊其道所動多訕毁
叔孫與臧倉賢聖多如此如何黄帝機吾得多
坎躓縱失生前禄亦多身後利我欲賊其名垂
之千萬祀

初夏遊穆伽精舍　　日休

越艑輕似萍漾漾出烟郭人聲漸疎曠天氣忽
寥廓伊予愜斯志有似劀癵瘼遇勝卽夷猶逢
幽且淹泊俄然棹深處虛無倚巖崿霜毫一道
人引我登龍閣當中見壽象欲禮光紛箔珠幡

時相鏗恐是諸天樂樹杪見觚稜林端逢赭堊
千尋井猶在萬祀靈不涸下通蛟人道水色懸
而惡欲照六藏鷩將窺百骸愕竭去山南嶺其
險如卭笮悠然放吾興欲把青天摸紫藤垂罽
珥紅荔縣纓絡蘚厚滑似漆峯尖利如鍔斯須
到絶頂似愈漸離燿一片太湖光只鷩天漢落
梅風脱綸帽乳水透芒屩嵐姿與波彩不動渾
相著既不暇供應將何以酬酢却來穿竹徑似
入清油幕穴恐水君開龍如鬼工鑿窮幽入玆
院前楯臨巨壑遺書龍奴獰殘香蟲篆薄褫魂

窺玉鏡澄慮聞金鐸雲態共縈留鳥言相許諾
古木勢如虺近之恐相螫怒泉聲似激聞之意
爭博時禽倏已嘿衆籟蕭然作遂令不羈性戀
此如纏縛念彼上人者將生付寂寞曾無膚撓
事肯把心源度胡爲儒家流没齒勤且恪沐猴
本不冠未是謀生錯言行既異調棲遲亦同託
願力儻不遺請作華林鶴

奉和初夏遊楞伽精舍次韻　　龜蒙

吴都涵汀洲碧液浸郡郭微雨蕩春醉上下一

清廓奇蹤欲探討靈物先瘠瘼翻然蘭葉舟旋
倚烟霞泊吟譚亂篙櫓夢寐雜巘崿纖情不可
逃洪筆難暫閣豈知楞伽會乃在山水箔金仙
著書日世界名極樂薝蔔冠諸香琉璃代華堊
禽言經不輟象口川寧涸萬善峻爲城巉巉杆
羣惡清晨欲登造安得無自愕險穴駭坤牢高
蘿桂天窄(榛)池容澹相向蛟怪如可摸菩蔽石髓
根蒲差水心鍔嵐侵苔摩髩日照獼猊絡仰首
乍眩旋迴眸更煇燿簷端凝(去聲)飛羽磴外浮碧
落到迴解風襟臨幽濯雲屩塵機性非便靜境

心所著目取海鷗知何煩尸祝酢峯岡震澤岸
翠浪舞綃幕瀲灩豈堯遭峨嵯非禹鑿潛聽鐘
梵處別有松桂發靄重燈不光泉寒網猶薄僅
能躡孤剎鳥慣親擬鐸服道身可遺乞閒心已
諾人間亦何事萬態相毒蠹戰壘競高深儒衣
謾褒博宣尼名位達未必春秋作管氏包伯圖
須人解其縛伊予采樵者蓬雚方索寞近得風
雅情聊將聖賢度多君富道采識度兩清恪詎
寵生滅詞肯敎夷夏錯未爲堯舜用且向烟霞
託我亦攏塵埃他年附鴻鶴

公齋四詠　日休

小松

婆娑只三尺移來白雲徑亭亭向空意已解凌遼負葉健似虬鬚枝脆如鶴脛清音猶未成紺彩空不定陰圓小芝蓋鱗澁修荷柄先愁被鸎搶預恐遭蝸病結根幸得地且免離離映磥砢不難遇在保晚成性一日造明堂爲君當畢命

小桂

一子落天上生此青壁枝欻從山之幽斸斷雲根移勁挺隱珪質盤珊緹油姿葉彩碧髓融花

狀白毫𧰼稜層立翠節偃蹇槮青螎影濇雲霽
後杳汎風和時吾祖在月窟孤貞能見怡頤老
君子地不敢辭喧卑

新竹

笠澤多異竹移之植後楹一架三百本綠沈森
冥冥圓緊珊瑚節彭利翡翠翎儼若青帝仗矗
如紫姑屏槭槭微風度漠漠輕靄生如神語鈞
天似樂奏洞庭一戩九藏冷再聞百骸醒有根
可以執有箙音福竹譜云竹實也可以馨頤稟君子操不敢先
凋零

鶴屏

三幅吹空縠，孰寫仙禽狀。髭耳側似聽（相鶴經云：髭耳則聽，髭耳則聽遠），赤精曠如望（露眼赤精則眎遠）。引吭看雲勢，翹足臨池樣。頗似近蓐席，還如入方丈。盡日空不鳴，窮年但相向。未許子晉乘，難教道林放。貌既合羽儀，骨亦符法相。願升君子堂，不必思崑閬。

奉和公齋四詠次韻　　龜蒙

小松

擢秀逋客巖，遺根飛鳥徑。因求飾清閟，遂得辭危夐。貞同柏有心，立若珠無脛。枝形短未怪，鬣亂數差難定（名山記云松有兩鬣三鬣七鬣者言如馬鬣形也言粧者非）況客三天風方遵四時柄那興培塿嘆免答鄰里病徵霜靜可分片月跧堪映奇當虎頭筆韻叶通明性會拂陽烏胷掄材膺帝命

小桂

諷賦輕八植擅名方一枝才高不滿意更自寒山移宛宛別雲態蒼蒼出塵姿烟歸助華杪雪點迎芳蕤青條坐可結白日如奔螭諒無[illegible]（音鶯）翦憂即是蕭森時洛浦雖有蔭騷人聊自怡終爲濟川檝豈在論高卑

新竹

别塢破苔鮮巖城樹軒楹恭聞禀璇璣化質離青冥（竹璇璣玉精受氣於玄軒之宿）色可定鷄脛實堪招鳳翎立窺五嶺秀坐對三都屏晴月窈窕入曙烟霏微生昔者尚借宅况來處賓庭金罍縱傾倒碧露還鮮醒若非抱苦節何以偶惟馨徐觀稚龍出更賦錦苞零

鶴屏

時人重花屏獨即胎化狀叢毛練分彩趺節節相望（八公相鶴經云大毛落叢毛生其色如雪又云高蹄趺節則多跛也）曾無氍毹態頗得連軒

様勢擬搶高尋身猶在函丈如憂雞鶩鬭似憶
烟霞向塵世任縱横霜襟自間放空資明遠思
不待浮丘相何由振玉衣一舉棲瀛閬

覽皮先輩盛製因作十韻以寄用伸歎
仰　前進士崔璐

河嶽挺靈異星辰精氣殊在人爲英哲與國作
積符襄陽得奇士俊邁眞龍駒勇果魯仲由文
賦蜀相如渾浩江海廣葩華桃李敷小言入無
間大言塞空虛幾人遊赤水夫子得玄珠鬼神
爭奥祕天地昔洪爐既有魯參行乃兼君子儒

吾知上帝意將使居黄樞好保千金體須爲萬
姓謨
奉詶次韻　　　　　　　　　　曰休
伊余幼且賤所稟自以殊弱歲謬知道有心匡
皇符意超海上鷹運蹻轅下駒縱性作古文所
爲皆自如但恐才格劣敢誇詞彩數句句考事
實篇篇窮玄虛誰能變羊質競不獲驪珠粤有
造化手曾開天地鑪文章鄴下秀氣貌淹中儒
展我此志業期君持中樞蒼生眼穿望勿作磻
溪謨

奉和因贈至一百四十言　龜蒙

孔聖鑄顔事垂之千載餘其間王道乖化作荊榛墟天必授賢哲爲時攻翦除軻雄骨已朽百氏徒趑趄近者韓文公首爲閑闢鋤夫子又繼起陰靍終廓如搜得萬古遺裁成千編書南山盛雲雨東序堆璠璵偶此眞籍客悠揚兩情攄清辭忽窈窕雅韻何虛徐唱旣野芳拆訓還天籟踈輕波掠翡翠曉露披芙蕖儷曲信寡和末流難嗣初空持一竿餌有意啟鯨魚

松陵集卷第二

松陵集卷第三　往體詩二十首

太湖詩 并序　日休

余頃在江漢嘗耨鹿門漁洞湖然而未能放形者抑志於道也爾後以文事造請於是南浮至二別涉洞庭迴觀敷淺源登廬阜濟九江由天社抵霍嶽又自箕潁轉樊鄧陟商顏入藍關凡自江漢至于京師者十數侯繞者二萬里道之不行者有困辱危殆志之可適者有山水遊玩則休戚不孤矣咸通九年自京東遊復得宿太華樂荊山賞女几度轘轅窮嵩高入京索浮汴

渠至揚州又航天塹從北固至姑蘇望洋山幽
絶見貴于地誌者余之所到不翅于半則煙霞
魚鳥林壑雲月可爲屬獸之具矣尚拘然於志
者抑古聖人所謂獨行之性乎逸民之流乎余
眞得而爲也爾後聞震澤包山其中有靈異學
黄老徒樂之多不返益欲一觀豁平生之欝欝
焉十一年夏六月會大司諫清河公憂霖雨之
爲患乃擇日休將公命禱于震澤祀事既畢神
應如響於是太湖之中所謂洞庭山者得以恣
討凡所歷皆圖籍稱爲靈異者遂爲詩二十章

以志其事兼寄天隨子

初入太湖 從胥口入去州五十里

聞有太湖名十年未曾識今朝得遊汎大笑稱平昔一舍行胥塘盡日到震澤三萬六千頃頃頃頗黎色連空淡無纇照野平絕隟好放青翰舟堪弄白玉笛疎岑七十二巉巉露矛戟悠然嘯傲去天上搖畫鷁西風乍獵獵驚波罨涵碧倏忽雷陣吼須臾玉崖拆樹動為蜃尾山浮似鼇春落照射鴻溶清輝蕩拋擲雲輕似可染霞爛如堪摘漸暝無處泊挽帆從所適枕下聞彭

沁肌上生瘳瘷討異足遑延壽幽多阻原
與良便吹入神仙宅甘將一緼書永事嵩山伯

曉次神景宫

夜半幽夢中扁舟似鳧躍曉来到何許俄倚包
山脚三百六十丈攢空利如削遐瞻但徙倚欲
上先矍鑠濃露濕莎裳淺泉漸音尖草屩行行未
一里節境轉寂寞静徑侵泬寥仙扉傍巖崿松
聲正清絶海日方照灼歘臨幽虛墟天萬想皆擺
落壇靈有芝菌殿聖無鳥雀瓊幃自迴旋錦旌
空粲錯鼎氣為龍虎香煙混丹雘凝看出次嶺雲

默聽語時鶴綠書不可注雲笈應無鑰晴來鳥
思喜嘉菴裏花光弱天籟如擊琴泉聲似撥鐸清
齋洞前院敢負玄科約空中悉羽章地上皆靈
藥金醴可酣暢玉豉堪咀嚼存心服燕胎叩齒
讀龍蹻福地七十二茲焉堪永託在獸乏虎貙
於蟲不毒蠱嘗聞擇繹骨録仙誌非可作綠腸既
朱髓青肝復紫絡伊余乏此相天與形貌惡每
嗟原憲瘇常苦齊侯瘧終然合委頓剛亦慕寥
廓三茅亦嘗住竟與珪組薄欲問包山神來賒
少嵗敢壑

入林屋洞

齊心已三日筋骨如煙輕腰下佩金獸手中持火鈴幽塘四百里中有日月精連亘三十六各各爲玉京自非心至誠必被神物烹顧余慕大道不能惜微生遂招放曠侶同作幽憂行其門纔函丈初若盤薄硎洞氣黑昳眝苔髮紅鬇鬡試足値坎窞低頭避崢嶸攀緣不知倦怪異焉敢驚匍匐一百步稍稍策可横忽然白蝙蝠來撲松炬明人語散澒洞石響高玲玎腳底龍蛇氣頭上波濤浪聲有時若服匿偪仄如見繃俄爾

造平涪豁然逢光晶金堂似鑄出玉座如琢成前有方丈沼凝碧融人情雲蘂湛不動璚露涵而馨漱之恐減筭勺之必延齡愁爲三官責不敢擕一甌昔云夏后氏於此藏眞經刻之以紫琳祕之以丹瓊期之以萬祀守之以百靈爲得彼丈人竊之不加刑石簣一以出左神俄不扃禹書既云得吳國由是傾鮮縫纔半尺中有怪物腥欲去既嘆唶將迴又伶俜却遵舊時道半日出杳冥屨泥去惹石髓衣濕沾雲英玄錄之仙骨青文無絳名雖然入隻宮不是朝上青封

彼神仙窟自厭濁俗形却悟造物者遺我騎文

星

雨中遊包山精舍

松門亘五里彩碧高下絢幽人共躋攀勝事頗

清便要要林上雨隱隱湖中雷薜帶輕束腰荷

笠低遮面濕屨黏烟露穿衣落霜霰笑次度巖

壑困中遇臺殿老僧三四人梵字十數卷施稀地

無夏屋境僻乏朝膳散髮抵泉流支頤數雲片

坐石忽忘起捫蘿不知倦異蝶時似錦幽禽或

如鈿篥簩還戛刃栟櫚自搓扇俗態既斗藪野

情空眷戀道人摘芝菌爲予備午饌渴興石榴
羹飢愜胡麻飯如何事于役茲遊急於傳却將
塵土衣一任瀑絲濺

遊毛公壇

却上南山路松行儼如廡松根礙幽徑辱顔不
能斧擺屨跨亂雲側巾蹲怪樹三休且半日始
到毛公塢兩水合一澗瀠崖却爲浦相敵百千
戟共擂十萬鼓噴散日月精射破神仙府唯愁
絶地脉又恐折天柱一窺耳目眩再聽毛髮竪
次到錬丹井井幹翳宿莽下有藥劚冊勺之百

疾愈凝於白獺髓湛似桐馬乳黃露醒齒牙碧粘甘肺腑檜異松復怪枯踈互撐拄乾蛟一百丈髐然半天舞下有毛公壇壇方不盈畝當時雲龍篆一片苔蘚古（有劉先生銷壇符今存于堂）時時仙禽來忽忽祥煙聚我愛周息元忽起應明主（周徵君名息元）三諫却歸來廻頭唾珪組伊余何不幸斯人不復覩如何大開口與世爭枯腐將山待夸娥以肉投猰㺄歘坐侵桂陰不知已與年茲地足靈境他年終結宇敢道萬石君輕於一絲縷

三宿神景宫

古觀岑且寂幽人情自怡一來包山下三宿湖之湄況此深夏夕不逢清月姿玉泉浣衣後金殿添香時客省高且敞客牀蟠復奇石枕冷入腦笋席寒侵肌氣清寐不著起坐臨堦墀松陰忽微照獨見螢火芝素鶴警微露白蓮明暗池窻檽帶乳蘚壁縫含雲蘧闃磬走魍魎見燭奔鼠羃䍦流灑欲滴瀝芭蕉未離披五更山蟬響醒異發如吹篪杉風忽然起飄破步虛詞道客巾屨樣上清朝禮儀明發作此事豈復甘趨馳

以毛公泉一缾獻上諫議因寄

劉根昔成道茲塢四百年毵毵被其體號爲緑
毛仙因思清冷汲鑿彼崔嶺巔五色既鍊矣一
勺方鏗然既用文武火俄窮雌雄篇赤鹽撲紅
霧白華飛素煙服之生羽翼倏爾冲玄天眞隱
尚有迹厥祀將近千我來討靈勝到此期終焉
滴苦破竇淨蘚深餘甃圓澄如玉髓潔泚若金
精鮮顔色半帶乳氣味全和鉛飲之融痞蹇濯
之伸拘攣有時戲者觸倏忽風雷顛素綆絲不
短越罌腹甚便汲時月液動擔處玉漿旋敢獻
大司諫置之鈴閣前清如介潔性滌比掃蕩權

炙背野人興亦思傒伯憐也知飲冰苦願受一缾泉

縹緲峯

頭戴華陽帽手拄大夏笻清晨陪道侶來上縹緲峯帶露齅藥蔓和雲尋鹿蹤時驚⿰鼠冏⿰鼠今鼠飛上千丈松翠壁內有室叩之虛礲隆(上戸冬反 一音隆)古穴下徹海視之寒鴻濛遇歇有佳思緣危無倦容須臾到絕頂似鳥穿樊籠恐足蹈海日疑身淩天風衆岫點巨浸四方接圓穹似將青螺髻撒在明月中片白作越分孤嵐爲吳宮一陣靉靆

氣隱隱生洊東激雷與波起狂電將日紛轟轟
雨點大金髜轟下空暴光隅雲閃髣髴亘天龍
連拳百丈尾下拔湖之洪捽爲一雪山欲與昭
回通移時却擫下細碎衡與嵩神物諒不測絶
景尤難窮杖策下返照漸聞仙觀鐘煙波噴肌
骨雲壑闃心胷竟死愛未足當生且歡逢不然
把天爵自拜太湖公

桃花塢

螽緣度南嶺盡日穿　林樾窮深到茲塢逸興轉
超忽塢名雖然在不見桃花發恐是武陵溪自

閑仙日月倚峯小精舍當嶺殘耕岱將洞任廻環把雲窓披拂閒禽啼叫篠險狖眠硉矹微風吹重嵐碧埃輕勃勃清陰滅鶴睡秀色治人渴敲竹鬬錚摐弄泉爭咽嗢空齋蒸柏葉野飯調石髮空羨塢中人終身無履韈

明月灣

曉景澹無際孤舟恣廻環試問最幽處號爲明月灣半巖翡翠巢望見不可攀栭弱下縧綢藤深垂花鬘松癭忽似狖石文或如戲釣壇兩三處苔老腥斒斑沙雨幾處霽水禽相向閒野人

波濤上白屋幽深間曉培橘栽去暮作魚梁還
清泉出石砌好樹臨柴關對此老且死不知憂
與患好境無處住好處無境刪赦然不自適脉
脉當湖山

練瀆吳王所開

吳王厭得國所玩終不足一上姑蘇臺猶自嫌
局促艅艎六宮鬧艨衝後軍肅一陣水嚮風空
中蕩平渌島困避錦帆龍跧防鐵軸流蘇惹煙
浪羽葆飄巖谷靈境太蹂踐因茲塞林屋空闊
嫵太湖崎嶇開練瀆三尋巃石齒數里穿山腹

底靜似金膏礫碎如丹粟波殿鄭姐醉蟾閣西
施宿幾轉含烟舟一唱來雲曲不知欄楯上夜
有越人鏃君王掩面死嬪御不敢哭艷魄逐波
濤荒宮養麋鹿國破溝亦淺代變草空綠白鳥
都不知朝眠還暮浴

投龍潭在龜山

龜山下最深惡氣何洋溢涎木爆龍巢腥風卷
蛟室曉來林岑靜獰色如怒日氣涌撲臭煤波
澄掃純漆下有水君府貝闕光櫛比左右列介
臣縱橫守鱗卒月中珠毋見烟際楓人出生犀

不敢燒水怪恐摧辟時有慕道者作彼投龍術
端嚴持碧簡齊戒揮紫筆兼以金蜿蜒投之光
焌律琴高坐赤鯉何許縱仙逸我願與之遊茲
焉託靈質

孤園寺 梁散騎常侍吴猛宅

艇子小且兀緑湖蕩白芷縈紆泊一碕宛到孤
園寺蘿島凝清陰松門湛虛翠寒泉飛碧螭古
木鬭蒼兕鐘梵在水隗樓臺入雲肆巖邊足鳴
鐢樹杪多飛鼯香莎滿院落風汎金靃靡靜鶴
啄栢蠹閒猱弄楹倚小殿薫陸香古經貝多紙

老僧方瞑坐見客還強起指茲正險絕何以來到此先言洞壑數次話眞如理磬韻醒閒心茶香凝皓齒巾之劫貝布饌以栴檀餌數刻得清淨終身欲依止可憐陶侍讀身列丹臺位雅號曰勝力亦聞師佛氏陶隱居嘗夢見神像謂己曰爾當土地大王號曰勝力也今日到孤園何妨稱弟子

上眞觀

徑盤在山肋繚繞窮雲端擿菌杖頭紫緣崖屐齒刓半日到上眞洞宮知造難雙戶啓眞景齋心方可觀天鈞鳴響亮天祿行蹣跚琪樹來一

徑萬條青琅玕兩松峙庭際怪狀吁可歎大螾
騰共結脩蛇飛相盤皮膚坼甲冑枝節擒貙犴
錞處似天裂朽中如井眢襹褷風聲淲跁跒地
力瘆音灘根上露鉗鈦空中狂波瀾合時若莽蒼
鬪處如轘轅儼對無霸陣靜問嚴陵灘靈飛一
以護山都焉敢干兩廊御潔絜寂歷中殿高巑岏靜
架九色節間懸十絶幡微風時一吹百寶清闌
珊昔有葉道士位當昇靈官欲箋紫微志唯食
虹影丹既逐隱龍去道風猶此殘猶聞絳目草
往往生空壇羽客兩三人石上譚泥丸謂我或

龍胄粲然與之懽衣巾紫華冷食次白芝寒自
覺有眞氣恐隨風力摶明朝若更住必擬隳儒
冠

銷夏灣

太湖有曲處其門爲兩崖當中數十頃別如一
天池號爲銷夏灣此名無所私赤日莫斜照清
風多逕吹沙嶼掃粉墨松竹調塤篪山果紅靺
鞨水苔青鬖髿木陰厚若瓦巖磴滑如飴我來
此遊息夏晷方赫曦一坐盤石上肅肅寒生肌
小艖或可汎（方言云小舸謂之艖）短策或可支行驚翠羽起坐

見白蓮披斂袒弄輕浪解巾敵凉颸但有水雲
見更餘沙禽知京洛往來客喝死緣奔馳此中
便可老焉用名利爲

包山祠

白雲最深處像設盈巖堂村祭足茗糲水奠多
桃欒篙邐窔古砌薜荔緇頳牆爐灰寂不熒風
送杉桂香積雨晦州里流波漂稻粱公惟大司
諫憫此如發狂命予傳明禱祇事實不遑一奠
若肸蠁再祝如激揚出廟未半日陽雲逢瀉光
𩆓𩆓雨點少漸收羽林槍忽然山家大起吹白

日傍公心與神志相向如玄黄我願作一疏奏之于穹蒼留神千萬祀永福吳封疆

聖姑廟在大姑山晉王處二女相次而殁有靈因而廟焉

洛神有靈逸古廟臨空渚暴雨駁丹青荒蘿繞梁梠野風旋芝蓋飢烏銜椒糈寂寂落楓花時時鼯鼠常云三五夕盡會妍神侶月下留紫姑霜中召青女俄然響環珮倏爾鳴機杼樂至有聞時香來無定處目瞪如有待魂斷空無語雲雨竟不生留情在何處

太湖石出黿頭山

茲山有石岸抵浪如受屠雪陣千萬戰巉巖嵒
下剗乃是天詭怪信非人功夫白丁一云取難
甚網珊瑚厥狀復若何鬼工不可圖或拳若砥
蜴或蹲如虎貙連絡若鉤鏁重疊如䓕跗或若
巨人骼或如太天帝符胮肛筼簹笋格磔琅玕株
斷處露海眼移來和沙鬚髯之煩耄倪載之勞
舳艫通侯一以聘貴却驪龍珠厚賜以縣畫遠
去窮京都五侯土山下要爾添嵒巘賞玩若稱
意爵祿行斯須苟有王佐士崛起於太湖試問
欲西笑得如茲石無

菴裏傍[illegible]中有良田二十頃

菴裏何幽奇膏腴二十頃風吹稻花香直過龜山頂青苗細膩卧白羽悠溶靜膝畔起鸕鶿田中通舴艋幾家傍潭洞孤戍當林嶺罷釣時蒑蕿停綠或焙茗峭然八十翁生計於此永苦力供征賦怡顏過朝暝洞庭取異事包山極幽景念爾飽得知亦是遺民幸

石板在石公山前

翠石數百步如板漂不流空疑水妃意浮出青玉洲中若瑩龍劍外唯疊蛇矛狂波忽然死浩

氣清且浮似將翠黛色抹破太湖秋安得三五夕携乃酒棹扁舟召取月夫人嘯歌於上頭又恐霄景闊虚皇拜仙侯欲建九錫碑立當十二樓瓊文忽然下石板誰能留此事少知者唯應波上鷗

奉和太湖詩二十首　龜蒙

初入太湖

東南具區雄天水合爲一高帆大弓滿羿射爭箭疾時當暑雨後氣象仍鬱密乍如開彫𥫱（音奴籠也）聳翅忽飛出行將十洲近坐覺八極溢耳目駭

鴻濛精神寒佶栗坑來斗呀豁涌處驚嵳峩嶮
巽拔龍湫喧如破蛟室斯須風妥帖君受命平
秩徽茫識端倪遠嶠疑格(闇音)筆巉巉見銅闕(湖中宮崇)
(山有銅闕)左右皆輔弼盤空儼相趨去勢猶橫逸嘗聞
咸池氣下注作清質至今涵赤霄尚且浴白日
(太湖上稟咸池五車之氣故一水五名也)又云構浮玉宛與崑閬匹肅爲靈官
家此事難致詰(太湖乃仙家浮玉之北堂)纔迎沙嶼好祜顧俄巳
失山川互蔽虧魚鳥空聱(語虎反)耴(魚乙反)何當授真檢
得召天吳術一一問朝宗方應可譚悉

曉次神景宮

曉帆逗碕岸高步入神景灑灑襟袖清如臨
珠屏雖然羣動息此地常寂靜翠鑷鬭有寒鍸碧
花無定影憑軒羽人傲夾戶天獸猛稽首朝元
君褰衣就虛省呀空雪牙利潄水石齒冷香毋
未垂嬰芝田不論頃遥通河漢口近撫松桂頂
飯薦七白蔬擷杯釃九光杏人間附塵躅固陋貞
鉗頸肯信林麓傾猶疑夏蟲水玄津蕩瓊甕紫
汞啼金鼎盡出冰霜書期君一披省

入林屋洞

知名十小天林屋當第九人間三十六洞天知名者十有餘二十六天出九微志未行於世題之

爲左神理之以天后（林屋洞爲左神幽虚之天，即天后真君之便闕）魁堆辟邪輩
左右專備守自非方瞳人不敢窺洞口唯君好
奇士復嘯忘情友致傘在風林低冠入雲竇中
深劇苔井傍坎纔藥臼石角忽支頤藤根時束
肘初爲大幽怖漸見微明誘屹若造靈封森如
達仙數嘗聞白芝秀狀與琅花偶又坐紫泉光
甘如酌天酒（白芝紫泉皆此洞所出，乃神仙之飲餌，非常人所能得）何人能挹嚼餌以
代漿糗却笑探五符徒勞步雙斗真君不可見
焚盥空遲久眷戀玉碣文行行但迴首

雨中遊包山精舍

包山信神仙主者上眞職及棲鐘梵侶又是清
凉域乃知烟霞地絶俗無不得巖開一徑分栢
擁深殿黑僧閒若圖畫像古非雕刻海客施明
珠湘䔈料（平聲）淨食有魚皆王尾有鳥盡金臆平
携鞞鐸供（唐言楊枝）若在中印國千峯殘雨過萬籟清
且極此時空寂心可以遺智識知君戰未勝尚
倚功名力却下聽經徒（生公有聽經石）孤帆有行色

毛公壇

古有韓終道授之劉先生身如碧鳳皇羽翼披
輕輕先生盛驅役臣伏甲與丁勢可倒五嶽不

唯鞭羣靈飄颻駕翔螭罝白日朝太清空遺古壇
在稠疊烟蘿屏遠懷步綱夕列宿森然明四角
鎮露獸三層差羽嬰迴眸盻七炁運足馳跡星
象外貞既感區中道俄成邇來向千祀雲嶠空
崢嶸石上橘花落石根瑶草青時時自白鹿下此
外無人行我訪岑寂境自言齋戒精如今君安
死字君安魂魄猶羶腥有笈皆緑字有芝皆紫莖相
將望瀛島浩蕩凌滄溟
三宿神景宫
靈蹤未遍尋不覺谿色暝回頭問妻所宿下彡

蘿徑巖居更幽絶澗戶相隱映過此即神宮虛
堂愜雲性四軒盡疏達一榻何清零聱(去)髣髴聞
玉笙敲鏘動涼磬風凝古松粒露墜脩荷柄萬
籟既無聲澄明但心聽希微辨眞語若授虛(靈)皇
命尺宅按來平華池漱餘淨頻窺宿羽麗三吸
晨霞盛豈獨冷衣襟便堪遺造請徒探物外趣
未脫塵中病舉手謝靈峰徜徉事歸榜(艇)

以毛公泉獻大諫清河公

先生鍊飛精羽化成翩翻荒壇與古甃隱軫清
泠存四面感山骨中心含月魂除非紫水脈即

是金沙源香實灑桂蘂甘惟漬雲根向來採幽
人酌罷祛蒙昏況公珪璋質近處諫諍垣又聞
虛靜姿早挂水雪痕君對瑤華味重獻蘭薰言
當應滌煩暑朗詠翬飛軒我願得一掬攀天叫
重閽霏霏散爲雨用以移焦原

縹緲峯

左右皆跳岑孤峯挺然起因思縹緲稱乃在虛
無裏清晨躋磴道便是孱顔始據石卽更歌遇
泉還從倚花奇忽如薦樹曲渾成几樂靜烟靄
知忘機猿狖喜頻攀峻過斗未造平如砥舉首

隊青冥廻睥聊下眄高帆大於鳥廣埒反徑繞類

蟻就此微茫中爭先未嘗已葛洪話剛氣去地

四十里苟能乘之遊止若道路耳吾將自峯頂

便可朝帝扆盡欲活羣生不唯私一已超騎明

月餘復弄華星蘂却下蓬萊巔重窺清淺水身

爲大塊客自號天隨子他日向華陽敲雲問名

氏

桃花塢

行行問絶境貴與名相親空經桃花塢不見秦

時人願此爲東風吹起枝上春願此作流水潛

浮藻中塵願此爲好鳥得棲花際鄰願此作幽
蝶得隨花下賓朝爲照花日暮作涵花津試爲
探花士出作偷桃臣桃源不我棄庶可全天眞

明月灣

昔聞明月觀（在建業故臺城）秖傷荒野基今逢明月灣不
値三五時擇此二明月洞庭看最奇連山忽中
斷遠樹分毫釐周迴二十里一片澄風漪見說
秋半夜淨無雲物欺兼之星斗藏獨有神仙期
初聞鏘鐐銚（音姚）積漸調參差空中卓羽衞波上
停龍螭縱舞玉壐節高歌碧霜詞青光肖不动

萬象寒咿唔此會非俗致無由得旁窺但當弟
扁舟酒甕仍相隨或徹三弄笛或成數聯詩自
然瑩心骨何用神仙爲

練瀆（吳王闔以練兵）

越恃君子衆大將壓全吳（越有私卒君子六千人）吳將泒天澤
以練舟師徒一鏡止千里支流忽然迂蒼奩東
洪波坐似馮夷軀戰艦百萬輩浮宮三十餘平
川盛丁寧絶島分儲胥鳳柙半鶴膝錦杠雜肥
胡香煙與殺氣浩浩隨風驅彈射盡高鳥杯觥
醉潛魚山靈恐見鞭水府愁爲墟兵利德日削

反爲雠國屠至今釣鏃殘尚與泥沙俱照此月
倍苦來兹煙亦孤丁魂尚有淚合灑青楓枯

投龍潭

名山潭洞中自古多祕邃君將接神物聊用申
祀事鎔金象牙角尺木無不備亦旣奉眞官因
之徇前志持來展明誥敬以投嘉瑞鱗光煥水
容目色燒山翠吾皇病秦漢豈獨探怪異所貴
風雨時民皆受其賜良田爲臣浸污澤成赤地
掌職一不行精靈又何寄唯貪血食飽但據驪
珠睡何必費黄金年年受星吏

孤園寺

浮屠從西來事者極梁武嚴幽與水曲結構無架
遺土窮山林斡盡竭海珠璣聚況即侍從臣敢
愛煙波塢幡條玉龍扣殿角金虬舞釋子厭樓
臺生人露風雨今來四百載像設藏雲湧輕鴿
亂馴鷗鳴鐘和朝櫓庭蕉裂旗旆野蔓差纓組
右上解空人窻前聽經虎林虛葉如織水淨沙
堪數徧問得中天歸修釋迦譜

上眞觀

嘗聞昇三清眞有上中小官居乘佩䏜一一自

相亞霄裙或霞粲侍女忽王妃坐進金碧腴去
馳飈歘駕今來上眞觀悦若心靈訝秖恐暫神
遊又疑新羽化風餘撼朱草雲破生瑶榭望極
覺波平行虛信烟藉閒開飛鼉帙靜倚宿鳳架
俗狀既能遺塵冠聊以卸人間方大火此境無
朱夏松蓋蔭日車泉紳拖天韡窮幽不知倦復
息芝園舍鏘珮引京姿焚香禮遥夜無情走聲
利有志依閒暇何處好迎僧希將石樓借

銷夏灣

霎島諳離泊白雲峯奇未效蕭條千里譽蜀自清

如秋古岸過新雨高蘿蔭橫流遥風吹蒹葭折
處鳴颼颼昔亭守圭竇過於回祿因日爲邃笛
徒(從)(渠留二音籧篨之畧名)分作衹裯讎(低刀二音並簟衣)顧狎寒水怪不封朱
轂侯豈知煙浪涯坐可思重裘健若數尺鯉氾
然雙白鷗不識號火井孰問名焦丘我本與魚鳥
家盡室營扁舟遺名復避世消夏還消憂

包山祠

靜境林麓好古祠煙靄濃自非通靈才敢陟犀
仙峯百里波浪沓中堂簫鼓重眞君貝瓊歸髣
髴來相從清露濯巢鳥陰雲生畫龍風飄橘柚

香日動幡蓋容將命禮且絜所祈年不凶終當以疏聞特用諸侯封

聖姑廟

渺渺洞庭水盈盈芳嶼神因知古佳麗不獨湘夫人流蘇蕩遥吹斜領生輕塵蜀綵駮霞碎吴綃盤霧勻可憐飛燕姿合是乘鸞賓坐想烟雨夕兼之花草春空登油壁車窈窕誰相親好贈玉條脱堪攜紫綸巾殷勤撥香池重薦汀洲蘋明朝動蘭檝不翅星河津

太湖石

他山豈無石厥狀皆可薦端然選良工生使天
質變或裁基棟宇礧砢成廣殿或剖出温瑜精
光具華瑱或將破仇敵百礮資苦戰或用鑱功
名萬古如會面今之洞庭者一以非此選槎牙
真不材反作天下彦所奇者嵌崆所尚者蔥蒨
旁穿參洞穴内竅均環釧刻削九琳窓玲瓏五
明扇新雕碧霞段旋剖秋天片無力置池塘臨
風只流眄

庵裏

山横路若絶轉欃逢平川川中水木幽高下兼

良田溝塍隳徵溜桑柘舍跡煙處處倚蠶箔家家下魚筌駭犢臥新芟野禽爭折蓮試招搔首翁共語殘陽邊今來九州內未得皆恬然賊陣始吉語狂波又凶年吾翁欲何道守此常安眠笑我掉頭去蘆中聞刺船余知隱地術可以齊眞仙終當從之遊庶復全於天

石板

一片倒山屏何時隳洞門屹然空闊中萬古波濤痕我意上帝命持來壓泉源恐爲庚辰官囚怪力所掀又疑廣袤次零落潛驚奔不然遭霹

霳強半沈無垠如何造化首便截秋雲補往事
不足問奇蹤安可論吾今病煩暑據簟常昏昏
欲從石公乞（石板在石公山前）瑩理平如璊前後植桂檜東
西置琴樽盡擕天壤徒浩唱羲皇言

松陵集卷第三

松陵集卷第四　往體詩一百十二首

漁具詩　并序　　龜蒙

天隨子漁于海山之顔有年矣矢魚之具莫不窮極其趣大凡結繩持綱者總謂之網罟之流曰罛曰罾曰罺（側交反）圓而縱捨曰罩挾而昇降曰罶（女减反）緍而竿者總謂之筌筌之流曰筒曰車橫川曰梁承虛曰笱編而沈之曰箄（音卑）矛而卓之曰矠（音冊矛也）棘而中之曰叉鏃而綸之曰射扣而駭之曰根（以薄板置瓦器上擊之以驅魚）置而守之曰神（鯉魚滿三百六十歲蛟龍輒率而飛去置一神守之則不能去矣神龜也）列竹於海澨曰滬（吳之滬瀆是也）錯薪於水中曰槮（音參）

所載之舟曰舴艋所貯之器曰笭箵其他或術
以招之或藥而盡之皆出於詩書雜傳及今之
聞見可考而驗之不誣也今擇其任詠者作十
五題以諷噫矣魚之具也如此予既歌之矣矣
民之具也如彼誰其嗣之鹿門子有高灑之才
必爲我同作

網

大罟綱目繁空江波浪黑沈沈到波底恰共波
同色牽時萬鬐入已有千鈞力尚悔不横流恐
他人更得

罩

左手揭圓罛輕橈弄舟子不知潛鱗處但去籠烟水時穿紫屛破忽值朱衣起松江有朱衣鮒貴得不貴名敢論魴與鯉

罟

有意烹小鮮乘流駐孤棹雖然煩取捨未肯求津要多爲鰕蜆誤已分䴔鶄笑寄語龍伯人荒唐不同調

釣筒

短短截筠光悠悠卧江色蓬差㿗涓滴𢡟雨慢因

交織須臾中芳餌迅疾如飛翼彼堀我還浮君看不爭得

釣車

溪上椅隻輪溪邊指茅屋閒乗風水便敢議朱丹轂高多倚衡懼下有折軸速曷若載逍遥歸來卧雲族

魚梁

能編似雲薄横絶清川口缺處欲隨波波中先置笱投身入籠檻自古難飛走盡日水濵吟殷勤謝漁叟

又魚

春溪正含緑良夜才參半持矛若羽輕列燭如星爛傷鱗跳密藻碎首沉遥岸盡族渠東流傍人作佳翫

射魚

彎弓注碧潯掉尾行凉沚青楓下晚照正在澄明裏抨弦斷荷扇濺血殷菱蘂若使禽荒聞移之暴烟水

鳴根

水淺藻荇澁鈎罩無所及鏗如木鐸音勢若金

鉦急毆之就深處用以資俯拾搜羅爾甚微遁
去將何入

滬（吳人今謂之斷）

萬植禦洪波森然倒林薄千顱咽雲上過半隨
潮落其間風信背更值雷聲惡天道亦冥多吾
將移海若

簃（吳人今謂之叢）

斬木置水中枝條互相蔽寒魚逐家此自以爲
生計春氷忽融冶盡取無遺裔所託成禍機臨
川一凝睇

種魚

鑿池收頳鱗踈踈置雲嶼還同汗漫遊遂以江湖處如非一神守潛被蛟龍主蛟龍若無道跛鼈亦可禦

藥魚

香餌綴金鉤日中懸者幾盈川是毒流細大同時死不唯空飼犬便可將貽蟻苟貸竭澤心其他盡如此

舴艋

蓬棹兩三事天然相與閒朝隨稚子去暮唱菱

歌還倚石遲後侶徐橈供遠山君看萬斛載沈溺須臾間

答箵

誰謂答箵小我謂答箵大盛魚自足飱寘壁能爲害時將刷蘋浪又取懸藤帶不及腰上金何勞問著蔡

奉和漁具十五詠　日休

網

晚挂溪上網暎空如霧縠閒來發其機旋旋沈平緑下處若烟雨牽時似崖谷必若遇鯤鮞從

教通一目

罩

芒鞋下葑中步步沈輕罩既爲菱浪颭亦被蓮泥膠人立獨無聲魚煩似相抄滿手搦霜鱗思歸舉輕棹

罶

煙雨晚來好東塘下罶去網小正星穗舟輕欲騰翥誰知荇深後恰值魚多處浦口更有人停橈一延竚

釣筒

籠籦截數尺標置能幽絶從浮笠澤煙任臥栢
江月絲隨碧潭漫餌逐清灘簝好是趂筩時秋
聲正清越

釣車

得樂湖海志不厭華輈小月中抛一聲驚起灘
上鳥心將潭底測手把波文裊何處覓奔車平
波今渺渺

魚梁

波際插翠筠離離似清籞遊鱗到溪口入此無
逃所斜臨楊柳津靜下鸕鷀侶編此欲何之終

焉當春渚

又魚

列炬春溪口平潭如不流照見游泳魚一一如清晝中目碎瑠碧毀鱗殷組繡樂此何太荒居然愧川后

射魚

注矢寂不動澄潭晴轉烘下窺見魚樂恍若翔在空驚羽决凝碧傷鱗浮殷紅堪將指杯術授與太湖公

鳩粮

盡日平湖上鳴榔仍動槳丁丁入波心澄澈和清響鷺聽獨寂寞魚驚昧來往盡水無所逃川中有鈎黨

滬

波中植甚固磔磔如鰕鬚濤頭倏爾過數頃跳鯆䱐音逋夫不是細羅密自爲朝夕驅空憐指魚命遺出海邊祖

篸

伐彼槎蘖枝放於冰雪浦游魚趂暖處忽爾來相聚徒爲棲託心不問庇庥主一旦懸鼎鑊禍

機眞自取

種魚

移土湖岸邉一半和魚子池中得春雨點點活如蟻一月便翠鱗終年必頳尾借問兩綬人誰知種魚利

藥魚

吾無竭澤心何用藥魚藥見說放溪上點點波光惡食時競夷猶死者爭紛泊何必重傷魚毒涇猶可作

舴艋

隱處只三尺翛然足吾事低篷挂釣車枯蚌盛
魚餌只好推挐乃橈坐唯堪蓋蓑睡若遺遂平生艅
艎不如是

笭箵

朝空笭箵去暮實笭箵歸歸來倒却魚挂在幽
窻扉但則鰕蜆氣欲生蘋藻衣十年佩此處烟
雨苦霏霏

添漁具詩 并序　日休

天隨子爲漁具詩十五首以遺余凡有漁已來
術之與器莫不盡於是也噫古之人或有溺於

漁者行其術而不能言用其器而不能狀此與澤助之獻者又何異哉如吟魯望之詩想其致則江風海雨檝檝生齒牙間眞世外漁者之才也余昔之漁所在澗上則爲菴以守之居峴下則占磯以待之江漢間時候率多雨唯以簦笠自庇每伺魚必多俯簦笠不能庇其上由是織蓬以障之上抱而下仰字之曰背蓬今觀魯望之十五篇未有是作因次而詠之用以補其遺者漁家生具獲足於吾屬之文也

漁菴

菴中只方丈恰稱幽人住枕上悉魚經門前空
釣具束竿時倚壁纚網還侵戶上洞有楊顒須
留往來路

釣磯

盤灘一片石置我山居足窪處著䈄笓（桂苑云取魚具竅）中維舴艋多逢沙鳥汚愛被潭雲觸狂奴卧此多所以踏帝腹

蓑衣

一領蓑正新著來沙塢中隅溪遥望見疑是緑毛翁襟色裛（世葉反）靄袖香襹褷風前頭不施家

何以爲三公

篛笠

圓似寫月魂輕如織烟翠涔涔向上雨不亂窺魚思携來沙日微挂處江風起縱戴二梁冠終身不忘爾

背篷

儂家背篷樣似箇大龜甲雨中蹋蹐時一向聽䨴䨴甘從魚不見亦任鷗相狎深擁竟無言空成睡齁䶎上虛勾反下虛盍反

奉和添漁具五篇　　龜蒙

漁菴

結茅次煙水用以資嘯傲豈謂釣家流忽同禪
室號閒憑山叟占晚有溪禽嫪華屋莫相非各
隨吾所好

釣磯

揀得白雲根秋潮未曾没坡陁坐鼇背散漫垂
龍髮持竿從掩霧置酒復待月即此放神情何
勞適吳越

蓑衣

山前度微雨不廢小澗漁上有青襏襫下有新

腒踈滴瀝珠影泫離披嵐彩𣿬君看杖製者不得安吾廬

蒻笠

朝擕下楓浦晚戴出烟艇冒雪或平簷聽泉時亥頂飈移靄然色波亂危如影不識九衢塵終年居下洞

背篷

敏手劈江筠隨身織烟縠沙禽固不知釣伴猶初覺閙從翠微拂静唱滄浪濯見説萬山潭漁童盡能學

樵人十詠并序　　龜蒙

環中先生謂天隨子曰子與鹿門子應和爲漁具詩信盡其道而美矣世言樵漁者必聯其命稱且常爲隱君子事詩之言錯薪禮之言負薪傳之言積薪史之言束薪非樵者之實乎可不足以寄興詠獨鈌缺其詞耶退作十樵以補其闕漏寄鹿門子

樵谿

山高谿且深蒼蒼但羣木抽條欲千尺衆亦疑樸樕一朝蒙翦伐萬古辭林麓若遇燎玄穹微

烟出雲族

樵家

草木黄落時比鄰見相喜門當清澗盡屋在寒雲裏山棚日纔下野竈煙初起所謂順天民唐堯亦如此

樵叟

自小即胼胝至今凋鬢髮所圖山褐厚所愛山爐熱不知冠蓋好但信煙霞活富貴如疾顛吾從老巖穴

樵子

生自蒼崖邊能譆白雲養（[illegible]養柴地爲養）纔穿逕杖去
已在孤峯上薪和野花束步帶山詞唱日暮不
歸來柴扉有人望

樵徑

石脉青靄閒行行自幽絶方愁山繚繞更值雲
遮截爭推好林浪共約歸時節不似名利途相
期覆車轍

樵斧

淬礪秋水清携持遠山曙丁丁在前澗杳杳無
尋處巢傾鳥猶在樹盡猿方去授鉞者何人吾

方易其慮

樵擔

輕無斗儲價重則筋力絶欲下半巖時憂襟兩如結風高埶還却雪厚疑中折負荷誠獨難移之贈來哲

樵風

朝隨早潮去暮帶殘陽返向背得清飈相追無近遠採山一何遲服道常苦蹇仙術信能爲年華未將晚

樵火

積雪抱松塢蠹根然草堂深爐煙是遠燒此夜仍交光或似坐奇獸或如焚異香堪嗟宦遊子凍死道路傍

樵歌

縱調爲野吟徐徐下雲磴因知負樵樂不減援琴興出林方自轉隅木猶相應但取天壤情何求郢人稱

奉和樵人十詠　日休

樵谿

何時有此谿應便生幽木橡實養山禽藤花蒙

澗鹿不止産蒸薪願當歌棫樸君知天意無以此安吾族

樵家

空山最深處太古兩三家雲蘿共夙世猨鳥同生涯衣服濯春泉盤飧烹野花居兹老復老不解嘆年華

樵叟

不曾照青鏡豈解傷華髮至老未息肩至今無病骨家風是林嶺世禄爲薇蕨所以兩大夫天年爲自伐

樵子

相約晚樵去跳踉上山路將花餌麀麛以果投猨父束薪白雲濕負擔春日暮何不壽童烏果為玄所誤

樵徑

蒙籠中一徑繞在千峯裏歇處遇松根危中值石齒花穿臯衣落雲拂芒鞵起自古行此途不聞顛與墜

樵斧

腰閒插大柯直入深谿裏空林伐一聲幽鳥相

呼起倒樹去李父傾巢啼木魅不知仗鉞者除害誰如此

樵擔

不敢量樵重唯知益薪束軋軋下山時彎彎向身曲清泉洗得潔翠靄侵來緑看取荷戈人誰能似吾屬

樵風

野船渡樵客來往平波中縱橫清飈吹旦暮歸期同蘋光惹衣白蓮影涵新紅吾當請封爾直作鏡胡公

樵火

山客地爐裏然薪如陽輝松膏作滫思有反瀡杉子為珠璣響誤擊刺鬧焰疑彗孛飛傍邊暖白酒不覺瀑冰垂

樵歌

此曲太古音由來無管奏多云採樵樂或說林泉俟一唱凝閒雲再謠悲顧獸若遇採詩人無辭收鄙陋

酒中十詠并序　日休

鹿門子性介而行獨於道無所全於才無所全

於進無所全於退無所全豈天民之憊者耶然進之與退天行未覺於余也則有窮有戹有病有殆果安而受耶未若全於酒也夫聖人之誡酒禍也大矣在書爲沈湎在詩爲童羖在禮爲豢豕在史爲狂藥余飲至酣徒以爲融肌柔神消沮迭喪頽然無思以天地大順爲隄封傲然不持以洪荒至化爲爵賞抑無懷氏之民乎葛天氏之臣乎苟沈而亂狂而　禍而族眞蚩蚩之爲也若余者於物無所斥於性有所適眞全於酒者也噫天之不全余也多矣獨以麴糵全

之抑天猶幸於遺民焉太玄曰君子在玄則正在福則沖在禍則反小人在玄則邪在福則驕在禍則窮余之於酒得其樂人之於酒得其禍亦若是而已矣於是徵其具悉爲之詠用繼東皐子酒譜之後夫酒之始名天有星地有泉人有鄉令總而詠之者亦古人初終必全之義也天隨子深於酒道寄而請之和

酒星

誰遣酒旗耀天文列其位彩微嘗似酣芒弱偏如醉唯憂犯帝座只恐騎天駟若遇卷舌星讒

君應墮地

酒泉

羲皇有玄酒滋味何太薄玉液是澆漓金沙乃糟粕春從野鳥沽晝任閒猨酌我願葬兹泉醉魂似鳧躍

酒篘

翠篾初織來或如古魚器新從山下買静向甑中試輕可網金醅疎能容玉蟻自此好成功無貽我罍耻

酒牀

糟牀帶松節酒膩肥於羜滱滱連有聲空蒭杜康語開眉既壓後染指偷嘗處自此得公田不過渾種黍

酒壚

紅壚高幾尺頗稱幽人意火作縹醪香灰爲冬釀氣有鎗盡龍頭有主皆犢鼻倘得作杜根傭保何足愧

酒樓

鈎楯跨通衢喧鬧當九市金罍瀲灩後玉斝紛綸起舞蝶傍應酣啼鶯聞亦醉野客莫登臨相

雛多失意

酒旗

青幟闊數尺懸於往來道多爲風所颺時見酒名號拂拂野橋幽翻翻江市好雙眸復何事終竟望君老

酒樽

犧樽一何古我抱期幽客少恐消醍醐滿疑烘琥珀蝯窺曾撲瀉鳥踏經欹仄度度醒來看皆如死生隔

酒城

萬伊峻爲城沈酣浸其俗香侵井幹過味染濠
波渌朝傾踰百榼暮壓幾千斛吾得隸此中但
爲闍者足

酒鄉

何人置此鄉杳在天皇外有事忘哀樂有時忘
顯晦如尋罔象歸似與希夷會從此共君遊無
煩用冠帶

奉和酒中十詠　龜蒙

酒星

萬古醇酎氣結而成晶熒降爲嵇阮徒動與樽

罍卉不獨祭天廟亦應邀客星何當八月槎載

我遊青冥

酒泉

初懸碧崖口漸注青谿腹味旣敵中山飲寧拘

一斛春凝浸花骨暮若酣雲族此地得封侯終

身持美禄

酒篘

山齋醞方熟野童編近成持來歡伯内坐使賢

人清不待盎中滿旋供花下傾汪汪日可挹未

羡黄金籯

酒牀

六尺樣何奇溪邊濯來潔糟深貯方半石重流還咽閒移秋病可偶聽寒夢缺往往枕眠時自疑陶靖節

酒壚

錦里多佳人當壚自沽酒高低過反坫大小隨圓瓿數錢紅燭下滌器春江口若得奉君歡十千求一斗

酒樓

百尺江上起東風吹酒香行人落帆上遠樹涵

殘陽凝睇復凝睇一觴還一觴須知凭欄客不醉難爲腸

酒旗

揺揺倚青岸遠蕩遊人思風欹翠竹杠雨澹香醪字纔來隔煙見已覺臨江遲大旆非不榮其如有王事

酒樽

黃金卽爲侈白石又太拙斵得奇樹根中如老蛟穴時招山下叟共酌林間月盡醉兩忘言誰能作天舌

酒城

何代驅生靈築之爲釀地殊無甲兵守但有糟漿氣雉堞屹如狂女牆低似醉必若據而爭先登儀狄氏

酒鄉

誰知此中路暗出虛無際廣莫是鄰封華胥爲附麗三盃闖古樂伯雅逢遺裔自爾等榮枯何勞問玄弟

添酒中六詠并序　龜蒙

鹿門子示予酒中十詠物古而詞麗旨高而性

眞可謂窮天人之際矣乎既和而且曰昔人之於酒有洼爲池而飲之者象爲龍而吐之者親盗甕閒而卧者將實舟中而浮者可爲四荒矣徐景山有酒鎗嵇叔夜有酒杯皆傳於後代可謂二高矣四荒不得不刺二高不得不頌更作六章附於末云

酒池

萬斛輸曲沼千鍾未爲多殘霞入醍齊遠岸澄白鬱后土亦沈醉姦臣空浩歌邇來荒淫君尚得乘餘波

酒龍

銅雀羽儀麗金龍光彩奇潛傾鄴宮酒忽似商庭漦若怒鱗甲赤如酣頭角垂君臣坐相滅安用驕奢爲

酒甕

候暖麴糵調覆深苫蓋淨溢處每淋漓沈來還濈瀅嘗聞清凉酎可養希夷性盜飲以爲名得非君子病

酒船

昔人性何誕欲載無窮酒波上任浮身風來即

開口荒唐意難遂沉湎名不朽千古如比肩問

君能繼不

酒鎗

景山實名士所甋垂清塵嘗作酒家語自言中

聖人奇器質含古挫糟味應醇唯懷魏公子即

此飛觴頻

酒杯

叔夜傲天壤不將琴酒踈製爲酒中物恐是琴

之餘一弄廣陵散又裁絶交書頹然擲林下身

世俱何如

奉和添酒中六詠　日休

酒池

八齊競奔注。不知深幾丈。竹葉島紆徐。鳧花波蕩漾。鳧花酒名出梁簡文帝集醺應爛地軸。浸可柔天壤。以此獻吾君。願銘於几杖。

酒龍

銅爲蚴蟉鱗。鑄作鱙鰫角。吐處百里雷。瀉時千丈壑。初疑潛苑囿。忽似拏寥廓。遂使銅雀臺。香消野花落。

酒甕

堅淨不苦窳陶於醉封疆臨溪刷舊痕隔屋聞
新香移來近麯室倒處臨糟牀所嗟無比鄰余
亦能偷嘗

酒船

剡桂復刳蘭陶陶任行樂但知涵泳好不計風
濤惡嘗行麯封内稍繫糟丘泊東海如可傾乘
之就斟酌

酒鎗

象鼎格仍高其中不烹飪唯將煑濁醪用以資
酣飲偏宜旋樵火稍近餘酲枕若得伴琴書吾

將著閒品

酒杯

昔有嵇氏子龍章而鳳姿手揮五絃罷聊復一樽持但取性淡泊不知味醇醨茲器不復見家家唯玉巵

茶中雜詠并序　日休

案周禮酒正之職辨四飲之物其三曰漿又漿人之職共王之六飲水漿醴涼醫酏入于酒府鄭司農云以水和酒也蓋當時人率以酒醴爲飲謂乎六漿酒之醨者也何得姬公製爾雅云

檟苦茶卽不擷而飲之豈聖人純於用乎抑草木之濟人取捨有時也自周已降及于國朝茶事竟陵子陸季疵言之詳矣然季疵以前稱茗飲者必渾以烹之與夫瀹蔬而啜者無異也季疵之始爲經三卷由是分其源制其具敎其造設其器命其煑俾飲之者除痟而去癘雖疾醫之不若也其爲利也於人豈小哉余始得季疵書以爲備矣後又獲其顧渚山記二篇其中多茶事後又太原溫從雲武威段磶之各補茶事十數節並存於方册茶之事由周至于今竟無

纔遺矣昔晉杜育有荈賦季疵有茶訣余缺然

於懷者謂有其具而不形於詩亦季疵之餘恨

也遂爲十詠寄天隨子

茶塢

閑尋堯氏山遂入深深塢種荈已成園栽葭寧

記畝石窪泉似掬巖罅雲如縷好是夏初時白

花滿烟雨茶經云其花白如薔薇

茶人

生於顧渚山老在漫石塢語氣爲茶荈衣香是

煙霧庭從𣟴子遮適安耿反其木如王色渚人以爲杖果任獳師虜（擄）日晚

相笑歸腰間佩輕篓

茶筍

褎然三五寸生必依巖洞寒恐結紅鉛暖疑銷紫汞圓如玉軸光脆似瓊英凍每爲遇之疎南山挂幽夢

茶籯

筤篣曉攜去驀個山桑塢開時送紫茗負處沾清露歇把傍雲泉歸將挂煙樹滿此是生涯黃金何足數

茶舍

陽崖枕白屋幾口嬉嬉浮棚上汲綆先焙煎煮
紫蕨乃翁研茗後中婦拍茶歇相向掩柴扉清
香滿山月

茶竈

南山茶事動竈起嵓巖根傍水煮石髮氣薪荻杉
脂香青瓊蒸後凝綠髓炊來光如何重辛苦一
一輪膏粱

茶焙

鑿彼碧巖下恰應深二尺泥易帶雲根燒難碍
石脉初能燥金餅漸見乾瓊液九里共杉林（皆焙名）

相望在山側

茶鼎

龍舒有良匠鑄此佳樣成立作菌蠢勢煎為潺湲聲草堂暮雲陰松窓殘雪明此時勺複茗野語知逾清

茶甌

邢客與越人皆能造兹器圓似月魂墮輕如雲魄起棗花勢旋眼蘋沫香沾齒松下時一看支公亦如此

煮茶

香泉一合乳煎作連珠沸時看蟹目濺乍見魚鱗起聲疑帶松雨餑恐生煙翠儻把瀝中山必無千日醉

奉和茶具十詠　　龜蒙

茶塢

茗地曲隈回野行多繚繞向陽就中密背澗差還少遥遥盤雲髻慢亂簇香篝小何處好幽期滿巖春露曉

茶人

天賦識靈草自然鍾野姿閒來北山下似與東

風期雨後探芳去雲間幽路危唯應報春鳥得共斯人知　顧渚山有報春鳥

茶筍

所孕和氣深時抽玉茗短輕煙漸結華嫩蘂初成管尋來青靄曙欲去紅雲暖秀色自難逢傾筐不曾滿

茶籝

金刀劈翠筠織似波文斜製作自野老攜持伴山娃昨日鬭煙粒今朝貯緑華爭歌調笑曲日暮方還家

茶舍

旋取山上材架爲山下屋門因水勢斜壁任巖隈曲朝隨鳥俱散暮與雲同宿不憚採掇勞秪憂官未足

茶竈經云茶竈無突

無突抱輕嵐有煙映初旭盈鍋玉泉沸滿甑雲芽熟奇香襲春桂嫩色凌秋菊煬者若吾徒年年看不足

茶焙

左右擣凝膏朝昏布煙縷方圓隨樣拍次第依

層取山謡縱高下火候還文武見説焙前人時
時炙花脯（紫花焙人以花爲脯）

茶鼎

新泉氣味良古鐵形狀醜那堪風雪夜更值煙
霞友曾過赬石下又住清溪口（赬石清溪皆江南出茶處）且共薦
臯盧（茶名）何勞傾斗酒

茶甌

昔人謝塸埞徒爲妍詞飾（劉孝威集有謝塸埞啓）豈如珪璧姿
又有烟嵐色光參筠席上韻雅金罍側直使于
蕒君從來未嘗識

煮茶

閒來松閒坐看煮松上雪時於浪花裏併下藍英末傾餘精爽健忽似氛埃滅不合别觀書但宜窺玉札

松陵集卷第四

松陵集卷第五 今體五言詩六十八首

武丘寺殿前有古杉一本形狀醜怪圖之不盡況百卉競媚若妬若媢唯此杉死抱奇節皜然厲然不知雨露之可生也風霜之可瘁也乃造化者方外之材乎遂賦三百言以見志　日休

種日應逢晉枯來必自隋鰐狂將立處螭鬭未開時卓犖擲槍榦叉牙束戟枝初驚蟉篆活復訝獝狂癡勁質如尭瘦貞容學舜黴勢能擒土伯醜可駭山祇兀爪拏巖虬身脫浪欹差頭

禿似刷枿觜利於錐突兀方相形鱗皴[illegible]
根應藏鬼血柯欲漏龍漦拗似神荼怒呀如猰
貐飢朽癰難可吮枯尰不堪治一炷玄雲拔三
尋黑猾奇狼頭觳穿豎蠆尾掘攣垂目燥那逢
爟心開豈中鈹任苔爲疥癬從蠹作瘡痍品格
齊遼鶴年齡等竇黿將懷縮地力欲負拔山姿
未倒防風骨初僵貳負屍漆書明古本鐵室抗
全師磈磊還無極伶俜又莫持堅應敵駿骨文
定寫麒皮蟠屈愁凌刹騰驤恐攫池搶煙寒嶋
嶙披蔦靜襹褷威仰誠難識勾芒恐不知好燒

胡律看堪共達多期寡色諸芳笑無聲衆籟疑
終添入柱位未要一繩維盡日來唯我當春翫
更誰他年如入用直構太平基

奉和古杉三十韻　龜蒙

衆木盡相遺孤芳獨任奇插天形硉兀當殿勢
觳危恐是夸娥怒教臨巀嶭衰節穿開耳目根
瘦坐熊羆世只論榮落人誰問等衰初危反有巔從
日上無葉與秋欺虎搏應難動鵰蹲不敢遲戰
鋒新鈌齾燒岸黑黲黧鬬死龍骸雜爭奔鹿角
差肢銷洪水惱稜聳梵天置槃索冊胡勇萩[illegible]

獮豸窺启空分犖拮衝泿出魚長者杙倚册栈石
蚩尤陣纛懸下連金粟固高用鐵淩坡挺若苻
堅極浮於祖納椎崢嶸驚露鶴趯趚閡雲螭傍
宇將支壓撐霄欲抵巇背交蟲臂揭相向鶻拳
追格音閣筆差初加反猶立階干卓未麾鬼神應暗畫
風雨恐潛移已覺寒松伏偏宜后土疲好邀清
嘯傲堪映古茅茨材大應容蝎年深必孕夔後
凋依佛氏初植必僧彌寺即東晉王家別野僧彌王珉小字擁腫煩莊辯
槎牙費庾詞詠多靈府困搜苦化權卑類旣區
中寡朋當物外推蟠桃標日域珠草侍仙墀眞

宰誠求夢春工幸可豎若能嘘嶰竹猶足動華
滋

四明山詩 并序　　龜蒙

謝遺塵者有道之士也嘗隱於四明之南雷一
旦訪予來語不及世務且曰吾得於玉泉生知
子性誕逸樂神仙中書探海嶽遺事以期方外
之交雖銅牆鬼炊虎獄劒餌無不窺也已上八言謝語不知所謂者何
一云出隱中書今爲子語吾山之奇者有峯最高四穴在
峯上每天地澄霽望之如牖戶相傳謂之石窗
即四月之日也山中有雲不絶者二十里民皆

家雲之南北每相從謂之遏雲有鹿亭有樊榭
有瀑湲洞木實有青檽子味極甘而堅不可卒
破有猿山家謂之鞠侯其他在圖籍不足道也
凡此佳處各爲我賦詩予因作九題題四十字
謝省之曰玉泉生眞不誣矣好事者爲予傳之
因呈龎美

石窻

石窻何處見萬仞倚晴虛積靄迷青璅殘霞動
綺疏山應列圓嶠宮便接方諸秪有三奔客時
來敎隱書

過雲

相訪一程雲雲深路僅分嘯臺隨日辨樵斧帶風聞曉著衣全濕寒衝酒不醺幾迴歸思靜髣髴見蘇君

雲南

雲南更有溪丹礫盡無泥藥有巴賨賣枝多越鳥啼夜清先月午秋近少嵐迷若得山顛住芝箞手自攜

雲北

雲北是陽川人家洞壑連壇當星斗下樓勢翠

徼邉一半遥峯雨三條古井煙金庭如有路應
到左神天

鹿亭

鹿亭巖下置時領白麛過草細眠應久泉香飲
自多認聲來月塢尋跡到烟蘿早晚呑金液騎
將上絳河

樊榭

樊榭何年築人應白日飛至今山客說時駕玉
麟歸乳蔕緣松嫩芝薹出石徵憑欄虛目斷不
見羽華衣

潺湲洞

石淺洞門深潺潺萬古音似吹雙羽管如奏落霞琴倒穴漂龍沫穿松濺鶴襟何人乘月弄應作上清吟

青櫺子

山實號青櫺環岡次第生外形堅緑殼中味敵璚英墮石樵兒拾敲林宿鳥驚亦應仙吏守時取薦層城

鞠侯

何事鞠侯名先封在四明但爲連臂飲不作斷

腸聲野蔓垂纓紐寒泉佩玉清滿林遊宦子誰
爲作君卿

奉和四明山九題　日休

石窻

窻開自直㝉四達見蒼涯苔染渾成綺雲漫便
當紗櫺中空吐月扉際不扃霞未會通何處應
連王女家

過雲

粉洞二十里當中幽客行片時迷鹿跡寸步隔
人聲以杖探虛翠將襟惹薄明經時未過得恐

是入層城

雲南

雲南背一川無鴈到峯前壚里生紅藥人家發白泉兒童皆似古婚嫁盡如仙共作眞官戶無由稅石田

雲北

雲北書冥冥空疑背壽星大能諳藥氣人解寫芝形野歇遇松蓋醉書逢石屏焚香住此地應得入金庭

鹿亭

鹿羣多此住医構巨雲楣待佺傍花夕弓麏穿
竹遅經時棓玉澗盡日嗅金芝爲在石窻下成
仙自不知

樊榭

主人成列仙故榭獨依然石洞関人笑松聲驚
鹿眠井香爲大藥鶴語是靈篇欲買重棲隱雲
峯不售錢

潺湲洞

陰宫何處淵到此洞潺湲敲碎一輪月鎔銷半
段天響高吹谷動埶急歕雲旋料得深秋夜臨

流盡古仙

青𥗉子

山風熟異果應是供眞仙味似雲腴美形如玉
腦圓銜來多野鶴落處半靈泉必共玄都桼花
開不記年

鞠侯

堪羨鞠侯國碧巖千萬重煙蘿爲印綬雲壑是
隄封泉遣狙公護果教狎子供爾徒如不死應
得躡玄蹤

五䝞詩并序

日休

甽陵處士魏君不琢氣直而志放居甽陵凡二紀閉門窮學是乎里民不得以師之非乎里民不得以訾之用之不難進利之彼人也捨之不難退辱非及己也噫古君子處乎進退而全者由此道乎抑夷之隘惠之不恭不能造于是也江南秋風時鱸肥而難釣菰脆而易挽不過乘短艄（方言曰船短而深者謂之艄音步）載一甑酒加以隱具由五瀉涇入震澤穿松陵抵杭越耳日休嘗聞道於不琢敢不求雅物成雅思乎於是買釣船一艄二丈闊三尺施蓬以庇烟雨謂之五瀉舟天台杖一

色黮而力遒謂之華頂杖有龜頭山疊石硯一
高不二寸其仞數百謂之太湖硯有桐廬養和
一怪形拳跼坐若變去謂之烏龍養和有南海
鸎魚殼樽一澁鋒齾角内玄外黄謂之訶陵樽
皆寄于不琢行以資雲水之興止以益琴籍之
玩眞古人之雅貺也因思乗韋之義不過于詞
遂爲五篇目之曰五貺兼請魯望同作

五瀉舟

何事有青錢因人買釣船闊容兼餌坐深許共
蓑眠短好隨朱鷺輕堪倚白蓮自知無用處却

寄五湖仙

華頂杖

金庭仙樹枝，道客自攜持。探洞求丹粟，挑雲覓白芝。量泉將濯足，闌鶴把支頤。以此將爲贈，唯君盡得知。

太湖硯

求於花石間，怪狀乃天然。中瑩五寸劒，外差千疊蓮。月融還似洗，雲濕便堪研。寄與先生後，應添内外篇。

烏龍養和

壽木拳數尺天生形狀幽把疑傷㓕節用恐破
蛇癅置合月觀内買須雲肆頭料君攜去處烟
雨太湖舟

詶陵樽

一片蠻魚殼其中生翠波買須能紫貝用合對
紅螺盡瀉判狂欒禁敲任浩歌明朝與君後爭
那玉山何

奉和五䑠詩　龜蒙

五瀉舟

樣自桐川得詞因隱地成好漁翁亦喜新白鳥

還驚沙際擲江沫渡頭橫雨聲尚應嫌越相遺禍不遺名

華頂杖

萬古陰崖雪靈根不爲枯瘦於霜鶴脛奇似黑龍鬚拄訪譚玄客持看潑墨圖湖雲如有路兼可到仙都

太湖硯

誰截小秋灘閒窺四緒寬繞爲千嶂遠深置一潭寒坐久雲應出詩成墨未乾不知新博物何處擬重刊

烏龍養和

養和名字好偏寄道情深所以親逋客兼能助五禽倚肩滄海望鉤膝白雲吟不是逍遥侶誰知世外心

訶陵樽

魚骼匠成樽猶殘海浪痕外堪欺玳瑁中可酌崑崙酒名木繞若磯曲山當草閣門此中醒復醉何必問乾坤

早春病中書事寄魯望　日休

眼暈見雲毋耳虛聞海濤惜春狂似蝶養病躁

於猱棲靜方書古堂空藥氣高可憐眞宰意偏

解困吾曹

奉詶　　龜蒙

秖貪詩調苦不計病容生我亦休文瘦君能叔寶清藥須勤一服春莫累多情欲入毘耶問無人敵淨名

又寄次前韻　　日休

病根冬養得春到一時生眼暗憐晨慘心寒怯夜清妻仍嫌酒癖醫只禁詩情應被高人笑憂身不似名

又訓次韻　　龜蒙

從來多遠思尤向靜中生所以令心苦還應是
骨清酒香偏入夢花落又關情積此風流事爭
無後世名

新秋言懷寄魯望三十韻　日休

新秋入破宅疎澹若平郊戶牖深如窟詩書亂
似巢移牀驚蟋蟀拂匣動蠨蛸靜把泉華掬閒
拈乳管敲檜身渾箇矮石面得能顣小桂如拳
葉新松似手梢鶴鳴轉清角鶻下撲金髇合藥
還慵服爲文亦嬾抄煩心入夜醒疾首帶涼抓

杉葉尖於鏺藤絲勒似鞾債田舍紫芋促蔓隱
青匏老柏渾如疥陰苔忽似膠王餘落敗壍胡
盂入空庖度日忘冠帶經時憶酒肴有心同木
偶無舌並金鐃與欲添玄測狂將換易爻達人
唯落落俗士自譊譊底力將排難何顏用解嘲
欲銷毀後骨空轉坐來胞猶預應難抱狐疑不
易包等閒逢毒蠚容易遇咆哮時事方千蝎公
途正二崤名微甘世棄性拙任時抛白日須投
分青雲合定交仕應同五柳歸莫捨三茅澗鹿
從來去烟蘿任溷殽狙公鬧後戲雲毋病來擽

從此居方丈終非競斗筲道窮應鬼遺性拙必

天教無限踈慵事憑君解一絶

奉和新秋言懷三十韻次韻　龜蒙

身閒唯愛靜籬外是荒郊地僻憐同巷庭喧厭

累巢岸聲摐舴艋窻影辨蠨蛸徑秖溪禽下關

唯野客敲竹岡從古凸池縁本來坳早藕擎霜

節涼花束紫梢漁情隨錘網獵興起鳴髇好夢

經年說名方著處抄才踈唯自補技癢欲誰抓

窻靜常懸蘿鞭閒不正鞘山衣輕斧藻天籟逸

絃匏蕙轉風前帶桃烘雨後膠蘚乾粘晚吻湮

濕動晨危沉紛便匳籍撥雉重酒看目曾窺絕
洞耳不犯征鐃曆外窮飛朔著中記伏爻石林
空寂靡雲肆肯嘵譊松桂何妨蠹龜龍亦任嘲
未能丹作髓誰相紫爲胞莫把榮枯異但鼾和
木小包由亏猿不揵梁圈虎忘爐舊友懷三益
關山阻二崤道隨書麓古時共鈞輪拋好作忘
機士須爲莫逆交看君馳諫草憐我卧衡茅出
處雖冥默薰蕕肯溷殽岸沙從鶴印崖蜜勸人
籞白菌盈枯柿黃精滿綠筲仙因隱居信禪是
淨名敎勿謂江湖永終浮一大匏

秋日遣懷十六韻寄道侶　龜蒙

盡日臨風坐雄詞妙畧兼共知時世薄寧恨歲華淹且把靈方試休憑吉夢占夜焚燒汞火朝鍊洗金鹽有路求真隱無媒舉孝廉自然成嘯傲不是學沈潛水恨同心隔霜愁兩鬢霑鶴屏憐掩扇烏帽愛垂簷雅調宜觀樂清才稱典籤冠皷玄髮少書健紫毫尖故疾因秋召塵容畏日黔壯圖須行行儒服謾襜襜片石聊當枕橫煙欲代簾蠹根延穴蟻蹺葉漏庭蟾藥鼎高低鑄雲菴早晚苫胡麻如重寄筳誚我無猒

奉和次韻　上人

高踏爲時背幽懷是事兼神仙君可致江海我能淹共守庚辰夜同看乙巳占藥囊除紫蠹舟竈拂紅鹽與物深無競於生亦太廉鴻災因足警魚禍爲稀潛筆硯秋光洗衣巾夏蘚霑酒瓻香竹院魚籠挂茅簷琴忌因抛譜詩存爲致籤茶旗經雨展石笋帶雲尖鶴共心情慢烏同面色黔向陽栽白帢終歲憶貂襜取嶺爲山障將泉作水簾溪晴多晚鷺池廢足秋蟾破衲鎚云補閒齋未辦苫共君還有役竟夕得猒猒

江南書情二十韻寄秘閣韋校書貽之

商洛宋先輩垂文二同年　日休

四載加前字今來未改銜君批鳳尾詔我住虎
頭巖季氏唯謀逐臧倉只擬讒時訛輕五穀俗
淺重三緘瘦去形如鶴憂來態似獑才非師趙
壹直欲效陳咸孤竹寧收笛黃琮未要瑊作羊
寧免狠爲兎即須毚枕戸槐從亞侵堦草懶芟
壜泉教咽咽壘石放巉巉掣釣隨心動抽書任
意杴茶教弩父摘酒遣𧾷僮監默坐看山困清
齋飲水嚴蘚生天竺屐烟褭同庭帆丙久新鳥

帽閒多省白衫藥苞陳雨匼詩草蠹雲函遺客
呼林狖辭人寄海蜮室唯搜古器錢只買秋杉
寡合無深契相期有至誠他年如訪問烟蔦暗
彭彭

奉和次韻　　龜蒙

我志如魚樂君詞稱鳳銜暫來從露冕何事買
雲巖水石應容病松篁未聽讒鑵香松蠹膩山
信藥苗纖愛鷺鷥欹危立思猨玃鑠獑謝才偏許
眺阮放最憐咸大樂寧忘缶奇工肯顧瑊客愁
迷舊隱𪇰鳥健想秋毚硯缺猶慵琢文繁却要芟

雨餘幽沼淨霞散遠峯巉洗筆煙成段培花土
作杴訪僧還覓伴醫鶴自須監荒廟猶懷李清
灘幾夢嚴背風開蠹簡衝浪試新帆悶憶年支
酒閒裁古様衫釣家隨野舫仙藴逐彫函度歲
賒羸馬先春買小蝛共疏泉入竹同坐月過杉
染翰窮高致懷賢發至誠不堪潘子鬢愁促易
髟髟

憶洞庭觀步十韻　　日休

前時登觀步暑雨正錚摐上戍看綿蕝登村度
石矼卷花時有簇溪鳥不成雙遠樹點黑稍遥

峯露碧幢巖根瘦似殼杉腹破如舡衲衣音湶
人服筕簷野店窗多擕白本鍤愛買紫泉缸仙
犬聲音古遺民意緒厖何文堪緯地底策可經
邦自此將妻子歸山不姓龐

奉和次韻　　龜蒙

聞君遊靜境雅具更摐摐竹傘遮雲徑藤鞋踏
蘚矼杖斑花不一樽大癭成雙水鳥行沙嶼山
僧禮石幢巳甘三秀味誰念百牢腔遠棹投何
處殘陽到幾窗仙謠珠樹曲村餉白醅缸地里
方吳會人風似冉厖探幽非遯世尋勝肯迷邦

爲讀江南傳何賢過二龐

秋晚留題魯望郊居二首　日休

竹樹冷溇落入門神已清寒蛩傍枕響秋菜上

墻生黃犬病仍吠白驢飢不鳴唯將一杯酒盡

日慰劉楨

冷卧空齋内餘酲夕未消秋花如有恨寒蝶似

無憀簷上落鬭雀籬根生晚潮若論羇旅事猶

自勝皐橋

奉詶秋晚見題二首　龜蒙

爲愛晚窓明玥前亦賴行圖書看得熟鄉里見

還生鳥啄琴材響僧傳藥味精緣君多古思攜手上空城

何事樂漁樵巾車或倚橈和詩盈古篋賖酒半寒瓢失雨園蔬赤無風蚛葉凋清言一相遺吾道未全消

初冬章上人院　日休

寒到無妨睡僧吟不廢禪尚關經病鶴猶慮欲枯泉靜按貝多紙閒爐波律煙清譚兩三句相向自翛然

奉和次韻　龜蒙

每伴來方丈還如到四禪菊承荒砌露茶待遠
山泉晝古全無跡林寒却有煙相看吟未竟金
磬已泠然

臨頓裡爲吳中偏勝之地陸魯望居之
不出郛郭曠若郊墅余每相訪款然惜
去因成五言十首奉題屋壁日休

一方蕭灑地之子獨深居繞屋親裁竹堆牀手
寫書高風翻砌鳥暴雨失池魚暗識歸山計村
邊買鹿車
雞踈從綠槿鶯亂任黄茅藍酒移谿石煎茶拾

野巢靜窻懸雨笠閒壁挂煙蓑交遊今無幾肯許
爲世外交

繭稀初上簇醅盡未乾牀盡日畱蠶母移時祭
麴王趂泉澆竹急候雨種蓮忙更葺園中景應
爲顧辟疆

靜僻無人到幽深每自知鶴來添口數琴到益
家貲壞塹生魚沫頹簷落燕兒空將綠蕉葉來
往寄閒詩

夏過無擔石日高開板扉僧雛與筍籜人不共
蕉衣鶴靜共眠覺鷺馴同釣歸生公石上月何

夕約譚徵

經歲岸烏紗讀書三十車水痕侵病竹蛛網上衰花詩任傳漁客衣從遞酒家知君秋晚事白幘刈胡麻

寂歷秋懷動蕭條夏思殘久貧空酒庫多病束漁竿玄想凝鶴扇清齋拂鹿冠夢魂無俗事夜夜到金壇

閑門無一事安穩卧涼天砌下翹飢鶴庭陰落病蟬倚杉閒把易燒朮靜論玄賴有包山客時時寄紫泉

病起扶靈壽翛然弱至門與杖隨貝葉點不整
危根薜蔓狂遮壁蓮葉臥枕盆明朝有忙事召
客斲桐孫
緩頰稱無利低眉號不能世情都大薄俗意就
中憎雲態不知騶鶴情非會徵書豈誰奉詔來
此寫姜肱
　　襲美見題郊居十首因次韻詶之以伸
　　榮謝　　　　　　　　　　龜蒙
近來唯樂靜移傍故城居閒打修琴料時封謝
藥書夜停江上鳥晴曬篋中魚出亦圖何事無

勞置棧車

倩人醫病樹看僕補衡茅散髮還同阮無心敢慕巢簡便書露竹樽待破霜匏日好林閒坐煙蘿僅欲交

倭僧留海紙山匠製雲牀懶外應無敵貧中直是王池平鷗思喜花盡蝶情忙欲問新秋計淺絲一畝疆

故山空自擲當路竟誰知秖有經時策全無養拙資病深憐炙客炊晚信樵兒謾欲陳風俗周官未採詩

福地能容瀍玄關詎有扉靜思瓊板字閒洗鐙
節衣鳥破涼煙下人衝暮雨歸故園秋草夢猶
記緑徽徽
水影沈魚器鄰聲動緯車鶯輕捎墜葉蜂懶卧
樵花說史許諸例論兵到百家明時如不用歸
去種桑麻
禹穴奇編缺雷乎異境殘靜吟封篋録檢歸與削
帆竿白石堪爲飯青蘿好作冠幾時當手柄同
上步綱壇
強起披衣坐徐行處暑天上階來鬬雀移樹去

蟚蟆莫問鹽車駿誰看醬瓿玄黃金如可化相
近買雲泉

野入青蕪巷陂侵白竹門風高開栗刺沙淺露
芹根迸鼠緣藤桁飢烏立石盆東吳雖不改誰
是武王孫

踈慵眞有素時勢盡無能風月雖爲敵林泉幸
未懀酒材經夏闕詩債待秋徵秖有君同癖閒
來對曲肱

松陵集卷第五

明鈔松陵集下

錢孫保藏書

小雁題

松陵集卷第六 今體七言詩九十二首

寒夜同襲美訪北禪院寂上人

龜蒙

月樓風殿靜沉沉，披拂霜華訪道林。鳥在寒枝棲影動，人依古堞坐禪深。明時尚阻青雲步，半夜猶追白石吟。自是海邊鷗伴侶，不勞金偈更降心。

奉和次韻

日休

院寒青靄正沉沉，霜棧乾鳴入古林。數葉貝書松火暗，一聲金磬檜煙深。陶潛見社無妨醉，殷

浩譚經不廢吟何事欲攀塵外契除君皆有和

名心

江南道中懷茅山廣文南陽博士三首

日休

寒嵐依約認華陽，遥想高人卧草堂。半日始齋青餌飯，移時空印白檀香。鶴雛入夜歸雲屋，乳管逢春落石牀。誰道夫君無伴侣，不離窻下見羲皇。

住在華陽第八天，望君唯欲結良緣。堂扃洞裏千秋鷰，厨蓋巖根數斗泉。壇上古松疑度世，觀

中幽鳥恐成仙不知何事迎新歲烏納裘中一覺眠（烏納裘出王筠集）

五色香煙惹內文（許逐遊燒香五色烟）石飴初熟酒初醺將開冊竈那防鶴欲算碁圖却望雲海氣半生當洞見瀑冰初拆陽山聞如何世外無交者（許邁與王羲之父子爲世外之交）一卧金壇只有君

奉和次韻　　龜蒙

一片輕帆背夕陽望三峯拜七眞堂（三茅二許一陽一郭是爲七眞）天寒夜漱雲牙淨雪壞晴梳石髮香自拂煙霞安筆格獨開封檢試砂床莫言同符能招隱會展

飈輪見玉皇、

壺中行坐可攜天、何況林間息萬緣、組綬任垂三品石、珮環從落四公泉、丹臺已運陰陽火、碧簡須雕次第仙、廣文王孝猶在場中想得雷平春色動、五芝烟甲又芊眠

良常應不動遺文、金醴從酸亦自醺、蓬萊公洛歷文以金醴四升待主簿主簿恨其味酸桂父舊歌飛絳雪、桐孫新韻倚玄雲、春臨柳谷鶯先覺、曙醮蕪香鶴共聞、珍重雙雙玉條脫盡憑三島寄羊君

早春雪中作吳體寄襲美　龜蒙

迎春避臘不肯下欺花凍草還飄然光塡馬窟
蓋塞外勢壓鶴巢偏殿巔山爐瓔節萬狀火墨
突乾衣弧穗煙君披鶴氅獨自立何人解道眞
神仙

奉和　日休

威仰噤死不敢語瓊花雲魄清珊珊溪光冷射
觸鸕鵜柳帶凍脆攢欄杆竹根乍燒玉節快酒
面新潑金膏寒全吳縹瓦十萬戶惟君與我如
袁安

吳中言情寄魯望　日休

古來傖父愛吴鄉，一上胥臺不可忘。愛酒有情如手足，除詩無計似膏肓。宴時不輟琅書味，齋日難判玉鱠香。爲說松江堪老處，滿船烟月濕莎裳。

奉和次韻　　龜蒙

菰烟蘆雪是儂鄉，釣線隨身好坐忘。徒愛右軍遺點畫，閒披左氏得膏肓。無因月殿聞移㮚，秖有風汀去採香。莫問江邊漁艇子，玉皇看賜羽衣裳。

行次野梅　　日休

蔦拂蘿梢一樹梅，玉妃無侶獨徘徊。好臨王母瑶池發，合傍蕭家粉水開。共月已爲迷眼伴，與春先作斷腸媒。不堪便向多情道，萬片霜華雨損來。

奉和次韻　龜蒙

飛棹參差拂早梅，强欺寒色尚低徊。風憐薄媚留香與，月會深情借艷開。梁殿得非蕭帝瑞，齊宫應是玉兒媒。不知謝客離腸醒，臨水剛添萬恨來。

揚州看辛夷花　日休

臘前千朶亞芳叢細膩偏勝素㮏功螓首不言披曉雪麝臍無主任春風一枝拂地成瑶圃數樹參庭是蘂宫應爲當時天女服至今猶未放全紅

奉和次韻　龜蒙

柳踈梅墮少春叢天遣花神別致功高處朶稀難避日動時枝弱易爲風堪將亂蘂添雲肆若得千株便雪宫不待羣芳應有意等閑桃杏卽爭紅

暇日獨處寄魯望　日休

幽慵不覺耗年光，犀柄金徽亂一牀。野客共爲賒酒計，家人同作借書忙。園蔬預遣分僧料，廩粟先教算鶴糧。無限高情好風月，不妨猶得事吾王。

奉和　龜蒙

謝府殷樓少暇時，又抛清宴入書帷。三千餘歲上下古，八十一家文字奇。司馬遷書上下紀三千餘歲，太玄有八十一家，率多奇字。泠夢漢皋懷鹿隱，靜憐烟島覺鴻離。知君滿篋前朝事，鳳諸龍奴借與窺。

屣步訪魯望不遇　日休

雪晴墟里竹欹斜蠨屐徐吟到陸家荒徑掃稀
堆栢子破扉開澁染苔花壁閒定欲圖雙檜廚
靜空如飯一麻擬受太玄今不遇可憐遺恨似
侯芭

奉和襲美見訪不遇　龜蒙

爲愁煙岸老神罝扶病呼兒劚翠茗紙道府中
持簡牘不知林下訪漁樵花盤小潑晴初歇葉
擁踈籬凍未燒倚杖徧吟春照午一池冰段幾
多消

開元寺客省早景即事　日休

客省蕭條柿葉紅樓臺如畫倚霜空銅池數滴桂上雨金鐸一聲松杪風鶴靜時來珠像側鴿馴多在寶幡中如何塵外虛爲契不得支公此會同

奉和次韻　龜蒙

日上罘罳疊影紅一聲清梵萬緣空褵褷滿地貝多雪料峭入樓于闐風水榭初抽寥泬思竹窗猶挂夢魂中靈香散盡禪家接誰共殷源小品同辨正論云有九流一曰禪家者流殷浩讀小品經下二百籤疑義以問支道林

獨夜有懷因作吳體寄襲美　龜蒙

人吟側景抱凍竹鶴夢鈌月沈枯枿清滑無波
鹿無蒐白雲有根虬有鬚雲虬澗鹿真逸調刁
名錐利非良圖不然快作燕市飲笑撫肉拼音馨
眠酒壚

奉和次韻　日休

病鶴帶霜傍獨屋破巢含雪傾孤梧濯足將加
漢光腹抵掌欲捋梁武鬚隱几清吟誰敢敵枕
琴酣卧真堪圖此時枉欠高散物楠瘤作樽石
作壚

病中有人惠海蟹轉寄魯望　日休

紺甲青筐染菭衣島夷初寄北人時離居定有
石帆覺失伴唯應海月知族類分明連璅琣璅琣似蚌有一小蟹在腹中琣出求食故淮海之人呼爲蟹奴形容好箇似蟛蜞病中無用雙
螯處寄與夫君左手持

酬襲美見寄海蟹　龜蒙

藥杯應阻蟹螯香却乞江邊採捕郎自是揚雄
知郭索太玄經云蟹之郭索且非何胤敢餦餭何胤侈於食味稍欲去其甚者猶有鮰腊糟蟹骨
清猶似含春靄沫白還疑帶海霜强作南朝風
雅客夜來偷醉早梅傍

病中美景頗阻追遊因寄魯望

日休

瘦牀閒卧晝迢迢唯把真如慰寂寥南國不須收薏苡百年終竟是芭蕉藥前美祿應難斷枕上芳辰豈易銷看取病來多少日早梅零落玉華燋

奉詶病中見寄　龜蒙

逢花逢月便相招忽卧雲䟿隔野橋春恨與誰同酩酊玄言何處問逍遥題詩石上空迴筆拾蕙汀邊獨倚橈早晚却還巖上電（襲美時有眼疾）共尋芳徑結煙條

闔閭城北有賣花翁討春之士往往造焉因招襲美　龜蒙

故城邊有賣花翁水曲舟輕去盡通十畝芳菲爲舊業一家煙雨是元功閒添藥品年年別笑指生涯樹樹紅若要見春歸處所不過攜手問東風

魯望以花翁之什見招因次韻訓之　日休

九十攜鋤傴僂翁小園幽事盡能通斸烟栽藥爲身計負水澆花是世功緒（？）緣定期杉葉蓋

藏應待桂枝紅不知家道能多少只合台芷一

夜風、

病中庭際海石榴花盛發感而有寄　　日休

一夜春工綻絳囊碧油枝上晝煌煌風勻秖似
調紅露日暖唯憂化赤霜火齊滿枝燒夜月金
津含蘂滴朝陽不知桂樹知情否無限同遊阻
陸郎

奉和次韻　　龜蒙

紫府真人餉露囊猗蘭燈燭未熒煌丹華乞曙

先凌日金熖欺寒却照霜誰與佳名從海曲秖
應芳裔出河陽那堪謝氏庭前見一段清香染
郄郎

早春以橘子寄魯望　　日休

箇箇和枝葉捧鮮彩凝猶帶洞庭烟不爲韓嫣
金丸重直是周王玉果圓剖似日魂初破後弄
如星髓未銷前知君多病仍中聖盡送寒苞向
枕邊

襲美以春橘見惠兼之雅篇因次韻訓
謝　　龜蒙

到春猶作九秋鮮應是親封白帝煙良王有
須讓味明珠無類亦羞圓堪居漢苑霜梨上合
在仙家火棗前珍重更過三十子不堪分付野
人邊（王僧辯嘗爲荆南得橘一蔕三十子以獻梁元帝）

病中書情寄上崔諫議（時眼疾未平） 日休

十日來來曠奉公閉門無事忌春風蝨絲度日
縈琴薦蛀粉經時落酒筒馬足歇從殘漏外魚
須抛在亂書中殷勤莫怪求醫切只爲山櫻欲
放紅

奉和次韻 龜蒙

或偃虚齋或在公藹然林下昔賢風庭間有蝶

爭烟蘂簾外無人報水筒行藥不離深幌底（時患眼疾）

寄書多向遠山中西園夜燭偏堪憶曾爲題詩

刻半紅

病中孔雀　日休

煙花雖媚思沈冥猶自擡頭護翠翎強聽紫簫

如欲舞困眠紅樹似依屏因思桂蠹傷肌骨爲

憶松鵝損性靈盡日春風吹不起鈿毫金縷一

星星

奉和　逈蒙

懶移金翠傍簷楹，斜倚芳叢舊態生。唯奈瘴雁籠飲啄，可堪春雨滯飛鳴。鴛鴦水畔迴頭羨，荳蔻圖前舉眼驚。爭得鷓鴣來伴著，不妨還校有心情。

上元日道室焚修寄龔美　謳蒙

三清今日聚靈宫，玉刺齋抽謁廣寒。執蓋簪花香寂靡，侍晨交珮響闌珊。執蓋侍晨皆仙之貴侶矣將排鳳節分階易，欲校龍書下筆難。唯有世塵中小兆，夜來心拜七星壇。

奉和次韻　日休

明眞臺上下仙官玄藻初吟萬籟寒飈御有聲時杳杳寶衣無影自珊珊藥書乞見齋心易玉籍求添拜首難端簡不知清景暮靈蕪香燼落金壇

正月十五日惜春寄襲美　龜蒙

六分春色一分休滿眼東波盡是愁花匠凝寒應束手酒龍多病尚垂頭無窮懶惰齊中散有底機謀敵右侯見織短蓬裁小檝拏烟閒弄個漁舟

奉詶惜春見寄　日休

十五日中春日好可憐沉痾冷如灰之前難被
愁將去向後須敎醉領來梅片盡飄輕粉靨柳
芽初吐爛金醅病中無限花番次爲約東風且
住開

聞魯望遊顏家林園病中有寄　　日休

一夜韶姿著水光謝家春草滿池塘細挑泉眼
尋新脉輕把花枝嗅宿香蝶欲試飛猶護粉鶯
初學囀尚羞簧分明不得同君賞盡日傾心羨
索郎

襲美病中見寄次韻詶之　龜蒙

日華風蕙正交光羯末相攜藉草塘（羯末謝玄小字）佳酒旋傾醽醁嫩短船閒弄木蘭香烟絲鳥拂來縈帶藥檻人收去約簧今日好爲聯句會不成剛爲欠檀郎

春雨即事寄襲美　龜蒙

小謝輕埃日日飛（小謝詠雨詩有散漫似輕埃句）城邊江上阻春暉雖愁野岸花房凍還得山家藥筍肥雙屐著頻看齒折敗裘披苦見毛稀比鄰釣叟無塵事灑笠鳴蓑夜半歸

奉和次韻日休

纖恨凝愁映鳥飛半旬飄灑掩韶暉山容洗得
如煙瘦地脉流來似乳肥野客正閒移竹遠幽
人多病探花稀何年細濕華陽道兩乘巾車相
並歸

魯望春日多尋野景日休抱疾杜門因
有是寄　日休

野侶相逢不待期半緣幽事半緣詩鳥紗任岸
穿筋竹白袷從披趁肉芝數卷蠹書棊處展幾
勝菰米釣前炊病中不用君相憶折取山櫻寄

勝作朴

一枝

奉和次韻　　龜蒙

雖失春城醉上期下帷裁徧未裁詩因吟郢岸百畝蕙欲采商崖三秀芝棲野鶴籠寬使織施山僧飯別教炊但醫沈約重瞳健不怕江花不滿枝

偶掇野蔬寄襲美有作　　龜蒙

野園煙裏自幽尋嫩甲香蕤引漸深行歇每依鷦鷯影挑頻時見鼠姑心凌風藹彩初攜籠帶露虛疎或貯襟欲助春盤還愛否不妨蕭灑以

家林

魯望以躬掇野蔬兼示雅什用以詶謝　日休

杖擿春煙暖向陽煩君爲我致盈筐深挑乍見牛脣液（爾雅云蕢牛脣一名水蕮）細掐徐聞鼠耳香（本草云葉似鼠耳葉亦可生食）紫甲采從泉脉畔翠牙搜自石根傍彫胡飯熟餳餬軟不是高人不合嘗

臥疾感春寄魯望　日休

烏皮几上困騰騰玉柄清羸愧不能昨夜眠時稀似鶴今朝餐數減於僧藥銷美祿應天折醫

過芳辰定嵬憎任是雨多遊未得也須收在探花朋

奉和次韻　龜蒙

共尋花思極飛騰病帶春寒去未能煙徑水涯多好鳥竹牀蒲倚但高僧須知日富爲神授秖有家貧免盜憎除却數函圖籍外更將何事結良朋

徐方平後聞赦因寄襲美　龜蒙

新春旒扆御翬軒海內初傳渙汗恩秦獄已收爲厲氣瘴江初返未招魂英材盡作龍蛇蟄時停

戰地多成虎豹村除却數般傷痛外不知何事
及王孫

奉和次韻　日休

金鷄烟外上臨軒紫誥新垂作解恩涿鹿未銷
初敗血新安頓雪已坑魂空林葉盡蝗來郡㑹
骨花生戰後村未遣蒲車問幽隱共君應老抱
桐孫

襲美以魚牋見寄因謝成篇　龜蒙

擣成霜粒細鱗鱗知作愁吟幸見分向日乍驚
新蠒色臨風時辨白萍文好將花下承金

粉堪送天邊詠碧雲見倚小窻親襞染盡圖春色寄夫君

奉詶見答魚牋之什　日休

輕如隱起膩如飴，除却鮫工解製稀。欲寫恐成河伯詔，試裁疑是水仙衣。毫端白獺脂猶濕，指下冰蠶子欲飛。若用莫將閒處去，好題春思贈江妃。

病後春思　日休

連錢錦暗麝氛氳，荊思多才詠鄂君。孔雀鈿寒窺沼見，石榴紅重墮階聞。牢愁有度應如月，春

夢無心秪似雲應笑病來慙滿願花牋好作斷
腸文

奉和次韻　　龜蒙

氣和靈府漸氤氳酒有賢人藥有君七字篇章
看月得百勞言語傍花聞閒尋古寺銷晴日最
憶深溪枕夜雲早晚共搖孤艇去紫屏風外碧
波文

襲美以公齋小宴見招因代書寄之　龜蒙

早雲纔破漏春陽野客晨興喜又忙自與酌量

煎藥水別教安置曬書牀依方釀酒愁遲去借樣裁巾怕索將唯待數般幽事了不妨還入少年場

偶成小酌招魯望不至以詩爲解因次韻訓之　日休

醉侶相邀　早陽小筵催辦不勝忙衝深柳駐吳娃𢤱倚短花排羯鼓牀金鳳欲爲鸚引去鈿蟬疑被蝶勾將如何共是忘形者不見漁陽摻一場

以紗巾寄魯望因而有作　日休

周家新樣替三梁（頭巾起後周武帝）裹髮偏宜白面郎掩斂乍疑裁黑霧輕明渾似戴玄霜今朝定見看花㬎明日應聞漉酒香更有一般君未識虎文巾在絳霄房

襲美以紗巾見惠繼以雅音因次韻訓謝　龜蒙

薄如蟬翅背斜陽不稱春前贈罽（女減反）郎初覺頂寒生遠吹預憂頭白透新霜堪窺水檻澄波影好拂花牆亞蘂香知有芙蓉留自戴（桐柏真人戴芙蓉冠也）欲峩烟霧訪黃房

聞襲美有親迎之期因以寄賀　龜蒙

梁鴻夫婦欲雙飛細雨輕寒拂雉衣初下雪牕應眷戀次乘烟幰奈光輝參差扇影分華月斷續簫聲落翠微見說春風偏有賀露花千朶照庭闈

臨頓宅將有歸于之日魯望以詩見貺因抒懷詶之　日休

共老林泉忍暫分此生應不識迴文幾枚竹筒送德曜一乘柴車迎少君舉案品多緣閒藥家

家事少爲溪雲居然自是幽人事輒莫教他孫
壽聞

龔美以巨魚之半見分因以詶謝　龜蒙

誰與春江上信魚可憐霜刃截來初鱗隨似撒
騷人屋腹斷疑傷遠客書避網幾跳山影破逆
風曾蹙浪花虛今朝最是家童喜免泥荒畦掇
野蔬

奉和　日休

釣公來信自松江三尺春魚撥刺霜腹內舊鈎

苔染澁腮中新餌藻和香冷鱗中斷榆錢破寒
骨平分玉筋光何事旣君偏得所秖緣同是越
航郎

館娃宮懷古　日休

艷骨已成蘭麝土宮牆依舊壓層崖弩臺雨壞
逢金鏃香徑泥銷露玉釵硯沼只留溪鳥浴屧
廊空信野花埋姑蘇麋鹿眞閑事須爲當時一
愴懷

奉和次韻　龜蒙

鏤楣消落濯春雨蒼翠無言空斷崖草碧未能

忘帝女燕輕猶自識宮釵江山秖有愁容在劍
珮應和愧色埋賴有伍員騷思少吳王纔免似
荆懷

襲美以紫石硯見贈以詩迎之　龜蒙

霞骨堅來玉自愁琢成飛燕古釵頭澄沙脆弱
聞應伏青鐵沈埋見亦羞最稱風亭批碧簡好
將雲竇漬寒流君能把贈閒吟客徧寫江南物
象酬

以紫石硯寄魯望兼詶見贈　日休

樣如金蹙小能輕微潤將融紫玉英石墨一研
爲鳳尾寒泉半勺是龍睛騷人白芷傷心暗狎
客紅筵奪眼明兩地有期皆好用不須空把洗
溪聲

同襲美遊北禪院（院即故司勳陸郎中舊宅）　龜蒙

連延花蔓映風廊岸幘披襟到竹房居士祇今
開梵處先生曾是草玄堂清樽林下看香印遠
袖窻中挂缽囊今日有情消未得欲將名理問
思光

奉和　日休

戚歷杉陰入草堂老僧雖見似相忘吟多幾轉
蓮花漏坐久重焚柏子香魚慣齋時分淨食鴿
能閒處傍禪牀雲林滿眼空羇滯欲對爾天却
自傷

孫發百篇將遊天台請詩贈行因以送之　　日休

孫子荊家思有餘元戎曾薦入公車百篇宫體
喧金屋一日官銜下玉除紫府近通齋後夢赤
城新有寄來書因逢二老如相問正滯江南爲
鱸魚

奉和　龜蒙

直應天授與詩情百詠唯消一日成去把彩毫揮下國歸來黃綬別春卿閒窺碧落懷烟霧暫向金庭隱姓名珍重興公徒有賦石梁深處是君行

薔薇　龜蒙

倚牆當戶自橫陳致得貧家似不貧外布芳菲雖笑日中含芒刺欲傷人清香往往生遥吹狂蔓看看及四鄰遇有客來堪玩處一端晴綺照煙新

奉和次韻　日休

誰繝連延滿戶陳，暫應遮得陸郎貧。紅芳掩斂將迷蝶，翠蔓飄颻欲挂人。低拂地時如墮髙，臨牆處似窺鄰。祇應是董雙成戲，剪得神霞寸寸新。

聞開元寺開笋園寄章上人　日休

園鏁開聲駭鹿羣，滿林鮮籜水犀文。森森競泫林梢雨，巙巙爭穿石上雲。並出亦如鵝管合，各生還似犬牙分。折烟束露如相遺，何胤明朝不茹葷。

奉和　　　　　　　　　　　　　　　　　　　　　　　　　　　　　　　　　龜蒙

春龍爭地養檀欒，況是雙林雨後看。迸出似毫當埪塊，孤生如恨倚闌干。凌虛勢欲齊金刹，折贈光宜照玉盤。更待錦苞零落後，粉環高下搗煙寒。

春夕陪崔諫議櫻桃園宴　日休

萬樹香飄水麝風，蠟熏花雪盡成紅。夜深欉態狀不得，醉客圖開明月中。衛協畫醉客圖

奉和　　　　　　　　　　　　　　　　　　　　　　　　　　　　　　　　　龜蒙

佳人芳樹雜春蹊，花外烟濛月漸低。幾度艷歌

清欲轉流鸎鷩起不成棲

松江早春　日休

松陵清淨雪消初見底新安恐未如穩凭船舷無一事分明數得鱠殘魚

奉和　龜蒙

柳下江飡待好風暫時還得狎漁翁一生無事烟波足唯有沙邉水勃公

女墳湖即吴王葬女之所　日休

萬貴千奢已寂寥可憐幽憤為誰嬌須知韓重相思骨直在芙蓉向下消

奉和　　龜蒙

水平波淡繞迴塘鶴殉人沈萬古傷應是離魂

雙不得至今沙上少鴛鴦

泰伯廟　　日休

一廟爭祠兩讓君幾千年後轉清氛當時盡解

稱高義誰敢教他莽卓聞

奉和　　龜蒙

故國城荒德未荒年年椒奠濕中堂邇來父子

爭天下不信人間有讓王

宿木蘭院　　日休

木蘭院裏雙棲鶴長被金鉦聒不眠今夜宿來
還似爾到明無計夢雲泉

奉和次韻　　龜蒙

苦吟清漏迢迢極月過花西尚未眠猶憶故山
欹警枕夜來嗚咽似流泉

重題薔薇　　日休

濃似猩猩初染素輕於燕燕欲凌空可憐細麗
難勝日照得深紅作淺紅

奉和次韻　　龜蒙

穠華自古不得久况是倚春春已空更被夜來

風雨惡滿堦狼籍沒多紅

春夕酒醒　　　日休

四絃纔罷醉蠻奴酃醁餘香在翠爐夜半醒來紅蠟短一枝寒淚作珊瑚

奉和　　　　　龜蒙

幾年無事傍江湖醉倒黃公舊酒壚覺後不知新月上滿身花影倩人扶

松陵集卷第六

松陵集卷第七今體七言詩九十首

開元寺佛鉢詩并序　日休

按釋法顯傳云佛鉢本在毗舍離今在乾陀衛竟若干百年當復至西月支國若干百年至于闐國若千百年當至屈茨國若千百年當復來漢地晉建興二年二聖像浮海而至滬瀆僧尼輩取之以歸今存于開元寺後建興八年漁者於滬瀆沙汭上獲之以爲臼類乃葷而用焉俄有佛像見于外漁者始爲異意滬瀆二聖之遺祥也乃以鉢供之迨今尚存余遂觀而爲之詠

因寄天隨子

詩

帝青石作緑冰姿（佛律云此鉢帝青石也四天王所獻也）曾得金人手自持拘律樹邊齋散後提羅花下洗來時乳糜味斷中天覺麥麨香消大劫知從此共君親頂戴斜風應不等閒吹

奉和　龜蒙

空王初受逞神功四鉢須臾現一重（至今鉢緣有四重也）持次想添香積飯還復時應帶步羅鐘光寒好照金毛鹿響靜堪降白耳龍從此寶函香裏見不煩西

去謟靈峯

夏首病愈因招魯望　　日休

曉入清和尚袷衣夏陰初合掩雙扉一聲撥穀
桑柘晚數點舂鋤烟雨微貧養山禽能箇瘦病
關芳草就中肥明朝早起非無事買得蓴絲待
陸機

奉訓次韻　　龜蒙

雨多青合是垣衣一幅蠻牋夜款扉蕙帶又聞
寛沈約茅齋猶自憶王微方靈秖在君臣正篆
古須抛點畫肥除却伴談秋水外野鴻何處更

忘機

新夏東郊閒泛有懷襲美　龜蒙

遲於春日好於秋野客相攜上釣舟經暑約時
冠暫亞佩笭箵後帶頻擷蒹葭鷺起波搖笠村
落蠶眠樹挂鈎料得秖君能愛此不爭烟水似
封侯

奉和次韻　日休

水物輕明淡似秋多情才子倚蘭舟碧莎裳下
攜詩草黄篾樓中挂酒篘蓮葉蘸波初轉棹魚
兒簇餌未諳鈎共君莫問當時事一點沙禽勝

五侯、

四月十五日道室書事寄襲美　龜蒙

烏飯新炊芼臛香道家齋日以爲常月苗杯舉
存三洞雲笈函開叩九章一掬陽泉堪作雨數
銖秋石欲成霜可中值著雷平信爲覓閒眠苦
竹牀

奉和　日休

望朝齋戒是尋常靜啓金根第幾章竹葉飲爲
甘露色蓮花鮓作肉芝香松膏背日凝雲磴丹

粉經年深石牀剩，欲與君終此志，疲仙昨恐鬢

成霜

看壓新醅寄懷襲美　　龜蒙

曉壓糟牀漸有聲，旋如荒澗野泉清。身前古態

燻應出，世上愁痕滴合平。飲啄斷年同鶴儉，風

波終日看人爭。樽中若使常能渌，兩綬通侯總

強名。

奉和次韻　　日休

一簣松花細有聲，旋將渠椀撇寒清。秦吳只恐

蒭來近，劉項真應釀得平。酒德有神多客頌，醉

鄉無貨没人爭五湖烟水郎山月合向樽前問底名

登初陽樓寄懷北平郎中　日休

危樓新製號初陽白粉青䕫射沼光避酒幾浮輕舴艋下棊曾覺睡鴛鴦投鉤列坐圍華燭格簺分朋占靚粧莫怪重登頻有恨二年曾侍舊吳王

奉和　龜蒙

遠窻浮檻亦成年幾伴楊公白晝筵日暖烟花曾撲地氣和星象却歸天閒將水石侵軍壘醉

引笙歌上釣船無限恩波猶在目東風吹起細

漪漣

夏初訪魯望偶題小齋　　日休

半里芳陰到陸家藜牀相勸飯胡麻林間度宿

拋棊局壁上經旬挂釣車野客病時分竹米鄰

翁齋日乞藤花踟躕未放閒人去半岸紗帩得

月華

奉和次韻　　龜蒙

四鄰多是老農家百樹雞桑半頃麻盡趁晴明

修網架每和煙雨掉繰車啼鸎偶坐身藏葉餉

婦歸來鬢有花不是對君吟復醉更將何事送
年華　所居首夏水木尤清適然有作
病來無事草堂空晝永休聞十二筒桂靜似逢
青眼客松閒如見綠毛翁潮期暗動庭泉碧梅
信微侵地障紅盡日枕書慵起得被君猶自笑
從公　　　日休
奉和次韻　　　龜蒙
柿陰成列藥花空却憶桐江下釣筒亦以魚緵

供熟鷺近緑櫻笋諸彝彩筒分泥齊多遊少白
記書籤白間紅更愛夜來風月好轉思玄度對
支公

重玄寺元達年逾八十好種名藥凡所
植者多至自天台四明包山句曲叢萃
紛糅各可指名余奇而訪之因題二章
日休

雨滌煙鋤傴僂賫紺牙紅甲兩三畦藥名却笑
桐君少年紀翻嫌竹祖低白石靜敲蒸朮火清
泉間洗種花泥怪來昨日休持鉢一尺彫胡似

掌齋、
香蔓蒙龍覆昔邪、檜烟杉露濕袈裟、石盆換水
撈松葉、竹徑邅牀避筍芽、藜杖移時挑細藥、銅
缾盡日灌幽花、支公謾道憐神駿、不及今朝種
一麻、

奉和題違上人藥園二首　軀蒙

藥味多從遠客賫、旋添花譜旋成畦、三椏舊種
根應異、九節初移葉尚低、山莢便和幽澗石、水
芝須帶本池泥、從今直到清秋日、又有香苗幾
番齊、

浮名無語示清羸彈草披來啗更從一雨一風
皆遂性花開花落盡忘機教疏免縷金絲亂（繇別名）
自攤龍芻紫汞肥莫怪獨親幽圃坐病容銷盡
欲依歸

懷華陽潤卿博士三首　日休

先生一向事虛皇天市壇西與世忘環堵養龜
看氣訣刀圭餌犬試仙方靜探石腦衣裾潤閒
錬松脂院落香聞道徵賢須有詔不知何日到
良常

寘心唯事白英君不問人君爵與勲林下醉眠

仙鹿見洞中閒話隱芝聞石牀卧苦渾無蘚藤
篋開稀恐有雲料得虛皇新詔樣青瓊板上綠
爲文、
鳳骨輕來稱瘦容華陽館主未成翁、陶隱居者爲華陽館主數
行玉札存心久一掬雲漿漱齒空白石者多熏
屋黑丹砂埋久染泉紅他年欲事先生去十賚
須加陸逸冲逸冲嘗爲隱居隱居錫名棲靜處士賚猶人間九錫也、
奉和三首　　龜蒙
幾降眞官授隱書洛公曾到夢中無眉閒入靜
三辰影射後通靈五嶽圖北同對形如曲盡良

巴山色似薰爐金墟福地能容否願作區前蔣
負芻
火景應難到洞宮蕭閒堂冷任天風談玄麈尾
拋雲底服散龍胎在酒中有路還將赤城接無
泉不共紫河通奇編早晚教傳授免以神仙問
葛洪
終日焚香禮洞雲更思琪樹轉勞神曾尋下泊
館常經月不到中峯又累春仙道最高黃玉籙
暑天偏稱白綸巾清齋若見茅司命乞取朱兒
十二斤

以竹夾膝寄贈襲美　龜蒙

截得篔簹冷似龍翠光橫在暑天中堪臨薤簟閒憑月好向松窗卧跂風持贈敢齊青玉案醉吟偏稱碧荷筒添君雅具教多著爲著西齋譜一通

魯望以竹夾膝見寄因次韻詶謝　日休

圓於玉柱滑於龍來自衡陽彩翠中拂潤恐飛清夏雨叩虛疑貯碧湘風大勝書客裁成簡頗賽溪翁截作筒從比角巾因爾戴谷人相訪昔

爲通

夏景無事因懷章來二上人　日休

澹景微陰正送梅幽人逃暑癭楠杯水花移得和魚子山蕨收時帶竹胎嘯館大都偏見月醉鄉終竟不聞雷更無一事唯留客却被高僧怕不來

佳樹盤珊枕草堂此中隨分亦閒忙平鋪風簟尋琴譜靜掃烟窻著藥方幽鳥見貧留好語白蓮知卧送清香從今有計消閒日更爲支公置一牀

奉和次韻　　龜蒙

簷外青陽有二梅，折來堪下凍醪杯。（離騷注云盛夏以醇酒置冰上）高杉自欲生龍腦，小弁誰能寄鹿胎。麗事肯教饒沈謝，談徵何必減宗雷。還聞擬結東林社，爭奈淵明醉不來。

忽憶高僧坐夏堂，厭泉聲鬧笑雲忙。山重海澹懷中印，月冷風微宿上方。病後書求嵩少藥，定迴衣染貝多香。何時更問逍遥義（道林有道遥遊别義），五粒松陰半石牀。

寄瓊州楊舍人　　日休

德星芒彩瘴天涯酒極堪消謫宦嗟行選竹王
因設奠居逢木客又遷家清齋淨洩桄榔麪遠
信開封荳蔻花清切會須歸有日莫貪句漏足
丹砂

奉和　　　　　　　　　　龜蒙

明時非罪謫何偏鵬鳥巢南更數千酒滿椰杯
消毒霧風隨蕉扇下瀧船人多藥户行狂蠱吏
有珠官出俸錢秖以直誠天自信不勞詩句詠
貪泉

魯望以輪鉤相示緬懷高致因作三篇

日休

角柄孤輪細膩輕翠蓬十載伴君行撚時解轉蟾蜍魄拋處能啼絡緯聲七里灘波喧一舍五雲溪月靜三更朱衣鮒足和蓑睡誰信人間有利名

一線飄然下碧塘溪翁無語遠相望蓑衣舊去煙披重蒻笠新來雨打香白鳥白蓮爲夢寐清風清月是家鄉明朝有物充君信𤄃酒三缾寄夜航（𤄃酒出沈約集）

盡日悠然舴艋輕小輪聲細雨冥冥三尋絲帶

桐江爍一寸鈎含笠澤腥用近詹何傳鈎法收
和范蠡養魚經孤篷半夜無餘事應被嚴灘聒
酒醒、

龜蒙頃自桐江得一釣車以襲美樂煙
波之思因出以爲玩俄辱三篇復抒訕

答

旋屈金鈎劈翠筠手中盤作釣魚輪忘情不效
孫醒客有意閒窺百丈鱗雨似輕埃時一起雲
如高蓋強相親任他華轂低頭笑此地終無覆
敗人

曾招漁侶下清潯獨爾初隨一錘深細輾烟華無轍跡靜含風力有車音相呼野飯依芳草迭和山歌逗遠林得失任渠但取樂不曾生箇是非心

病來懸著脆緡絲獨喜高情爲我持數輻尚疑烟雨態三篇能賦蕙蘭詞雲深石淨閒眠穩月上江平放溜遲第一莫教諳此境倚天功業待君爲

吳中書事寄漢南裴尚書　日休

萬家無事鏁蘭橈鄉味腥多厭紫蕢江文通集云紫蕢言切也水

似棊文交度郭柳如行障儼遮橋青梅帶重衣
迎雨白鳥羣高欲避潮唯望舊知憐此意得爲
傖鬼也逍遥

奉和　　龜蒙

風清地古帶前朝遺事紛紛未寂寥三茆涼波漁絕動（遠祖士衡對晉武帝以三茆冬溫夏涼）五茸春草雉媒嬌（五茸吳王獵所，草各有名）雲藏野寺分金刹月在江樓倚玉簫不用懷歸忘此景吳王看即奉弓招

夏景沖澹偶然作二首　　日休

柢隈蒲褥岸烏紗味道澄懷景便斜紅印寄泉

懸郡守青鞋與笋傀僧家茗爐盡日燒松子書桉經時剥瓦花園吏暫棲君莫笑不妨猶更著南華

一室無喧事事幽還如貞白在高樓天台畫得千廻看湖目芳來百度遊（湖目百蓮子也）無限世機吟處息幾多身計釣前休他年謁帝言何事請贈劉伶作醉侯

奉和次韻　　龜蒙

蟬雀參差在扇紗竹襟輕利籜冠斜壚中有酒文園會琴上無絃靖節家芝畹烟霞全覆穗摘

洲風浪半浮花間思兩地忘名若不信人間髮
解華
秖於池曲象山幽便是瀟湘浸石樓斜拂茭盤
輕鷺下細穿菱線小鯢遊閒開茗焙嘗須徧醉
撥書帷卧始休莫道仙家無好爵方諸還拜碧
琳侯

送李明府之任南海　日休

五羊城在蜃樓邊墨綬垂腰正少年山靜不應
聞屈鳥草深從使翳貪泉蠻奴晴上臨潮檻燕
婢秋隨過海船一事與君消遠宦乳蕉花發訟

庭前　奉和

春盡之官直到秋嶺雲深處凭瀧樓居人愛近
沈珠浦候吏多來拾翠洲賓稅盡應輸紫貝蠻
童多學佩金鉤知君不戀南枝久拋卻經冬白

劉袤

寄題羅浮軒轅先生所居　曰休

亂峰四百三十二(羅浮山峯數)欲問徵君何處尋紅翠(山鳥名)
數聲瑤室響(山有璇房瑤室七十有二)真檀一炷石樓深山都遣
負沽來酒樵客容看化後金從此謁師知不遠

求官先有葛洪心

奉和　龜蒙

鼎成仙馭入崆峒百世猶傳至道風暫應青詞

爲穴鳳却思丹徼伴冥鴻金公的的生爐際瓊

刃時時到夢中預恐浮山歸有日載將雲室十

洲東

宿報恩寺水閣　日休

寺鏁雙峰寂不關幽人中夜獨徘徊池文帶月

鋪金簟蓮朶含風動玉杯往往竹梢摇翡翠時

時杉子擲莓苔可憐此際誰曾見唯有支公盡

看來

奉和　　龜蒙

峯抱池光曲岸平月臨虛檻夜何清僧穿小檜纔分影魚擲高荷漸有聲因憶故山吟易苦各橫秋簟夢難成周顒不用裁書勸自得涼天證道情

醉中偶作呈魯望　　日休

谿雲澗鳥本吾儕剛爲浮名事事乖十里尋山爲思役五更看月是情著分將吟詠華雙鬢力以壺觴固百骸爭得草堂歸卧去共君同作太

常齋

奉和次韻　　　　　　　龜蒙

海鶴飄飄韻莫儕，在公猶與俗情乖。初呈酒務求專判，合禱山祠請自差。永夜譚玄侵罔象，一生交態忘形骸。憐君醉墨風流甚，幾度題詩小謝齋。

寄滑州李副使員外　　　　　日休

兵繞臨淮數十重，鐵衣才子正從公。軍前草奏旄頭下，城上封書箭簳中。圍合只應聞曉雁，血腥何處避春風。故人勳重金章貴，猶在江湖積

勳功、

奉和　　　　　　　　　　　　　　龜蒙

洛生閒詠正抽毫忽傍旌旗著戰袍撴下連營皆破膽勳離孤匣欲吹毛清秋月色臨軍壘半夜淮聲入賊壕除却征南爲上將平徐功業更誰高、

傷史拱山人　　　　　　　　　　日休

一緘幽信自襄陽上報先生去歲亡山客爲醫翻貰藥野僧因弔却焚香峯頭孤冢爲雲穴松下靈筵是石牀宗炳死來君又去終身不復到

紫桑

奉和　　　　　　　　　　　　龜蒙

曾説山棲欲去尋豈知霜骨𦶟寒林常依淨住師冥目兼事容成學算心史寂學浮圖兼善算術逋客預齋還梵唱老猿窺祭亦悲吟唯君獨在江雲外誰誄孤貞置峴岑

吳中言懷寄南海二同年　日休

曲水分飛歲已賒東南爲客各天涯退公秪傍蘇勞竹移宴多隨末利花銅鼓夜敲溪上月布帆晴照海邊霞三年謾被鱸魚累不得橫經侍

絳紗

奉和　龜蒙

曾見凌風上赤霄盡將華藻赴嘉招城連虎踞山圖麗路入龍編海舶遥江客漁歌衝白荇野禽人語映紅蕉庭中必有君遷樹莫向空臺望漢朝交州記云有君遷樹有朝臺尉佗望漢所築

青門閑汎　日休

青翰虛徐夏思清愁烟漠漠荇花平醉來欲把田田葉盡裹當時醒酒鯖

奉和　龜蒙

紅粱輕撣下白蘋故城花謝綺陰新豈無今日
逃名士試問南塘著屧人
木蘭後池三詠　　　　日休
重臺蓮花
欹紅婑媠力難任每葉頭邊半米金可得教他
水妃見兩重元是一重心
浮萍
嫩似金脂颺似煙多情渾欲擁紅蓮明朝擬附
南風信寄與湘妃作翠鈿
白蓮

但恐醍醐難並潔秖應薝蔔可齊香半垂金粉
知何似靜婉臨溪照額黄

奉和三詠　　龜蒙

重臺蓮花

水國煙鄉足芰荷就中芳瑞此難過風情爲與
吳王近紅萼常教一倍多

浮萍

晚來風約半池明重疊侵沙緑罽成不用臨池
重相笑最無根蔕是浮名

白蓮

素蘤多蒙另艷欺此花真合在瑤池迢遞應有

無人覺月曉風清欲墮時

重題後池　日休

細雨闌珊眠鷺覺鈿波悠漾並鴛嬌適來會得

荆王意祇爲蓮莖重細腰

奉和　龜蒙

曉煙清露暗相和浴鴈浮鷗意緒多却是陳王

詞賦錯枉將心事託微波

襲美庭中初植松桂偶題　龜蒙

軒陰冉冉移斜日寒韻泠泠入晚風煙格月姿

曾不改至今猶似在山中

奉和次韻　日休

毿毿緑髮垂輕露獵獵丹華動細風恰似青童君欲會儼然相向立庭中

戲題襲美書印囊　龜蒙

鶚銜龜顧妙無餘不愛封侯愛石渠應笑休文過萬卷至今誰道沈家書

奉和次韻　日休

金篆方圓一寸餘可憐銀艾未思渠不知夫子將心印印彼人間萬卷書

館娃宮懷古五絶　日休

綺閣飄香下太湖亂兵侵曉上姑蘇越王大有
堪羞處秖把西施賺得吳
鄭姐無言下玉墀夜來飛箭滿罘罳越王定指
高臺笑却見當時金鏤楣
半夜娃宮作戰場血腥猶雜宴時香西施不及
燒殘蠟猶爲君王泣數行
素襪雖遮未掩羞越兵猶怕伍員頭吳王恨魄
今如在只合西施瀨上遊
響屧廊中金玉步采蘭山上綺羅身不知水葬

今何處溪月彎彎欲效顰

奉和五絶　龜蒙

三千雖衣水犀珠半夜夫差國暗屠猶有八人
二八獨教西子占亡吳

一宮花渚漾漣漪倭墮鴉鬟出繭眉可料坐中
歌舞袖便將殘節拂降旗

幾多雲榭倚青冥越焰燒來一片平此地最應
沾恨血至今春草不匀生

江色分明練繞臺戰帆遥隔綺疏開波神自厭
荒淫主句踐樓船穩帖來

寶林香綦碎曉塵亂兵誰惜似花人伯勞應是
精靈便猶向殘陽泣暮春

虎丘寺西小溪閒汎三絶　日休

鼓子花明白石岸桃枝竹覆翠嵐溪分明似對
天台洞應厭頑仙不肯迷

絶壑秪憐白羽傲窮谿唯覺錦鱗癡更深尚有
通樵處或是秦人未可知

高下不驚紅翡翠淺深還礙白薔薇船頭繫個
松根上欲待逢仙不擬歸

奉和三絶次韻　龜蒙

樹號相思枝拂地鳥語提壺聲滿溪雲涯一里千萬曲直是漁翁行也迷

荒柳卧波渾似困宿雲遮塢未全凝雲情柳意蕭蕭會若問諸餘總不知

每逢孤嶼一倚檝便欲狂歌同採薇任是烟蘿中待月不妨欹枕扣舷歸

松陵集卷第七

松陵集卷第八 今體七言詩八十四首

白鷗詩 并序 　龜蒙

樂安任君嘗爲涇尉居吳城中地纔數畝而不佩俗物有池池中有島嶼池之南西北邊合三亭脩篁嘉木掩隱隈奥處其一不見其二也君好奇樂異喜文學名理之士所得皆清散凝瑩襲美知而偕詣既坐有白鷗翩翩然馴於砌下因請浮而翫之主人曰池中之族老矣每以豪健據有鷗之始浮輒逐而害之今畏不敢入吁昔人之心蓄機事猶或舞而不下况害之哉且羽

旗麗於水者多矣獵鷗爲背服其致不啻邪一
曰水有鯨鯢之患陸有狐狸之憂儔侶不得命
嘯麋埃不得澡刷雖蒙人之流賞亦天地之窮
鳥也感而爲詩邀龔美同作

詩

慣向溪頭漾淺沙薄烟微雨是生涯時時失伴
沈山影往往爭飛雜浪花晚樹清涼還鸂鶒舊
巢㚒落寄蒹葭池塘信美應難戀針在魚脣劍
在鰕

奉和　　　　　　　　　　日休

雪羽襹褷半惹泥海雲深處舊巢迷池無飛浪
爭教舞洲少輕沙若遣棲烟外失羣飄鴈鶩波
中得志羨鳧鷖望人恩重直難遇莫爲心孤憶
舊溪

懷楊台文楊鼎文二秀才　龜蒙

秋早相逢待得春崇蘭清露小山雲（崇蘭小山郡中二堂）寒花
獨自愁中見曙角多同醒後聞釣具每隨輕舸
去詩題閒上小樓分重思醉墨縱橫甚書破羊
欣白練裙

奉和次韻　日木

羊曇留我昔經春各以篇章見屬王雲賞掌每容
閒處見擊琴多任醉中聞酌前青翰交加倚醉
後紅魚取次分爲說風標曾入夢上仙初著翠
霞裙

友人以人參見惠因以詩謝之

日休

神草延年出道家神草別名是誰披露記三椏開時的
定涵雲液斸後還應帶石花名士寄來消酒渴
野人煎處撇泉華從今湯劑如相續不用金山
焙上茶

奉和　龜蒙

五葉初成椵樹陰紫團峯外卽雞林名參鬼蓋須難見材似人形不可尋品第已聞升碧簡攜持應合重黃金殷勤潤取相如肺封禪書成動帝心

傷進士嚴子重詩幷序　日休

余爲童在鄉校時簡上抄杜舍人牧之集見有與進士嚴惲詩後至吳一日有客曰嚴某余志其名久矣遽懷文見造於是樂得禮而觀之其所爲工於七字往往有清便柔媚時可軼駭於

常軌其佳者曰春光冉冉歸何處更向花前把一杯盡日問花花不語爲誰零落爲誰開余美之諷而未嘗忘生舉進士亦十餘計偕余方寃之謂予竟有得於時也未幾歸吳興後兩月（咸通十一年也）霅人至云生以疾亡於所居矣噫生徒以詞聞於士大夫竟不名而逝豈止此而埋沒耶江湖間多美利士君子苟樂退而有文者死無不爲時惜可勝言耶於是哭而爲詩魯望生之友也當爲我同作

詩

十哭都門榜上塵蓋棺終是五湖人生前有敵
唯丹桂沒後無家秖白蘋箬下斬新醒處月江
南依舊詠來春知君精爽應無盡必在酆都頌
帝晨梁成酆都官頌紂絕標帝晨

嚴子重以詩遊於名勝閒舊矣余晚於
江南相遇甚樂不幸且没襲美作詩序
而弔之其名眞不朽矣又何慼其死哉
余因息悲而爲之和　龜蒙

每値江南日落春十年詩酒愛逢君芙蓉湖上
吟船倚翡翠巖前醉馬分秖有汀州連舊業豈

無章疏動遺文猶憐未卜佳城處更覓要離冢
畔雲

早秋呉體寄龔美　龜蒙

荒庭古樹只獨倚敗蟬殘蛩苦相仍雖然詩膽
大於斗爭奈愁腸牽似繩短燭初添蕙幌影微
風漸折蕉衣稜安得彎弓似明月快箭拂下西
飛鵬

奉和次韻　日休

書淫傳癖窮欲死譊譊何必頻相仍日乾陰蘚
厚堪剝藤把歙松牢似繩搗藥香侵白袷袖穿

雲濶破烏紗稜安得瑶池飲殘酒半醉騎下垂天鵬

秋賦有期因寄襲美時將生試貢士　龜蒙

雲似無心水似閒忽思名在貢書間烟霞鹿弁聊懸著鄰里漁舠暫解還文草病來猶滿篋藥苗衰後即離山廣寒宮樹枝多少風送高低便可攀

奉和次韻　日休

十載江南盡是閒客兒詩句滿人間郡侯聞譽親邀得鄉老知名不放還應帶瓦花經汴水更

攜雲霄出包山太微宫裏瓊岡極無限瑶枝待
爾攀、

病中秋懷寄龔美　龐蒙

病容愁思苦相兼清鏡無情未我嫌貧廣異蔬
行徑窄故求偏藥出錢添同人散後休縣酒雙
燕辭來始下簾更有是非齊未得重憑詹尹拂
龜占

、　奉和次韻　日休

貧病於君亦大兼才高應亦被天嫌因分鶴料
家資減爲置僧餐口數添靜裏改詩空凭几寒

中注易不開簾清詞一一侵眞字甘取窮愁不
用占

新秋卽事三首　日休

癡號多於顧愷之更無餘事可從知酒坊吏到
常先見鶴料符來每探支吳郡有鶴料案涼後每謀清月
社晚來專赴白蓮期共君無事堪相賀又到金
虀玉鱠時

堪笑高陽病酒徒幅巾蕭灑在東吳秋期淨掃
雲根瘦山信迴緘乳管麤白月半窗抄朮序清
泉一器授芝圖乞求待得西風起盡去聲挽烟帆

入太湖

露槿風杉滿曲除，高秋無事似雲廬。醉多已任家人厭，病久還甘吏道踈。青桂巾箱時寄藥，白綸卧具半抛書。君卿脣舌非吾事，且向江南問鰒魚。

奉和次韻　龜蒙

心似孤雲任所之，世塵中更有誰知。愁尋冷落驚雙鬢，病得清凉減四支。懷舊藥溪終獨往，宿枯杉寺已頻期。兼須爲月求高處，即是霜輪殺滿時。

帆檝衣裳盡釣徒往來 蹤跡徧三吳閒中展卷
興亡小醉後題詩點畫麤松島伴譚多道氣竹
窻孤夢豈良圖還須待致昇平了即任扁舟放
五湖
聲利從來解破除秋灘唯憶下桐廬鸕鷀陣合
殘陽少蜻蛚吟高冷雨踈辯伏南華論指指才
非玄晏借書書當時任使眞堪笑波上三年學
炙魚

南陽潤卿將歸雷平因而有贈

日木

借問山中許道士此迴歸去復何如竹屏風扇抄遺事柘步輿竿繫隱書絳樹實多分紫鹿丹沙泉淺種紅魚東卿旄節看看至靜啓茅齋慎掃除

奉和　龜蒙

朝市山林隱一般却歸那減臥雲懽墮堦紅葉誰收得半盎清醪客醉乾玉爻詩成吟處曉金沙泉落夢中寒真仙若降如相問曾步星綱繞醮壇

訪寂上人不遇　日休

何處尋雲暫廢禪，客來還寄草堂眠。桂寒自落翻經案，石冷空消洗鉢泉。爐裏尚飄殘玉篆，龕中仍鏁小金仙。須將二百籤迴去，得得支公恐隔年。

奉和　　龜蒙

芭蕉霜後石欄荒，林下無人閉竹房。經抄未成抛素几，錫環應撼過寒塘。蒲團爲拂浮埃散，茶器空懷碧餑香。早晚却還宗炳社，夜深風雪對禪牀。

顧道士亡弟子乞銘於襲美既而奉以

束帛因賦戲贈　龜蒙

童初真府召爲郎君與抽毫刻便房亦謂神仙同許郭不妨才力似班揚比於黃絹詞尤妙酬以霜縑價未當唯我有文無賣處筆鋒銷盡墨池荒

奉和　日休

師去東華却鍊形門人求我誌金庭大椿枯後新爲記仙鶴亡來始有銘（前朝文集未有道士銘誌）瓊板欲刊知不朽冰紈將受恐通靈君才莫歎無茲分合神玄錄解經

秋夕文宴 得遥字　日休

啼螿衰葉共蕭蕭，文宴無喧夜轉遥。高韻最宜題雪讚，逸才偏稱和雲謡。風吹翠蠟應難刻，月照清香太易消。無限玄言一盃酒，可能容得盞寬饒。

同前 得成字　龜蒙

筆陣初臨夜正清，擊銅遥認小金鉦。飛觥壯若遊燕市，覓句難於下趙城。隔嶺故人因會憶，傍簷棲鳥帶吟驚。梁王座上多詞客，五韻甘心第七成梁昭明嘗文宴賦詩各五韻劉孝威第七方成

南陽廣文欲於荊襄卜居因而有贈　日休

地肺從來是福鄉廣文高致更無雙青精飯熟雲侵竈白朮羹成雪濺窗度日竹書千萬字經冬木煎兩三缸鱸魚自是君家味莫背松江憶漢江

代廣文先生訓次韻　龜蒙

不知天隱在何鄉且欲煙霞跡暫雙鶴廟未能齊月馭鹿門聊擬並雲窗蘚街荒磴移桑屐花浸春醪挹石缸莫惜檻頭容釣伴也應東印有

餘江、

寄毘陵魏處士朴　　日休

文籍先生不肯官，絮巾衝雪把魚竿。一堆方册爲侯印，三級幽巖是將壇。醉少最因吟月冷，瘦多偏爲卧雲寒。兔皮衾暖篷舟穩，欲共誰遊七里灘。

奉和　　龜蒙

經苑初成墨沼開，何人林下肯尋來。若非宗測圖山後，卽是韓康賣藥迴。溪籟自吟朱鷺曲，沙雲還作白鷗媒。唯應地主公田熟，時送君家麴

藥材

初冬偶作寄南陽潤卿　日休

寓居無事入清冬，雖設樽罍酒半空。白菊爲霜翻帶紫，蒼苔因雨却成紅。迎潮預遣收魚笱，防雪先教葺鶴籠。唯待支硎最寒夜，共君披氅訪林公。

奉和次韻　龜蒙

逐日生涯敢計冬，可嗟寒事落然空。窻憐反照緣書小，庭喜新霜爲橘紅。衰柳尚能和月動，敗蘭猶擬倩烟籠。不知海上今清淺，試與飛書問

洛公

冬曉章上人院　　日休

山堂冬曉寂無聞一句清言憶領軍琥珀珠粘
行處雪棕櫚帚掃臥來雲松扉欲啓如鳴鶴石
鼎初煎若聚蚊不是戀師歸去晚陸機茸内足
毛羣

奉和　　龜蒙

山寒偏是曉來多况值禪牕雪氣和病客功夫
經未演故人書信納新磨閑臨靜案修茶品獨
傍深溪記藥科從此逍遥知有地更乘清月伴

君過

寄題鏡巖周尊師所居詩并序　日休

處州仙都山山之半有洞口下望之如鑑目之曰鏡巖下去地二百尺上者以竹梯爲級中如方丈内有乳水滴瀝嵌罅黃老徒周君景復居焉迨八十年不食乎粟日唯焚降眞香一炷讀靈寶度人經而已東牟段公柯昔爲州日聞其名梯其室以造之且曰君居此久矣乳水之滴晝夜可知量乎周君曰某常揣之盡晝與夜一斛加半焉公異而禮之後柯别十二年日休至

吳處人過說周君尚存吟想甚適無由以覩因寄題是詩云

詩

八十餘年住鏡巖鹿皮巾下雪髟髟床寒不夲雲縈枕經潤何妨乳滴函飲澗猿迴窺絶洞緣梯人歇倚危杉如何計吏窮於鳥欲望仙都舉一帆

奉和　龜蒙

見說身輕鶴不如石房無侶共雲居清晨自削靈香柹獨夜空吟碧落書十洞飛精應徧吸一

莖秋髮未曾梳知君使入懸珠會早晚東騎白
鯉魚、

寒夜文宴 得泉字　日休

分明競襞七香牋玉朗風姿盡列仙盈篋共開
華頂藥滿缾同坼惠山泉罌因霜重金膏溢橋
爲風多玉腦鮮吟罷不知詩首數隔林明月過
中天、

同前 得蘵字　龜蒙

各將寒調觸詩情旋見微澌入硯生霜月滿庭
人暫起汀洲半夜鴈初驚三清每爲仙題想一

日多因累句傾千里建康衰草外含毫誰是憶
昭明、
庚寅歳十一月新羅弘惠上人與本國
同書請日休爲靈鷲山周禪師碑將還
以詩送之
三十麻衣弄渚禽豈知名字徹雞林勤銘雖即
多遺草越海還能抵萬金鯨鬣曉掀峯正燒鼇
晴夜没島還陰二千餘字終天别東望辰韓淚
灑襟、
奉和　　　龜蒙

一笛迢遞過東瀛，秖爲先生處乞銘。已得雄詞封靜檢，却懷孤影在禪庭。春過異國人應寫，夜讀滄洲怪亦聽。遥想勒成新塔下，盡望空碧禮文星。

送潤卿博士還華陽　日休

雪打蓬舟離酒旗，華陽居士半酣歸。逍遥只恐逢雲將，恬澹眞應降月妃。仙市鹿胎如錦嫩，陰宫燕肉似蘇肥。公車草合蒲輪壞，争不教他白日飛。

同前　龜蒙

何事輕身近臘迴，茅君兄弟欲歸來。茅司命以三月十八日十二月二日會華陽天封題玉洞虛無奏，點檢霜壇沆瀣杯。雲肆先生分氣調，山圖公子愛詞才。殷勤爲向東卿薦，灑掃含真雪後臺。

寒日書齋即事三首　日休

參佐三間似草堂，恬然無事可成忙。移時寂歷燒松子，盡日殷勤拂乳牀。將近道齋先衣褐，欲清詩思更焚香。空庭好待中宵月，獨禮星辰學步綱。

不知何事有生涯，皮褐親裁學道家。深夜數甌

唯柏葉清晨一器是雲華別名盆池有鷺鶿蘋沫
石版無人掃桂花江漢欲歸應未得夜來頻夢
赤城霞
方朔家貧未有車肯從榮利捨樵漁從公未怪
多侵酒見客唯求轉借書暫聽松風生意足偶
看溪月世情疎如鉤得貴非吾事合向烟波為
五魚松江有五魚

奉和每篇各用一韻　　龜蒙

不必探幽上鬱岡公齋吟嘯亦何妨唯求薏苡
供僧食別著氍毹待客牀春近帶烟分短蕙曉

來衝雪撼踈篁餘杭山酒猶封在遥囑高人未
肯嘗
已上星津八月槎文通猶自學丹砂（江文通有丹砂可學賦）仙
經寫得空三洞隱士招來別九華静對眞圖呼
緑齒偶開神室問黄芽方諸吏是憐才子錫賚
於君合有著
名價皆酬百萬餘尚憐方丈講玄虛西都賓問
曾成賦東海人求近著書（龍李美嘗作西都賦又新羅僧請爲太師碑銘）茅洞煙
霞侵寤寐檀溪風月挂樵漁清朝還要廷臣在
兩地寧容便結廬

釋後送內大德從最遊天台　日休

講散重雲下九天，大君恩賜許隨緣。霜中一鉢無辭乞，湖上孤舟不廢禪。夢入瓊樓寒有月，天台山有金庭不死之鄉及瓊樓玉室。行過石樹凍無烟。案消山有石樓樹，吳大皇元年郡吏伍曜於海際得之，枝莖紫色有光，南趙謂之石連理也。他時瓜鏡知何用，吳越風光滿御筵。

奉和　龜蒙

應緣南國盡南宗，欲訪靈溪路暗通。在天台山下。歸思不離雙闕下，去程猶在四明東。銅缾淨貯桃花雨，金策閒摇麥穗風。上人指期國清過夏。若戀吾君先拜疏，爲論台嶽未封公。

寄題玉霄峯葉涵象尊師所居　日休

青冥向上玉霄峯，元始先生戴紫蓉。曉案瓊文光洞壑，夜壇香氣惹杉松。閒迎仙客來爲鶴，靜噀靈符去是龍。子細捫心無偃骨，欲隨師去肯相容。偃骨在胸者名入星簡

奉和　龜蒙

天台一萬八千丈，師在浮雲端掩扉。永夜只知星斗大，深秋猶見海山微。風前幾降青毛節，雪後應披白羽衣。南望煙霞空再拜，欲將飛魄問

靈威

南陽廣文博士還雷平後寄　龜蒙

徽徽春色染林塘親撥煙霞坐澗房陰洞雪膠知未入濁醪風破的偷嘗芝臺曉用金鐺煑星度閒將玉鈴量幾遍侍晨官欲降曙壇先起獨焚香

奉和次韻　日休

春彩融融釋凍塘日精閒嚥坐巖房瓊函靜啓從猿觀金液初開與鶴嘗八會舊文多搭寫七眞遺語剩思量不知夢到爲何處紅藥滿山煙

月香

題支山南峯僧　日休

雲侵壞衲重隈肩不下南峯不記年池裏羣魚曾受戒林間孤鶴欲參禪雞頭竹上開危徑鴨脚花中擿廢泉無限吳都堪賞事何如來此看師眠

奉和次韻　龜蒙

眉毫霜細欲垂肩自說初棲海嶽年萬壑烟霞秋後到一林風雨夜深禪時翻貝葉添新藏閑插松枝護小泉好是清冬無外事匡牀齋罷向

陽眠

送董少卿遊茅山　日休

名卿風度足杓斜一舸閒尋二許家天影曉通金井水山靈深護玉門沙空壇禮後銷香母陰洞緣時觸乳花盡待于公作廷尉（卿嘗爲大理有廉平之稱）不須從此便餐霞

同前　龜蒙

威輦高懸度世名至今仙裔作公卿將隨羽節朝珠闕曾佩魚符管赤城（董嘗判台州）雲凍尚含孤石色雪乾猶墮古松聲應知四扇靈方在待取歸

時緑髪生、

襲美將以緑罽爲贈因成四韻　　龜蒙

三徑風霜利若刀襜褕吹斷罥蓬蒿病中秖自悲龍具世上何人識羽袍狐貉近懷珠履貴薜蘿遥羡白巾高陳王輕暖如相遺免製衰荷效廣騷

詶魯望見迎緑罽次韻　　日休

輕裁鴨緑任金刀不怕西風斷野蒿酬贈既無青玉案纖華猶欠赤霜袍烟披恠石難同逸

映仙禽未勝高成後求君無別事只應酬飲話
離騷
寄懷南陽潤卿　日休
鹿門山下捕魚郎今向江南作渴羌無事只陪
看藕樣有錢唯欲買湖光醉來渾忘移花處病
起空閑焙藥香何事對君猶有愧一蓬衝雪返
華陽
奉和　龜蒙
高抱相逢各絶塵水經山疏不離身才情未擬
湯從事玄解猶嫌竺道人霞染洞泉渾變紫雪

披江樹半和春誰憐故國無生計唯種南塘二
畝芹

天竺寺八月十五日夜桂子　日休

玉顆珊珊下月輪殿前拾得露華新至今不會
天中事應是嫦娥擲與人

奉和　龜蒙

霜實常聞秋半夜天台天竺墮雲岑（垂拱中天台桂子落十餘日方止）
如何兩地無人種却是湘灕是桂林

釣侶二章　日休

趂眠無事避風濤一斗霜鱗換蜀醪（吳中賣魚論斗）篙

兒童呼不得盡衝烟雨漉車螯
嚴陵灘勢似雲崩釣具歸來放石層烟浪濺篷
寒不睡更將枯蚌點漁燈

奉和次韻　龜蒙

一艇輕撶看晚濤接䍠抛下漉春醪相逢便倚
蒹葭泊更唱菱歌擘蟹螯
雨後沙虛古岸崩魚梁移入亂雲層歸時月墮
汀洲暗認得妻兒結網燈

寄同年韋校書　日休

二年疎放飽江潭水物山容盡足躭唯有故人

憐未替欲封乾鱠寄終南

奉和　　　　　　　　　　　　　　　龜蒙

萬古風烟滿故都清才搜括妙無餘可中寄與

芸香客便是江南地里書

初冬偶作　　　　　　　　　　　　　日休

豹皮茵下百餘錢劉墮閒沽盡醉眠酒病校來

無一事鶴亡松老似經年

奉和次韻　　　　　　　　　　　　　龜蒙

桐下空堦疊緑錢貂裘初綻擁高眠小爐低幌

還遮掩酒滴清香似去年

醉中寄魯望一壺幷一絶　日休

門巷寥寥空紫苔，先生應渴解酲杯，醉中不得親相倚，故遣青州從事來

走筆次韻奉訓　龜蒙

酒痕衣上雜莓苔，猶憶紅螺一兩杯，正被繞籬荒菊笑，日殘還有白衣來，

更次來韻寄魯望　日休

蕭蕭紅葉擲蒼苔，玄晏先生欠一杯，從此問君還酒債，顔延之送幾錢來

又和次韻　龜蒙

堦下飢禽啄嫩苔野人方倒病中杯寒蔬賣却
還沽喫可有金貂換得來

重玄寺雙矮檜　　　　日休

撲地枝𢌞是翠鈿碧絲籠細不成煙蘬如天竺
難陀寺一對猊狏相枕眠

奉和　　　　　　　　龜蒙

可憐烟刺是青螺如到雙林誤禮多更憶早秋
登北固海門蒼翠出晴波

醉中戲贈襲美　　　　龜蒙

南北風流舊不同傖吳今日若相通病來猶伴

金杯滿欲得人呼小褚公

奉詶次韻　日休

秦吳風俗昔難同唯有才情事事通剛戀水雲

歸不得前身應是太湖公

臯橋　日休

臯橋依舊緑楊中閭里猶生隱士風唯我到來

居上館不知何道勝梁鴻

奉和　龜蒙

横絶春流架斷虹凭欄猶想五噫風今來未必

非梁孟却是無人繼伯通

卷八終

松陵集卷第九 今體五七言詩八十六首

過張祜處士丹陽故居 并序

進士顔萱

萱與故張處士祜世家通舊尚憶孩稚之歲與
伯氏嘗承處士撫抱之仁目管轄爲神童期孔
融於偉器光陰徂謝二紀于茲適經其故居已
易他主訪遺孤之所止則距故居之右二十餘
步荊榛之下蓽門啓焉處士有四男一女男曰
椿兒桂子椅兒杞兒閼之三已物故唯杞爲遺
孕與其女尚存欲揖杞與言則又求食於安貴

矣但有霜鬢而黄冠者杖策近門乃昔時愛姬崔氏也與之語僅歷然可聽嗟乎葛帔練裙兼非所有琴書圖籍盡屬他人又云横塘之西有故田數百畝力既貧窶十年不耕唯歲賦萬錢求免無所嗚呼昔爲穆生置醴鄭公立鄉者復何人哉因吟五十六字以聞好事者

詩

憶昔爲兒逐我兄曾抛竹馬拜先生書齋已换當時主詩壁空題故友名豈是爭權留怨敵可憐當路盡公卿柴扉草屋無人問猶向荒田責

地征

和張處士詩并序　龜蒙

張祜字承吉元和中作宮體小詩辭曲艷發當時輕薄之流能其才合譟得譽及老大稍窺建安風格誦樂府録知作者本意短章大篇往往間出諫諷怨譎時與六義相左右善題目佳境言不可刊置別處此爲才子之最也由是賢俊之士及高位重名者多與之游謂有鵠鷺之野孔翠之鮮竹柏之貞琴磬之韻或薦之於天子書奏不可亦受辟諸侯府性狷介不容物輒自

剗去以曲阿地古澹有章乾之遺風遂築室種樹而家焉性嗜水石常惓力致之從知南海閭罷職載羅浮石筍還不蓄善田利產爲身後計死未二十年而故姬遺孕凍餒不暇前所謂鵾鷺孔翠竹柏琴磬之家雖朱輪尚乘遺編尚吟未嘗一省其孤而恤其窮也噫人假之爲玩好不根於道義耶懼其怨刺於神明耶天果不愛才没而猶譴耶吾一不知之友人顏弘至行江南道中訪其廬作詩弔而序之屬予應和予汨没者不足哀承吉之道邈韻美同作庶乎承吉

之孤倚其傳而有憐者

詩

勝華通子共悲辛荒徑今爲舊宅鄰一代交遊
非不貴五湖風月合教貧魂應絶地爲才鬼名
與遺編在史臣聞道平生偏愛石至今猶泣洞
庭人

魯望憫承吉之孤爲詩序邀予屬和欲
用予道振其孤而利之噫承吉之困身
後乎魯望視予困與承吉生前孰若哉
未有巳困而能振人者然抑爲之辭用

日休　寒良友之意

先生清骨瘞煙霞，業破孤存孰爲嗟。幾篋詩編分貴位，一林石笋散豪家。兒過舊宅啼楓影，姬繞荒田泣稗花。唯我共君堪便戒，莫將文譽作生涯。

旅泊吳門呈一二同志

前廣文博士張賁

一舸吳江晚，堪憂病廣文。鱸魚誰與伴，鷗鳥自成羣。反照縱橫水，斜空斷續雲。異鄉無限思，盡付酒醺醺。

奉詶次韻　　龜蒙

高秋能叩觸天籟忽成文苦調雖潛倚靈音自絶羣笭𥰭曾醺斗笠澤久眠雲許伴山中躅三年任一醺

貢中間有吳門旅泊之什多垂見和更作一章以伸詶謝

偶發陶匏響皆蒙組繡文清秋將落帽子夏正離羣有恨書燕鴈無聊賦郢雲徧看心自醉不是酒能醺

更次韻奉詶　　龜蒙

獨倚秋光岸風漪學篁文玄堪教鳳集書好換鵝羣葉隨平臺月香消古徑雲強歌非白紵聊以送餘醺

魯望示廣文先生吳門二章情格高散可醒俗態因追想山中風度次韻屬和存于詩編魯望之命也　日休

我見先生道休思鄭廣文鶴翻希作伴鷗却覓爲羣邈好冠清月高宜著白雲朝庭未無事爭任醉醺醺

能譜肉芝樣解講隱書文終古神仙窟窮年麋

麛羣行廚煮白石卧具拂青雲應在雷平上支頤復半醺

寄潤卿博士　日休

高眠可爲耍玄纁鵲尾金爐一世焚（陶貞白有金鵲尾香爐）塵外鄉人爲許掾山中地主是茅君將收芝菌唯防雪欲曬圖書不奈雲若使華陽終卧去漢家封禪用誰文

詶襲美先輩見寄倒來韻　張賁

尋疑天意喪斯文故選茅峯寄白雲酒後只留滄海客香前唯見紫陽君近年已絕詩書癖今

日兼將筆硯焚爲有此身猶苦患不知作者是

玄纁、

奉和襲美寄廣文先生　龜蒙

忽辭明主事眞君直取姜巴路入雲龍篆拜時

輕誥命霓襟披後小玄纁峯前北帝三元會石

上東卿九錫文應笑世間名利火等閒靈府剩

先焚

軍事院霜菊盛開因書一絶寄上諫議　日休

金華千點曉霜凝獨對壺觴又不能已過重陽

三十日至今猶自待王弘

奉訓霜菊見贈之什　蘇州刺史崔璞

菊花開晚過秋風聞道芳香正滿叢爭奈病夫難強飲應須速自召車公

奉和諫議訓先輩霜菊　龜蒙

紫莖芳豔照西風秖怕霜華掠斷叢雖伴應劉還強醉路人終要識山公

幽居有白菊一叢因而成詠呈一二知已　龜蒙

還是延年一種林（菊之別名）即將瑶朶冒霜開不如紅艷臨歌扇欲伴黄英入酒盃陶令接䍦堪岸著梁王高屋好欹來（梁朝有白紗高屋帽）月中若有閒田地爲勸常娥作意栽

奉和　張賁

雪彩冰姿號女華寄身多是地仙家有時南國和霜立幾處東籬伴月斜謝客瓊枝空貯恨袁郎金鈿不成夸自知終古清香在更出梅粧弄晚霞

奉和　日休

巳過重陽半月天、琅華千點照寒煙、蘂香亦似浮金靨、花樣還如鏤玉錢、玩影馮妃堪比艷、鍊形蕭史好爭妍、無由摘向牙箱裏、飛上方諸贈列仙

奉和　　進士鄭壁

白艷輕明帶露痕、始知佳色重難羣、終朝凝笑梁王雪、盡日慵飛蜀帝雲、燕雨似翻瑤渚浪、鴈風疑卷玉綃紋、瓊妃若會寬裁翦、堪作蟾宮夜舞裙、

奉和　　進士司馬都

恥共　英一例開素芳須待早霜催遠謝看見
成瑤　之酒初迷傍玉盃映水好將顏作伴犯
寒疑　言爲媒夫君每尚風流事應爲徐妃致
此栽。

華亭鶴聞之舊矣，及來吳中，以錢千得一隻養之，殆經歲，不幸爲飲啄所誤，經夕而卒，悼之不已，遂繼以詩，南陽潤卿博士、浙東德師侍御、毘陵魏不琢處士、東吳陸魯望秀才及厚於予者，悲寄之，請垂見和。　日休

池上低摧病不行誰教仙骨反層城陰苔尚有
前朝跡皎月新無昨夜聲菰米正殘三日料筠
籠休礙九霄程不知此恨何時盡遇著雲泉即
愴情
莫怪朝來淚滿衣墜毛猶傍水花飛遼東舊事
今千古却向人間葬令威
奉和襲美先輩悼鶴二首
前浙東觀察推官兼殿中侍御史李縠
才子襟期本上清陸雲家鶴伴閒情猶憐反顧
五六里何意忽歸十二城露滴誰聞高葉墜月

沈休籍半堦明，人間華表堪暫語，乘向秋風唳
一聲。
道林曾放雪翎飛，應悔庭除閉羽衣。料得王恭
披鶴氅，倚吟猶待月中歸。
奉和　　　　　　　　　　　　　　　　　　張貢
池塘蕭索掩空籠，玉樹同嗟一土中。沙徑罷鳴
唯泣露，松軒休舞但悲風。丹臺舊氅難重緝，紫
府新書豈更通。雲減霧消無處問，只留華髮與
衰翁。
渥頂鮮毛品格馴，莎庭閒暇重難羣。無端日暮

東風起飄散春空一片雲

奉和　　　龜蒙

一夜圓吭絶不鳴八公虛道得千齡方添上客雲眠思忽伴中仙劍解形但掩叢毛穿古堞永留寒影在空屏君才幸自清如水更向芝田爲刻銘

酆都香稻字重思遥想飛魂去未飢爭奈野鴉無數健黄昏來占舊棲枝

奉和　　　魏朴

直欲裁詩問杳冥豈教靈化亦浮生風林月動

疑雷魄沙島炬愁似縕情雪骨夜主蒼蘚冷綠
衣寒在碧塘輕，人間飛去猶堪恨，況是泉臺遠
玉京。
經秋宋玉已悲傷，況報胎禽昨夜亡。霜曉起來
無問處，伴僧彈指繞荷塘。
傷開元觀顧道士　日休
協晨宮上啓金扉，詔使先生坐蛻歸。鶴有一聲
應是哭，丹無餘粒恐潛飛。煙凄玉笥封雲篆，月
慘琪花葬羽衣。腸斷雷平舊遊處，五芝無影草
微微。

奉和　張賁

鳳麟膠盡夜如何共歎先生劒解多幾度吊來唯白鶴此時乘去必青騾圖中含景隨殘照琴裏流泉寄逝波悵望眞靈又空返玉書誰授紫微歌

奉和　龜蒙

何事神超入杳冥不騎孤鶴上三清多應白簡迎將去卽是朱陵鍊更生藥奠肯同椒醑味雲謠空替薤歌聲武皇徒有飄飄思誰問山中宰相名

奉和　　　　　　鄭璧

斜漢銀瀾一夜東飄飄何處五雲中空留華表千年約纔罷丹爐九轉功形蛻遠山孤壙月影寒深院曉松風門人不覩飛升去猶與浮生哭恨同

醉中即席贈潤卿博士　　日休

適越遊吳一散仙銀餅玉柄兩翛然茅山頂上攜書簏笠澤心中漾酒船桐木布溫吟倦後桃花飯熟醉醒前謝安四十餘方起猶自高閒得數年

奉和次韻　張賁

桂枝新下月中仙學海詞鋒譽藹然文陣已推
忠信甲窮波猶認孝廉船清標稱住羊車上俗
韻慚居鶴氅前共許逢蒙快弓箭再穿楊葉在
明年

奉和次韻　龜蒙

共是虛皇簡上仙清詞如羽欲飄然登山凡著
幾量屐破浪欲乘千里船遠夢只留丹井畔閒
吟多在酒旗前誰知海上無名者只記漁歌不
記年

偶留羊振文先輩及一二文友小飲日休以眼病初平不敢飲酒遣侍容歡因成四韻

謝莊初起怯花晴強侍紅筵不避觥久斷盃盂華蓋喜忽聞歌吹谷神驚襹褷正重新開柳咕囁難通乍囀鸎猶有僧虔多蜜炬不辭相伴到天明

奉和龔美見留小讌次韻

前進士羊昭業

澤國春來少遇晴有花開日且飛觥王戎似電

休推病周顫纔醒衆却驚芳景漸濃偏屬酒暖
風初暢欲調鸎知君不肯燃官燭爭得華筵徹
夜明

襲美留振文小宴龜蒙抱病不赴猥示
倡和因次韻仰訓

綺席風開照露晴秪將荼荈代雲觥繁絃似玉
紛紛碎佳妓如鴻一一驚毫健幾多飛藻客羽
寒寥落映花鸎幽人獨自西窗晚閒凭香檉反
照明

醉中襲美先起因成戲贈　李縠

休文雖飾逃瓊液阿鷟還須掩玉階月落金雞一聲後不知誰悔醉如泥

走筆奉詶次韻　　　　　　日休

麝烟苒苒生銀兎蠟淚漣漣滴繡閨舞袖莫欺先醉去醒來還解驗金泥

奉和次韻　　　　　　　　張賁

何事桃源路忽迷唯留雲雨怨空閨仙郎共許多情調莫遣重歌濁水泥

奉和次韻　　　　　　　　龜蒙

莫唱艷歌凝翠黛已通仙籍在金閨他時若寄

相思淚紅粉痕應伴紫泥

奉送浙東德師侍御罷府西歸　張賁

孤雲獨鳥本無依江海重逢故舊稀楊柳漸疎

蘆葦白可堪斜日送君歸

同前　龜蒙

王謝遺蹤玉籍仙三年閒上鄂君船詩懷白閣

僧吟苦俸買青田鶴價偏行次野楓臨遠水醉

中衰菊卧涼煙芙蓉散盡西歸去唯有山陰九

萬箋

同前　日休

建安才子太微仙，暫上金臺許二年。形影欲歸温室樹，夢魂猶傍越溪蓮。空將海月爲京信，尚使樵風送酒船。從此受恩知有處，免爲傖鬼恨吳天。

浙東罷府西歸道經吳中廣文張博士皮先輩陸秀才皆以雅篇相送不量荒詞亦用訓別　李縠

豈有頭風筆下痊，浪成䜌語向初筵。蘭亭舊趾雖曾見，柯笛遺音更不傳。照曜文星吳分野，留

連花月晉名賢相逢只恨相知晩一曲驪歌又
幾年

送羊振文先輩往桂陽歸覲　龜蒙

風雅先生去一麾過庭才子趣歸期（時使君大人自襄　毛詩傳士出牧言）
王門外開帆葉義帝城中望戟枝郢路漸寒飄
雪遠湘波初暖漲雲遲靈均精魄如能問又得
千年賈傳詞

同前　日休

桂陽新命下彤墀彩服行當欲雪時登第已聞
傳爾賦問安猶聽講韓詩竹人臨水卯亭節曹

湘中賦云窮營當食人風母窮雲避信旗桂陽山中有風母獸擊殺見風輒活無限湘中悼
騷恨憑君此去謝江蘺

同前　　　　　　　　　顔萱

高挂呉帆喜動容，問安歸去指湘峯。懸魚庭内
芝蘭秀，馭鶴門前薜荔封。蘇耽舊宅在柳州紅旆正憐棠影
茂，綵衣偏帶桂香濃。臨岐獨有霑襟戀，南巷當
年共化龍。先輩與拾遺叔父同年也

同前　　　　　　　　　司馬都

此去惟榮冠士林，離筵休恨酒杯深。雲梯萬仞
初高步，月桂餘香尚滿襟。鳴棹曉衝蒼靄發，落

娃

帆寒動曰華吟君家祖德惟清苦却笑當時問絹心

褚家林亭　　日休

廣亭遥對舊娃宮竹島蘿溪委曲通茂苑樓臺低檻外太湖魚鳥徹池中蕭疎桂影移茶具狼籍蘋花上釣筒爭得共君來此住便披鶴氅對清風

奉和　　張賁

疎野林亭震澤西朗吟閒步喜相攜時時風折蘆花亂處處霜摧稻穗低百本敗荷魚不動一

枝寒菊蝶空迷今朝偶得高陽伴從放山公醉似泥

奉和　謳蒙

一陣西風起浪花遶欄干下散瑶華高憑曲檻仙侯府卧葦荒芹白鳥家孤島待寒凝片月遠山終日送餘霞若知方外還如此不要乘秋上海槎

送圓載上人歸日本國　日休

講殿談餘著賜衣椰帆却返舊禪扉貝多紙上經文動如意缾中佛爪飛颶母影邊持戒宿波

神宮裏受齋歸家山到日將何入白象新秋十二圍

重送　日休

雲濤萬里最東頭射馬臺深玉署秋射馬臺即今王城也無限屬城爲躶國幾多分界是亶州亶州在會稽海外傳是徐福之裔取經海底開龍藏誦呪空中散蜃樓不奈此時貧且病乘桴直欲伴師遊

同前　龜蒙

老思東極舊巖扉却待秋風泛舶歸曉梵陽烏當石磬夜禪陰火照田衣見翻經論多盈篋親

植杉松大幾圍遥想到時思魏闕秖應遥拜望斜暉

闍圎載上人挾儒家書洎釋典以行更作一絶以送　　龜蒙

九流三藏一時傾萬軸光凌渤澥聲從此遺編東去後却應荒外有諸生

同前　　顔萱

師來一世恣經行却汎滄波問去程心静已能防渴鹿鼙喧時爲駭長鯨（師云海遇鯨舟人必鳴鼓而恐之）禪林幾結金桃重（日本府陰桃實重一斤）梵室重修鐵瓦輕（屋以鐵爲瓦輕於陶者）料得還

鄉無別利只應先見日華生

文讌招潤卿博士辭以道侶將至因書一絶寄之　龜蒙

仙客何時下鶴翎方瞳如水腦華清不過傳達楊君夢從許人間小兆聽

奉和　日休

癭木樽前地胇圖爲君偏輟俗功夫靈眞散盡光來此莫戀安妃在後無

再招　龜蒙

遥知道侶譚玄次又是文交麗事時雖是寒經

雲重日也留花簟待徐摛

奉和　　日休

飈御已應歸杳眇博山猶自對氛氳不知入夜能來否紅蠟先教刻五分

偶約道流終乖文會因成一絶用答四篇　　張賁

仙侶無何訪蔡經兩煩韶濩出彤庭人間若有登樓望應怪文星近客星

以青飿飯分送襲美魯望因成一絶　　張賁

誰屑瓊瑶事青飿舊傳名品出華陽應宜仙子胡麻拌因送劉郎與阮郎

潤卿遺青飿飯兼之一絶聊用答謝　日休

傳得三元飿飯名大宛聞説有仙卿（案西梁子文撰黃錦素書十通其二傳大宛北谷子自號青精先生）分泉過屋舂青稻（此飯以青龍稻爲之）拂霧彯衣折紫莖（南稻莖微紫色）蒸處不教雙鶴見服來唯怕五雲生草堂空坐無飢色時把金津漱一聲

同前　龜蒙

舊聞香積金仙食今見青精玉斧餐自笑鏡中

無骨録可能飛上紫霞端

酒病偶作　　日休

欝林岦障晝遮明一炷濃香養病酲何事晚來還欲飲隅墻聞賣蛤蜊聲

奉和次韻　　龜蒙

柳踈桐下晚牕明秖有微風爲折酲唯欠白綃籠解散（解散王倫髮名時人皆慕之也）洛生閒詠兩三聲

奉和次韻　　張賁

白編椰席鏤水明應助楊青解宿酲難繼二賢金玉倡可憐空作斷猿聲

潤卿魯望寒夜見訪各惜其志遂成一絶　日休

世外爲交不是親醉吟俱岸白綸巾風清月白更三點未放華陽鶴上人

奉和次韻　張賁

雲孤鶴獨且相親倣效從他折角巾不用吳江嘆留滯風姿俱是玉清人

奉和次韻　龜蒙

醉韻飄飄不可親掉頭吟側華陽巾如能跂脚東牕下便是羲皇世上人

玩金雞鸂鶒戲贈龔美　龜蒙

曾向溪邊泊暮雲至今猶憶浪花羣不知鏤羽
凝香霧堪與鴛鴦覺後聞

奉和　日休

鏤羽彫毛迥出羣溫黁飄出麝臍薰夜來曾吐
紅茵畔猶似溪邊睡不聞

奉和　張賁

翠羽紅襟鏤彩雲雙飛常笑白鷗羣誰憐化作
彫金質從倩沈檀十里聞

友人許惠酒以詩徵之　日休

野客蕭然訪我家霜殘白菊兩三花子山病起無餘事只望蒲臺酒一車庾信集云蒲州刺史中山公許酒一車未送

奉和　鄭壁

乘興閒來小謝家便裁詩句乞檑花邴原雖不無端醉也要臨風從鹿車

奉和　龜蒙

凍醪初漉嫩如春輕蟻漂漂雜藻塵得伴方平同一醉明朝應作蔡經身

寒夜文讌潤卿有期不至　日休

草堂虛灑待高眞不意清齋避世塵料得焚香

無
別事存心應降月夫人
奉和　　　　　　　　　　　　　　　龜蒙
細雨輕觴玉漏終上清詞句落吟中松齋一夜
懷貞白霜外空聞五粒風
奉和　　　　　　　　　　　　　　　鄭璧
已知羽駕朝金闕不用燒蘭望玉京應是易遷
明月好玉皇思看舞雙成
蒙恩除替將還京洛偶叙所懷因成六
韻呈軍事院諸公都中一二秀才　　崔璞

兩載求人瘼三春受代歸務繁多簿籍才短乏恩威共理乖天奬分憂値歲飢遽蒙交郡印（到郡十二箇月除替未及三年）安敢整朝衣作牧慙爲政思鄉念式微儻容還故里高卧掩柴扉

諫議以罷郡將歸以六韻賜示因佇詶獻　日休

欲下持衡詔先容解印歸露濃春後澤霜薄霽來威舊化堪治疾餘恩可療飢隅花攀去棹穿柳挽行衣佐理能無取酬知力甚微空將千感淚異日拜黃扉

謹和諫議罷郡叙懷六韻　謳蒙

已報東吴政，初捐左契歸。天慙酬苦節，人不犯寒威。江上思重借，朝端望載飢。紫泥封夜詔，金殿賜春衣。對酒情何遠，裁詩思極微。待卅鎔造日，江海問漁扉。

松陵集卷第九

松陵集卷第十雜體詩八十六首

雜體詩序　日休

案舜典帝曰夔命汝典樂敎胄子詩言志歌永言在焉周禮太師之職掌敎六詩諷賦既興風雅互作雜體遂生焉後係之於樂府蓋典樂之職也在漢代李延年爲協律造新聲雅道雖鈌樂府乃盛鐃歌鼓吹拂舞予俞因斯而興詞之體不得不因時而易也古樂書論之甚詳今不能備載載其他見者案漢武集元封三年作柏梁臺詔羣臣二千石有能爲七言詩者乃得上

坐帝曰日月星辰和四時梁王曰驂駕駟馬從梁來由是聯句興焉孔融詩曰漁父屈節水潛匿方作郡姓名字離合也由是離合興焉晉傅咸有迴文反覆詩二首云反覆其文者以示憂心展轉也悠悠遠邁獨煢煢是也由是反覆興焉晉溫嶠有迴文虛言詩云寧神靜泊損有崇亡由是迴文興焉梁武帝云後牖有朽柳沈約云偏眠船舷邊由是疊韻興焉詩云螮蝀在東又曰鴛鴦在梁由是雙聲興焉詩云維南有箕不可以簸揚維北有斗不可以挹酒漿近乎戲

也古詩或爲之蓋風俗之言也古有採詩官命
之曰風人圍棊燒敗襖看子故依然由是風人
之作興焉梁書云昭明善賦短韻吳均善賦强
韻今亦効而爲之存于編中陸生與予各有是
爲凡八十六首至如四聲詩三字離合全篇雙
聲疊韻之作悉陸生所爲又足見其多能也案
齊竟陵王郡縣詩曰追芳承荔浦揖道信雲丘
縣名由是興焉案梁元藥名詩曰戍客恒山下
當思衣錦歸藥名由是興焉陸與予亦有是作
至如鮑昭之建除沈炯之六甲十二屬梁簡文

之卦名陸惠曉之百姓梁元帝之鳥名龜兆蔡黃門之口字古兩頭纖纖藁砧五雜組已降非不能也皆鄙而不爲噫由古至律由律至雜詩之道盡乎此也近代作雜體唯劉賓客集中有廻文離合雙聲疊韻如聯句則莫若孟東野與韓文公之多他集罕見足知爲之之難也陸與予竊慕其爲人遂合已作爲雜體一卷屬予序雜體之始云

苦雨雜言寄魯望　日休

吳中十日涔涔雨歊蒸庳下豪家苦可憐臨頓

陸先生獨自脩脩然守環堵兒飢僕病漏空厨無
人肯典破衣裾蟲蠹時時上几案畫鼉往往跳
琴書桃花米斗半百錢枯荒濕壞炊不然雨牀
菰席一素几仰卧高聲吟太玄知君志氣如鐵
石甌冶雖神銷不得乃知苦雨不復侵枉費畢
星無限力鹿門人作州從事周章以鼠唯知醉
府金廩粟虛請來憶著先生便知愧愧多饋少
真徒然相見唯知攜酒錢豪華滿眼語不信不
如直上天公牋天公牋方修次且榜鳴蓬來一
醉

奉訓苦雨見寄　龜蒙

松篁交加午陰黑，別是江南煙靄國。頑雲猛雨更相欺，聲似虓號色如墨。茅茨裛爛簷生衣，夜夜化爲螢火飛。螢飛漸多屋漸薄，一注愁霖當面落。愁霖愁霖爾何錯，減頂於余奚所作。既不能賦似陳思王，又不能詩似謝康樂。曹有愁霖賦，謝有愁霖詩。昔年嘗過杜子美，亦得高歌破印紙。慣曾掀攪大筆多，爲我才情也如此。高揖愁霖詞，未已披文忽自皮夫子，哀絃怨柱合爲吟，恍我窮棲蓬藋裏。初悲濕翼何由起，末欲箋天叩天耳。其如玉

女正投壺笑電霏霏作天喜我本曾無一稜去聲
田平生嘯傲空漁船有時赤腳弄明月踏破五
湖光底天去歲王師東下急輸兵粟盡民相泣
伊予不戰不耕人敢怨烝黎無糝粒不然受性
圓如覘千姿萬態分毫釐唾壺虎子盡能執舐
痔折枝無所辭有頭強方心強直撑拄顛風不
量力自憂垂名野史中寧論抱困荒城側唯君
浩歎非庸人分衣輟飲來相親橫眠木榻忘華
薦對食露葵輕八珍欲窮玄鳳未白欲懷仙鯨
尚隅不如驅入醉鄉中只恐醉郎田也窄

齊梁怨別　　　　龜蒙

寥寥缺月看將落，簷外霜華染羅幕。不知蘭棹到何山，應倚相思樹邊泊。

奉和次韻　　　　日休

芙蓉泣恨紅鉛落，一朵別時烟似幕。鴛鴦剛解惱離心，夜夜飛來棹邊泊。

曉起即事因成迴文寄襲美　　龜蒙

平波落月吟閒景，暗幌浮煙思起人。清露曉垂花謝半，遠風微動蕙抽新。城荒上處樵童小，石蘚分來宿鷺馴。晴寺野尋同去好，古碑苔字細

書勻

奉和曉起廻文　日休

孤煙曉起初原曲碎樹微分半浪中湖後釣筒
移夜雨竹傍眠几側晨風圖梅帶潤輕露墨畫
蘚經蒸半矢紅無事有杯持永日共君唯好隱
墻東

夏日閒居作四聲詩寄襲美　龜蒙

平聲

荒池菰蒲深閒堦莓苔平江邊松篁多人家簾
櫳清爲書淩遺編調絃夸新聲求懽雖殊途探

幽聊怡情

平上聲

朝煙涵樓臺晚雨染島嶼漁童鷺狂歌艇子喜野語山容堪停杯柳影好隱暑年華如飛鴻手酒辛且舉

平去聲

新開窗猶徧自種蕙未徧書籤風搓聞鈞樹霧破見耕耘閒之資嘯詠性最便希夷全天眞詎要問貴賤

平入聲

端居愁無涯一夕髮欲白因爲鸞章吟忽憶鶴骨客手披丹臺文腳著赤玉舄如蒙清音訓若渴吸月液

奉訓夏日四聲四首　　日休

平聲

塘平芙蓉低庭閒梧桐高清煙埋陽烏藍空含秋毫冠傾慵移簪杯乾將餔糟翛然非隨時夫君眞吾曹

平上聲

溝渠通疎荷浦嶼隱淺篠舟閒攢輕蘋槳動起

靜鳥陰稀餘乘背縷盡晓爾輩小吾徒當其時此

道可以了

平去聲

怡神時高吟快意乍四顧村深啼愁鵲浪霽醒

睡鷺書疲行終朝畢困卧至暮吁嗟當今交暫

貴便異路

平入聲

先生何遠時一室習寂歷松聲將飄堂岳色欲

壓席彈琴奔玄雲斸藥折白石如敎題君詩若

得札玉册

苦雨中又作四聲詩寄魯望　日休

平聲

涔涔將經旬昏昏空迷天鸕鷀成羣嬉芙蓉相隈眠漁通蓑衣城帆過菱花田秋收吾無望悲之眞徒然

平上聲

河平州橋危壘晩水鳥上衝崖搜松根點沼寫芡響舟輕通縈紆棧墮阻指掌攜橈將尋君渚滿坐可往

平去聲

狂霖昏悲吟瘦桂對病臥簷虛龕[illegible][illegible]含[illegible][illegible]
漏破宵愁將琴攻書悶用睡過堆書仍傾觴富
貴未換箇

平入聲

羈棲愁霖中鈌宅屋木惡荷傾還驚魚竹滴復
觸鶴閒僧千聲琴宿客一笈藥悠然思夫君忽
憶蠟屐著

奉詶苦雨四聲重寄三十二句　龜蒙

平聲

幽棲眠疎窻豪居憑高樓浮漚驚跳丸寒聲思

重裘牀前埀文竿巢邊登輕舟雖無東皐田還

生魚乎憂

平上聲

層雲愁天低夂雨倚檻冷絲禽偶藏荷香錦鯉繞

鳥影心將時人乖道與隱者靜桐陰無深泉所

以逞短綆

平去聲

烏蟾俱沈光晝夜恨暗度何當乘雲螭面見上

帝愬臣言陰靈欺詔用利劒付廻車誅羣姦自

散萬籟怒

平入聲

危簷仍空堦十日滴不歇青莎看成狂白菊卽欲沒吴王荒金樽越妾挾玉瑟當時雖愁霖亦若惜落月

疊韻雙聲二首　　　　　龜蒙

疊韻山中吟

瓊英輕明生石脉滴瀝碧玄鉛仙偏憐白幘客亦惜

雙聲溪上思

溪空唯容雲木密不隕雨迎漁隱暎間妄問謳

鴉㶉

奉和疊韻雙聲二首　日休

疊韻山中吟

穿烟泉潺湲觸竹犢觳觫荒篁香牆匡熟鹿伏屋曲

雙聲溪上思

疎杉低通灘冷鷺立亂浪草彩欲夷猶雲容空澹蕩

疊韻吳宮詞二首　龜蒙

膏腴吳都妹眷戀便殿宴遂巡新春人轉面見

戰箭

紅櫳通東風翠珥醉易隊夲明兵盈城棄置遂

至地

奉和疊韻吴宫詞二首　　日休

侵深尋嶔岑勢厲衛睥睨荒王將鄉亡細麗蔽

袂逝

枵楂替製戉康莊傷荒涼主廙部伍苦嬙亡房

廊香

閒居雜題五首 以題十五字離合　　龜蒙

鳴蜩早

閒來倚杖柴門口鳥下深枝啄晚蟲周步一池
銷半日十年聽此鬢如蓬

野態真

君如有意躭田里予亦無機向藝能心跡所便
唯是直人間聞道最先憎

松間斟

予山園靜憐幽木公幹詞清詠蓽門月上風微
蕭灑甚斗醪何惜置盈樽

飲巖泉

巳甘茅洞三君食欠買相江一朵山嚴子瀨高

秋浪白水禽飛盡釣舟還

當軒鶴

自笑與人乖好尚田家山客共柴車干時未似

棲廬雀鳥道閒攜相爾書

奉和雜題五首　　日休

晚秋吟

東皐烟雨歸耕日免去玄冠手刈禾火滿酒爐

詩在口令人無計奈儂何

好詩景

青盤香露傾荷女子墨風流更不言寺寺雲蘿

堪度日京塵到死撲侯門

醒闇檜

解洗餘酲晨半酉星星仙吹起雲門耳根莫厭

聽佳木會盡山中寂靜源

寺鍾暝

百緣斗藪無塵土寸地章煌欲布金重擊蒲牢

唅山日冥冥煙樹覶樓禽

砌思步

欐欐古薜繃危石切切陰螿應晩田心事萬端

何處止少夷峯下舊雲泉

藥名離合夏日卽事三首　龜蒙

乘屐著來幽砌滑石罌煎得遠泉甘草堂秪待
新秋景天色微凉酒半酣
避暑最須從朴野葛巾筠席更相當歸來又好
乘凉釣藤蔓陰陰著雨香
窻外曉簾還自卷栢煙蘭露思晴空青箱有意
終須續斷簡遺編一半通

奉和　日休

季春人病抛芳杜仲夏溪波繞壞垣衣典濁醪
身倚桂心中無事到雲昏

數曲急溪衝細竹葉舟來往盡能通草香石冷
無辭遠志在天台一遇中
桂葉似茸含露紫葛花如綬蘸溪黄連雲更入
幽深地骨録閒攜相獵郎
懷錫山藥名離合二首　日休
暗竇養泉容决决明園護桂放亭亭歷山居處
當天半夏裏松風盡足聽
曉景半和山氣白薇香清淨雜纖雲實頭自是
眠平石腦側空林看鹿羣
奉和　龜蒙

鶴伴前溪栽白杏人來陰洞寫枯松蘿深境靜
日欲落石上未眠聞遠鐘
佳句成來誰不伏神丹偷去亦須防風前莫怪
攜詩槀本是吳吟湯爨郎

懷鹿門縣名離合二首　日休

山瘦更培秋後桂溪澄閒數晚來魚臺前過鴈
盈千百泉石無情不寄書
十里松蘿陰亂石門前幽事雨來新野霜濃處
憐殘菊潭上花開不見人

奉和　龜蒙

雲容覆枕無非白水色侵磯直是藍田種紫芝

餐可壽春來何事戀江南

竹溪深處猿同宿松閣秋來客共登封徑古苔

侵石鹿城中誰解訪山僧

寒日古人名一絶　龜蒙

初寒朗詠徘徊立欲謝玄關早晚開昨日登樓

望江色魚梁鴻鴈幾多來

奉和　日休

北顧懽遊悲沈宋梁武改爲北顧南徐陵寢歎齊梁水邊

韶景無窮柳寒被江淹一半黄

胥口即事六言二首　日休

波光杳杳不極霽景澹澹初斜黑蛺蝶粘蓮蘂
紅蜻蜓裊菱花鴛鴦一處兩處舴艋三家五家
會把酒船偎荻共君作（去）箇生涯
拂釣清風細麗飄蓑暑雨霏微湖雲欲散未散
嶼鳥將飛不飛換酒帩頭把看載蓮艇子撐歸
斯人到死還樂誰道剛須用機

奉和　龜蒙

雨後山容若動天寒樹色如消目送迴汀隱隱
心隨挂鹿搖搖白蘋知秋露裊青楓欲暮煙饒

莫問吳趨行樂酒旗竿倚河橋

把釣絲隨浪遠采蓮衣染香濃綠倒紅飄欲盡

風斜雨細相逢斷岸沈魚約䍡約畧二音魚網也鄰村送客

艫舳即是清霜刮野乘閑莫厭來重

風人詩三首　軍　龜蒙

十萬全師出遙知正憶君一心如瑞麥唯作兩

岐分

皮蘖供朝爨須知是苦辛曉天窺落宿誰識獨　薪

酈醒人　楨

聞道更新幟多應廢舊期征衣無伴擣獨處自　杵

然悲

奉和　日休

刻石書離恨因成別後悲莫言春璽薄猶有萬重思

鏤出容刀飾親逢巧笑難日中騷客珮爭奈郎闌干

江上秋聲起從來浪得名逆風猶挂席若不會帆情

寄題天台國清寺齊梁體　日休

十里松門國清路飯猿臺上菩提樹怪來煙雨

落晴天元是海風吹瀑布

同前　龜蒙

峯帶樓臺天外立明河色近罘罳溼松闇石上定僧寒半夜猶溪水聲急

寒夜聯句

静境揖神凝寒華射林缺龜蒙清知思緒斷悉覺心源澈日休高唱戛金奏朗詠鏗玉節龜蒙我思方泬寥君詞復凄切日休況聞風篁上擺落殘凍雪龜蒙寂爾萬籟清皎然諸靄滅日休西窻客無夢南浦波應結龜蒙河光正如劒月魄方似玦日休短燼

不禁挑今毫着欲折龜蒙何夕重相期濁醪還爲

設日休

開元寺樓看雨聯句

海上風雨來掀轟雜飛電登樓一凭檻滿眼蛟

龍戰龜蒙須臾造化慘倏忽堪輿變萬戶響戈鋋

千家披組練日休群飛抛輪石雜下攻城箭點急

似摧胷行斜如中回龜蒙細灑魂空冷橫飄目能

眩垂簷珂珮喧擦瓦珠璣濺日休無言九陔遠瞬

息馳應徧密處正垂組微時又懸綫龜蒙寫作玉

界破吹爲羽林旋翻傷列缺勞却怕豐隆倦日休

遙瞻山露色漸覺雲成片遠樹欲鳴蟬深簷尚藏燕龜蒙殘雷隱轔盡反照依微見天光潔似磨湖彩熟於練日休踈帆逗前渚晚磬分涼殿接思強揮毫窺詞幾焚硯龜蒙佶栗烏皮几輕明白羽扇畢景好踈吟餘涼可清宴日休君攜下高磴僧引還深院駮蘚淨鋪筵低松濕垂髩龜蒙齋明乍虛豁林霽逾蔥蒨早晚重登臨欲去多離戀日休

北禪院避暑聯句　院旨爲戴顒宅後司勳陸郎中居之

畝蒸何處避來入戴顒宅逍遙脫單絞放曠拋輕策杷搔林下風偃仰澗中石日休殘蟬烟外響

野鶴沙中跡到此失煩襟蕭然揖裎作藤懸壘
霜蛻桂倚支雲錫（龜蒙）清陰豎毛髮爽氣舒筋脉
逐幽隨竹書選勝鋪菭席魚跳上紫荇蝶化緣
青璧（日休）心是玉蓮徒耳爲金磬敵吾宗昔高尚
志在羲皇易豈獨斷常編幾將利鐵擿（龜蒙）天書
既屢降野抱難自適一入彔明廬盱衡論今昔
流光不容寸斯道甘枉尺（日休）既起謝儒玄亦翻
商羽翼封章帷幄徧夢寐江湖日擺落函谷塵
高歆華陽情（龜蒙）詔去雲無信歸來鶴相識半病
奪牛公全慵捕魚客少微光一點落此芒碣索

休日釋子問池塘門人廢幽蹟堪悲東序寶忽變
西方籍不見步兵詩空懷康樂屐鬷韞高名不可
効勝境徒堪惜墨沼轉踈蕪玄齋踰閴寂遲遲
不能去涼颸滿衫相休日目下洲島清烟生菡萏
碧俱懷出塵想共有吟詩癖終與淨名遊還來
雪山覓鬷韞

獨在開元寺避暑頗懷魯望因飛筆聯
句

頗暑雖難避僧家自有期泉甘於馬乳苔滑似
龍漦休日任誕襟全散臨幽榻旋移松行將雅拜

簟陣欲交麾龜蒙望塔青髾識登樓白鴿知石
森欲動珠像儼將怡筒簟臨杉穗紗巾透雨絲
靜譚蟬噪少涼步鶴隨遲休日煙重廻蕉扇風輕
拂桂帷對碑吳地說開卷梵天詞積水魚梁壞
殘花病枕欹懷君蕭灑處孤夢繞罘罳龜蒙

寂上人院聯句

癭牀空默坐清景不知斜暗數菩提子閒看薜
荔花休日有情唯墨客無語是禪家背日聊依桂
嘗泉欲試茶龜蒙石形蹲玉虎池影閃金蛇經笥
安巖匼鉢囊桂樹極休日書傳滄海外龕寄白雲

渥竹色寒凌箔燈光靜隔紗龜蒙趁幽翻小品逐
勝講南華㴑彩融黃露蓮衣染素霞日休水堪傷
聚沫風合落天葩若許傳心印何辭古堞賒龜蒙

藥名聯句

爲待防風餅須添薏苡杯張賁香燃柏子後罇泛
菊花來日休石耳泉能洗垣衣雨爲裁龜蒙從容犀
局靜斷續玉琴哀賁白芷寒猶采青箱醉尚開
日休馬銜衰草卧烏啄蠹根迴龜蒙雨過蘭芳好霜
多桂末摧賁朱兒應作粉雲母詎成灰日休藝可
屠龍膽家曾近鳧胎龜蒙牆高牽薜荔障軟撼玫

現詩贔屭啼書尸蠏牛上硯臺日休詡龜將蒙本
封與王泉才龜蒙

寒夜文宴聯句

文星今夜聚、應在斗牛間、日休載石人方至、乘槎客未還、貢送觴繁露曲、徵句白雲顏、龜蒙節奏唯聽竹、從容只話山、日休理窮傾秘藏、論猛折玄關、貢酈酒分中綠、巴牋擘處殷、龜蒙清言聞後醒、強韻壓來閒、日休犀柄當風揖、瓊枝向月攀、貢松吟方哢哢、泉夢憶潺潺、龜蒙一會文章草、昭明不可刪、日休

報恩寺南池聯句

古岸涵碧落蒙龜虛軒明素波坐來魚陣變休相吟

久菊　多秋草分衫露起嵩危橋下竹坡遠峯青

髩並蒙龜　鬅和趙論寒仍講休相支硎僻亦

過齋心曾養鶴起嵩揮翰好邀鵝南峯院即故相國裴公書額倚石

收奇藥蒙龜臨溪藉淺莎桂花晴似拭休相荷鏡曉

如磨翠出牛頭聳起嵩苔深馬跡跛石上有支公馬跡傘歊從

野醉蒙龜巾側任田歌跑跒松形矮休相般跚檜樾

矬香飛僧印火起嵩泉急使鑣珂蔆鈿眞堪怙蒙龜

尊絲亦好施幾時無一事相用半著墮蘿嵩

夜會問答十首

寒夜清日休問魯望簾外迢迢星斗明況有蕭閒洞中客吟爲紫鳳呼皇聲時華陽處文先生在焉

癭木杯龜蒙問襲美杉贅楠瘤刳得來莫怪家人畔邊笑渠心祇愛黃金罍

落霞琴日休問潤卿寥寥山水揚清音玉皇仙馭碧雲遠空使松風終日吟

蓮花燭貢問襲美亭亭嫩蘂生紅玉不知含淚怨何人欲問無由得心曲

金火障日休問魯望紅獸飛光射羅幌夜來斜展掩深

爐半睡芙蓉香蕩漾

憶山月（龜蒙問 潤卿）前溪後溪清復絕看看又及桂花

時空寄子規啼處盃

錦鯨薦（賁問 襲美）碧香紅膩承君宴幾度閒眠却覺

來彩鱗飛出雲濤面

懷溪雲（日休問 魯望）漠漠閒籠鷗鷺羣有時日暮碧將

合還被漁舟來觸分

霜中笛（龜蒙問 襲美）落梅一曲瑶華滴不知青女是何

人三奏未終頭已白

月下橋（日休問 魯望）風外拂殘衰柳條奇闌干覷獨自

童青翰何人吹玉簫

松陵集卷第十　終

古松陵即今之吳江予同年濟寧劉君濟民來爲邑令謂是集爲其邑故物而人未之見授儒士盧雍校勘捐奉刻之予觀唐詩人多尚次韻至元白而益盛其萃而成編則有漢上題襟斷金及是三集按皮氏自序謂一歲之中詩凡六百五十八首其

富如此則又題襟斷金之所無者况其遊燕題詠類多吳中之作後之希賢懷古者將於是乎考固吳人所當寶也劉君爲政不減古人其刻是集豈直私於一邑蓋將公之天下者也弘治壬戌九月二日前進士吳都穆記

壬辰立冬後二日得此錢求赤手校明抄
松陵集于石麟許　芝叢小雁

國家出版基金項目

詹福瑞　陳紅彦　主編

歷代唐詩珍稀選本彙編

（唐宋金元卷）

⑱

松陵集

附：搜玉小集

鳳凰出版社

目次

松陵集

國家圖書館藏汲古閣刻本，盧文弨校、丁丙跋

汲古閣正本

松陵集

皮襲美
陸魯望

吳門寒松堂藏板

松陵集十卷　汲古閣刊本　盧抱經父子校藏

唐崔璞以諫議大夫爲蘇州刺史，辟皮日休爲從事，而陸龜蒙以前進士隱居與

日休相贈答，同時顔萱、張賁、鄭璧、司馬都、李縠、崔璐、魏朴、羊昭業各有附詩，因龜蒙

編而成集，日休題名以序也。明宏治壬戌，吳江令瀨南劉濟民得舊本，授儒士盧雍校刻，都穆爲跋

而元本字畫[illegible]別以宋刻重刊。[illegible]汲古閣西本，曰天啓[illegible]松[illegible]又鈔詩[illegible]

宋本有存心之印[illegible]藏者。皮[illegible]盧文弨文弨[illegible]諸印，蓋盧氏父子世藏者也。

松陵集序

前進士皮日休　撰

詩有六義其一曰比比者定物之情狀也則必謂之才才之備者於聖爲六藝在賢爲聲詩噫春秋之後頌聲亡寢降及漢氏詩道若作然二雅之風委而不興矣在詩有三言四言五言六言七言九言之作三言者曰振振鷺鷺于飛是也五言者曰誰謂雀無角何以穿我屋是也六言者曰我姑酌

彼金罍是也七言者曰交交黄鳥止于桑是也九言者曰洞酌彼行潦挹彼注兹是也蓋古詩率以四言爲本而漢氏方以五言七言爲之也其句亦出於毛詩五言者李陵曰攜手上河梁是也七言者漢武曰日月星辰和四時是也爾後盛於建安建安以降江左君臣得以浮艷之然詩之六義微矣逮及吾唐開元之世易其體爲律焉始切於儷偶拘於聲勢然詩云見憫既多受侮不少其對也

工矣堯典曰聲依永律和聲其爲律也甚矣由漢
及唐詩之道盡矣吾又不知千祀之後詩之道止
於斯而已耶後有變而作者余不得以知之夫才
之備者猶天地之氣乎氣者止乎一也分而爲四
時其爲春則煦枯發枿如育如護百蘤融冶酣人
肌骨其爲夏則赫曦朝升天地如窐草焦木渴若
燎毛髮其爲秋則涼颸高瞥若露天骨景爽夕清
神不蔽形其爲冬則霜陣一掟萬物昔率雲沮日

慘若憚天責夫如是豈拘於一哉亦變之而已人之有才者不變則已苟變之豈異於是乎故才之用也虛之爲滄溟細之爲溝竇高之爲山嶽碎之爲瓦礫美之爲西子惡之爲敦洽壯之爲武賁弱之爲處女大則八荒之外不可窮小則一毫之末不可見苟其才如是復能善用之則庖丁之牛慶之輪郢之斤不足謂其神解也意古之士窮達必形於歌詠苟欲見乎志非文不能宣也於是爲其

詞詞之作固不能獨善必須人以成之昔周公爲
詩以貽成王吉甫作頌以贈申伯詩之酬贈其來
尚矣後毎爲詩必多以斯爲事咸通七年今兵部
令狐員外在淮南今中書舍人弘農公守毗陵日
休皆以詞獲幸悉蒙以所製命之和各盈編軸亦
有名其首者十年大司諫清河公出牧於吴日休
爲部從事居一月有進士陸龜蒙字魯望者以其
業見造凡數編其才之變眞天地之氣也近代稱

溫飛卿李義山爲之最俾陸生參之未知其孰爲之後先也太玄曰稽其門闢其戶眼其鍵然後乃應況其不者乎余遂以詞誘之果復之不移刻由是風雨晦冥蓬蒿翳薈未嘗不以其應而爲事苟其詞之來食則輟之而自飫寢則聞之而必驚凡一年爲往體各九十三首今體各一百九十三首雜體各三十八首聯句問答十有八篇在其外合之凡六百五十八首南陽廣文潤卿隴西侍御德

師或旅泊之際善其所爲皆以詞致師詞之不多
去之速也大司諫清河公有作或命之和亦著焉
其餘則吳中名士又得三十首除詩外有序十九
首總錄之得十通載詩六百八十五首漢書曰古
者諸侯卿大夫交以鄰國以微言相感當揖讓之
時必稱詩以喻其志蓋以別賢不肖也余之與生
道義志氣窮達是非莫不見於是士君子或爲之
覽賢不肖可不別乎哉噫古之將有交綏而退者

今生之於余豈是耶生旣編其詞請於余曰爾有文當爲我序詩道兼十通以名之曰休曰諾由是爲之序松江吳之望也别名曰松陵請目之曰松陵集

松陵集目錄

卷第一

陸龜蒙

魯望讀襄陽耆舊傳見贈五百言過褒庸材靡有稱是然襄陽曩事歷歷在目夫耆舊傳所未載者漢陽王則宗社元勲孟浩然則文章大匠予次而賛之因而寄答亦詩

人無言不酬之義也次韻　皮日休

魯望昨以五百言見貽過有褒美内揣庸陋
彌增愧悚因成一千言上述吾唐文物之
盛次叙相得之歡亦迭和之微旨也

皮日休

襲美先輩以龜蒙所獻五百言既蒙見和復
示榮唱至於千字提獎之重蔑有稱實再
抒鄙懷用伸酬謝　陸龜蒙

徐詩

任詩

奉和二遊詩　陸龜蒙

徐詩

任詩

卷第二

追和武丘寺清遠道士詩并序　皮日休

清遠道士同沈恭子遊武丘寺有作

刻清遠道士詩因而繼作　太師魯公

追和太師魯公刻清遠道士詩　太尉衛公

追和清遠道士詩兼次本韻　皮日休

同前亦次本韻　陸龜蒙

補沈恭子詩并序　陸龜蒙

幽獨君詩二首

答幽獨君

追和幽獨君詩次韻二首　皮日休

同前次韻二首　陸龜蒙

讀黄帝陰符經寄鹿門子　陸龜蒙

奉和讀陰符經見寄　皮日休

初夏遊楞伽精舍　皮日休

奉和初夏遊楞伽精舍次韻　陸龜蒙

公齋四詠　皮日休

小松

小桂

新竹

鶴屏

奉和公齋四詠次韻　陸龜蒙

小松

小桂

新竹

鶴屏

覽皮先輩盛製因作十韻以寄用伸歎仰　崔璐

奉酬次韻　皮日休

奉和因贈至一百四十言　陸龜蒙

卷第三

太湖詩 并序　皮日休

初入太湖

曉次神景宮

入林屋洞

雨中遊包山精舍

遊毛公壇

三宿神景宫

以毛公泉一缾獻上諫議因寄

縹緲峯

桃花塢

明月灣

練瀆

投龍潭

孤園寺

上真觀

銷夏灣

包山祠

聖姑廟

太湖石

菴裏

石板

奉和太湖詩二十首　陸龜蒙

初入太湖

曉次神景宫

入林屋洞

雨中遊包山精舍

毛公壇

三宿神景宮

以毛公泉獻大諫清河公

縹緲峯

桃花塢

明月灣

練瀆

投龍潭

孤園寺

上眞觀

銷夏灣

包山祠

聖姑廟

太湖石

崦裏

石板

卷第四

漁具詩 幷序　陸龜蒙

網

罩

罛

釣筒

釣車

魚梁

叉魚

射魚

鳴根

滬

籆

種魚

藥魚

艃艋

笭箵

奉和漁具十五詠　皮日休

網

罩

罛

釣筒

釣車

魚梁

叉魚

射魚

鳴根

滬

簃

種魚

藥魚

舴艋

笭箵

添漁具詩并序　皮日休

漁庵

釣磯

蓑衣

篛笠

背篷

奉和添漁具五篇　陸龜蒙

漁菴

釣磯

蓑衣

篛笠

背蓬

樵人十詠并序

陸龜蒙

樵谿

樵家

樵叟

樵子

樵徑

樵斧

樵擔

樵風

樵火

樵歌

奉和樵人十詠　皮日休

樵谿
樵家
樵叟
樵子
樵徑
樵斧
樵擔
樵風

樵火

樵歌

酒中十詠 幷序

皮日休

酒星

酒泉

酒篘

酒牀

酒罏

酒樓

酒旗

酒樽

酒城

酒鄉

奉和酒中十詠　陸龜蒙

酒星

酒泉

酒篘

酒牀

酒壚

酒樓

酒旗

酒樽

酒城

酒鄉

添酒中六詠 并序　陸龜蒙

酒池

酒龍

酒甕

酒船

酒鎗

酒杯

奉和添酒中六詠　皮日休

酒池

酒龍

酒甕

酒船

酒鎗

酒杯

茶中雜詠 幷序 皮日休

茶塲

茶人

茶笥

茶籯

茶舍

茶竈

茶焙

茶鼎

茶甌

煑茶

奉和茶具十詠　陸龜蒙

茶塢

茶人

茶筍

茶籯

茶舍

茶竈

茶焙

茶鼎

茶甌

煑茶

卷第五

武丘寺殿前有古杉一本形狀醜怪圖之不

盡況百卉競媚若妬若娼唯此杉死抱奇

節髐然闖然不知雨露之可生也風霜之

可瘁也乃造化者方外之材乎遂賦三百

言以見志　皮日休

奉和古杉三十韻　陸龜蒙

四明山詩并序　陸龜蒙

石窗

過雲

雲南

雲北

五貺詩 并序　皮日休

鞹屐

青檽子

潺湲洞

樊榭

鹿亭

雲北

雲南

五瀉舟

華頂杖

太湖硯

烏龍養和

訶陵樽

奉和五貺詩　陸龜蒙

五瀉舟

華頂杖

太湖硯

烏龍養和

訶陵樽

早春病中書事寄魯望　皮日休

奉酬　陸龜蒙

又寄次前韻　皮日休

又酬次韻　陸龜蒙

新秋言懷寄魯望三十韻　皮日休

奉和新秋言懷三十韻次韻　陸龜蒙
秋日遣懷十六韻寄道侶　陸龜蒙
奉和次韻　皮日休
江南書情二十韻寄秘閣韋挍書貽之商洛
宋先輩垂文二同年　皮日休
奉和次韻　陸龜蒙
憶洞庭觀步十韻　皮日休
奉和次韻　陸龜蒙

秋晚留題魯望郊居二首　皮日休

奉酬秋晚見題二首　陸龜蒙

初冬章上人院　皮日休

奉和次韻　陸龜蒙

臨頓爲吳中偏勝之地陸魯望居之不出郛郭曠若郊墅余每相訪款然惜去因成五言十首奉題屋壁　皮日休

襲美見題郊居十首因次韻酬之以申榮謝

陸龜蒙

卷第六

寒夜同襲美訪北禪院寂上人　陸龜蒙

奉和次韻　皮日休

江南道中懷茅山廣文南陽博士三首　皮日休

奉和次韻三首　陸龜蒙

早春雪中作吳體寄襲美　陸龜蒙

奉和　皮日休

吳中言情寄魯望　皮日休

奉和次韻　陸龜蒙

行次野梅　皮日休

奉和次韻　陸龜蒙

楊州看辛夷花　皮日休

奉和次韻　陸龜蒙

暇日獨處寄魯望　皮日休

奉和　陸龜蒙

屧步訪魯望不遇　皮日休

奉和襲美見訪不遇　陸龜蒙

開元寺客省早景卽事　皮日休

奉和次韻　陸龜蒙

獨夜有懷因作吳體寄襲美　陸龜蒙

奉和次韻　皮日休

病中有人惠海蟹轉寄魯望　皮日休

酬襲美見寄海蟹　陸龜蒙

病中美景頗阻追遊因寄魯望　皮日休

奉酬病中見寄　陸龜蒙

闔閭城北有賣花翁討春之士往往造焉因

招襲美　陸龜蒙

魯望以花翁之什見招因次韻酬之

皮日休

病中庭際海石榴花盛發感而有寄　皮日休

奉和次韻　陸龜蒙

早春以橘子寄魯望　皮日休

襲美以春橘見惠兼之雅篇因次韻酬謝　陸龜蒙

病中書情寄上崔諫議　皮日休

皮日休

襲美病中見寄次韻酬之　陸龜蒙

春雨即事寄襲美　陸龜蒙

奉和次韻　皮日休

魯望春日多尋野景日休抱疾杜門因有是寄　皮日休

奉和次韻　陸龜蒙

偶掇野蔬寄襲美有作　陸龜蒙

魯望以躬掇野蔬兼示雅什用以酬謝 皮日休

臥病感春寄魯望 皮日休

奉和次韻 陸龜蒙

徐方平後聞赦因寄襲美 陸龜蒙

奉和次韻 皮日休

襲美以魚牋見寄因謝成篇 陸龜蒙

奉酬見答魚牋之什 皮日休

病後春思　皮日休

奉和次韻　陸龜蒙

襲美以公齋小宴見招因代書寄之　陸龜蒙

偶成小酌招魯望不至以詩爲解因次韻酬之　皮日休

以紗巾寄魯望因而有作　皮日休

襲美以紗巾見惠繼以雅音因次韻酬謝

陸龜蒙

聞襲美有親迎之期因以寄賀

陸龜蒙

臨頓宅將有婦于之日魯望以詩見貺因抒懷酬之

皮日休

襲美以巨魚之半見分因以酬謝

陸龜蒙

奉和

皮日休

館娃宮懷古　皮日休

奉和次韻　陸龜蒙

襲美以紫石硯見贈以詩迎之　陸龜蒙

以紫石硯寄魯望兼酬見贈　皮日休

同襲美遊北禪院　陸龜蒙

奉和　皮日休

孫發百篇將遊天台請詩贈行因以送之

皮日休

奉和　陸龜蒙

薔薇　陸龜蒙

奉和次韻　皮日休

聞開元寺開筍園寄章上人　皮日休

奉和　陸龜蒙

春夕陪崔諫議櫻桃園宴　皮日休

奉和　陸龜蒙

重題薔薇　皮日休

奉和次韻　陸龜蒙

春夕酒醒　皮日休

奉和　陸龜蒙

第七卷

開元寺佛鉢詩并序　皮日休

奉和　陸龜蒙

夏首病愈因招魯望　皮日休

奉詶次韻　陸龜蒙

新夏東郊閑泛有懷襲美　陸龜蒙

奉和次韻　皮日休

四月十五日道室書事寄襲美　陸龜蒙

奉和　皮日休

看壓新醅寄懷襲美　陸龜蒙

奉和次韻　皮日休

登初陽樓寄懷北平郎中　皮日休

奉和　陸龜蒙

夏初訪魯望偶題小齋　皮日休

奉和次韻　陸龜蒙

所居首夏水木尤淸適然有作

皮日休

奉和次韻　陸龜蒙

重玄寺元達年逾八十好種名藥凡所植者

多至自天台四明包山句曲叢萃紛糅各
可指名余奇而訪之因題二章　皮日休

奉和題達上人藥圃二首　陸龜蒙

懷華陽潤卿博士三首　皮日休

奉和三首　陸龜蒙

以竹夾膝寄贈襲美　陸龜蒙

魯望以竹夾膝見寄因次韻詶謝

皮日休

夏景無事因懷章來二上人　皮日休

奉和次韻　陸龜蒙

寄瓊州楊舍人　皮日休

奉和　陸龜蒙

魯望以輪鈎相示緬懷高致因作三篇　皮日休

龜蒙頃自桐江得一釣車以襲美樂烟波之

思因出以爲飢俄辱三篇復抒詶荅　陸龜蒙

吳中書事寄漢南裴尚書　皮日休

奉和　陸龜蒙

夏景冲澹偶然作二首　皮日休

奉和次韻　陸龜蒙

送李明府之任南海　皮日休

奉和　陸龜蒙

寄題羅浮軒轅先生所居　皮日休

奉和　陸龜蒙

宿報恩寺水閣　皮日休

奉和　陸龜蒙

醉中偶作呈魯望　皮日休

奉和次韻　陸龜蒙

寄滑州李副使員外　皮日休

奉和　陸龜蒙

傷史拱山人　皮日休

奉和　陸龜蒙

吳中言懷寄南海二同年　皮日休

奉和　陸龜蒙

胥門閑汎　皮日休

奉和　陸龜蒙

木蘭後池三詠　皮日休

重臺蓮花

浮萍

白蓮

奉和三詠　陸龜蒙

重臺蓮花

浮萍

白蓮

重題後池　皮日休

奉和　陸龜蒙

第八卷

白鷗詩并序　陸龜蒙

奉和　皮日休

懷楊台文楊鼎文二秀才　陸龜蒙

奉和次韻　皮日休

友人以人參見惠因以詩謝之　皮日休

奉和　陸龜蒙

傷進士嚴子重詩并序　皮日休

嚴子重以詩遊於名勝間舊矣余晚於江南相遇甚樂不幸且没襲美作詩序而弔之其名眞不朽矣又何慼其死哉余因息悲而爲之和　陸龜蒙

早秋吳體寄襲美　陸龜蒙

奉和次韻　皮日休

秋賦有期因寄襲美　陸龜蒙

奉和次韻　皮日休

病中秋懷寄襲美　陸龜蒙

奉和次韻　皮日休

新秋即事三首　皮日休

奉和次韻三首　陸龜蒙

南陽潤卿將歸雷平因而有贈

皮日休

奉和　陸龜蒙

訪寂上人不遇　皮日休

奉和　陸龜蒙

顧道士亡弟子乞銘於龔美旣而奉以束帛

因賦戲贈　陸龜蒙

奉和　皮日休

秋夕文宴　皮日休

同前　陸龜蒙

南陽廣文欲於荊襄卜居因而有贈

皮日休

代廣文先生訓次韻　陸龜蒙

寄毘陵魏處士朴　皮日休

奉和　陸龜蒙

初冬偶作寄南陽潤卿　皮日休

奉和次韻　陸龜蒙

冬曉章上人院　皮日休

奉和　陸龜蒙

寄題鏡巖周尊師所居詩并序　皮日休

奉和　陸龜蒙

寒夜文宴　皮日休

同前　陸龜蒙

庚寅歲十一月新羅弘惠上人與本國同書請日休爲靈鷲山周禪師碑將還以詩送之　皮日休

奉和　陸龜蒙

送潤卿博士還華陽　皮日休

同前　陸龜蒙

寒食書齋即事三首　皮日休

奉和每篇各用一韻三首　陸龜蒙

臘後送内大德從勗遊天台　皮日休

奉和　陸龜蒙

寄題玉霄峰葉涵象尊師所居　皮日休

奉和　陸龜蒙

南陽廣文博士還雷平後寄　陸龜蒙

奉和次韻　皮日休

題支山南峯僧　皮日休

奉和次韻　陸龜蒙

送董少卿遊茅山　皮日休

同前　陸龜蒙

襲美將以綠罽爲贈因成四韻

寄同年韋校書　皮日休

奉和　陸龜蒙

初冬偶作　皮日休

奉和次韻　陸龜蒙

醉中寄魯望一壺并一絶　皮日休

走筆次韻奉訓　陸龜蒙

更次來韻寄魯望　皮日休

又和次韻　陸龜蒙

第九卷

和張處士詩并序　陸龜蒙

魯望憫承吉之孤爲詩序邀余屬和欲用余道振其孤而利之噫承吉之困身後乎魯望視余困與承吉生前孰若哉未有已困而能振人者然抑爲之詞用塞良友之意

皮日休

旅泊吳門呈一二同志　張賁

奉詶次韻　陸龜蒙

賁中間有吳門旅泊之什多垂見和更作一

章以伸訓謝　張　賁

更次韻奉訓　陸龜蒙

魯望示廣文先生吳門二章情格高散可醒

俗態因追想山中風度次韻屬和存于詩

編魯望之命也　皮日休

寄潤卿博士　皮日休

訓襲美先輩見寄倒來韻　張　賁

奉和襲美寄廣文先生　陸龜蒙

軍事院霜菊盛開因書一絶寄上諫議　皮日休

奉訓霜菊見贈之什　崔璞

奉和諫議訓先輩霜菊　陸龜蒙

幽居有白菊一叢因而成詠呈一二知巳　陸龜蒙

奉和　張賁

奉和　　皮日休

奉和　　鄭壁

奉和　　司馬都

華亭鶴聞之舊矣及來吳中以錢半千得一隻養之殆經歲不幸爲飲啄所誤經夕而卒悼之不已遂繼以詩南陽潤卿博士浙東德師侍御毘陵魏不琢處士東吳陸魯望秀才及厚於余者悉寄之請垂見和

皮日休

奉和襲美先輩悼鶴二首　李縠

奉和　張賁

奉和　陸龜蒙

奉和　魏朴

傷開元觀顧道士　皮日休

奉和　張賁

奉和　陸龜蒙

奉和　鄭璧

醉中卽席贈潤卿博士　皮日休

奉和次韻　張賁

奉和次韻　陸龜蒙

偶留羊振文先輩及一二文友小飲日休以眼病初平不敢飲酒遣侍密歡因成四韻　皮日休

奉和襲美見留小讌次韻　羊昭業

襲美留振文小宴龜蒙抱病不赴猥示倡和

因次韻仰詶　陸龜蒙

醉中襲美先起因成戲贈　李縠

走筆奉詶次韻　皮日休

奉和次韻　張賁

奉和次韻　陸龜蒙

奉送浙東德師侍御罷府西歸　張賁

同前　陸龜蒙

同前　皮日休

浙東罷府西歸道經吳中廣文張博士皮先輩陸秀才皆以雅篇相送不量荒詞亦用

酬別　李縠

送羊振文先輩往桂陽歸覲　陸龜蒙

同前　皮日休

同前　顏萱

同前　司馬都
褚家林亭　皮日休
奉和　張賁
奉和　陸龜蒙
送圓載上人帰日本國　皮日休
重送　皮日休
同前　陸龜蒙
聞圓載上人挾儒家書洎釋典以行更作一

絶以送　陸龜蒙

同前　顏萱

文讌招潤卿博士辭以道侶將至因書一絶寄之　陸龜蒙

奉和　皮日休

再招　陸龜蒙

奉和　皮日休

偶約道流終乖文會因成一絶用荅四篇

張　賁

以青飿飯分送襲美魯望因成一絶

張　賁

潤卿遺青飿飯兼之一絶聊用荅謝

皮日休

陸龜蒙

同前

皮日休

酒病偶作

陸龜蒙

奉和次韻

奉和次韻　張賁

潤卿魯望寒夜見訪各惜其志遂成一絶　皮日休

奉和次韻　張賁

奉和次韻　陸龜蒙

玩金鸂鶒戲贈襲美　陸龜蒙

奉和　皮日休

奉和　張賁

友人許惠酒以詩徵之　皮日休

奉和　鄭壁

奉和　陸龜蒙

寒食文讌潤卿有期不至　皮日休

奉和　陸龜蒙

奉和　鄭壁

蒙恩除替將還京洛偶叙所懷因成六韻呈

軍事院諸公郡中一二秀才

齊梁怨別　陸龜蒙

奉和次韻　皮日休

曉起卽事因成廻文寄襲美　陸龜蒙

奉和曉起廻文　皮日休

夏日閑居作四聲詩寄襲美　陸龜蒙

平聲

平上聲

平去聲

平入聲

奉詶夏日四聲四首　皮日休

平聲

平上聲

平去聲

平入聲

苦雨中又作四聲詩寄魯望　皮日休

平聲

平上聲

平去聲

平入聲

奉詶苦雨四聲重寄三十二句

陸龜蒙

平聲

平上聲

平去聲

平入聲

疊韻雙聲二首　陸龜蒙

疊韻山中吟

雙聲溪上思

奉和疊韻雙聲二首　皮日休

疊韻山中吟

雙聲溪上思

疊韻吳宫詞二首　陸龜蒙

奉和疊韻吳宮詞二首　皮日休

閑居雜題五首　陸龜蒙

鳴蜩早

野態眞

松間斟

飲巖泉

當軒鶴

奉和雜題五首　皮日休

晚秋吟

好詩景

醒聞檜

寺鍾暝

砌思步

藥名離合夏日即事三首　陸龜蒙

奉和三首　皮日休

懷錫山藥名離合二首　皮日休

奉和三首　皮日休

寄題天台國清寺齊梁體　皮日休

同前　陸龜蒙

寒夜聯句

開元寺樓看雨聯句

北禪院避暑聯句

獨在開元寺避暑頗懷魯望因飛筆聯句

寂上人院聯句

藥名聯句

寒食文宴聯句

報恩寺南池聯句

夜會問荅十首

松陵集目錄

松陵集卷第一

往體詩一十二首

讀襄陽耆舊傳因作詩五百言寄皮襲美

鄉貢進士陸龜蒙

漢皐古來雄山水天下秀高當軫翼分化作英髦圍暴秦之前人灰滅不可究自從宋生賢特立冠耆舊離騷既日月九辯即列宿卓哉悲秋辭合在風雅右龐公樂幽隱辟聘無所就秖愛鹿門泉泠

泠倚巖漱孔明臥龍者潛伏躬耕耨忽遭玄德雲
遂起麟角鬬三胡節皆峻二習名亦茂其餘文武
家相望如斥堠緬思齊梁降寂寞寡淸胄疑融爲
漪瀾復結作瑩琇不知粹和氣有得方大授將生
皮夫子上帝可其奏并包數公才用以殿厥後嘗
聞兒童歲嬉戲陳俎豆積漸開詞源一派分萬流
先崇丘旦室大懼瘝結搆次補荀孟垣所貴亡鍒
漏仰瞻三皇道蟣虱在宇宙却視五霸圖股掌弄

孩幼或能醓醢髀或與翼雛㲉或喜掉直舌或樂
斬斜脰或槈鉏蘚薈或整理錯謬或如百千騎合
沓原野狩又如曉江平風死波不皺幽埋力須掘
遺落貲必購乃於文學中十倍猗頓富囊乏向咸
鎬馬重遲步驟專塲射策時縛虎當羿彀歸來把
通籍且作高堂壽未足逞戈矛誰云被文繡從知
偶東下帆影拂吳岫物象悉擢藏精靈畀雕鏤伊
予抱沈疾顛頹守圭竇方推洪範疇更念太玄首

去聲

陳詩採風俗學古窮篆籒朝朝貰薪米往往逢責詬既被鄰里輕亦爲妻子陋持冠適甌越敢慭不得售窘若驪沙魚悲如哭霜犺唯君枉車轍以逐海上臭披襟兩相對半夜忽白晝執熱濯清風忘憂飲醇酎驅爲文翰侶鶩皁參驥廄有時諧宮商自喜眞邂逅道孤情易苦語直詩還瘦藻匠如見訓終身置懷袖

陸魯望讀襄陽耆舊傳見贈五百言過褒庸

材靡有稱是然襄陽曩事歷歷在目夫耆
舊傳所未載者漢陽王則宗社元勳孟浩
然則文章大匠予次而贊之因而寄荅亦
詩人無言不訓之義也次韻

皮日休

漢水碧於天南荆廓然秀盧羅遵古俗鄢郢迷昔
囿幽奇無得狀巉絶不能究興替忽矣新山川悄
然舊班班生造士一一應玄宿巴庸乃嶮岨屈景

實豪右是非既自分涇渭不相就粤自靈均來清
才若天漱偉哉泂上隱卓爾隆中耨始將麋鹿狎
遂與麒麟鬭萬乘不可謁千鍾固非茂爰從景升
死境上多兵堠檀溪試戈船峴嶺屯貝胄寂寞數
百年質唯包礫琇上玄賞唐德生賢命之授是爲
漢陽王帝曰俞爾奏巨德聳神鬼宏才轢前後勢
端唯金莖質古乃玉豆行葉蔭大椿詞源吐洪流
六成清廟音一柱明堂構在昔房陵遷圓穹正中

漏繄王揭然出上下拓宇宙俯視三事者駮駮若
童幼低摧護中興若鳳視其轂遇險必伸足逢誅
將引胆既正北極尊遂治衆星謬重聞章陵幸再
見岐陽狩日似新刮膜天如重熨皺易政疾似欬
求賢甚於購化之未朞年民安而國富翼衛兩舜
趨鈞陳十堯驟忽然遺相印如羿御其轂姦倖却
乘釁播遷遂終壽遺廟屹峰崿功名紛組繡開元
文物盛孟子生荆岫斯文縱奇巧秦璽新雕鏤甘

窟臥牛衣受辱對狗竇恩變如易爻才通似玄首
祕於龍宫室怪卽天篆籀知者競欲戴蛛者或將
詬任達且百觚遂爲當時陋旣作才鬼終恐爲仙
籍售予生二賢末得作升木犹兼濟與獨善俱敢
懷其臭江漢稱炳靈克明嗣清晝繼彼欲爲三如
醨和醇酎旣見陸夫子鶱心却伏麀結彼世外交
遇之於邂逅兩雈恩競閒雙松格爭瘦唯恐别仙
才漣漣涕襟袖

陸魯望昨以五百言見貽過有褒美内揣庸陋彌增愧悚因成一千言上述吾唐文物之盛次敘相得之懽亦迭和之微旨也

日休

三辰至精氣生自蒼頡前粵從有文字精氣銖於縣所以楊墨後文詞縱横顛元狩富材術建安儼英賢厥祀四百餘作者如排穿五馬渡江日羣魚食蒲年大風蕩天地萬陣黃鬚𪖐縱有命世才不

如一空拳後至陳隋世得之拘且緛太浮如瀲灩
太細如蚳蝝太亂如靡靡太輕如芊芊流之爲酗
醟變之爲遊畋百足雖云衆不救殺馬蚿君臣作
降虜北走如獮猭所以文字妖致其國朝遷吾唐
華其弊取士將科懸文星下爲人洪秀窩於纏大
開紫宸扉來者皆詳延日晏朝不罷龍姿懽軥輈音田呂氏春秋云天子輷輷
於焉周道反繇是秦法悛射洪陳
子昂其聲亦喧闐惜哉不得時將奮猶拘攣玉壘

李太白銅隄孟浩然李寬包堪輿孟澹凝漪漣埋
骨採石壙留神鹿門埏俾其羈旅死實覺天地孱
猗歟子美息不盡如轉輇音筌縱爲三十車一字不
可捐既作風雅主遂司歌詠權誰知耒陽土埋却
眞神仙當於李杜際名輩或泝沿良御非異馬谿
弓非他弦其物無同異其人有媸妍自開元至今
宗匠紛如烟爽若沆瀣英高如崑崙巔百家囂浮
說諸子率寓篇箓之爲京觀解之爲牲牷各持天

地維率意東西牽競抵元化首爭扼眞宰咽或作
制誥藪或爲宫體淵或堪被金石或可投花鈿或
爲輿隸唱或被兒童憐烏壘虜亦寫雞林夷爭傳
披猖覆載樞捭闔神異鍵力揪尾閭立息軋大塊
旋降氣或若虹耀影或如羲萬象瘡復痏百靈瘠
目瘷謂乎數十公筆若明堂椽其中有擬者不絶
當如綖齊驅不讓策竝駕或爭駢所以吾唐風直
將三代甄被此文物盛繇乎聲詩宣採彼風人謡

輶軒輕似鸖麗者固不捨鄙者亦爲銓其中有鑒
戒一一堪雕鐫乙夜以觀之吾君無釋焉遂命大
司樂度之如星躔播於樂府中俾爲萬代籥吹彼
圓丘竹誦兹清廟絃不惟娱列祖兼可格上玄粤
予何爲者生自江海壖騃騃自慤矝不甘耕一廛
諸昆指倉庫謂我死道邊何爲不力農稽古眞可
嗚遂與襏襫著兼之簦笠全風吹蔓草花颭颭盈
荒田老牛蹬不行力弱誰能鞭乃將耒與耜竝換

槧與鉛閱彼圖籍肆致之千百編携將入蘇嶺門
別名不就無出緣堆書塞低屋添硯洄小泉對燈任
髻爇憑案從肘研苟無切玉刀難除指上胼爾來
五寒暑試藝稱精專昌黎道未著文教如欲奪其
中有聲病於我如誕譂天蟬二音語不正貌是敢驅頹波歸
之於大川其文如可用不敢佞與便明水在藁秸
大羹臨豆籩將來示時人猰貐垂饞涎亦或尚華
縟亦曾為便嬛亦能制灝灝亦解攻翩翩惟恩逢

陣敵與彼爭後先避兵入句吳窮悴秪自詮平原陸夫子投刺來蹁躚開卷讀數行爲之加敬虔忽窮一兩首反顧唯曲拳始來遺巾幗乃敢排戈鋋或爲拔幟走或遭剷壘還不能收亂轍豈暇重爲篿雖然未三北亦可輸千鍰丑專反尚書云贖罪千鍰向來說文士爾汝名可聯聖人病沒世不患窮而顛我未九品位君無一囊錢相逢得何事兩籠詶唱牋無顏解媮合底事居冗員方知萬鍾祿不博五湖船

夷險但明月死生應白蓮吟餘凭几飲釣罷偎簑
眠終拋峴山業相共此留連
襲美先輩以龜蒙所獻五百言既蒙見和復
示榮唱至於千字提獎之重蔑有稱實再
抒鄙懷用伸訓謝　　龜蒙
洪範分九疇轉成天下規河圖孕八卦煥作玄中
奇先開否臧源次築經緯基粵若魯聖出正當周
德衰越疆必載質歷國將扶危諸侯恣屈強王室

方陵遲歌鳳時不偶獲麟心益悲始嗟吾道窮竟
使空言垂首贊五十易又刪三百詩遂令篇籍光
可竝日月姿向非筆削功未必無瑕疵迨至夫子
沒微言散如枝所宗既不同所得亦異宜名法在
深刻虛玄致希夷自從戰伐來一派從衡馳寒谷
生豔木沸潭結流澌驚奔失壯士好惡隨纖兒嬴
氏并六合勢尊丞相斯加于挾書律盡取坑焚之
南勒會稽頌北恢胡亥胝猶懷徧巡狩不暇親維

持及漢文景後鴻生方鉅覶籛揚堯舜風反作三
代吹飄飖四百載左右爲藩籬鄴下曹父子獵賢
甚熊羆發論若霞駮魏文帝著典論有論文一篇裁詩如錦摛
徐王應劉輩頭角咸相褒或有妙絕賞或爲獨步
排或許潤色美或嫌詆訶癡倏以中利病且非混
醇醨雅當乎魏文麗矣哉陳思不肯少遜妄恐貽
後世嗤吾祖仗才力士衡文賦華車蒙虎皮手持一白
旄直向文場麾輕去聲若脫鉗釱豁如抽㭾㢠精鋼

不足利騕褭何勞追大可罩山岳微堪析毫釐十
體免貧贅百家咸起痠爭入鬼神奧不容天地私
一篇邁華藻萬古無孑遺刻鵠尚未已雕龍奮而
爲劉總有文心雕龍　劉生吐英辯上下窮高卑下臻宋與
齊上指軒從羲豈但標八索殆將包兩儀人謠洞
野老騷怨明湘纍立本以致詰驅宏來抵戲清如
朔雪嚴緩若春烟羸或欲開戸牖或將飾纓緌雖
非倚天劍亦是囊中錐皆緜内史意致得東莞詞

粱元盡索虜後主終亡隋哀音但浮脆豈望分雄
雌吾唐揖讓初陛列森咎夔作頌媲吉甫直言過
祖伊明皇踐中日墨客肩參差岳淨秀擢削海寒
光陸離皆能取穴鳳盡擬乘雲螭邇來二十祀俊
造相追隨予生落其下亦值文明時少小不好弄
逡巡奉弓箕雖然苦貧賤未省親嚅唲秋倚抱風
桂曉烹承露葵窮年只敗袍積日無晨炊遠訪賣
藥客閒尋捕魚師歸來蠹編上得以含情窺抗韻

吟比雅覃思念梘櫧因知昭明前剖石呈淸琪又
嗟昭明後敗葉埋芳蘂縱有月旦評未能天下知
徒爲强貔豹不免參狐狸誰蹇行地足誰抽刺天
鬐誰作河畔草誰爲洞中芝誰若靈囿鹿誰猶淸
廟犧誰輕如舉毛誰密如凝脂誰比蜀嚴靜誰方
巴賨貲誰能釣抃鼇誰能灼神龜誰背如水火誰
同若塤篪誰可作梁棟誰敢驅谷蠡音鹿黎用此常
不快無人動交鈹空銷病裏骨枉白愁中髭鹿門

先生才大小無不怡就彼六籍内說詩直解顧顧
我迷未遠開懷潰其疑初看鑿本源漸乃疏旁支
邃古派汎濫皇朝光赫曦揣摩是非際一一如襟
期李杜氣不易孟陳節難移信知君子言可竝神
明蓍枯腐尚求律膏肓猶譪醫況將太牢味見啗
逋懸飢令來置家地正枕吳江湄餌薄鈎不曲跫
然守空坻嘿坐無影響唯君欵茅茨抽書亂籤帙
酌茗煩甌犧或伴補缺砌或偕詣荒祠孤筇倚烟

蔓細木横風漪觸雨妨扉屨臨流泥江蘺既狎野
人調甘爲豪士嗤不敢負建鼓唯憂掉降旗希君
念餘勇挽袖登文陴

吳中苦雨因書一百韻寄魯望　日休

全吳臨巨溟百里到滬瀆海物競駢羅水怪爭滲
漉狂蜃吐其氣千尋勃然蹙一刷半天墨架爲欹
危屋怒鯨瞪相向吹浪山轂轂倏忽腥杳冥須臾
坼崖谷帝命有嚴程慈物敢潛伏嘘之爲玄雲彌

亘千萬幅直抜倚天劍又建横海纛化之爲暴雨
潨潨射平陸如將月窟寫似把天河撲著樹勝戟
支中人過箭鏃龍光倏閃照虬角搊琤觸此時一
千里平下天台瀑雷公恣其志䃸磹裂電目蹋破
霹靂車折却三四輻雨工避罪者必在蚑蜨宿狂
發鏗訇音不得懈息僇頊刻勢稍止尚自傾蔌蔌
不敢履洿處恐蹋爛地軸自爾凡十日莣然晦林
麓只是遇滂沱少曾逢霡霂伊予之廨宇古製拙

卜築頹簷倒菌黄破砌頑莎緑只有方丈居其中
蹐且跼朽處或似醉漏時又如沃堦前平泛濫墻
下深趚趚唯堪著蓑笠復可乗艒艑雞犬竝淋漓
兒童但咿噢勃勃生溼氣人人牢於鍋鬢眉漬將
斷肝膈蒸欲熟當庭死蘭芷四垣盛蒼蘚解帙展
斷書拂牀安壞牘跳梁老蛙黽直向牀前浴蹲前
但相聒似把白丁辱空廚方欲炊漬米未離奠薪
蒸溼不着白晝須燃燭汗萊旣已濘買魚不獲鮿

竟未成麥饘安能得粱肉更有陸先生荒林抱窮
蹷壞宅四五舍病篠三兩束蓋簷低碍首蘚地滑
澾足注欲透承塵溼難庇廚簏低摧在圭竇索漠
拋偏裻手指既已胼肌膚又將瘃一庖勢欲侈將
撐乏寸木盡日欠束薪經時無斗粟蛖蝓將入甑
蟚蜞已臨鍑音腹說文云如釜而大口嬌兒未十歲枵然自啼
哭一錢買粔籹數里走病僕破碎舊鶴籠狼籍晚
蠶簇千卷素書外此外無餘蓄着處紵衣裂戴次

紗帽醭惡陰潛過午未及烹葵菽吳中銅臭戶七
萬沸如臛啇止甘蟹鮹侈惟僭車服皆希尉吏旨
盡怕里胥錄低眉事庯奴開顏納金玉唯到陸先
生不能分一斛先生之志氣薄漢如鴻鵠遇善必
擎跽見才輒馳逐廉不受一芥其餘安可黷如何
鄉里輩見之乃蝟縮粵予苦心者師仰但踖踧受
易旣可注請玄又堪卜百家皆搜蕩六藝盡翻覆
似餒見太牢如迷遇華燭半年得訓唱一日屢往

復三秀間稂莠九成雜巴濮奔命旣不暇乞降但
相續吟詩口吻嗚把筆指節瘃君才旣不窮吾道
繇是篤所益諒弘多厥交過親族相逢似丹漆相
望如朓朒論業敢竝驅量分合繼躅相違始兩日
忡忡想華縟出門泥漫漉恨無直轅輂十錢賃一
輪篷上鳴斛觫赤脚梳書帙訪予穿詰曲入門且
抵掌大噱時碌碌茲淋旣浹旬無乃害九穀予唯
餓不死得非道之福手中捉詩卷語快還共讀解

帶似歸來脫巾若沐浴疎如松間篁野甚麋對鹿
行譚弄書籤臥話枕棊局呼童具盤飧撅衣換鷄
鶩或蒸一升麻或煠兩把菊用以閱幽奇豈能資
口腹十分煎臯盧半榼挽䣕酥高談繁無盡晝漏
何太促我公大司諫一切從民欲梅潤侵束杖和
氣生空獄而民當斯時不覺有煩溽念澇爲之災
拜神再三告太陰霍然收天地一澄肅燔炙旣芬
芬威儀乃毣毣音木須權元化柄用拯中夏酷我顧

薦先生左右輔司牧茲雨何足云唯思舉顏歜

奉訓襲美先輩吳中苦雨一百韻見寄

龜蒙

微生參最靈天與意緒拙人皆機巧求百徑無一達家爲唐臣來奕世唯稷卨只垂清白風凛凛自貽厥龜蒙六代祖五代祖皇朝繼在台輔猶殘賜書在編簡苦斷絶其間忠孝字萬古光不滅孱孫誠瞢眛有志嘗棲稽敢云嗣良弓但欲終守節諠譁不入耳讒佞不

挂舌仰詠堯舜言俯遵周孔轍所貪旣仁義豈暇
理生活縱有舊田園抛來亦蕪沒因之成否塞十
載眞契濶凍骭一襜褕飢腸少糠籺甘心付天壤
委分任迴斡笠澤臥孤雲桐江釣明月盈筐盛芡
芰滿釜煮鱸鱖酒幟風外戢茶槍露中擷江南謂茶芽未
展者曰槍已展者曰旗也歌謠非大雅捃摭爲小說上可補薰
蕕傍堪跐牙蘖龜蒙嘗著稗說三卷方當賣罾罩盡以易紙
札蹤跡尚吳門夢魂先魏闕尋聞天子詔赫怒誅

叛卒宵旰憫烝黎謨明問征伐王師雖繼下賊壘
未即拔此時淮海波半是生人血霜戈驅少壯敢
屋棄羸耋踐蹋比塵埃焚燒同藁秸吾皇自神聖
執事皆間傑射策亦何爲春卿遂聊輟伊予將貢
技未有耻可刷却問漁樵津重耕烟雨墢諸侯急
兵食冗賸方翦截不可把詞章巡門事干謁歸來
闔蓬樾壁立空裋褐煖手抱孤烟披書向殘雪幽
憂和憤懣忽忽自驚蹶文兮乏寸毫武也無尺鐵

平生所韜蓄到死不開豁念此令人悲翕然生内
熱加之被皸瘃況復久藜糲既爲霜露侵一卧增
百疾筋骸將束縛腠理如箠撻初謂抵狂軀又疑
當毒蝎江南多事鬼巫覡連甌粤可口是妖訛恣
情專賞罰良醫只備位藥肆成虚設而我正萎痿
安能致訶咄椒蘭任芳苾糈粣從羅列醆斝既屢
傾錢刀亦隨爇兼之瀆財賄不止行諂竊天地如
有知微妖豈逃殺其時心力憒益使氣息惙永夜

更呻吟空牀但皮骨君來贊賢牧野隺聊辯芴謂
我同光塵心中有濵渤輪蹄相壓至問遺無虛月
直到春鴻濛猶殘病根荄看花雖眼暈見酒忘肺
渴隱几還自怡逢盧亦爭喝抽毫更唱和劍戟相
磨戞何大不包羅何微不挑刮今來值霖雨晝夜
無暫歇雜若碎淵淪高如破轇轕何勞鼉吼岸詎
要鸛鳴垤秖意江海翻更愁山岳裂初驚蚩尤陣
虎豹爭搏嚙又疑伍胥濤蛟蜃相蹙掇千家濛瀑

練忽似好披拂萬尾垂玉繩如堪取縈結況予居
低下本是蛙蚓窟邇來增號呼得以恣唐突先夸
屋舍好又恃頭角凸厚地雖直方身能徧穿穴常
參莊辯裏亦造揚玄末偃仰縱無機形容且相忽
低頭增嘆咤到口復咽嗢沮洳漬琴書莓苔染巾
襪解衣換倉粟秕稗猶未脫飢鳥屢窺臨泥童苦
春帥或聞秋稼穡太半沈澎汃耕父蠹齊民農夫
思旱魃吾觀天之意未必洪水割且要虐飛龍又

圖滋跋鼇三吳明太守左右皆儒哲有力卽扶危懷仁過救暍鹿門皮夫子氣調眞俊逸截海上雲鷹橫天下韝鶻文壇如命將可以持玉鉞不獨扆羲軒便當城老佛顉予爲山者所得才簣撮譬如飾箭材尚欠鏃與筈閑將俞兒唱強倚帝子瑟幸得遠瀟湘不然嗤賈屈開緘窺寶肆璣貝光比櫛朗詠銜樂懸陶匏響鏗搊古來愁霖賦不是不清越非君頓挫才沴氣難摧折馳情扣虛寂力盡無

所掇不足謝徽音秖令彫鬢髮

初夏即事寄魯望　　　　日休

夏景恬且曠遠人疾初平黄鳥語方熟紫桐陰正清廨宇有幽處私遊無定程歸來閉雙關亦忘枯與榮土室作深谷蘚垣爲干城㪘杉突杝架迸笋支檐楹片石共坐穩病霍同喜晴癭木四五器筇杖一兩莖泉爲葛天味松作羲皇聲或看名画徹或吟閒詩成忽枕素琴𥘐時把仙書行自然寡儔

侶莫説更紛爭具區包地髓震澤含天英粤從三
讓來俊造紛然生顔予客兹地薄我皆爲傖唯有
陸夫子盡力提客卿各負出俗才俱懷超世情駐
我一棧車啜君數蔾羹敲門若我訪倒屣欣逢迎
胡餅蒸甚熟貊盤舉尤輕茗脆不禁炙酒肥或難
傾掃除就藤下移榻尋虚明惟共陸夫子醉與天
壤并

奉詶襲美先輩初夏見寄次韻　龜蒙

積雨晦皐圃門前烟水平蘋蘅增遥吹桃席分餘
清村旆詫酒美賒來滿鏗程未必減宣子何羨謝
公榮借宅去人遠敗墻連古城愁鴟占枯枿野鼠
趨前楹昨日雲破損晚林先覺晴幽篁倚微照碧
粉含疎莖蠹簡有遺字瘵琴無泚聲蠶寒蜜尚薄
燕喜雛新成覽物正摇息得君初夏行誠明復散
誕化匠安能爭海浪刷三島天風吹六英洪崖領
玉節坐使虗音生吾祖傲洛客因言幾爲傖末裔

實瀜者敢懷千墨卿唯思釣璜老遂得持竿情何
須乞鵝炙豈在斟羊羹哇蔬與甕醁便可相携迎
蟠木几甚曲筍皮冠且輕閒心放羈靮醉脚從欹
傾一逕有餘遠一窗有餘明秦皇苦不達天下何
足并

二遊詩并序　日休

吳之士有恩王府參軍徐修矩者守世書萬卷優
游自適余假其書數千卷未一年悉償夙志酣飫

經史或日晏忘飲食次有前涇縣尉任晦者其居
有深林曲沼危亭幽砌余竝次以見之或退公之
暇必造以息焉林泉隱事恣用研詠大凡遊於二
君宅無浹旬之閒因作詩以畱贈目之曰二遊兼
寄陸魯望

徐詩

東莞爲著姓奕代皆雋喆强學取科第名聲盡孤
揭自爲方州來清操稱凜冽唯寫墳籍多必云清

俸絶宣毫利若風剡紙光於月扎吏指欲胼萬通
排未闋樓船若夏屋欲載如垤塿轉徙入吳都縱
横礙門闑縹囊輕似霧緗帙殷於血以此爲基構
將斯用貽厥重於通侯印貴却全師節我愛參卿
道承家能介潔瀨田五萬步草屋十數棻微宦不
能去歸來坐如刖倸兹萬卷書守慎如羈紲念我
曾苦心相逢無間别引之看祕寶任得窮披閲軸
閒翠鈿剝籤古紅牙折帙解帶芸香卷開和桂屑

梡兼石鋒刃榻共松瘡癤一臥寂無諠數編看盡
徹或携埽廨宇或把穿林樾挈過太湖風抱宿支
硎雪如斯未星紀悉得分毫末翦除幽僻藪滌蕩
玄微窟學海正狂波子頭向中頌烏沒反聖人患不
學垂誡尤爲切苟昧古與今何殊瘠共䫻五滑反昔
之慕經史有以備筆札何況遇斯文借之不曾輟
吾衣任穀纑吾食甘糠覈其道苟可光斯文那自
伐何竹青堪殺何蒲重好截如能盈兼兩便足訓

飢渴有此競苟榮聞之兼可燬東臯耨烟雨南嶺
提薇蕨何以謝徐君公車不聞設

任詩

任君恣高放斯道能寡合一宅閒林泉終身遠囂
雜嘗聞佐浩穰散性多儑儠（上五盍反下音沓不著事貌）欻爾
解其綬遺之如棄靸歸來鄉黨内却與親朋洽開
溪未讓丁列第方稱甲入門約百步古木聲霎霎
廣檻小山欹斜廊怪石夾白蓮倚欄楯翠鳥緣簾

押地勢似五瀉巖形若三峽猿眠但膃肭鳧食時
嗹喽撥荇下文竿結藤縈桂懺門𠁊鑿樹客壁倚
裁花銔度歲止褐衣經旬唯白帢多君方閉戶顧
我能倒屣請題在茅棟𠁊坐於石榻魂從清景邅
衣任烟霞裛堦墀鼀任上桄席鷗方狎沼似煩黎
鏡當中見魚貶杯杓悉杉瘤盤筵盡荷葉閒斟不
置罰閒奕無爭刼閒日不整冠閒風無用箑以斯
爲息慮吾道寧疲苶衮衣競縲纅鼓吹爭鞺鞳欲

者解擠排詬者能詬讘權豪暫翻覆刑禍相塡壓
此時一圭竇不肯饒闇闔有第可棲息有書可漁
獵吾欲與任君終身以斯㥷

奉和二遊詩　　龜蒙

徐詩

嘗聞四書曰經史子集焉苟非天祿中此事無繇
全自從秦火來歷代逢迍邅漢祖入關日蕭何爲
政年盡力取圖籍遂持天下權中興延嘉時教化

還相宣立石刻五經置於太學前賊莽亂王室君
臣如轉圜洛陽且煨燼載籍宜爲烟逮晉武革命
生民纔息肩惠懷亟寡昧戎羯俄腥羶已覺天地
閉競爲東南遷日既不暇給墳索何繇專爾後國
脆弱人多尚虛玄任學者得謗清言者爲賢直至
沈范輩沈約范雲皆藏書數萬卷始家藏簡編御府有不足仍
令就之傳梁元渚宮日盡取如蚳蟓兵威忽破碎
焚爇無遺篇近者隋後主搜羅勢駢闐寶函映玉

軸彩翠明霞鮮伊唐受命初載史聲連延砥柱不
我助驚波湧淪漣遂令因去書半在餘浮泉貞觀
購亡逸蓬瀛漸周旋炅然東壁光與月爭流天偉
夫開元中王道眞平平八萬五千卷一一皆塗鉛
案開元麗正殿書録云
人間盛傳寫海内奔竄研目云西齋
書有過東皐田吾聞徐氏子奕世皆才賢因知遺
孫謀不在黄金錢插架幾萬軸森森若戈鋋風吹
籤牌聲滿室鏗鏘然佳哉鹿門子好問如除痟倏

來參卿處遂得參卿憐開懷展厨篋唯在性所便
素業已千仞今為峻雲巔雄才舊百派相近浮日
川君苞王佐圖縱步凌陶甄他時若報德誰在參
卿先

任詩

吳之辟疆園在昔勝槩敵前聞富修竹後說紛怪
石竟陵子陸羽玩月詩云辟疆舊林園怪石紛相向風烟慘無主載祀將
六百草色與行人誰能問遺迹不知清景在盡付

任君宅却是五湖光偷來傍詹隙出門向城路車
馬聲轜轢入門望亭隈水木氣岑寂韡牆繞曲岸
勢似行無極十步一危梁作疑當絶壁池容澹而
古樹意蒼然僻魚驚尾半紅鳥下衣全碧斜來島
嶼隱悅若瀟湘隔雨靜挂殘絲烟消有餘脉㵎來
任公子擺落名利役雖將祿代耕頗愛巾隨策秋
籠支遁隺夜榻戴顒客說史足爲師譚禪差作伯
君多鹿門思到此情便適偶蔭桂堪帷縱吟苔可

席顧予眞任誕雅遂中心獲但喜醉還醒豈知玄

尚白甘閒在雞口不貴封龍頟即此自怡神何勞

謝公屐

松陵集卷第一

虞山毛晉挍刊　男扆再挍

松陵集卷第二

往體詩二十八首

追和虎武丘寺清遠道士詩并序　日休

聖人爲春秋凡諸侯有告則書無告則不書蓋所以懲其僞而敦其實也夫怪之與神雖曰不言在傳則書之者亦擴其實而爲之也若然者神之與怪果安邪噫聖賢有不得其志者則必垂之於言也大則爲經誥小則爲歌詠蓋不信於當時則取

愬於後世抑鬼神有生不得其志者死亦然邪若
憑而宣之則石言乎晉物呌于宋是也若夢而辯
之則良夫有昆吾之歌聲伯有瓊瑰之謠是也自
茲巳後人倫不修神藻益熾在君人者悟之則爲
瑞逆之則爲妖其宲諷昧刺時出於世者則與騷
人狎客往往敵於忽微焉虎丘山有清遠道士詩
一首其所稱自殷周而歷秦漢迄于近代抑二千
年末以鬼神自謂亦神怪之甚者格之以清健飾

之以俊麗一句一字若奮若搏彼建安詞人儻在
不得居其右矣顔太師魯公愛之不暇遂刻于巖
際幷有繼作李太尉衛公欽清遠之高致慕魯公
之素尚又次而和之顔之叙事也典李之屬思也
麗並一時之寡和又幽獨君詩二首亦甚奇愴予
嗜古者觀而樂之因總而爲和答幽獨君一篇不
知孰氏之作其詞古而悲亦存于篇末太玄曰大
無方易無時然後爲鬼神也噫清遠道士果鬼神

乎抑道家者流乎抑隱君子乎詞則巳矣人則吾不知也

清遠道士同沈恭子遊虎丘寺有作

我本長殷周遭罹歷秦漢四瀆與五岳名山盡幽竄及此寰區中始有近峯玩近峯何鬱鬱平湖渺瀰漫吟挽川之陰步上山之岸山川共澄澈光彩交凌亂白雲蓊欲歸青松忽消半客去川島靜人來山鳥散谷深中見日崖幽曉非旦聞子盛遊遨

風流足詞翰嘉茲好松石一言常累歎勿謂予鬼
神欣君共幽讚

刻清遠道士詩因而繼作　太師魯公

不到東西寺于今五十春朅來從舊賞林壑宛相
親吳子多藏日秦皇厭勝辰劒池穿萬仞盤石坐
千人金氣騰爲虎琴臺化若神登壇仰生一捨宅
歎珣珉中嶺分雙樹迴巒絕四鄰窺臨江海接崇
飾四時新客有神仙者於茲雅麗陳名高清遠峽

文聚斗牛津跡異心寧間聲同質豈均悠然千載
後知我揖光塵

追和太師魯公刻清遠道士詩

太尉衛公

茂苑有靈峯嗟予未遊觀藏山在平陸壑谷爲高
岸岡繞數仞墻巖潛千丈榦乃知造化意迴斡資
奇玩鏐騰昔虎踞劒没常龍煥潭黛入海底崟岑
聳霄半層巒未昇日哀狖寧知旦綠篠夏凝陰碧

林秋不換冥搜既窈窕迴望何蕭散川映嵐氣收
汀春雜英亂逸人綴清藻前哲留篇翰共扣哀玉
音皆舒文繡段難追彦回賞褚彦回曰凡人所稱常過其實唯見虎丘則逾其所聞徒起與公歎一夕如再升含毫星斗爛

追和清遠道士詩兼次本韻　　曰休

成道自衰周避世窮炎漢荆杞雖云梗烟霞尚容
竄兹岑信靈異吾懷愜流玩石澁古鐵鉎嵐重輕
埃漫松膏膩幽徑蘋沫著孤岸諸蘿幄幕暗衆鳥

陶匏亂巖罅地中心海光天一半玄猿行列帰白雲次第散蟾蜍生夕景沆瀣餘清旦風日採幽什墨客學靈翰嗟予慕斯文一詠復三歎顯晦雖不同兹吟粗堪讃

同前亦次本韻　　龜蒙

一代先後賢聲容劇河漢況兹邁古士復歷蒼崖竄辰經幾十萬邈與靈壽玩海嶽尚推移都鄙固蕪漫鸁僧下高閣獨鳥没遠岸嘯初風雨來吟餘

鍾唄亂如何鍊精魄萬祀忽欲半寧爲斷臂憂肯
作秋栢散吾聞酆宫内日月自昏旦左右修文郎
縱横灑篇翰斯人久冥漠得不垂慨歎庶或有神
交相從重與讚

補沈恭子詩并序　　龜蒙

按濤遠道士詩題中有沈恭子同遊旣爲神怪之
儔得非姓氏謚爲恭子乎一作若趙宣子韓獻子之
類邪恭子美謚也而詩中有風流詞翰之稱豈獨

唱而不和者歟疑闕其文以爲恭子之恨乃作一
章存於編中亦補亡之義也
靈質貫軒昊遐年越商周自然失遠裔安得怨寡
儔我亦小國徿易名懸見優雖非放曠懷雅奉逍
遙遊攜手桂枝下屬詞山之幽風雨一以過林麓
颯然秋落日倚石壁天寒登古丘荒泉已無夕斂
蘖翳不流亂翠缺月隱衰紅清露愁覽物性未逸
反爲情所囚爽才偶絕境佳藻竊冥搜虛傾寂寞

音敢作雜珮訓

幽獨君詩 二首

幽明雖異路平昔忝工文欲知潛昧處山北有孤墳

高松多悲風蕭蕭清且哀南山接幽隴幽隴空崔嵬白日徒昭昭不照長夜臺雖知生者樂魂魄安能迴況復念所親慟哭心肝摧慟哭更何言哀哉復哀哉

答幽獨君

神仙不可學形化空遊魂白日非我朝青松爲我門雖復隔幽顯猶知念子孫何以遺悲惋萬物歸其根寄語世上人莫厭臨芳樽莊生問枯骨三樂成虛言

追和幽獨君詩次韻　日休

念爾風雅魄幽咽猶能文空令傷魂鳥啼破山邊墳

恨劇但埋土聲幽難放哀墳古春自晚愁緒空崔
嵬白楊老無花枯根侵夜臺天高有時裂川去何
時迴雙睫不能濡六藏無可摧不聞搴蓬事何必
深悲哉

同前次韻　龜蒙

靈氣獨不死尚能成綺文如何孤窆裏猶自讀三
墳
落日送萬古秋聲含七哀枯株不蕭瑟枝榦虛崔

鬼伊昔臨大道歌鍾醉高臺臺今已平地秖有春
風迴明月白草死積陰荒隴摧聖賢亦如此慟絶
眞悠哉

讀黄帝陰符經寄鹿門子　　龜蒙

清晨整冠坐朗詠三百言備識天地意獻詞犯乾
坤何事不隱德降靈生軒轅口銜造化斧鑿破機
關門五賊忽迸逸萬物爭崩奔虚施神仙要莫救
華池源但學戰勝術相高甲兵屯龍蛇競起陸鬭

血浮中原成湯與周武反覆更爲尊下及秦漢得
瀆弄兵亦煩姦强自林據仁弱無枝蹲狂喉恣吞
噬逆翼爭飛翻家家伺天發不肯匡淫昏生民墜
塗炭比屋爲寃魂秖爲讀此書大樸難久存微臣
與軒轅亦是萬世孫未能窮意義豈敢求瑕痕曾
亦愛兩句可與賢達論生者死之根死者生之根
方寸了十字萬化皆胚渾身外更何事眼前徒自
喧黄河但東注不見歸崐崘晝短苦夜永勸君傾

一樽

奉和讀陰符經見寄　日休

三百八十言出自伊祁氏上以生神仙次云立仁義玄機一以發五賊紛然起結爲日月精融作天地髓不測似陰陽難名若神鬼得之昇高天失之沈厚地具茨雲木老大塊烟霞委自顙項以降賊爲聖人軌堯乃一庶人得之賊帝摯摯見其德尊脱身授其位舜惟一鰥民宂宂作什器得之賊帝

堯白丁作天子禹本刑人後以功繼其嗣得之賊

帝舜用以平洚水自禹及文武天機𢡟然弛姬公

樹其綱賊之爲聖智聲詩川競大禮樂山爭峙爰

從幽厲餘宸極若孩稚九伯眞犬彘諸侯實虎兕

五星合其耀白日下闕里繇是生聖人於焉當亂

紀黃帝之五賊拾之若青紫高揮春秋筆不可刊

一字賊子虐甚斨姦臣痛於箠至今千餘年蚩蚩

受其賜時代更復改刑政崩且陊予將賊其道所

動多詆毀叔孫與臧倉賢聖多如此如何黄帝機

吾得多坎躓縱失生前禄亦多身後利我欲賊其

名垂之千萬祀

初夏遊楞伽精舍　日休

越舼輕似萍漾漾出烟郭人聲漸疎曠天氣忽寥

廓伊予愜斯志有似劀癬瘼遇勝即夷猶逢幽且

淹泊俄然棹深處虚無倚巖崿霜毫一道人引我

登龍閣當中見壽象欲禮光紛箔珠幡時相鏗恐

是諸天樂樹杪見觚稜林端逢赭堊千尋井猶在
萬祀靈不涸下通蛟人道水色黚而惡欲照六藏
驚將窺百骸愕竭去山南嶺其險如邛笮悠然放
吾興欲把青天摸紫藤垂罽珥紅荔縣纓絡蘚厚
滑似豚峰尖利如鍔斯須到絕頂似愈漸離燿一
片太湖光只驚天漢落梅風脫綸帽乳水透芒屩
嵐姿與波彩不動渾相著旣不暇供應將何以酬
酢却來穿竹徑似入青油幕穴恐水君開龕如鬼

工鑿窮幽入玆院前楯臨巨壑遺画龍奴獰殘香
蟲篆薄褫魂窺玉鏡澄慮聞金鐸雲態共縈留鳥
言相許諾古木勢如𪩘近之恐相蟊怒泉聲似激
鬪之意爭愽時禽倐已默衆籟蕭然作遂令不羈
性戀此如纏縛念彼上人者將生付寂寞曾無膚
撓事肯把心源度胡爲儒家流没齒勤且恪沐猴
本不冠未是謀生錯言行旣臭調棲遲亦同託願
力儻不遺請作華林鶴

奉和初夏遊楞伽精舍次韻　龜蒙

吳都涵汀洲碧液浸郡郭微雨蕩春醉上下一清廓奇蹤欲探討靈物先瘵漠飄然蘭葉舟旋倚烟霞泊吟談亂篙檣夢寐雜巘崿纖情不可逃洪筆難暫閣豈知楞伽會乃在山水箔金仙著書日世界名極樂薝蔔冠諸香琉璃代華堊禽言經不輟象口川寧涸萬善峻爲城巉巉扞羣惡清晨欲登造安得無自愕險穴駭坤牢高蘿挂天笮池容澹

相向蛟怪如可摸苔蔽石髓根蒲差水心鍔嵐侵
答摩髻日照狻猊絡仰首乍眩旋迴眸更煇燿簷
端凝去聲飛羽磴外浮碧落到迴解風襟臨幽濯雲
屩塵機性非便靜境心所著自取海鷗知何煩尸
祝酢峯圍震澤岸翠浪舞綃幕瀲灔豈嶤遭峨嵯
非禹鑿潛聽鍾梵處別有松桂鬱靄重燈不光泉
寒綗猶薄僮能躡孤剎鳥慣親摐鐸服道身可遺
乞間心已諾人間亦何事萬態相毒蟗戰壘競高

深儒衣謾褒博宣尼名位遂未必春秋作管氏包

伯圖須入解其縛伊予采樵者蓬藋方索漠近得

風雅情聊將聖賢度多君富適采識度兩清恪詎

寵生滅詞肯敎夷夏錯未爲堯舜用且向烟霞託

我亦擺塵埃他年附鴻鶴

公齋四詠　　日休

小松

婆娑只三尺移來白雲徑亭亭向空意已解凌遼

复葉健似虬鬚枝脆如鶴脛清音猶未成紺彩空
不定陰圓小芝蓋鱗澀修荷柄先愁被鷃搶預恐
遭蝸病結根幸得地且免離離映磦砢不難遇在
保晚成性一日造明堂爲君當畢命

小桂

一子落天上生此青壁枝欻從山之幽斸斷雲根
移勁挺隱珪質盤珊緹油姿葉彩碧髓融花狀白
毫䊶稜層立翠節偃蹇樛青螭影澹雪霽後香氿

風和時吾祖在月窶孤貞能見怡顧老君子地不
敢辭喧卑

新竹

笠澤多奥竹移之植後楹一架三百本緑沈森冥
冥圓緊珊瑚節彭利翡翠翎儼若青帝仗矗如紫
姑屏槭槭微風度漠漠輕靄生如神語鈎天似樂
奏洞庭一玩九藏冷再聞百骸醒有根可以執有
箙音福譜云竹實可以馨願稟君子操不敢先凋零

鶴屏

三幅吹空縠孰寫仙禽狀毰耳側似聽（相隺經云骵刺毰耳則聽响遠）赤精曠如望（露眼赤精則視遠）引吭看雲勢翹足臨池樣頗似近蓐席還如入方丈盡日空不鳴窮年但相向未許子晋乘難教道林放貌既合羽儀骨亦符法相願升君子堂不必息崐閬

奉和公齋四詠次韻　龜蒙

小松

擢秀逋客巖遺根飛鳥徑因求飾淸閟遂得辭危

負貞同栢有心至若珠無歷枝形短未怪鬣數差

難定名山記云松有兩鬣三鬣七鬣者言如馬鬣形也言粒者非況密三天風

方遵四時柄那與培塿歎免答鄰里病微霜靜可

分片月踈堪映奇當虎頭筆韻叶通明性會拂陽

烏胷掄材膺帝命

小桂

諷賦輕八植擅名方一枝才高不滿意更自寒山

移宛宛別雲態蒼蒼出塵姿烟帰助華杪雪點迎
芳㽈青條坐可結白日如奔螭諒無劉音鶯翦憂郎
是蕭森時洛浦雖有蔭騷人聊自怡終爲濟川檝
豈在論高卑

新竹

別塢破苔蘚嚴城樹軒楹恭聞亶璇璣化質離青
冥竹璇璣玉精受氣于玄軒之宿色可定雞頸實堪招鳳翎立窺
五嶺秀坐對三都屏晴月窈窕入曙烟霏微生昔

者尚借宅況來處賓庭金壘縱傾倒碧露還鮮醒
若非抱苦節何以偶惟馨徐觀稚龍出更賦錦苞
零

鶴屏

時人重花屏獨即胎化狀叢毛練分彩疎節筇相
望八公相寉經云大毛落叢毛生其色如雪又云高脚疎節則多跛也曾無氄氉態
頗得連軒樣勢擬搶高尋身猶在函丈如憂雞鶩
鬬似憶烟霞向塵世任縱橫霜襟自閒放空資明

遠怠不待浮丘相何繇振玉衣一舉棲瀛閬

覽皮先輩盛製因作十韻以寄用伸歎仰

前進士崔璐

河嶽挺靈異星辰精氣殊在人爲英哲與國作禎

符襄陽得奇士俊邁眞龍駒勇果魯仲繇文賦蜀

相如渾浩江海廣葩華桃李敷小言入無間大言

塞空虛幾人遊赤水夫子得玄珠鬼神爭奥秘天

地借洪鑪旣有曾參行仍兼君子儒吾知上帝意

將使居黃樞好保千金體須爲萬姓謨

奉酬次韻　日休

伊余幼且賤所禀自以殊弱歲謬知道有心匡皇
符意超海上鷹運踴轅下駒縱性作古文所爲皆
自如但恐才格劣敢誇詞彩敷句句考事實篇篇
窮玄虛誰能變羊質競不獲驪珠粤有造化手曾
開天地鑪文章鄴下秀氣貌淹中儒展我此志業
期君持中樞蒼生眼穿望勿作磻溪謨

奉和因贈至一百四十言　　龜蒙

孔聖鑄顏事垂之千載餘其間王道乖化作荊榛墟天必授賢哲爲時攻蕪除軻雄骨已朽百氏徒趑趄近者韓文公首爲開闢鋤夫子又繼起陰霾終廓如搜得萬古遺裁成十編書南山盛雲雨東序堆璠璵偶此眞籍客悠揚兩情攄清辭忽窈窕雅韻何虛徐唱旣野芳坼酬還天籟疎輕波掠翡翠曉露披芙蕖儷曲信寡和末流難嗣初空持一

竿餌有意獻鯨魚

松陵集卷第二

虞山毛晋挍刊　男扆再挍

松陵集卷第三

往體詩二十首

太湖詩　并序　　日休

余頃在江漢嘗耨鹿門漁洞湖然而未能放形者抑志於道也爾後以文事造請於是南浮至二別涉洞庭廻觀敷淺源登廬阜濟九江絲天社抵霍嶽又自箕潁轉樊鄧陟商顏入藍關凡自江漢至于京師者十數侯繞者二萬里道之不行者有困

辱危殆志之可適者有山水遊玩則休戚不孤矣
咸通九年自京東遊復得宿太華樂荆山賞女几
度轘轅窮嵩高入京索浮汴渠至揚州又航天塹
從北固至姑蘇噫江山幽絶見貴于地誌者余之
所到不翅于半則烟霞魚鳥林谿雲月可爲屬厭
之具矣尚愣然於志者抑古聖人所謂獨行之性
乎逸民之流乎余眞得而爲也爾後聞震澤包山
其中有靈異學黄老徒樂之多不返益欲一觀豁

平生之鬱鬱焉十一年夏六月會大司諫清河公憂霖雨之爲患乃擇日休將公命禱于震澤祀事既畢神應如響於是太湖之中所謂洞庭山者得以恣討凡所歷皆圖籍稱爲靈異者遂爲詩二十章以志其事兼寄天隨子

初入太湖 從胥口入去州五十里

聞有太湖名十年未曾識今朝得遊汎大笑稱平昔一舍行胥塘盡日到震澤三萬六千頃千頃頗

黎色連空淡無纇照野平絶㵳好放青翰舟堪弄
白玉笛踈岑七十二雙䨇露矛戟悠然嘯傲去天
上揺画鶻西風乍獵獵驚波罨涵碧倏忽雪陣吼
須臾玉崖拆樹動爲蜃尾山浮似鼇脊落照射鴻
溶清輝蕩抛掩雲輕似可染霞爛如堪摘漸暝無
處泊挽帆從所適梳下聞澎汃肌上生瘮瘷討㒷
足邅迴尋幽多阻㢌願風與良便吹入神仙宅甘
將一蘊書永事嵩山伯

曉次神景宫

夜半幽夢中扁舟似鳧躍曉來到何許俄倚包山脚三百六十丈攢空利如削遐瞻但徙倚欲上先矍鑠濃露濕莎裳淺泉漸（音尖）草屩行行未一里節境轉寂寞静徑侵泬寥仙扉傍巖𡼖松聲正清絶海日方照灼歘臨幽虚天萬想皆擺落壇靈有芝菌殿聖無鳥雀瓊幃自迴旋錦旌空燦錯鼎氣爲龍虎香烟混丹雘凝看出次雲默聽語時鶴綠書

不可注雲笈應無鑰晴來烏息喜菴裏花光弱天
籟如擊琴泉聲似撥鐸淸齋洞前院敢負玄科約
空中悉羽葷地上皆靈藥金醴可酣暢玉豉堪咀
嚼存心服燕胎叩齒讀龍蹻福地七十二茲焉堪
永託在獸乏虎貙於蟲不毒螫嘗聞撑骨錄仙誌
非可作綠腸既朱髓靑肝復紫絡伊余乏此相天
與形貌惡每嗟原憲瘦常苦齊侯瘧終然合委頓
剛亦慕寥廓三茅亦嘗仕竟與珪組薄欲問包山

神來賒少巖簽

入林屋洞

齋心已三日筋骨如烟輕腰下佩金獸手中持火
鈴幽塘四百里中有日月精連亘三十六各各爲
玉京自非心至誠必被神物烹顧余慕大道不能
惜微生遂招放曠侶同作幽憂行其門纔函丈初
若盤薄硎洞氣黑昳耽苔髮紅拳鬣試足值坎窨
低頭避崢嶸攀緣不知倦怪異焉敢驚匍匐一百

步稍稍策可横忽然白蝙蝠來撲松炬明人語散
澒洞石響高玲玎脚底龍蛇氣頭上波濤聲有時
若服匿偪仄如見綳俄爾造平澹豁然逢光晶金
堂似鑄出玉座如琢成前有方丈沼凝碧融人情
雲漿湛不動奝露涵而馨漱之恐減筭勺之必延
齡愁爲三官責不敢攜一甖昔云夏后氏於此藏
眞經刻之以紫琳祕之以丹瓊期之以萬祀守之
以百靈焉得彼丈人竊之不加刑石簣一以出左

神俄不扃禹書旣云得吳國繇是傾蘚縫纔半尺
中有怪物腥欲去旣嚄唶將廻又伶俜却遵舊時
道半日出杳冥屨泥去聲惹石髓衣濕沾雲英玄籙
乏仙骨青文無絳名雖然入陰宮不得朝上清對
彼神仙窟自厭濁俗形却憎造物者遣我騎文星

雨中遊包山精舍

松門亘五里彩碧高下絢幽人共躋攀勝事頗清
便霎霎林上雨隱隱湖中電蘚帶輕束腰荷笠低

遮面濕㿉黏烟露穿衣落霜霰笑次度巖磴困中
遇臺殿老僧三四人梵字十數卷施稀無夏屋境
僻乏朝膳散髮抵泉流支頤數雲片坐石忽忘起
捫蘿不知倦異蝶時似錦幽禽或如鈿檗簩還戞
刃栟櫚自搖扇俗態既斗藪野情空眷戀道人摘
芝菌爲予備午饌渴與石榴羹饑惬胡麻飯如何
事于役兹遊急於傳却將塵土衣一任瀑絲濺

遊毛公壇

却上南山路松行儼如廡松根礙幽徑孱顔不能
斧擺屭跨亂雲側巾蹲怪樹三休且半日始到毛
公塢兩水合一澗潨崖却爲浦相敵百千戟共攝
十萬鼓噴散日月精射破神仙府唯愁絕地脉又
恐折天柱一窺耳目眩再聽毛髮豎次到鍊丹井
井幹翳宿莽下有蓝剛丹勺之百疾愈凝於白獺
髓湛似桐馬乳黄露醒齒牙碧粘甘胏腑檜異松
復怪枯疎互撐拄乾蛟一百丈髐然半天舞下有

毛公壇壇方不盈畝當時雲龍篆一片苔蘚古有劉先生鎮壇符今存于堂　時時仙禽來忽忽祥烟聚我愛周息元忽起應明主周徵君名息元曰　三諫却歸來迴頭唾珪組伊余何不幸斯人不復覩如何大開口與世爭枯腐將山待夸娥以肉投猰㺄歘坐侵桂陰不知已與午茲地足靈境他年終結宇敢道萬石君輕於一絲縷

三宿神景宫

古觀岑且寂幽人情自怡一來包山下三宿湖之
湄況此深夏夕不逢清月姿玉泉浣衣後金殿添
香時客省高且敞客牀𡚸復奇石枕冷入腦笋席
寒侵肌氣清寐不着起坐臨堦墀松陰忽微照獨
見螢火芝素鶴警微露白蓮明暗池窗櫺帶乳蘚
壁縫含雲蘂聞磬走魍魎見燭奔羈雌流瀣欲滴
瀝芭蕉未離披五更山蟬響醒發如吹箎杉風忽
然起飄破步虛詞道客巾屨樣上清朝禮儀明發

作此事豈復甘趨馳

以毛公泉一缾獻上諫議因寄

劉根昔成道茲塢四百年毿毿被其體號爲緑毛仙因息清泠汲鑿彼岸嶺巔五色既鍊矣一勺方鏗然既用文武火俄窮雌雄篇赤鹽撲紅霧白花飛素烟服之生羽翼倏爾沖玄天真隱尚有迹厥祀將近千我來討靈勝到此期終焉滴苦破竇淨蘚深餘甃圓澄如玉髓潔氿若金精鮮顏色半帶

乳氣味全和鉛飲之融痞蹇濯之伸拘攣有時玩
者觸倏忽風雷顛素綆絲不短越罍腹甚便汲時
月液動擔處玉漿旋敢獻大司諫置之鈴閣前清
如介潔性滌比掃蕩權炙背野人與亦息俟伯憐
也知飲氷苦願受一缾泉

縹緲峰

頭戴華陽帽手拄大夏笻清晨陪道侶來上縹緲
峰帶露蕨藥蔓和雲尋鹿蹤時驚鼯鼪鼠飛上千

丈松翠碧内有室叩之虚磘礲上戶冬反下音隆古穴下徹海視之寒鴻濛遇歇有佳息緣危無倦容須臾到絶頂似鳥穿樊籠恐足蹈海日疑身凌天風衆岫點巨浸四方接圓穹似將青螺髻撒在明月中片白作越分孤嵐爲吴宫一陣駿䨴氣隱隱生湖東激雷與波起狂電將日紅礔礔雨點大金髇轟下空暴光隔雲閃髣髴亘天龍連拳百丈尾下拔湖之洪捽爲一雪山欲與昭回通移時却擺下細

碎衡與嵩神物諒不測絶景尤難窮杖策下返照
漸聞仙觀鍾烟波漬肌骨雲蓊闖心胸竟死愛未
足當生且歡逢不然把天爵自拜太湖公

桃花塢

夤緣度南嶺盡日穿林樾窮深到茲塢逸興轉超
忽塢名雖然在不見桃花發恐是武陵溪自閉仙
日月倚峰小精舍當嶺殘耕垈將洞任廻環把雲
恣披拂閒禽啼呌窱險狖眠硉矹微風吹重嵐碧

埃輕勃勃清陰減鶴睡秀色治人渴敲竹鬬錚樅
弄泉爭咽嗢空齋蒸栢葉野飯調石髮空美場中
人終身無屨韈

明月灣

曉景澹無際孤舟恣廻環試問最幽處號爲明月
灣半巖翡翠巢望見不可攀栖弱下絲網藤深垂
花蔓松瘦忽似狖石文或如戲釣壇兩三處苔老
腥𧌽斑沙雨幾處𦕇水禽相向閒野人波濤上白

屋幽深閒曉搘橋裁去暮作魚梁還淸泉出石砌
好樹臨柴關對此老且死不知憂與患好境無處
住好處無境刪赦然不自適脉脉當湖山

練瀆吳王所開

吳王厭得國所玩終不足一上姑蘇臺猶自嫌局
促艅艎六宮鬧艨衝後軍肅一陣水麝風空中蕩
平淥島困避錦帆龍逄防鐵軸流蘇惹烟浪羽葆
飄岩谷靈境太蹂踐因茲塞林屋空闊嫌太湖崎

嶇開練瀆三尋齾石齒數里穿山腹底靜似金膏礫碎如丹粟波殿鄭妲醉蟾閣西施宿幾轉含烟舟一唱來雲曲不知欄楯上夜有越人鏃君王掩面死嬪御不敢哭艶魄逐波濤荒宮養麋鹿國破溝亦淺代變草空綠白鳥都不知朝眠還暮浴

投龍潭 在龜山

龜山下最深惡氣何洋溢涎木爆龍巢腥風卷蛟室曉來林岑靜僔色如怒日氣涌撲臭煤波澄掃

純漆下有水君府貝闕光櫛比左右列介臣縱橫守鱗卒月中珠母見烟際楓人出生犀不敢燒水怪恐摧踤時有慕道者作彼挍龍術端嚴持碧簡齊戒揮紫筆兼以金蜿蜒挍之光熖律琴高坐赤鯉何許縱仙逸我願與之遊玆焉託靈質

孤園寺　梁散騎常侍吳猛宅

艇子小且兀緣湖蕩白芷縈紆泊一碕宛到孤園寺蘿島凝清陰松門湛虛翠寒泉飛碧螭古木鬬

蒼兕鐘梵在水魄樓臺入雲肆岩邊足鳴螿樹杪多飛鷁香莎滿院落風氿金霍靡靜鶴啄栢蠹閒猱弄榅倚小殿薰陸香古經貝多紙老僧方瞋坐見客還强起指兹正險絶何以來到此先言洞豁數次話眞如理磬韻醒閒心茶香凝皓齒巾之刼貝布饌以旃檀餌數刻得清淨終身欲依止可憐陶侍讀身列丹臺位雅號曰勝力亦聞師佛氏陶隱居嘗夢見佛像謂巳曰爾當七地大王號曰勝方也今日到孤園何妨稱弟

子

上眞觀

徑盤在山肋繚繞窮雲端攟菌杖頭紫緣崖屐齒
刓半日到上眞洞宮知造難雙戶啟眞景齋心方
可觀天鈞鳴響亮天祿行蹣跚琪樹夾一徑萬條
青瑯玕兩松峙庭際怪狀吁可歎大蟲騰共結修
蛇飛相盤皮膚坼甲胄枝節擒貙犴罅處似天裂
朽中如井眢襬褷風聲㾦㽹跒地力瘆音灘根上露

鉗釱空中狂波瀾合時若莽蒼闕處如轘轅儼對
無霸陣靜問嚴陵灘靈飛一以護山都焉敢干兩
廊潔寂歷中殿高嶺屹靜架九色節閒懸十絶旛
微風時一吹百寶清鬫珊昔有葉道士位當昇靈
官欲箋紫微志唯食虹景丹旣逐隱龍去道風猶
此殘猶聞絳目草往往生空壇羽客兩三人石上
譚泥丸謂我或龍胄粲然與之權衣巾紫華冷食
次白芝寒自覺有眞氣恐隨風力搏明朝若更住

必擬㙩儒冠

銷夏灣

太湖有曲處其門爲兩崖當中數十頃別如一天池號爲銷夏灣此名無所私赤日莫斜照淸風多逢吹沙嶼掃粉墨松竹調塤箎山果紅鞢鞨水苔靑鬃鬆木陰厚若苑岩磴滑如飴我來此遊息夏景方赫曦一坐盤石上肅肅寒生肌小艖或可汎方言云小舸謂之艖短策或可支行驚翠羽起坐見白蓮披

斂袖弄輕浪解巾敵涼颸但有水雲見更餘沙禽
知京洛往來客暍死緣奔馳此中便可老焉用名
利爲

包山祠

白雲最深處像設盈岩堂村祭足茗栅水奠多桃
漿箬蹇窔古砌薜荔繃頹墻爐灰寂不然風送杉
桂香積雨晦州里流波漂稻粱公惟大司諫憫此
如發狂命予傳明禱祇事實不遑一奠若肹蠁再

祝如激揚出廟未半日隔雲逢澹光雙㸦雨點少
漸收羽林槍忽然山家犬起吠白日傍公心與神
志相向如玄黄我願作一疏奏之于穹蒼留神千
萬祀永福吳封疆

聖姑廟 在大姑山晉王彪二女相次而殁有靈因而廟焉

洛神有靈逸古廟臨空渚暴雨駁丹青荒蘿繞梁
梠野風旋芝蓋飢烏銜椒糈寂寂落楓花時時鬭
鼯鼠常云三五夕盡會妍神侶月下留紫姑霜中

召青女俄然響環珮倏爾鳴機杼樂至有聞時香來無定處目瞪如有待魂斷空無語雲雨竟不生罶情在何處

太湖石 出黿頭山

玆山有石岸抵浪如受屠雪陣千萬戰蘚岩高下刳乃是天詭怪信非人功夫白丁一云取難甚網珊瑚厥狀復若何鬼工不可圖或拳若虺蜴或蹲如虎貙連絡若鉤鏁重疊如萼跗或若巨人骼或

如太帝符胮肛質簹笋格磔琅玕株斷處露海眼
移來和沙鬚求之煩耄倪戴之勞舳艫通侯一以
聘貴却驪龍珠厚賜以賧賚遠去窮京都五侯土
山下要爾添嵒齬賞玩若稱意爵祿行斯須苟有
王佐士崛起於太湖試問欲西笑得如兹石無

菴裏傍龜山下有良田二十頃

菴裏何幽奇膏腴二十頃風吹稻花香直過龜山
頂青苗細膩臥白羽悠溶靜塍畔起鶬鶊田中通

舴艋幾家傍潭洞孤戍當林嶺罷釣時煮菱停繅
或焙茗峭然八十老生計於此永苦力供征賦怡
顏過朝瞋洞庭取異事包山極幽景念爾飽得知
亦是遺民幸

石坂在石公山前

犖石數百步如板漂不流空疑水妃意浮出青玉
洲中若瑩龍劍外唯叠蛇矛狂波忽然死浩氣清
且浮似將犖黛色抹破太湖秋安得三五夕携酒

棹扁舟召取月夫人嘯歌於上頭又恐霄景澗虛
皇拜仙倈欲建九錫碑立當十二樓瓊文忽然下
石板誰能詈此事少知者唯應波上鷗

奉和太湖詩二十首　龜蒙

初入太湖

東南具區雄天水合爲一高帆大弓滿羿射争箭
疾時當暑雨後氣象仍鬱嵡作如開彫簽（音奴聳籠也）
翅忽飛出行將十洲近坐覺八極溢耳目駭鴻濛

精神寒佶栗坑來斗呀豁涌處驚嵳峷嶮異拔能
湫喧如破蛟室斯須風妥帖若受命平秩徵茲識
端倪遠嶠疑格音閣筆巉巉見銅闕湖中穹崇山有銅闕左右
皆輔弼盤空儼相趨去勢猶横逸嘗聞咸池氣下
注作清質至今涵赤霄尚且浴白日太湖上稟咸池五車之氣
故一水五名也又云搆浮玉宛與崑閬匹肅爲靈官家此
事難致詰太湖乃仙家浮玉之北堂纔迎沙嶼好指顧俄巳失
山川互蔽虧魚鳥空聲語虒反耵魚乙反何當授眞檢

得召天吳術一一問朝宗方應可譚悉

曉次神景宮

曉帆逗碕岸高步入神景灑灑襟袖清如臨蓬珠
屏雖然群動息此地常寂靜翠鑷有寒鏘碧花無
定影憑軒羽人傲夾戶天獸猛稽首朝元君褰衣
就虛省呀空雪牙利漱水石齒冷香母未毒嬰芝
田不論頃遙通河漢口近撫松桂頂飯薦七白蔬
杯釃九光杏入間附塵躅固陋貞鉗頸肯信抃鼇

傾猶疑夏蟲永玄津蕩瓊壟紫汞啼金鼎盡出氷霜書期君一披省

入林屋洞

知名十小天林屋當第九〔人間三十六洞天知名者十耳餘二十六天出九微志未行於世〕題之爲左神理之以天后〔林屋洞爲左神幽虛之天卽天后眞君之便闕〕魁堆辟邪輩左右專備守自非方瞳人不敢窺洞口惟君好奇士復嘯忘情友致傘在風林低冠入雲賓中深劇苔井傍坎纔藥臼石角忽

支頤藤根時束肘初爲大幽怖漸見微明誘屹若造靈封森如逵仙藪嘗聞白芝秀狀與琅花偶又坐紫泉光甘如酌天酒白芝紫泉皆此洞所出乃神仙之飲餌非常人所能得何人能挹嚼餌以代漿糗却笑探五符徒勞步雙斗眞君不可見焚盥空遲久睠戀玉碣文行行但廻首

雨中遊包山精舍

包山信神仙主者上眞職及棲鐘梵侶又是清涼

域乃知烟霞地絶俗無不得岩開一徑分栢擁深
殿黑僧閒若圖畫像古非雕刻海客施明珠湘䕫
料平聲淨食有魚皆玉尾有鳥盡金臆手攜鞞鐸佉
唐言楊枝若在中印國千峯殘雨過萬籟清且極此時
空寂心可以遺智識知君戰未勝尚倚功名力却
下聽經徒生公有聽經石孤帆有行色

毛公壇

古有韓終道授之劉先生身如碧鳳凰羽翼披輕

輕先生盛驅役臣伏甲與丁勢可倒五岳不唯鞭
群靈飄飄駕翔螭白日朝太清空遺古壇在稠疊
烟蘿屏遠懷步罡夕列宿森然明四角鎮露獸三
層差羽嬰廻睥盼七炁運足馳踈星象外眞既感
區中道俄成邈來向千祀雲嶠空峥嶸石上橋花
落石根瑤草青時時白鹿下此外無人行我訪岑
寂境自言齋戒精如今君安死字君安魂魄猶羶腥
有笈皆綠字有芝皆紫莖相將望瀛島浩蕩凌滄

濵

三宿神景宫

靈蹤未遍尋不覺溪色暝廻頭問棲所稍下杉蘿徑岩居更幽絶澗戶相隱映過此即神宫虚堂愜雲性四軒盡疎達一榻何清零（去聲）髣髴聞玉笙敲鏗動凉磬風凝古松粒露壓修荷柄萬籟既無聲澄明但心聽希微辨眞語若授虚皇命尺宅按來平華池漱餘淨頻窺宿羽麗三吸晨霞盛豈獨泠

衣襟便堪遺造請徒探物外趣未脫塵中病舉手
謝靈峰徜徉事歸榜

以毛公泉獻大司諫清河公

先生鍊飛精羽化成翩翻荒壇與古甃隱軫清泠
存四面蹙山骨中心含月魂除非紫水脉即是金
沙源香實灑桂蕋甘唯漬雲根向來探幽人酌罷
祛蒙昏況公珪璋質近處諫諍垣又聞虛靜姿早
挂氷雪痕君對瑶華味重獻蘭薰言當應滌煩暑

朗詠暈飛軒我願得一掬攀天叫重闈霏霏散爲
雨用以移焦原

縹緲峰

左右皆跳岑孤峰挺然起因息縹緲稱乃在虚無
裏清晨躋磴道便是孱顏始據石卽更歌遇泉還
徙倚花奇忽如薦樹曲渾成几樂静烟靄知忘機
猿狖喜頻攀峻過斗末造平如砥舉首閟青冥廻
眸聊下睬高帆大於鳥廣墠（徒旦反）纔類蟻就此微

峯頂不過四十餘里耳

菘中爭先未嘗巳葛洪話剛氣去地四十里茍能
乘之遊止若道路耳吾將自峰頂便可朝帝扆盡
欲活群生不唯私一巳超騎明月榦復弄華星蕋
却下蓬萊巔重窺淸淺水身爲大塊客自號天隨
子他日向華陽敲雲問名氏

桃花塢

行行問絶境貴與名相親空經桃花塢不見秦時
人願此爲東風吹起枝上春願此作流水潛浮蕋

中塵願此爲好鳥得棲花際鄰願此作幽蝶得隨花下賓朝爲照花日暮作涵花津試爲探花士出作偷桃臣桃源不我棄庶可全天眞

明月灣

昔聞明月觀在建業故臺城秪傷荒野基今逢明月灣不值三五時擇此二明月洞庭看最奇連山忽中斷遠樹分毫釐周廻二十里一片澄風漪見說秋半夜淨無雲物欺兼之星斗藏獨有神仙期初聞鏘

鐐銚音姚積漸調參差空中卓羽衛波上停龍螭縱
舞玉烟節高歌碧霜詞清光悄不動萬象寒咿咿
此會非俗致無繇得旁窺但當乘扁舟酒甕仍相
隨或徹三弄笛或成數聯詩自然瑩心骨何用神
仙爲

練瀆一云吳王闕以練兵

越恃君子衆大將壓全吳越有私卒君子六千人吳將派天
澤以練舟師徒一鏡止千里支流忽然迂蒼黿東

洪波坐似馮夷軀戰艦百萬輩浮宫三十餘平川
盛丁寧絶島分儲胥鳳押半鶴膝錦杠雜肥胡香
烟與殺氣浩浩隨風驅彈射盡高鳥杯觥醉潛魚
山靈恐見鞭水府愁爲墟兵利德日削反爲儲國
屠至今鈎鏃殘尚與泥沙俱照此月倍苦來兹烟
亦孤丁魂尚有淚合灑青楓枯

投龍潭

名山潭洞中自古多祕邃君將接神物聊用申祀

事鎔金象牙角尺木無不備亦旣奉眞官因之狥
前志持來展明誥敬以投嘉瑞鱗光煥水容目色
燒山翠吾皇病秦漢豈獨探怪異所貴風雨時民
皆受其賜良田爲巨浸汚澤成赤地掌職一不行
精靈又何寄唯貪血食飽但據驪珠睡何必費黄
金年年授星使

孤園寺

浮屠從西來事者極粱武岩幽與水曲結構無遺

土窮山林榦盡竭海珠璣聚況即侍從臣敢愛烟
波塢幡條玉龍扣殿角金虬舞釋子厭樓臺生人
露風雨今來四百載像設藏雲浦輕鴿亂馴鷗鳴
鍾和朝橧庭蕉裂旗旆野蔓差纓組石上解空人
窗前聽經虎林虛葉如織水淨沙堪數徧問得中
天帰修釋迦譜

上眞觀

嘗聞昇三清眞有上中下官居乘佩服一一自相

亞霄裙或霞粲侍女忽玉妃坐進金碧腴去馳颷
欻駕今來上眞觀怳若心靈訝秪恐暫神遊又疑
新羽化風餘撼朱草雲破生瑤樹望極覺波平行
虛信烟藉閒開飛龜帙静倚宿鳳架俗狀旣能遺
塵冠聊以卸人間方大火此境無朱夏松葢蔭日
車泉紳拖天罅窮幽不知倦復息芝園舍鏘珮引
凉姿焚香禮遥夜無情走聲利有志依閒暇何處
好迎僧希將石樓借

銷夏灣

霞島熖難泊雲峰奇未收蕭條千里灣獨自清如秋古岸過新雨高蘿蔭横流遥風吹蒹葭折處鳴颼颼昔予守圭竇過於回祿因日爲籧篨徒（渠曲二音篳之異名）分作衹裯讋（低刀二音並單衣）顛狎寒水怪不封朱轂傒豈知烟浪涯坐可息重裘健若數尺鯉汎然雙白鷗不識號火井孰問名焦丘我眞魚鳥家盡室營扁舟遺名復避世消夏還消憂

包山祠

靜境林麓好古祠烟靄濃自非通靈才敢陟群仙峰百里波浪沓中堂簫鼓重眞君貝瓊鞶髣髴來相從清露濯巢鳥陰雲生画龍風飄橘柚香日動幡蓋容將命禮且潔所祈年不凶終當以疏聞特用諸侯封

聖姑廟

渺渺洞庭水盈盈芳嶼神因知古佳麗不獨湘夫

人流蘇蕩遥吹斜嶺生輕塵蜀綵駮霞碎吴綃盤
霧匀可憐飛燕姿合是乘鸞賓坐想烟雨夕兼之
花草春空登油壁車窈窕誰相親好贈玉條脫堪
攜紫綸巾殷勤撥香池重薦汀洲蘋明朝動蘭檝
不翅星河津

太湖石

他山豈無石厥狀皆可薦端然遇良工坐使天質
變或裁基棟宇礧砢成廣殿或剖出温瑜精光具

華瑱或將破仇敵百礮資苦戰或用鏡功名萬古
如會面今之洞庭者一以非此選槎牙眞不材反
作天下彥所奇者嵌崆所尚者蔥蒨旁穿參洞穴
內竅均環釧刻削九琳窗玲瓏五明扇新雕碧霞
段旋剖秋天片無力置池塘臨風只流眄
　　菴裏
山横路若絶轉檝逢平川川中水木幽高下兼良
田溝塍墮微灊桑柘含踈烟處處倚蠶箔家家下

魚筌駃犢臥新菝野禽爭折蓮試招搔首翁共語
殘陽邊今來九州內未得皆恬然賊陣始吉語狂
波又凶年吾翁欲何道守此常安眠笑我棹頭去
蘆中聞剌船余知隱地術可以齊眞仙終當從之
遊庚復全於天

石板

一片倒山屏何時隳洞門屹然空澗中萬古波濤
痕我意上帝命持來壓泉源恐爲庚辰宮因怪力

所掀又疑廣袤次零落潛驚奔不然遭霹靂强半
沉無垠如何造化首便截秋雲根往事不足問奇
蹤安可論吾今病煩暑據簟常昏昏欲從石公乞
（石板在石公山前）瑩理平如璊前後植桂檜東西置琴樽
盡攜天壤徒浩唱羲皇言

松陵集卷第三

虞山毛晉挍刊　男扆再挍

松陵集卷第四

往體詩一百十二首

漁具詩 并序　　龜蒙

天隨子歔于海山之顔有年矣矢魚之具莫不窮極其趣大凡結繩持綱者總謂之網罟網罟之流曰罛曰罾曰罺側交反圓而縱捨曰罩挾而昇降曰罱女減反緡而竿者總謂之筌筌之流曰筒曰車横川曰梁承虛曰笱編而沈之曰箄音卑矛而卓之曰

鼈字是

本是糝字郭景純改從槮此作䅟字書所無

猎音冊矛也棘而中之曰叉鏃而綸之曰射扣而駛之

曰根以薄板置罠器上擊之以驅魚罝而守之曰神鯉魚滿三百六十歲蛟龍

輒率而飛去置一神守之則不能去矣神龜也列竹於海澨曰滬吳之滬瀆是也

錯薪於水中曰槮音糝所載之舟曰舴艋所貯之器

曰笭箵其他或術以招之或藥而盡之皆出于詩

書雜傳及今之聞見可考而驗之不誣也今擇其

任詠者作十五題以諷噫矢魚之具也如此予既

歌之矣矢民之具也如彼誰其嗣之鹿門子有高

灑之才必爲我同作

網

大罟網目繁空江波浪黑沈沈到波底恰共波同色牽時萬鬐入已有千鈞力尚悔不横流恐他人更得

罩

左手揭圓罛輕橈弄舟子不知潛鱗處但去籠烟水時穿紫屏破忽值朱衣起松江有朱衣鮒貴得不貴名

敢論魴與鯉肩一作萍

罔

有意烹小鮮乘流駐孤棹雖然煩取舍未肯求津要多爲蝦蜆誤巳分鵁鶄笑寄語龍伯人荒唐不同調

釣筒

短短截筠光悠悠卧江色蓬差櫹相應雨慢烟交織須臾中芳餌迅疾如飛翼彼竭我還浮君看不

争得

釣車

溪上持隻輪溪邊指茅屋閒乘風水便敢議朱丹轂高多倚衡懼下有折軸速曷若載逍遥歸來卧雲族

魚梁

能編似雲薄橫絶清川口缺處欲隨波波中先置笱投身入籠檻自古難飛走盡日水濱吟殷勤謝

漁叟

叉魚

春溪正含緑良夜才參半持矛若羽輕列燭如星爛傷鱗跳密藻碎首沈遥岸盡族淙東流傍人作佳翫

射魚

彎弓注碧潯掉尾行涼沚青楓下晚照正在澄明裏抨絃斷荷扇濺血殷菱蘂若使禽荒聞移之暴

烟水　　嗚根

水淺藻荇澁鉤罩無所及鏗如木鐸音勢若金鉦急敺之就深處用以資俯拾搜羅爾甚微遁去將何入

滬吳人今謂之籪

萬植禦洪波森然倒林薄千顱咽雲上過半隨潮落其間風信背更值雷聲惡天道亦哀多吾將移

海若

䅀吳人今謂之叢

斬木置水中枝條互相蔽寒魚遂家此自以爲生

計春冰忽融冶盡取無遺裔所託成禍機臨川一

凝睇

種魚

鑿池收頳鱗疎疎置雲嶼還同汗漫遊遂以江湖

處如非一神守潛被蛟龍主蛟龍若無道跋鱉亦

可禦

藥魚

香餌綴金鉤日中懸者幾盈川是毒流細大同時死不唯空飼犬便可將貽蟻苟負竭澤心其他盡如此

舴艋

蓬棹兩三事天然相與閒朝隨稚子去暮唱菱歌還倚石遲後侶徐橈供遠山君看萬斛載沈溺須

臾問

笭箵

誰謂笭箵小我謂笭箵大盛魚自足飱寘璧能爲害時將刷蘋浪又取懸藤帶不及腰上金何勞問著蔡

奉和漁具十五詠　日休

網

晚挂溪上網映空如霧縠閒來發其機旋旋沈平

縩下處若烟雨牽時似崖谷必若遇鯤鮞從敎通

一目

罩

芒鞋下葑中步步沈輕罩旣爲菱浪颭亦被蓮泥

膠人立獨無聲魚煩似相抄滿手搦霜鱗思歸舉

輕棹

罶

烟雨晚來好東塘下罶去綱小正星蘓舟輕欲騰

翥誰知荇深後恰値魚多處浦口更有人停橈一延竚

釣筒

籠籦截數尺標置能幽絕從浮笠澤烟任臥桐江月絲隨碧潭漫餌逐清灘發好是趂筒時秋聲正清越

釣車

得樂湖海志不厭華輈小月中抛一聲驚起灘上

梟心將潭底測手把波文裊何處覓奔車平波今渺渺

魚梁

波際插翠筠離離似清籞遊鱗到溪口入此無逃所斜臨楊柳津靜下鸕鷀侶編此欲何之終焉富春渚

叉魚

列炬春溪口平潭如不流照見遊泳魚一一如清

畫中目碎瓊碧毀鱗殷組繡樂此何太荒居然愧

川后

射魚

注矢寂不動澄潭晴轉烘下窺見魚樂怳若翔在

空驚羽決凝碧傷鱗浮殷紅堪將指杯術授與太

湖公

鳴根

盡日平湖上鳴根仍動槳丁丁入波心澄澈和清

譽鷺聽獨寂寞魚驚昧來往盡水無所逃川中有

鉤黨

滬

波中植甚固礫礫如蝦鬚濤頭倏爾過數頃跳鯆

鮃音逋夫不是細羅密自爲朝夕驅空憐指魚命遣

出海邊租

簃

伐彼槎蘖枝放於氷雪浦遊魚趂暖處忽爾來相

聚徒爲棲託心不問庇庥主一旦懸鼎鑊禍機眞自取

種魚

移土湖岸邊一半和魚子池中得春雨點點活如蟻一月便翠鱗終年必頳尾借問兩綬人誰知種魚利

藥魚

吾無竭澤心何用藥魚藥見說放溪上點點波光

惡食時競夷猶死者爭紛泊何必重傷魚毒溼猶
可作

舴艋

闊處只三尺翛然足吾事低篷挂釣車枯蚌盛魚
餌只好攜橈坐唯堪蓋簑睡若遺遂平生舴艋不
如是

笭箵

朝空笭箵去暮實笭箵歸歸來倒却魚挂在幽窻

扉但則蝦蜆氣欲生蘋藻衣十年佩此處烟雨苦
霏霏

添漁具詩并序　日休

天隨子爲漁具詩十五首以遺余凡有154已來術之與器莫不盡於是也噫古之人或有溺於漁者行其術而不能言用其器而不能狀此與澤助之154者又何異哉如吟魯望之詩想其致則江風海雨槭槭生齒牙間眞世外漁者之才也余昔之漁

所在泂上則爲菴以守之居峴下則占磯以待之江漢間時候率多雨唯以蓑笠自庇毎伺魚必多俯蓑笠不能庇其上繇是織篷以障之上抱而下仰字之曰背篷今觀魯望之十五篇未有是作因次而詠之用以補其遺者漁家生具獲足於吾屬之文也

漁菴

菴中只方丈恰稱幽人住枕上悉魚經門前空鈞

具束竿將倚壁𥳑網還侵戶上洞有楊顒須留往來路

釣磯

盤灘一片石置我山居足窪處著䈰笓桂苑云取蝦具　竅中維舠艄多逢沙鳥污愛被潭雲觸狂奴臥此多所以踏帝腹

蓑衣

一領蓑正新著來沙塲中隔溪遥望見疑是綠毛

翁襟色裛𦛗直葉反靄袖香襹褷風前頭不施袞何以爲三公

篛笠

圓似寫月魂輕如織烟翠涔涔向上雨不亂窺魚息攜來沙日微挂處江風起縱戴二梁冠終身不忘爾

背蓬

儂家背篷樣似個大龜甲雨中跼蹐時一向聽霎

霎甘從魚不見亦任鷗相狎深擁竟無言空成睡

鮈䱎（上虚溝反　下虚甲反）

奉和添漁具五篇　龜蒙

漁菴

結茅次烟水用以資嘯傲豈謂釣家流忽同禪室號閒憑山叟占晚有溪禽嫪華屋莫相非各隨吾所好

釣磯

揀得白雲根秋潮未曾没坡陁坐鰲背散漫垂龍
髪持竿從掩霧置酒復待月卽此放神情何勞適
吴越

蓑衣

山前度微雨不廢小澗漁上有青襏襫下有新腒
疎滴瀝珠影泫離披嵐彩虛君看荷製者不得安
吾廬

篛笠

朝擕下楓浦晚戴出烟艇目雪或平詹聽泉時ㄆ
頂颼移霭然色波亂危如影不識九衢塵終年居
下洞

背蓬

斂手竡江筠簉身織烟縠沙禽固不知釣伴猶初
覺閒從翠微拂静唱滄浪濯見説萬山潭漁童盡
能學

樵人十詠并序　　龜蒙

環中先生謂天隨子曰子與鹿門子應和爲漁具詩信盡其道而美矣世言樵漁者必聯其命稱且常爲隱君子事詩之言錯薪禮之言負薪傳之言積薪史之言束薪非樵者之實乎可不足以寄興詠獨鈌其詞耶退作十樵以補其闕湑寄鹿門子

樵谿

山高谿且深蒼蒼但羣木抽條欲千尺衆亦疑樸樕一朝蒙翦伐萬古辭林麓若遇燎玄穹微烟出

雲族

樵家

草木黃落時比鄰見相喜門當清澗盡屋在寒雲裏山棚日纔下野竈烟初起所謂順天民唐堯亦如此

樵叟

自小卽胼胝至今凋鬓髮所圖山褐厚所愛山爐爇不知冠蓋好但信烟霞活富貴如疾顛吾從老

岩穴

樵子

生自蒼崖邊能諳白雲養（去聲山家謂養柴地爲養）纔穿遠林去已在孤峯上薪和野花束步帶山詞唱日暮不歸來柴扉有人望

樵徑

石脉青靄間行行自幽絶方愁山繚繞更值雲䨜截爭推好林浪共約歸時節不似名利途相期覆

車轍

樵斧

淬礪秋水清攜持遠山曙丁丁在前澗杳杳無尋處巢傾鳥猶在樹盡猿方去授鉞者何人吾方易其慮

樵擔

輕無斗儲價重則筋力絶欲下半巖時憂襟兩如結風高埶還却雪厚疑中折負荷誠獨難移之贈

來哲

樵風

朝隨早潮去暮帶殘陽返向背得清飈相追無近遠採山一何遂服道常苦蹇仙術信能為年華未將晚

樵火

積雪抱松塢蠹根然草堂深爐與遠燒此夜仍交光或似坐奇獸或如焚與香堪嗟宦遊子凍死道

路傍

樵歌

縱調爲野吟徐徐下雲磴因知負樵樂不減援琴

興出林方自轉隔水猶相應但取天壤情何求郢

人稱

奉和樵人十詠　日休

樵谿

何時有此谿應便生幽木椽實養山禽藤花掌澗

鹿不止產蒸薪願當歌棫樸君知天意無以此安
吾族

樵家

空山最深處太古兩三家雲蘿共夙世猨鳥同生
涯衣服濯春泉盤飧烹野花居茲老復老不解歎
年華

樵叟

不曾照青鏡豈解傷華髮至老未息肩至今無病

骨家風是林嶺世祿爲薇蕨所以兩大夫天年爲
自伐

樵子

相約晩樵去跳跟上山路將花餌鹿麛以果投猿
父束薪白雲濕負擔春日暮何不壽童烏果爲玄
所誤

樵徑

嵾龍中一徑繞在千峯裏歇處遇松根危中值石

齒花穿皁衣落雲拂芒鞵起自古行此途不聞顛
與墜

樵斧

腰間插大柯直入深谿裏空林伐一聲幽鳥相呼
起倒樹去李父傾巢啼木魅不知仗鉞者除害誰
如此

樵擔

不敢量樵重唯知益薪束軋軋下山時彎彎向身

曲清泉洗得潔翠靄侵來緑看取荷戈人誰能似
吾屬

樵風

野船渡樵客來往平波中縱横清飈吹旦暮歸期
同蘋光惹衣白蓮影涵薪紅吾當請封爾直作鏡
湖公

樵火

山客地爐裏燃薪如陽輝松膏作滲息有反瀡杉子

爲珠璣響誒擊刺鬧焰疑孛彗飛傍邊暖白酒不
覺瀑氷垂

樵歌

此曲太古音繇來無管奏多云採樵樂或説林泉
候一唱疑閒雲再謡悲顩歎若遇採詩人無辭收
鄙陋

酒中十詠并序　　　　　日休

鹿門子性介而行獨於道無所全於才無所全於

進無所全於退無所全豈天民之惷者耶然進之
與退天行未覺於余也則有窮有厄有病有殆果
安而受耶未若全於酒也夫聖人之誡酒禍也大
矣在書爲沈湎在詩爲童羖在禮爲豢豕在史爲
狂藥余飲至酣徒以爲融肌柔神消沮迷喪頽然
無思以天地大順爲隄封傲然不持以洪荒至化
爲爵賞抑無懷氏之民乎葛天氏之臣乎苟沈而
亂狂而詬禍而族眞蚩蚩之爲也若余者於物無

所斥於性有所適眞全於酒者也噫天之不全余也多矣獨以麴糵全之抑天猶幸於遺民焉太玄曰君子在玄則正在福則沖在禍則反小人在玄則邪在福則驕在禍則窮余之於酒得其樂人之於酒得其禍亦若是而已矣於是徵其具悉爲之詠用繼東皐子酒譜之後夫酒之始名天有星地有泉人有鄉令總而詠之者亦古人初終必全之義也天隨子深於酒道寄而請之和

酒星

誰遺酒旗耀天文列其位彩微嘗似酣芒弱偏如醉唯憂犯帝座只恐騎天駟若遇卷舌星讒君應墮地

酒泉

羲皇有玄酒滋味何太薄玉液是澆漓金沙乃糟粕春從野鳥沽晝任閒猨酌我願葺兹泉醉魂似梟躍

酒篘

翠篾初織來或如古魚器新從山下買靜向甊中試輕可網金醅疎能容玉蟻自此好成功無貽我罍恥

酒牀

糟牀帶松節酒膩肥於羜滴滴連有聲空疑杜康語開眉既壓後染指偷嘗處自此得公田不過渾種黍

酒罏

紅罏高幾尺頗稱幽人意火作縹醪香灰爲冬醞氣有鎗盡龍頭有主皆犢鼻倘得作杜根傭保何足愧

酒樓

鈎楯跨通衢喧鬧當九市金壘瀲灩後玉斝紛綸起舞蝶傍應酣啼鸎聞亦醉野客莫登臨相譬多失意

酒旗

靑幟闊數尺懸於往來道多爲風所颺時見酒名號拂拂野橋幽翻翻江市好雙眸復何事終竟望君老

酒樽

犧樽一何古我抱期幽客少恐消醍醐滿疑烘琥珀猨窺曾撲瀉鳥踏經欹仄度度醒來看皆如死生隔

酒城

萬仞峻爲城沈酣浸其俗香侵井榦過味滌濠波淥朝傾踰百榼暮壓幾千斛吾得隷此中但爲闔者足

酒鄉

何人置此鄉杳在天皇外有事忘哀樂有時忘顯晦如尋罔象歸似與希夷會從此共君遊無煩用冠帶

奉和酒中十詠　龜蒙

酒星

萬古醇酎氣結而成晶熒降爲嵇阮徒動與樽壘

并不獨祭天廟亦應邀客星何當八月槎載我遊

青冥

酒泉

初懸碧崖口漸注青谿腹味既敵中山飲寧拘一

斛春凝浸花骨暮若酣雲族此地得封侯終身持

美祿

酒篘

山齋醞方熟野童編近成持來歡伯内坐使賢人

清不待盎中滿旋供花下傾汪汪日可挹未羨黃

金䉶

酒牀

六尺樣何奇溪邊濯來潔糟深貯方半石重流還

咽閒移秋病可偶聽寒夢鈌往往枕眠時自疑陶

靖節

酒壚

錦里多佳人當壚自沽酒高低過反坫大小隨圓
瓶數錢紅燭下滌器春江口若得奉君歡十千求
一斗

酒樓

百尺江上起東風吹酒香行人落帆上遠樹涵殘
陽凝睇復凝睇一觴還一觴須知凭欄客不醉難

爲膓

酒旗

搖搖倚青岸遠蕩遊人思風歛翠竹杠雨澇香醪
字纔來隔烟見已覺臨江遲大斾非不榮其如有
王事

酒樽

黄金卽爲侈白石又太拙斵得奇樹根中如老蛟
穴時招山下叟共酌林間月盡醉兩忘言誰能作

天舌

酒城

何代驅生靈築之爲釀地殊無甲兵守但有糟漿

氣雉堞屹如狂女墻低似醉必若據而爭先登儀

狄氏

酒鄉

誰知此中路暗出虛無際廣莫是鄰封華胥爲附

麗三杯聞古樂伯雅逢遺裔自爾等榮枯何勞問

玄弟

添酒中六詠 幷序　　龜蒙

鹿門子示予酒中十詠物古而詞麗旨高而性真可謂窮天人之際矣予旣和而且曰昔人之於酒有注爲池而飲之者象爲龍而吐之者親盜甕間而卧者將實舟中而浮者可爲四荒矣徐景山有酒鎗嵇叔夜有酒杯皆傳於後代可謂二高矣四荒不得不刺二高不得不頌更作六章附於末云

酒池

萬斛輸曲沼千鍾未爲多殘霞入醍齊遠岸澄白

鄴后土亦沉醉姦臣空浩歌邇來荒濬君尚得乘

餘波

酒龍

銅雀羽儀麗金龍光彩奇潛傾鄴宮酒忽似商庭

漦若怒鱗甲赤如酣頭角垂君臣坐相滅安用驕

奢爲

酒甕

候煖麴櫱調覆深苫蓋淨溢處毎淋漓沈來還瀑瀅甞聞清涼酎可養希夷性盗飲以爲名得非君子病

酒船

昔人性何誕欲載無窮酒波上任浮身風來卽開口荒唐意難遂沈湎名不朽千古如比肩問君能繼不

酒鎗

景山實名士所玩垂清塵嘗作酒家語自言中聖人奇器質合古挫糟味應醇唯懷魏公子卽此飛觴頻

酒杯

叔夜傲天壤不將琴酒疎製爲酒中物恐是琴之餘一弄廣陵散又裁絕交書頹然擲林下身世俱何如

奉和添酒中六詠　日休

酒池

八齊競奔注不知深幾丈竹葉島紆徐皃花波蕩漾皃花酒名出梁簡文帝集醺應爛地軸浸可柔天壤以此獻吾君願銘於几杖

酒龍

銅爲蚴蟉鱗鑄作鱙鰫角吐處百里雷瀉時千丈𨮲初疑潛苑囿忽似拏寥廓遂使銅雀臺香消野

花落

酒甕

堅淨不苦窳陶於醉封疆臨溪刷舊痕隔屋聞新香移來近麴室倒處臨糟牀所嗟無比鄰余亦能偷嘗

酒船

剡桂復刳蘭陶陶任行樂但知涵泳好不計風濤惡嘗行麴封内稍繫糟丘泊東海如可傾乘之就

斟酌

酒鎗

象鼎格仍高其中不烹飪唯將煮濁醪用以資酣飲徧宜旋樵火稍近餘醒枕若得伴琴書吾將著閒品

酒杯

昔有嵇氏子龍章而鳳姿手揮五絃罷聊復一樽持但取性澹泊不知味醇醨兹器不復見家家唯

玉巵

茶中雜詠幷序　　日休

案周禮酒正之職辯四飲之物其三曰漿又漿人之職共王之六飲水漿醴涼醫酏入于酒府鄭司農云以水和酒也蓋當時人率以酒醴爲飲謂乎六漿酒之醨者也何得姬公製爾雅云檟苦茶即不擷而飲之豈聖人純於用乎抑草木之濟人取捨有時也自周已降及于國朝茶事竟陵子陸季

疵言之詳矣然季疵以前稱茗飲者必渾以烹之
與夫瀹蔬而啜者無異也季疵之始爲經三卷繇
是分其源制其具教其造設其器命其煑俾飲之
者除痟而去癘雖疾醫之不若也其爲利也於人
豈小哉余始得季疵書以爲備矣後又獲其顧渚
山記二篇其中多茶事後又太原溫從雲武威段
碣之各補茶事十數節並存於方册茶之事繇周
至于今竟無纖遺矣昔晉杜育有荈賦季疵有茶

歌余鈌然於懷者謂有其具而不形於詩亦季疵之餘恨也遂爲十詠寄天隨子

茶塢

閑尋堯氏山遂入深深塢種荈已成園栽葭寧記畝石窪泉似掬岩罅雲如縷好是夏初時白花滿烟雨茶經云其花白如薔薇

茶人

生於顧渚山老在漫石塢語氣爲茶荈衣香是烟

霧庭從櫰子遮女耿及其木如玉色渚人以爲杖果任獳師虜曰
晩相笑帰腰間佩輕籆

茶筍

褎然三五寸生必依岩洞寒恐結紅鉛暖疑銷紫
汞圓如玉軸光脆似瓊英凍毋爲遇之踈南山挂
幽夢

茶籝

筤篣曉擕去驀個山桑塢開時送紫茗負處沾清

露歇把傍雲泉婦將挂烟樹滿此是生涯黃金何
足數

茶舍

陽崖枕白屋幾口嬉嬉活棚上汲紅泉焙前蒸紫
蕨乃翁研茗後中婦拍茶歇相向掩柴扉清香滿
山月

茶竈

南山茶事動竈起岩根傍水煮石髮氣薪然杉脂

香青瓊蒸後凝綠髓炊來光如何重辛苦一輸膏粱

茶焙

鑿彼碧岩下恰應深二尺泥易帶雲根燒難礙石脉初能燥金餅漸見乾瓊液九里共杉林皆焙名相望在山側

茶鼎

龍舒有良匠鑄此佳樣成立作菌蠢勢煎爲潺湲

聲草堂暮雲陰松窗殘雪明此時勺複茗野語知

逾清

茶甌

邢客與越人皆能造兹器圓似月魂墮輕如雲魄

起棗花勢旋眼蘋沫香沾齒松下時一看支公亦

如此

煮茶

香泉一合乳煎作連珠沸時看蟹目濺乍見魚鱗

起聲疑帶松雨餑恐生烟翠儻把瀝中山必無千日醉

奉和茶具十詠　龜蒙

茶塢

茗地曲隈回野行多繚繞向陽就中客背澗差還少遙盤雲髻慢亂簇香篝小何處好幽期滿巖春露曉

茶人

天賦識靈草自然鍾野姿閒來北山下似與東風
期雨後探芳去雲間幽路危唯應報春鳥得共斯
人知　顧渚山有報春鳥

茶筍

所孕和氣深時抽玉茗短輕烟漸結華嫩蘂初成
管尋來青靄曙欲去紅雲煖秀色自難逢傾筐不
曾滿

茶籝

金刀劈翠筠織似波文斜製作自野老攜持伴山
娃昨日鬬烟粒今朝貯緑華爭歌調笑曲日暮方
還家

茶舍

旋取山上材架爲山下屋門因水勢斜壁任岩隈
曲朝隨鳥俱散暮與雲同宿不憚採掇勞秪憂官
未足

茶竈 經云茶竈無突

無突抱輕嵐有烟映初旭盈鍋玉泉沸滿甑雲芽
熟奇香襲春桂嫩色凌秋菊煬者若吾徒年年看
不足

茶焙

左右擣凝膏朝昏布烟縷方圓隨樣拍次第依層
取山謠縱高下火候還文武見說焙前人時時炙
花脯紫花焙人以花爲脯

茶鼎

新泉氣味良古鐵形狀醜那堪風雪夜更值烟霞友曾過顏石下又住清溪口顏石清溪皆江南出茶處且共薦臯盧茶名何勞傾斗酒

茶甌

昔人謝塸埞徒爲妍詞飾劉孝威集有謝塸埞啟豈如珪璧姿又有烟嵐色光參筠席上韻雅金罍側直使于闐君從來未嘗識

煮茶

閒來松間坐看煑松上雪時於浪花裏併下藍英末傾餘精爽健忽似氛埃滅不合別觀書但宜窺玉札

松陵集卷第四

虞山毛晋挍刊　男扆再挍

松陵集卷第五

今體五言詩六十八首

武丘寺殿前有古杉一本形狀醜怪圖之不盡況百卉競媚若妒若娼唯此杉死抱奇節髐然闒然不知雨露之可生也風霜之可瘁也乃造化者方外之材乎遂賦三百言以見志

日休

種日應逢晋枯來必自隋鰐狂將立處螭鬭未開

衆木盡相遺孤杉獨任奇揷天形硉兀當殿勢敧
危恐是夸娥怒教臨巀嶭衰節穿開耳目根瘦坐
熊羆世只論榮落人誰問等衰初危反有巓從日上
無藥與秋欺虎搏應難動鵰蹲不敢遲戰鋒新缺
齾燒岸黑黳黧闞死龍骸雜爭奔鹿角差胲銷洪
水腦稜聳梵天肴磔索珊瑚湧森嚴獬豸窺向空
分犖指衝浪出鯨鬐暢僕船撞在蚩尤陣纛隳下
連金粟固高用鐵蔆披挺若荷堅棰浮於祖納椎

崢嶸鷩露隺趯趚閡雲螭傍宇將支壓撐霄欲抵
巇背交蟲臂揭相向鶻拳追格音閣筆茷初加反猶立
階于卓未麼鬼神應暗畫風雨恐潛移已覺寒松
伏偏宜后土疲好邀清嘯傲堪映古茅茨材大應
容蝎年深必孕虁後雕依佛氏初植必僧彌寺郎東晉
王家別墅僧彌王珉小字擁腫煩莊辯槎牙費庚詞詠多靈府
困搜苦化權卑類既區中寡朋當物外推轓桃標
日域珠草侍仙墀眞宰誠求夢春工幸可鑒若能

嘘嚱竹猶足動華滋

四明山詩并序　　　　龜蒙

謝遺塵者有道之士也嘗隱於四明之南雷一旦訪予來語不及世務且曰吾得於玉泉生知子性誕逸樂神仙中書探海岳遺事以期方外之交雖銅墻鬼炊虎獄劒餌無不窺也已上八言謝語不知所謂者何一云出隱中書今爲子語吾山之奇者有峯最高四穴在峯上每天地澄霽望之如牖戶相傳謂之石窗卽四

明之目也山中有雲不絶者二十里民皆家雲之南北每相從謂之過雲有鹿亭有樊榭有潺湲洞木實有青櫺子味極甘而堅不可卒破有猿山家謂之鞠侯其他在圖籍不足道也凡此佳處各爲我賦詩予因作九題題四十字謝省之曰玉泉生眞不誣矣好事者爲予傳之因呈襲美

石窗

石窗何處見萬仞倚晴虚積靄迷青璅殘霞動綺

疏山應列圓嶠宮便接方諸秖有三奔客時來教

隱書

過雲

相訪一程雲雲深路僅分嘯臺隨日辨樵斧帶風

聞曉著衣全溼寒衝酒不醺幾迴歸思靜髣髴見

蘇君

雲南

雲南更有溪丹礫盡無泥藥有巴賓賣枝多越鳥

啼夜淸先月午秋近少嵐迷若得山顔佳芝箑手

自擕

雲北

雲北是陽川人家洞砮連壇當星斗下樓撥翠微

邉一半遥峯雨三條古井烟金庭如有路應到左

神天

鹿亭

鹿亭巖下置時領臼齈過草細眠應久泉香飲自

多認聲來月塢尋跡到烟蘿早晚吞金液騎將上

絳河

樊榭

樊榭何年築人應白日飛至今山客説時駕玉鱗

歸乳蔕懸松嫩芝臺出石微憑欄虚目斷不見羽

華衣

潺湲洞

石淺洞門深潺潺萬古音似吹雙羽管如奏落霞

琴倒穴漂龍沫穿松濺寉襟何人乗月弄應作上清吟

青槅子

山實號青槅環岡次第生外形堅緑殻中味敵琦英墮石樵見拾敲林宿鳥驚亦應仙吏守時取薦層城

鞠侯

何事鞠侯名先封在四明但爲連臂飲不作斷腸

聲野蔓垂纓細寒泉佩玉清滿林遊宦子誰爲作

君卿

奉和四明山九題　　日休

石窗

窗開自真宰四達見蒼崖苔染渾成綺雲漫便當

紗櫺中空吐月扉際不扃霞未會通何處應連玉

女家

過雲

粉洞二十里當中幽客行片時迷鹿跡寸步隔人
聲以杖探虛翠將襟惹薄明經時未過得恐是入
層城

雲南

雲南背一川無鴈到峰前墟里生紅藥人家發白
泉兒童皆似古婚嫁盡如仙共作真官戶無繇稅
石田

雲北

雲北書𡨋𡨋空疑背壽星犬能諳藥氣人解寫芝形野歇遇松蓋醉書逢石屛焚香住此地應得入金庭

鹿亭

鹿群多此住因構白雲楣待侶傍花久引麛穿竹遲經時掊玉澗盡日嗅金芝爲在石窗下成仙自不知

樊榭

主人成列仙故榭獨依然石洞閧人笑松聲驚鹿
眠井香爲大藥雀語是靈篇欲買重棲隱雲峯不
售錢

潺湲洞

陰宮何處源到此洞潺湲敲碎一輪月鎔銷半段
天響高吹谷動勢急歕雲旋料得深秋夜臨流盡

古仙

青檽子

山風熟異果應是供眞仙味似雲腴美形如玉腦圓銜來多野雀落處半靈泉必共玄都㮏花開不記年

鞠侯

堪羡鞠侯國碧巖千萬重烟蘿爲印綬雲氣是隄封泉遺狙公護果教貚子供爾徒如不死應得躡玄蹤

五晛詩 并序　日休

毗陵處士魏君不琢氣眞而志放居毗陵凡二紀閉門竆學是乎里民不得以師之非乎里民不得以訾之用之不難進利之被人也捨之不難退辱非及已也噫古君子處乎進退而全者繇此道乎抑夷之隘惠之不恭不能造于是也江南秋風時鱸肥而難釣菰脆而易挽不過乘短艄方言曰船短而深者謂之艄音步載一甂酒加以隱具繇五瀉涇入震澤穿松陵抵杭越耳日休嘗聞道於不琢敢不求雅物

成雅息乎於是買釣船一修二丈闊三尺施蓬以庇烟雨謂之五瀉舟天台杖一色黳而力遒謂之華頂杖有龜頭山疊石硯一高不二寸其仞數百謂之太湖硯有桐廬養和一怪形拳跼坐若變去謂之烏龍養和有南海鱟魚殻樽一澀鋒齾角内玄外黄謂之訶陵樽皆寄于不琢行以資雲水之興止以益琴籍之玩眞古人之雅貺也因息乘韋之義不過于詞遂爲五篇目之曰五貺兼請魯望

同作

五瀉舟

何事有青錢因人買釣船闊容兼餌坐深許共蓑眠短好隨朱鷺輕堪倚白蓮自知無用處却寄五湖仙

華頂杖

金庭仙樹枝道客自攜持探洞求丹粟挑雲覓白芝量泉將濯足闌雀把支頤以此將爲贈唯君盡

得知

太湖硯

求於花石間怪狀乃天然中瑩五寸劍外差千疊蓮月融還似洗雲溼便堪研寄與先生後應添內

外篇

烏龍養和

壽木拳數尺天生形狀幽把疑傷虺節用恐破蛇瘤置合月觀內買須雲肆頭料君攜去處烟雨太

湖舟

訶陵樽

一片蠡魚殼其中生翠波買須饒紫貝用合對紅

螺盡瀉判狂藥禁敲任浩歌明朝與君後爭那玉

山何

奉和五䝘詩　龜蒙

五瀉舟

樣自桐川得詞因隱地成好漁翁亦喜新白鳥還

鷺沙際擁江沫渡頭橫雨聲尚應嫌越相遺禍不
遺名

華頂杖

萬古陰崖雪靈根不爲枯瘦於霜雀脛奇似黑龍
鬚拄訪譚玄客持看潑墨圖湖雲如有路兼可到
仙都

太湖硯

誰截小秋灘閒窺四緒寬繞爲千嶂遠深置一潭

寒坐久雲應出詩成墨未乾不知新博物何處擬

重刊

烏龍養和

養和名字好偏寄道情深所以親逋客兼能助五

侌倚肩滄海望鉤膝白雲吟不是逍遥侣誰知世

外心

訶陵樽

魚骼匠成樽猶殘海浪痕外堪欺玳瑁中可酌崑

酴名水繞苔磯曲山當草閣門此中醒復醉何必
問乾坤

早春病中書事寄魯望　　日休

眼暈見雲母耳虛聞海濤惜春狂似蝶養病躁於
猱桉靜方書古堂空藥氣高可憐眞宰意偏解困
吾曹

奉訓　　龜蒙

秪貪詩調苦不計病容生我亦休文瘦君能叔寶

清蘗須勤一服春莫累多情欲入毘耶問無人敵
淨名

又寄次前韻　　日休

病根冬養得春到一時生眼暗憐晨慘心寒怯夜
清妻仍嫌酒癖醫又禁詩情應被高人笑憂身不
似名

又詶次韻　　龜蒙

從來多遠思尤向靜中生所以令心苦還應是胃

清酒香偏入夢花落又關情積此風流事爭無後
世名

新秋言懷寄魯望三十韻　　日休

新秋入破宅疎澹若平郊戶牖深如窟詩書亂似
巢移牀驚蟋蟀拂匣動蠨蛸靜把泉華掬閒拈乳
管敲檜身渾箇矮石面得能㠇小桂如拳葉新松
似手梢霍鳴轉清角鶻下撲金髆合藥還慵服爲
文亦嬾抄煩心入夜醒疾首帶涼抓杉葉尖於鏃

藤絲靭似鞘債田含紫芋低蔓隱青匏老栢渾如
疥陰苔忽似膠王餘落敗壍胡孟入空庖度日忘
冠帶經時憶酒肴有心同木偶無舌竝金鐃興欲
添玄測狂將換易爻達人唯落落俗士自譊譊底
力將排難何顏用解嘲欲銷毀後骨空轉坐來胞
猶豫應難抱狐疑不易包等閒逢毒蠚容易遇咆
哮時事方千蝎公途正二崤名微甘世棄性拙任
時拋白日須投分青雲合定交仕應同五柳歸莫

捨三茅澗鹿從來去烟蘿任泅穀狙公鬧後戲雲
母病來蘋從此居方丈終非競斗筲道窮應鬼遺
性拙必天教無限疎慵事憑君解一廄

奉和新秋言懷三十韻次韻　龜蒙

身閒唯愛靜籬外是荒郊地僻憐同巷庭喧厭累
巢岸聲搖舴艋窗影辦蠨蛸徑秖溪禽下關唯野
客敲竹岡從古凸池緣本來𪕽早藕擎霜節涼花
束紫梢漁情隨錘網獵興起鳴髇好夢經年說名

方著處抄才疎惟自補技癢欲誰抓窗靜常懸蘿
鞭閒不正鞘山衣輕斧藻天籟逸絃匏蕙展風前
帶桃烘雨後膠蘚乾粘晚砌烟溼動晨庖滮約便
圖籍楊雄重酒肴目曾窺絕洞耳不犯征鐃曆外
窮飛朔蓍中記伏爻石林空寂歷雲肆肯嘵譊松
桂何妨蠹龜龍亦任嘲未能丹作髓誰相紫爲胞
莫把榮枯異但（平聲）和大小包由弓猿不捷梁圈虎
忘攄舊友懷三益闕山阻二崤道隨書簏古（古）時共

釣輪抛好作忘機士須爲莫逆交看君馳諫艸憐
我臥衡茅出處雖寘黙薫蕕肯溷殽岸沙從雀印
崖蜜勸人鑲白菌盈枯杭黄精滿緑筲仙因隱居
信禪是淨名教勿謂江湖永終浮一大匏

秋日遣懷十六韻寄道侶　　龜蒙

盡日臨風坐雄詞妙畧兼共知時世薄寧恨歲華
淹且把靈方試休憑吉夢占夜然燒汞火朝鍊洗
金鹽有路求真隱無媒舉孝廉自然成嘯傲不是

學沈潛水恨同心隔霜愁兩鬢雲霍屏憐掩扇烏
帽愛垂簷雅調宜觀樂清才稱典籤冠敧玄髮少
書健紫毫尖故疾因秋召塵容畏日黔壯圖須行
行儒服謾襜襜片石聊當枕横烟欲代簾蠹根延
穴蟻踈葉漏庭蟾藥鼎高低鑄雲菴早晚苫胡麻
如重寄從誚我無厭

奉和次韻　　日休

高蹈爲時背幽懷是事兼神仙君可致江海我能

淹共守庚辰夜同看乙巳占藥囊除紫蠹丹灶拂
紅鹽與物深無競於生亦太廉鴻災因足警魚禍
爲稀潛筆硯秋光洗衣巾夏蘚霑酒甑香竹院魚
籠挂茅簷琴忘因拋譜詩存爲致籤茶旗經雨展
石笋帶雲尖鶴共心情慢烏同面色黔向陽裁白
帢終歲憶貂襜取嶺爲山障將泉作水簾溪晴多
晚鷺池廢足秋蟾破衲雖云補閒齋未辦苫共君
還有役竟夕得厭厭

江南書情二十韻寄秘閣韋校書貽之商洛

宋先輩垂文二同年　　日休

四載加前字今來未改銜君批鳳尾詔我住虎頭

巖季氏唯謀逐臧倉只擬讒時訛輕五羖俗淺重

三緘瘦去形如隺憂來態似獑才非師趙壹直欲

效陳咸孤竹寧收笛黃琮未要瑊作羊寧免狠爲

兎即須毚梳戶槐從亞侵堦草嬾芟壅泉教咽咽

壘石放巉巉掣釣隨心動抽書任意杴茶教弩父

摘酒遣熒僮監黙坐看山困清齋飲水 巖蘚生天
竺屐烟壞洞庭帆病久新烏帽閒多省白衫藥苞
陳雨匧詩草蠹雲函遣客呼林狖辭人寄海蜮室
唯搜古器錢只買秋杉寡合無深契相期有至誠
他年如訪問烟蔦暗髟髟

奉和次韻　　　　　　　　　　　　　　　龜蒙

我志如魚樂君詞稱鳳銜暫來從露冕何事買雲
巖水石應容病松篁未聽讒罐香松蠹膩山信藥

苗緘愛鷺欹危立息猨矍鑠斵謝才偏許眺阮放

最憐咸大樂寧忘缶奇工肯顩珹客愁迷舊隱鷹

健想秋毚硯缺猶慵琢文繁却要芟雨餘幽沼淨

霞散遠峰巉洗筆烟成段培花土作杴訪僧還覓

伴醫寉自須監荒廟猶懷季清灘幾夢嚴背風開

蠹簡衝浪試新帆悶憶年支酒閒裁古樣衫釣家

隨野舫仙藴逐雕函度歲賒羸馬先春買小蝛共

疏泉入竹同坐月過杉染翰窮高致懷賢發至誠

不堪潘子鬢愁促易髟髟

憶洞庭觀步十韻　日休

前時登觀步暑雨正錚摐上戍看綿蕝登村度石矼菴花時有蔟溪鳥不成雙遠樹點黑稍遥峰露碧幢巖根瘦似殼杉腹破如腔㝫䘢紋了二音漁人服筕篖野店窗多攜白木錍愛買紫泉缸仙犬聲音古遺民意緒厖何文堪緯地底策可經邦自此將妻子歸山不姓龐

奉和次韻　　龜蒙

聞君遊靜境雅具更摐摐竹傘遮雲徑藤鞋踏蘚
矼杖斑花不一樽大瘿成雙水鳥行沙嶼山僧禮
石幢已甘三秀味誰念百牢腔遠棹投何處殘陽
到幾窗仙謠珠樹曲村餉白醅缸地里方吳會人
風似冉厖探幽非遯世尋勝肯迷邦爲讀江南傳
何賢過二龐

秋晚留題魯望郊居二首　　日休

竹樹冷擭落入門神已清寒蛩傍枕響秋萊上墻
生黄犬病仍吠白驢飢不鳴唯將一杯酒盡日慰

劉禎

冷臥空齋内餘酲夕未消秋花如有恨寒蝶似無
憀簷上落鬬雀籬根生晚潮若論羈旅事猶自勝

皐橋

奉詶秋晚見題二首　龜蒙

爲愛晚窗明門前亦嬾行圖書看得熟隣里見還

生烏啄琴材響僧傳藥味精緣君多古思攜手上
空城
何事樂漁樵巾車或倚橈和詩盈古篋賒酒半寒
瓢失雨園蔬赤無風蚌葉彫清言一相遺吾道未
全消

初冬章上人院　　　　日休

客到無妨睡僧吟不廢禪尚關經病窟猶濾欲枯
泉静椄貝多紙閒爐波律烟清譚兩三句相向自

翛然

奉和次韻　　龜蒙

毎伴來方丈還如到四禪菊承荒砌露茶待遠山泉畫古全無跡林寒却有烟相看吟未竟金磬已泠然

臨頓里名爲吳中偏勝之地陸魯望居之不出郛郭曠若郊墅余每相訪款然惜去因成五言十首奉題屋壁　　日休

一方瀟灑地之子獨深居繞屋親裁竹堆牀手寫書高風翔砌鳥暴雨失池魚暗識歸山計村邊買

鹿車

籬疎從緑槿簷亂任黄茅壓酒移溪石煎茶拾野巢靜窗懸雨笠閒壁挂烟匏支遁今無骨誰爲世

外交

繭稀初上簇醅盡未乾牀盡日留蠶母移時祭麴王趂泉澆竹急候雨種蓮忙更葺園中景應爲顧

辟疆
靜僻無人到幽深每自知鶴來添口數琴到益家
資壞壍生魚沫頽簷落燕兒空將綠蕉葉來往寄

閒詩
夏過無擔石日高開板扉僧雖與筒籜人不典蕉
衣鶴靜共眠覺鷺馴同釣帰生公石上月何夕約

譚微
經歲岸烏紗讀書三十車水痕侵病竹蛛網上衰

何義門疑是衍字

花詩任傳漁客衣從遞酒家知君秋晚事白幘刈
胡麻
寂歷秋懷動蕭條夏思殘久貧空酒庫多病束漁
竿玄想凝鶴扇清齋拂鹿冠夢魂無俗事夜夜到
金壇
閑門無一事安穩臥涼天砌下翹飢鶴庭陰落病
蟬倚杉閒把易燒朮靜論玄賴有包山客時時寄
紫泉

病起扶靈壽翛然强到門與杉除敗葉爲石整危根薜蔓狂遮壁蓮莖卧枕盆明朝有忙事召客斲桐孫

緌頍稱無利低眉號不能世情都太薄俗意就中憎雲態不知驟鶴情非會徵畫臣誰奉詔來此寫姜肱

龔美見題郊居十首因次韻詶之以伸榮謝

龜蒙

近來唯樂靜移傍故城居閒打修琴料時封謝藥
書夜停江上島晴曬篋中魚出亦圖何事無勞置
棧車

倩人醫病樹看僕補衡茅散髮還同阮無心敢慕
巢簡便書露竹樽待破霜匏日好林間坐烟蘿僅
欲交

倭僧留海紙山匠製雲牀嬾外應無敵貧中直是
王池平鷗息喜花盡睫情忙欲問新秋計淺絲一

畞疆
故山空自擲當路竟誰知秖有經時策全無養拙
資病深憐灸客炊晚信樵兒謾欲陳風俗周官未
採詩
福地能容塹玄關詎有扉静息瓊版字閒洗鐵筇
衣島破涼烟下人衝暮雨歸故園秋艸夢猶記綠
微微
水影沈魚器鄰聲動緯車簟輕捎墜葉蜂嬾臥樵

花說史評諸例論兵到百家明時如不用歸去種

桑麻

禹穴奇編缺雷平異境殘靜吟封籙檢歸興削帆

竿白石堪爲飯青蘿好作冠幾時當斗柄同上步

罡壇

强起披衣坐徐行處暑天上階來鬬雀移樹去驚

蟬莫問鹽車駿誰看醬瓿玄黄金如可化相近買

雲泉

野入青蕪巷陂侵白竹門風高開栗刺沙淺露芹根迸鼠緣藤桁飢烏立石盆東吳雖不改誰是武王孫

踈慵真有素時勢盡無能風月雖為敵林泉幸未憎酒材經夏闕詩債待秋徵秖有君同癖閒來對曲肱

松陵集卷第五

虞山毛晉挍刊　男扆再挍

松陵集卷第六

今體七言詩九十二首

寒夜同襲美訪北禪院寂上人　龜蒙

月樓風殿静沉沉披拂霜華訪道林鳥在寒枝棲影動人依古堞坐禪深明跱尚阻青雲步半夜猶追白石吟自是海邊鷗伴侣不勞金偈更降心

奉和次韻　日休

院寒清靄正沉沉霜棧乾鳴入古林數葉貝書松

火㸌一聲金磬檜烟深陶潛見社無妨醉殷浩譚經不廢吟何事欲攀塵外契除君皆有利名心

江南道中懷茅山廣文南陽博士三首

日休

寒嵐依約認華陽遥想高人卧草堂半日始齋青飿飯移時空印白檀香鶴雛入夜歸雲屋乳管逢春落石牀誰道夫君無伴侶不離窗下見羲皇

住在華陽第八天望君唯欲結良緣堂扃洞裏千

秋燕廚簷巖根數斗泉壇上古松疑度世觀中幽鳥恐成仙不知何事迎新歲鳥納裘中一覺眠鳥納裘出王筠集

五色香烟惹內文許遠遊燒香五色烟石餄初熟酒初醺將開丹竈那防鶴欲算碁圖却望雲海氣半生當洞見瀑冰初拆隔山聞如何世外無交者許邁與王羲之父子爲世外之交一臥金壇只有君

奉和次韻　　龜蒙

一片輕帆背夕陽望三峰拜七眞堂（三茅二許一陽一郭是謂七眞）天寒夜漱雲牙淨雪壞晴梳石髮香自拂烟霞安筆格獨開封撿試砂牀莫言洞府能招隱會輾飈輪見玉皇

壺中行坐可移天何況林間息萬緣組綬任垂三品石珮環從落四公泉丹臺已運陰陽火碧簡須雕次第仙（廣文玉季猶在場中）想得雷平春色動五芝烟甲又芊眠

良常應不動移文金醴從酸亦自醺（蓬萊公洛廣文以金醴四升待主簿主簿恨其味酸）桂父舊歌飛絳雪桐孫新韻倚玄雲春臨栁谷鶯先覺曙醮蕪香鶴共聞珍重雙雙玉條脫盡憑三島寄羊君

早春雪中作吳體寄襲美　龜蒙

迎春避臘不肯下欺花凍草還飄然光塡馬窟蓋塞外勢壓鶴巢偏殿巔山爐癭節萬狀火墨突乾衰孤穗烟君披鶴氅獨自立何人解道眞神仙

奉和　　　　　　　　　　日休

威仰噤死不敢語瓊花雲魄清珊珊溪光冷射觸

鸘瑦柳帶凍脆攢闌干竹根乍燒玉節快酒面新

潑金膏寒全吳縹瓦十萬戶惟君與我如袁安

吳中言情寄魯望　　　　日休

古來傖父愛吳鄉一上胥臺不可忘愛酒有情如

手足除詩無計似膏肓宴時不輟琅書味齋日難

判玉鱠香爲説松江堪老處滿船烟月溼莎裳

奉和次韻　　龜蒙

菰烟蘆雪是儂鄉，釣線隨身好坐忘。徒愛右軍遺點畫，閒披左氏得膏肓。無因月殿聞移屧，祗有風汀去採香。莫問江邊漁艇子，玉皇看賜羽衣裳。

行次野梅　　日休

蔦拂蘿梢一樹梅，玉妃無侶獨徘徊。好臨王母瑤池發，合傍蕭家粉水開。共月已爲迷眼伴，與春先作斷腸媒。不堪便向多情道，萬片霜華雨損來。

奉和次韻　龜蒙

飛棹參差拂早梅强欺寒色尚低徊風憐薄媚留
香與月會深情借艷開梁殿得非蕭帝瑞齊宮應
是玉兒媒不知謝客離腸醒臨水剛添萬恨來

揚州看辛夷花　日休

臘前千朶亞芳叢細膩偏勝素㮲功螓首不言披
曉雪麝臍無主任春風一枝拂地成瑶圃數樹參
庭是蘂宮應爲當時天女服至今猶未放全紅

奉和次韻　　　　　　　　龜蒙

梛踈梅墮少春叢天遣花神别致功高處朶稀難避日動時枝弱易爲風堪將亂蕋添雲肆若得千株便雪宫不得群芳應有意等閒桃杏即争紅

暇日獨處寄魯望　　　　　　日休

幽慵不覺耗年光犀柄金徽亂一牀野客共爲賒酒計家人同作借書忙園蔬預遣分僧料廩粟先教算鶴糧無限高情好風月不妨猶得事吾王

奉和　　　　　　　　　　　　　　龜蒙

謝府殷樓少暇時又抛清宴入書帷三千餘歲上下古八十一家文字奇司馬遷書上下紀三千餘歲太玄有八十一家率多奇字

冷夢漢臯懷鹿隱静憐烟島覺鴻離知君滿篋前朝事鳳諾龍奴借與窺

屣步訪魯望不遇　　　　　　　　日休

雪晴墟里竹欹斜蠟屐徐吟到陸家荒徑掃稀堆柘子破扉開澁染苔花壁閒定欲圖雙檜廚静空

如飯一麻擬受太玄今不遇可憐遺恨似侯芭

奉和襲美見訪不遇　龜蒙

爲愁烟岸老神蘼扶病呼兒劚翠茗秖道府中持簡牘不知林下訪漁樵花盤小墢晴初壓葉擁疎籬凍未燒倚杖徧吟春照午一池氷段幾多消

開元寺客省早景卽事　日休

客省蕭條柿葉紅樓臺如画倚霜空銅池數滴桂上雨金鐸一聲松杪風鶴静時來珠像側鴿馴多

在寶幡中如何塵外虛爲契不得支公此會同

奉和次韻　龜蒙

日上罘罳疊影紅一聲淸梵萬緣空禨褷滿地貝多雪料峭入樓于闐風水榭初抽寥泬思竹窓猶掛夢魂中靈香散盡禪家接誰共殷源小品同辨正

論亦有九流一曰禪家者流殷浩讀小品經下二百籤疑義以問支道林

獨夜有懷因作吳體寄襲美　龜蒙

人吟側景抱凍竹鶴夢缺月沉枯梧淸澗無波鹿

無魄白雲有根虬有鬚雲虬澗鹿眞逸調刀名錐
利非良圖不然快作燕市飲笑撫肉枅音馨眠酒壚

奉和次韻　日休

病鶴帶霜傍獨屋破巢含雪傾孤梧濯足將加漢
光腹抵掌欲捋梁武鬚隱几清吟誰敢敵梳琴酣
臥眞堪圖此時枉欠高散物楠瘤作樽石作壚

病中有人惠海蟹轉寄魯望　日休

紺甲青筐染菭衣島夷初寄北人時離居定有石

帆覺失伴唯應海月知族類分明連璅珰璅珰似小蚌有一小蟹在腹中珰出求食故淮海之人呼爲蟹奴形容好箇似蟛蜞病中無用雙螯處寄與夫君左手持

訓襲美見寄海蟹　　龜蒙

藥杯應阻蟹螯香却乞江邊採捕郎自是揚雄知郭索太玄經云蟹之郭索且非何胤敢餦餭何胤侈于食味稍欲去其甚者猶有䱉腊糟蟹骨清猶似含春靄沫白還疑帶海霜强作南朝風雅客夜來偷醉早梅傍

病中美景頗阻追遊因寄魯望　日休

瘦牀閒臥晝迢迢唯把眞如慰寂寥南國不須收薏苡百年終竟是芭蕉藥前美祿應難斷枕上芳辰豈易銷看取病來多少日早梅零落玉華燋

奉詶病中見寄　龜蒙

逢花逢月便相招忽臥雲疏隔野橋春恨與誰同酩酊玄言何處問逍遙題詩石上空迴筆拾蕙汀邊獨倚橈早晚却還岩上（下）電襲美特有眼疾共尋芳徑結

烟條

闔閭城北有賣花翁討春之士往往造焉因招襲美　龜蒙

故城邊有賣花翁水曲舟輕去盡通十畝芳菲爲舊業一家烟雨是元功閒添藥品年年别笑指生涯樹樹紅若要見春歸處所不過携手問東風

魯望以花翁之什見招因次韻訓之　日休

九十攜鋤傴僂翁小園幽事盡能通劚烟栽藥爲
身計負水澆花是世功婚嫁定期杉葉紫葢藏應
待桂枝紅不知家道能多少只在句芒一夜風

病中庭際海石櫂花盛發感而有寄

日休

一夜春工綻絳囊碧油枝上晝煌煌風匀只似調
紅露日暖唯憂化赤霜火齊滿枝燒夜月金津含
蘂滴朝陽不知桂樹知情否無限同遊阻陸郎

奉和次韻　　龜蒙

紫府眞人餉露囊猗蘭燈燭未熒煌丹華乞曙先凌日金焰欺寒却照霜誰與佳名從海曲秖應芳裔出河陽那堪謝氏庭前見一段清香染郄郎

早春以橋子寄魯望　　日休

箇箇和枝葉捧鮮彩凝猶帶洞庭烟不爲韓嫣金丸重直是周王玉果圓剖似日魂初破後弄如星髓未銷前知君多病仍中聖盡送寒苞向枕邊

襲美以春橘見惠兼之雅篇因次韻訓謝

龜蒙

到春猶作九秋鮮應是親封白帝烟良玉有漿須讓味明珠無纇亦羞圓堪居漢苑霜梨上合在仙家火棗前珍重更過三十子不堪分付野人邊王僧辯嘗爲荆南得橘一帶三十子以獻梁元帝

病中書情寄上崔諫議時眼疾未平

日休

十日來來曠奉公閑門無事忌春風蟲絲度日縈

琴薦蛀粉經時落酒筒馬足歇從殘漏外魚須抛

在亂書中殷勤莫怪求醫切只爲山櫻欲放紅

奉和次韻　龜蒙

或偃虛齋或在公藹然林下昔賢風庭間有蝶争

烟蘂簾外無人報水筒行藥不離深幌底時患眼疾寄

書多向遠山中西園夜燭偏堪憶曾爲題詩刻半

紅

病中孔雀　日休

烟花雖媚思沉冥猶自擡頭護翠翎强聽紫簫如欲舞困眠紅樹似依屏因思桂蠹傷肌骨爲憶松鵝損性靈盡日春風吹不起鈿毫金縷一星星

奉和　龜蒙

懶移金翠傍簷楹斜倚芳叢舊態生唯奈瘴烟籠飲啄可堪春雨滯飛鳴鶩鶩水畔廻頭羨荳蔻圖前舉眼驚爭得鷓鴣來伴著不妨還挍有心情

上元日道室焚修寄襲美　龜蒙

三清今日聚靈官玉刺齊抽謁廣寒執蓋昌花香
寂歷侍晨交珮響闌珊執蓋侍晨皆仙之貴侶矣將排鳳節分
階易欲按龍書下筆難唯有世塵中小兆夜來心
拜七星壇

奉和次韻　　日休

明眞臺上下仙官玄藻初吟萬籟寒颷御有聲時
杳杳寶衣無影自珊珊蕋書乞見齋心易玉籍求
添拜首難端簡不知清景暮靈蕪香燼落金壇

正月十五日惜春寄襲美　　龜蒙

六分春色一分休滿眼東波盡是愁花匠礙寒應
束手酒龍多病尚垂頭無窮懶惰齊中散有底機
謀敵右侯見織短篷裁小檝拏烟閒弄個漁舟

奉詶惜春見寄　　日休

十五日中春日好可憐沈痼冷如灰以前雖被愁
將去向後須教醉領來梅片盡飄輕粉靨柳芽初
吐爛金醅病中無限花番次爲約東風且住開

聞魯望遊顔家林園病中有寄　日休

一夜韶姿着水光，謝家春草滿池塘。細挑泉眼尋新脉，輕把花枝嗅宿香。蝶欲試飛猶護粉，鶯初學囀尚羞簧。分明不得同君賞，盡日傾心羨索郎。

襲美病中見寄次韻訓之　龜蒙

日華風蕙正交光，過末相攜藉草塘。過謝玄小字，末謝川小字。佳酒旋傾醽醁嫩，短船閒弄木蘭香。烟絲嫋拂來縈帶，蘋𦾔入收去約簧。今日好爲聯句會，不成剛

爲欠檀郎

春雨卽事寄襲美　　龜蒙

小謝輕埃日日飛小謝詠雨詩有散漫似輕埃句城邊江上阻春
暉雖愁野岸花房凍還得山家藥笋肥雙屐着頻
看齒折敗裘披苦見毛稀比鄰釣叟無塵事灑笠
鳴蓑夜半歸

奉和次韻　　日休

織恨凝愁映鳥飛半旬飄灑掩韶暉山容洗得如

烟瘦地脉流來似乳肥野客正閒移竹遠幽人多病探花稀何年細濕華陽道兩乘巾車相並歸

寄　　　　　　日休

魯望春日多尋野景日休抱疾杜門因有是

野侶相逢不待期半緣幽事半緣詩烏紗任岸穿篛竹白袷從披趁肉芝數卷蠹書棊處展幾勝菰米釣前炊病中不用君相憶折取山櫻寄一枝

奉和次韻　　　　　　龜蒙

雖失春城醉上期下帷裁徧未裁詩因吟郢岸百畝蕙欲采商崖三秀芝棲野鶴籠寬使織施山僧飯别教炊但醫沈約重瞳健不怕江花不滿枝

偶掇野蔬寄襲美有作　　　　龜蒙

野園煙裏自幽尋嫩甲香蕤引漸深行歇每依鴟舅影挑頻時見鼠姑心凌風藹彩初攜籠帶露虛踈或貯襟欲助春盤還愛否不妨蕭灑似家林

魯望以躬掇野蔬兼示雅什用以詶謝

日休

杖擿春烟暖向陽煩君爲我致盈筐深挑乍見牛脣液（爾雅云蕒牛脣一名水蕮）細掐徐聞鼠耳香（本草云葉似鼠耳莖赤可生食）紫甲采從泉脉畔翠牙搜自石根傍彫胡飯熟餖飣軟不是高人不合嘗

臥疾感春寄魯望　日休

烏皮几上困騰騰玉柄清羸愧不能昨夜眠時稀似鶴今朝餐數減於僧藥銷美祿應天折醫過芳

辰定鬼憎任是雨多遊未得也須收在探花朋

奉和次韻　　　　龜蒙

共尋花思極飛騰病帶春寒去未能烟徑水涯多好鳥竹牀蒲椅但高僧須知日富爲神授秖有家貧免盜憎除却數函圖籍外更將何事結良朋

徐方平後聞赦因寄襲美　　龜蒙

新春旒扆御翬軒海內初傳渙汗恩秦獄已收爲厲氣瘴江初返未招魂英材盡作龍蛇蟄時停貢舉戰

地多戍虎豹村除却數般傷痛外不知何事及王
孫

奉和次韻　　　　　　　　日休

金雞烟外上臨軒紫誥新垂作解恩涿鹿未銷初
敗血新安頓雪已坑魂空林葉盡蝗來郡腐骨花
生戰後村未遣蒲車問幽隱共君應老抱桐孫

襲美以魚牋見寄因謝成篇　　　　龜蒙

擣成霜粒細鱗鱗知作愁吟幸見分向日乍驚新

璽色臨風時辨白萍文魚子曰白萍　好將花下承金粉

堪送天邊詠碧雲見倚小窻親襞染盡圖春色寄

夫君

奉訓見荅魚牋之什　日休

輕如隱起膩如飴除却鮫工解製稀欲寫恐成河

伯詔試裁疑是水仙衣毫端白獺脂猶濕指下氷

蠶子欲飛若用莫將閒處去好題春思贈江妃

病後春思　日休

連錢錦暗麝氛氳荆思多才詠鄂君孔雀鈿寒窺
沼見石櫊紅重墮堦閒牢愁有度應如月春夢無
心秖似雲應笑病來慙滿願花牋好作斷腸文

奉和次韻　　　　　　　龜蒙

氣和靈府漸氤氳酒有賢人藥有君七字篇章看
月得百勞言語傍花聞閒尋古寺銷晴日最憶深
溪枕夜雲早晚共搖孤艇去紫屏風外碧波文

襲美以公齋小宴見招因代書寄之

龜蒙

早雲纔破漏春陽野客晨興喜又忺自與酌量煎
藥水别教安置曬書牀依方釀酒愁遲去借樣裁
巾怕索將唯待數般幽事了不妨還入少年塲

偶成小酌招魯望不至以詩爲解因次韻訓

之　日休

醉侶相邀愛早陽小筵催辦不勝忺衝深柳駐吳
娃幰倚短花排羯鼓牀金鳳欲爲鸎引去鈿蟬疑

被蝶勺將如何共是忘形者不見漁陽摻一場

以紗巾寄魯望因而有作　日休

周家新樣替三梁頭巾起後周武帝裹髮偏宜白面郎掩歛乍疑裁黑霧輕明渾似戴玄霜今朝定見看花昊明日應聞漉酒香更有一般君未識虎文巾在絳霄房

襲美以紗巾見惠繼以雅音因次韻訓謝　龜蒙

薄如蟬翅背斜陽不稱春前贈圂女減反郎初覺頂寒生遠吹預戛頭白透新霜堪窺水檻澄波影好拂花墻亞蓝香知有芙蓉嚮自戴桐栢真人戴芙蓉冠也欲莪烟霧訪黄房

聞襲美有親迎之期因以寄賀　龜蒙

梁鴻夫婦欲雙飛細雨輕寒拂雉衣初下雪窓應眷戀次乘烟幰奈光輝參差扇影分華月斷續簫聲落翠微見說春風偏有賀露花千朶照庭闈

臨頓宅將有歸于之日曾望以詩見貺因抒

懷訓之　　　　　　　　　日休

共老林泉忍暫分此生應不識迴文幾枚竹筍送

德曜一乘柴車迎少君舉案品多緣澗藥承家事

少爲溪雲居然自是幽人事輒莫教他孫壽聞

襲美以巨魚之半見分因以訓謝

　　　　　　　　　　　　龜蒙

誰與春江上信魚可憐霜刃截來初鱗隳似撤騷

人屋腹斷疑傷遠客書避網幾跳山影破逆風曾
蹙浪花虚今朝最是家童喜免泥荒畦掇野蔬

奉和　日休

釣公來信自松江三尺春魚撥剌霜腹内舊鉤苔
染灉腮中新餌藻和香冷鱗中斷榆錢破寒骨平
分玉筯光何事貺君偏得所秪緣同是越航郎

館娃宫懷古　日休

艷骨已成蘭麝土宫墻依舊壓層崖弩臺雨壞逢

金鏃香徑泥銷露玉釵硯沼秪留溪鳥浴礫廊空
信野花埋姑蘇麋鹿眞閒事須爲當時一愴懷

奉和次韻　　　　　　　　龜蒙

鏤楣消落濯春雨蒼翠無言空斷崖草碧未能忘
帝女燕輕猶自識宮釵江山秪有愁容在劍珮應
和愧色埋賴有伍員騷思少吳王纔免似荆懷

襲美以紫石硯見贈以詩迎之　　龜蒙

霞骨堅來玉自愁琢成飛燕古釵頭澄沙脆弱聞

應伏青鐵沈埋見亦羞最稱風亭批碧簡好將雲
實漬寒流君能把贈閒吟客徧寫江南物象酬

以紫石硯寄魯望兼詶見贈　日休

樣如金蹙小能輕微潤將融紫玉英石墨一研爲
鳳尾寒泉半勺是龍睛騷人白芷傷心暗狎客紅
筵奪眼明兩地有期皆好用不須空把洗溪聲

同襲美遊北禪院院即故司勲陸郎中舊宅　龜蒙

連延花蔓映風廊岸幘披襟到竹房居士秪今開

菴處先生曾是草玄堂淸樽林下看香印遠岫窓中挂鉢囊今日有情消未得欲將名理問思光

奉和　日休

械

戚歷杉陰入艸堂老僧雖見似相忘吟多幾轉蓮花漏坐久重焚栢子香魚慣齋時分淨食鴿能閒處傍禪牀雲林滿眼空羈滯欲對彌天却自傷

孫發百篇將遊天台請詩贈行因以送之

日休

孫子荆家思有餘元戎曾薦入公車百篇宫體喧
金屋一日官銜下玉除紫府近通齋後夢赤城新
有寄來書因逢二老如相問正滯江南爲鱸魚

奉和　龜蒙

直應天授與詩情百詠唯消一日成去把彩毫揮
下國帰參黄綬别春卿閒窺碧落懐烟霧暫向金
庭隱姓名珍重與公徒有賦石梁深處是君行

薔薇　龜蒙

倚墻當户自横陳致得貧家似不貧外布芳非雖
笑日中含芒刺欲傷人清香往往生遥吹狂蔓看
看及四鄰遇有客來堪玩處一端晴綺照烟新

奉和次韻　　　　日休

誰繡連延滿户陳暫應遮得陸郎貧紅芳掩斂將
迷蝶翠蔓飄颻欲挂人低拂地時如墮馬高臨墻
處似窺鄰秖應是董雙成戲剪得神霞寸寸新

聞開元寺開笋園寄章上人　　日休

園鏁開聲駭鹿羣滿林鮮籜水犀文森森競泫林

梢雨㩳㩳爭穿石上雲並出亦如鵷管合各生還

似犬牙分折烟束露如相遺何𣏐明朝不茹葷

奉和　　　　　　　　　　　　　龜蒙

春龍爭地養檀欒況是雙林雨後看迸出似毫當

垤塊孤生如恨倚欄干凌虛勢欲齊金刹折贈光

宜照玉盤更待錦苞零落後粉環高下揭烟寒

春夕陪崔諫議櫻桃園宴　　　　日休

萬樹香飄水麝風蠟燻花雪盡成紅夜深歡態狀
不得醉客圖開明月中衛協畫醉客圖

奉和　　　　　　　　　　　　　　龜蒙

佳人芳樹雜春蹊花外烟濛月漸低幾度艷歌清
欲轉流鶯驚起不成棲

松江早春　　　　　　　　　　　　日休

松陵清淨雪消初見底新安恐未如穩凭船舷無
一事分明數得鱠殘魚

奉和　　龜蒙

栭下江滄待好風暫時還得狎漁翁一生無事烟波足唯有沙邊水勃公

女墳湖即吳王葬女之所　　日休

萬貴千奢已寂寥可憐幽憤爲誰嬌須知韓重相思骨直在芙蓉向下消

奉和　　龜蒙

水平波淡繞迴塘鶴殉人沉萬古傷應是離魂雙

不得至今沙上少鴛鴦

泰伯廟　日休

一廟爭祠兩讓君幾千年後轉清芬當時盡解稱

高義誰敢教他莽卓聞

奉和　龜蒙

故國城荒德未荒年年椒奠溼中堂邇來父子爭

天下不信人間有讓王

宿木蘭院　日休

木蘭院裏雙棲鶴長被金鉦聒不眠今夜宿來還
似爾到明無計夢雲泉

奉和次韻　　　　　　　　　　龜蒙

苦吟清漏迢迢極月過花西尚未眠猶憶故山欹
警枕夜來嗚咽似流泉

重題薔薇　　　　　　　　　　日休

濃似猩猩初染素輕於燕燕欲凌空可憐細麗難
勝日照得深紅作淺紅

奉和次韻　　　龜蒙

穠華自古不得久況是倚春春巳空更被夜來風雨惡滿堦狼籍沒多紅

春夕酒醒　　　日休

四絃纔罷醉蠻奴酃醁餘香在翠爐夜半醒來紅蠟短一枝寒淚作珊瑚

奉和　　　龜蒙

幾年無事傍江湖醉倒黄公舊酒壚覺後不知新

月上滿身花影倩人扶

松陵集卷第六

虞山毛晉挍刊　男扆再挍

松陵集卷第七

今體七言詩九十首

開元寺佛鉢詩 幷序　　日休

按釋法顯傳云佛鉢本在毗舍離今在乾陀衛竟若干百年當復至西月支國若干百年至于闐國若干百年當至屈茨國若干百年當復來漢地晉建興二年二聖像浮海而至滬瀆僧尼輩取之以歸今存于開元寺後建興八年漁者於滬瀆沙汭

上獲之以爲臼類乃葷而用焉俄有佛像見于外
漁者始爲與意滬瀆二聖之遺祥也乃以鉢供之
迄今尚存余遂觀而爲之詠因寄天隨子
帝青石作綠氷姿佛律云此鉢帝青玉石也四天王所獻也曾得金人
手自持拘律樹邊齋散後提羅花下洗來時乳糜
味斷中天覺麥麨香消大刼知從此共君親頂戴
斜風應不等閒吹

奉和　　　　　　　　　龜蒙

空王初受逞神功四鉢須臾現一重至今鉢緣有四重也持次想添香積飯覆時應帶步羅鍾光寒好照金毛鹿響靜堪降白耳龍從此寶函香裏見不煩西去詣靈峰

夏首病愈因招魯望　日休

曉入清和尚袷衣夏陰初合掩雙扉一聲撥穀桑柘晚數點舂鋤烟雨微貧養仙禽能箇瘦病闗芳草就中肥明朝早起非無事買得蓴絲待陸機

奉酬次韻　　龜蒙

雨多青合是垣衣一幅蠻牋夜欵扉蕙帶又聞寬
沈約茅齋猶自憶王微方靈秪在君臣正篆古須
拋點畫肥除却伴談秋水外野鷗何處更忘機

新夏東郊閒泛有懷襲美　　龜蒙

遲於春日好於秋野客相攜上釣舟經畧彴時冠
暫亞佩笭箵後帶頻㩜蒹葭鷺起波摇笠村落蠶
眠樹挂鉤料得秪君能愛此不爭烟水似封侯

奉和次韻　日休

水物輕明澹似秋多情才子倚蘭舟碧莎裳下攜詩草黄篾樓中挂酒篘蓮葉蘸波初轉棹魚兒簇餌未諳鈎共君莫問當時事一點沙禽勝五侯

四月十五日道室書事寄襲美　龜蒙

烏飯新炊芼臛香道家齋日以爲常月苗杯舉存三洞雲蘂函開叩九章一掬陽泉堪作雨數銖秋石欲成霜可中値著雷平信爲覓閒眠苦竹牀

奉和　　　　　　　　　　　　　　　　日休

望朝齋戒是尋常靜啟金根第幾章竹葉飲爲甘

露色蓮花鮓作肉芝香松膏背日凝雲磴丹粉經

年染石牀剩欲與君終此志頑仙唯恐鬢成霜

看壓新醅寄懷襲美　　　　　　龜蒙

曉壓糟牀漸有聲旋如荒澗野泉清身前古態熏

應出世上愁痕滴合平飲啄斷年同雀儉風波終

日看人爭樽中若使常能淥兩綬通侯總強名

奉和次韻　日休

一簣松花細有聲旋將渠椀撇寒清秦吳只恐篘來近劉項眞應釀得平酒德有神多客頌醉鄉無貨沒人爭五湖烟水郎山月合向樽前問底名

登初陽樓寄懷北平郎中　日休

危樓新製號初陽白粉青蕤射沼光避酒幾浮輕舴艋下棊曾覺睡鴛鴦投鉤列坐圍華燭格簺分朋占靚粧莫怪重登頻有恨二年曾侍舊吳王

奉和　　龜蒙

遠窻浮檻亦成年幾伴楊公白晝筵日煖烟花曾撲地氣和星象却歸天閒將水石侵軍壘醉引笙歌上釣船無限恩波猶在目東風吹起細漪漣

夏初訪魯望偶題小齋　　日休

半里芳陰到陸家藜牀相勸飯胡麻林閒度宿抛棋局壁上經旬挂釣車野客病時分竹米鄰翁齋日乞藤花踟躕未放閒人去半岸紗帩待月華

奉和次韻　　　　龜蒙

四鄰多是老農家百樹雞桑半頃麻盡趁晴明修
網架每和烟雨掉繰車啼鸎偶坐身藏葉餉婦
來鬟有花不是對君吟復醉更將何事送年華

所居首夏水木尤清適然有作　日休

病來無事草堂空晝永休聞十二筩桂静似逢青
眼客松閒如見綠毛翁潮期暗動庭泉碧梅信微
侵地障紅盡日枕書慵起得被君猶自笑從公

奉和次韻　　龜蒙

柹陰成列藥花空却憶桐江下釣筒亦以魚鰕供熟鷺近緣樱笋識鄰翁閒分酒劑多還少自記書籤白間紅更愛夜來風月好轉思玄度對支公

重玄寺元達年逾八十好種名藥凡所植者多至自天台四明包山句曲叢萃紛糅各可指名余奇而訪之因題二章

日休

雨蓧烟鋤傴僂賫紺牙紅甲兩三畦藥名却笑桐
君少年紀翻嫌竹祖低臼石靜敲蒸术火清泉閒
洗種花泥恠來昨日休持鉢一尺彫胡似掌齊
香蔓蒙蘢覆昔邪檜烟杉露濕袈裟石盆換水撈
松葉竹徑遷牀避筍芽藜杖移時挑細藥銅鉼盡
日灌幽花支公謾道憐神駿不及今朝種一麻

奉和題達上人藥圃二首　　龜蒙

藥味多從遠客賫旋添花譜旋成畦三椏舊種根

應與九節初移葉尚低山莢便和幽澗石水芝須帶本池泥從今直到清秋日又有香苗幾番齊淨名無語示清羸藥草搜來喻更微一雨一風皆遂性花開花落盡忘機教疏兔縷金絃亂兔絲別名自擁龍芻紫汞肥莫怪獨親幽圃坐病容銷盡欲依歸

懷華陽潤卿博士三首　　日休

先生一向事虛皇天市壇西與世忘環堵養龜看

氣訣刀圭餌犬試仙方靜探石腦衣裾潤閒鍊松
脂院落香聞道徵賢須有詔不知何日到良常
宜心唯事白英君不問人間爵與勳林下醉眠仙
鹿見洞中閒話隱芝聞石牀臥苦渾無蘚藤篋開
稀恐有雲料得虛皇新詔樣青瓊板上綠爲文

陶隱居昔爲華陽館主

鳳骨輕來稱瘦容華陽館主未成翁
數行玉札存心久一掬雲漿漱齒空白石煑多熏
屋黑丹砂埋久染泉紅他年欲事先生去十賚須

加陸逸沖逸沖嘗事隱居隱居錫名樓靜處士十賚猶人間九錫也

奉和三首　　龜蒙

幾降眞官授隱書洛公曾到夢中無眉間入靜三
辰影肘後通靈五岳圖北洞樹形如曲蓋東凹山
色似蕙爐金墟福地能容否願作岡前蔣負芻
火景應難到洞宮蕭閒堂冷任天風談玄麈尾拋
雲底服散龍胎在酒中有路還將赤城接無泉不
共紫河通奇編早晚教傳授免以神仙問葛洪

終日焚香禮洞雲更息琪樹轉勞神曾尋下泊(宮名)常經月不到中峰又累春仙道最高黄玉籙暑天偏稱白綸巾凊齋若見茅司命乞取朱兒十二斤

以竹夾膝寄贈襲美　　龜蒙

截得篔簹冷似龍翠光横在暑天中堪臨薤簟閒憑月好向松窗卧跂風持贈敢齊青玉案醉吟偏稱碧荷筒添君雅具教多著爲著西齋譜一通

魯望以竹夾膝見寄因次韻酬謝

日休

圓於玉柱滑於龍來自衡陽彩翠中拂潤恐飛清
夏雨叩虚疑貯碧湘風大勝書客裁成簡頗賽溪
翁截作筒從此角巾因爾戴俗人相訪若爲通

夏景無事因懷章來二上人　日休

澹景微陰正送梅幽人逃暑癭楠杯水花移得和
魚子山蕨收時帶竹胎嘯館大都偏見月醉鄉終
竟不聞雷更無一事唯留客却被高僧怕不來

佳樹盤珊枕草堂此中隨分亦閒忙平鋪風簟尋琴譜靜掃烟窗著藥方幽鳥見貧留好語白蓮知臥送淸香從今有計消閒日更爲支公置一牀

奉和次韻　龜蒙

簷外青陽有二梅折來堪下凍醪杯離騷注云盛夏以醇酒置冰上高杉自欲生龍腦小弁誰能寄鹿胎麗事肯教饒沈謝談微何必減宗雷還聞擬結東林社爭奈淵明醉不來

忽憶高僧坐夏堂厭泉聲鬧笑雲忙山重海澹懷
中印月冷風微宿上方病後書求嵩少藥定廻衣
湶貝多香何時更問逍遙義道林有逍遙遊別義五粒松陰
半石牀

寄瓊州楊舍人　日休

德星芒彩瘴天涯酒樹堪消謫宦嗟行遇竹王因
設奠居逢木客又遷家清齋淨漫桃榔麵遠信閒
封荳蔻花清切會須歸有日莫貪句漏足丹砂

奉和　　　　　　　　　　　　　　　　　　　　　　　　龜蒙

明時非罪謫何偏鵩鳥巢南更數千酒滿椰杯消毒霧風隨蕉扇下瀧船人多藥户行狂蠱吏有珠官出俸錢秪以直誠天自信不勞詩句詠貪泉

魯望以輪鈎相示緬懷高致因作三篇

日休

角柄孤輪細膩輕翠蓬十載伴君行撚時解轉蟾蜍魄抛處能啼絡緯聲七里灘波喧一舍五雲溪

月靜三更朱衣鮹足和蓑睡誰信人間有利名

一線飄然下碧塘溪翁無語遠相望蓑衣舊去烟

披重箬笠新來雨打香白鳥白蓮爲夢寐清風清

月是家鄉明朝有物克君信櫓酒三瓶寄夜航櫓酒

出沈約集

盡日悠然舴艋輕小輪聲細雨濵濵三尋絲帶桐

江爛一寸鈎含笠澤腥用近詹何傳釣法收和范

蠡養魚經孤蓬半夜無餘事應被嚴灘聒酒醒

頃自桐江得一釣車以襲美樂烟波之思因
出以爲玩俄辱三篇復抒酬答

龜蒙

旋屈金鈎劈翠筠手中盤作釣魚輪忘情不效孤
醒客有意閒窺百丈鱗雨似輕埃時一起雲如高
蓋强相親任他華轂低頭笑此地終無覆敗人
曾招漁侶下清潯獨蠒初隨一錘深細輾烟華無
轍跡靜含風力有車音相呼野飯依芳草迭和山

歌逗遠林得失任渠但取樂不曾生個是非心

病來縣著脆緡絲獨喜高情爲我持數輻尚凝烟雨態三篇能賦蕙蘭詞雲深石靜閒眠穩月上江平放溜遲第一莫教譆此境倚天功業待君爲

吳中書事寄漢南裴尚書　日休

萬家無事鏁蘭橈鄉味腥多厭紫蕈江文通集云紫蕈石刧也水似棋文交度郭柳如行障儼遮橋青梅蔕重初迎雨白鳥羣高欲避潮唯望舊知憐此意得爲傖

鬼也逍遥

奉和　龜蒙

風清地古帶前朝遺事紛紛未寂寥三泖涼波漁蕝動遠祖士衡對晉武帝以三泖冬溫夏涼五茸春草雉媒嬌五茸吳王獵所石首各有名雲藏野寺分金刹月在江樓倚玉簫不用懷歸忘此景吳王看即奉弓招

夏景沖澹偶然作二首　日休

秪隈蒲䕸岸島紗味道澄懷景便斜紅印寄泉澌

郡守青筐與筭愧僧家茗爐盡日燒松子書桉經
時剝瓦花園吏暫棲君莫笑不妨猶更著南華
一室無喧是事幽還如貞白在高樓天台畫得千
廻看湖目芳來百度遊湖目茸蓮子也無限世機吟處息
幾多身計釣前休他年謁帝言何事請贈劉伶作
醉侯

奉和次韻　　　　　　　　　　　　　龜蒙

蟬雀參差在扇紗竹襟輕利籜冠斜壚中有酒文

園會琴上無絃靖節家芝畹烟霞全覆穗橋洲風
浪半浮花間息兩地忘名者不信人間髮解華
秖於池曲象山幽便是瀟湘浸石樓斜拂茨盤輕
鬻下細穿蔆線小鯢遊閒開茗焙嘗須徧醉撥書
帷臥始休莫道仙家無好爵方諸還拜碧琳矦

送李明府之任南海　　日休

五羊城在蜃樓邊墨綬垂腰正少年山靜不應聞
屈鳥草深從使翳貪泉蟹奴晴上臨潮檻燕婢秋

隨過海船一事與君消遠宦乳蕉花發訟庭前

奉和　　　　　龜蒙

春盡之官直到秋嶺雲深處凭瀧樓居人愛近沈珠浦候吏多來拾翠洲賨稅盡應輸紫貝蠻童多學佩金鉤知君不戀南枝久抛却經冬白㲲裘

寄題羅浮軒轅先生所居　　　日休

亂峯四百三十二羅浮山峯數欲問徵君何處尋紅翠數聲瑤室響山有璇房瑤室七十有二眞檀一炷石樓深山鳥名

山都遣負沽來酒樵客容看化後金從此謁師知不遠求官先有葛洪心

奉和　龜蒙

鼎成仙馭入崆峒百世猶傳至道風暫應青詞爲穴鳳却思丹徼伴寘鴻金公的的生爐際瓊刃時時到夢中預恐浮山歸有日載將雲室十洲東

宿報恩寺水閣　日休

寺鏁雙峯寂不開幽人中夜獨徘徊池文帶月鋪

金簟蓮朶含風動玉杯往往竹梢摇翡翠時時杉

子擲莓苔可憐此際誰曾見唯有支公盡看來

奉和　　　　　　　　　　　　　龜蒙

峯抱池光曲岸平月臨虛檻夜何清僧穿小檜纔

分影魚擲高荷漸有聲因憶故山吟易苦各横秋

簟夢難成周顒不用裁書勸自得涼天證道情

醉中偶作呈魯望　　　　　　　日休

谿雲澗鳥本吾儕剛爲浮名事事乖十里尋山爲

息役五更看月是情差分將吟詠華雙鬓力以壺
觴固百骸爭得草堂歸臥去共君同作太常齋

奉和次韻　　　　　　　　　龜蒙

海隺飄飄韻莫儕在公猶與俗情乖初呈酒務求
專判合禱山祠請自差永夜譚玄侵罔象一生交
態忘形骸憐君醉墨風流甚幾度題詩小謝齋

寄滑州李副使員外　　　　　日休

兵繞臨淮數十重鐵衣才子正從公軍前草奏旄

頭下城上封書箭篺中圍合只應聞曉雁血腥何
處避春風故人勳重金章貴猶在江湖積釣功

奉和　　　　　　　　　　　　　龜蒙

洛生閒詠正抽毫忽傍旌旗著戰袍櫼下連營皆
破膽劒離孤匣欲吹毛清秋月色臨軍壘半夜淮
聲入賊壕除却征南爲上將平徐功業更誰高

傷史拱山人　　　　　　　　　　日休

一緘幽信自襄陽上報先生去歲亡山客爲醫翻

貰藥野僧因弔却焚香峯頭孤冢爲雲穴松下靈

筵是石牀宗炳死來君又去終身不復到柴桑

奉和　　　　　　　　　　龜蒙

曾說山棲欲去尋豈知霜骨葬寒林常依淨住師

冥目兼事容成學算心（史學浮圖兼善算術）逋客預齋還梵

唱老猿窺祭亦悲吟唯君獨在江雲外誰誄孤貞

置峴岑

吳中言懷寄南海二同年　　日休

曲水分飛歲已賒東南爲客各天涯退公秪傍蘇
勞竹移宴多隨末利花銅鼓夜敲溪上月布帆晴
照海邊霞三年謾被鱸魚累不得横經侍絳紗

奉和　　　　　　龜蒙

會具凌風上赤霄盡將華藻赴嘉招城連虎踞山
圖麗路入龍編海舶遥江客漁歌衝白荇野禽人
語映紅蕉庭中必有君遷樹莫向空臺望漢朝交州
記云有君遷樹有朝臺尉陀望漢所築

胥門閒泛　　日休

青翰虛徐夏思清愁烟漠漠荇花平醉來欲把田

田葉盡裹當時醒酒鯖

奉和　　龜蒙

細槳輕撑下白蘋故城花謝綠陰新豈無今日逃

名士試問南塘著屧人

木蘭後池三詠　　日休

重臺蓮花

欹紅婑媠力難任每葉頭邊半米金可得教他水
妃見兩重元是一重心

浮萍

嫩似金脂颺似烟多情渾欲擁紅蓮明朝擬附南
風信寄與湘妃作翠鈿

白蓮

但恐醍醐難並潔秖應薝蔔可齊香半垂金粉知
何似靜婉臨溪照額黃

奉和三詠　　龜蒙

重臺蓮花

水國烟鄉足芰荷就中芳瑞此難過風情爲與吳王近紅萼常敎一倍多

浮萍

晩來風約半池明重疊侵沙綠罽成不用臨池重相笑最無根蔕是浮名

白蓮

素蘤多蒙别艷欺此花眞合在瑤池還應有恨無
人覺月曉風清欲墮時
重題後池　　日休
細雨闌珊眠鷺覺鈿波悠漾並鴛嬌適來會得荆
王意秖爲蓮莖重細腰
奉和　　龜蒙
曉烟清露暗相和浴雁浮鷗意緒多却是陳王詞
賦錯枉將心事託微波

襲美庭中初植松桂偶題　龜蒙

軒唫冉冉移斜日寒韻泠泠入晚風烟格月姿曾不改至今猶似在山中

奉和次韻　日休

毿毿綠髮垂輕露獵獵丹華動細風恰似青童君欲會儼然相向立庭中

戲題襲美書印囊　龜蒙

鵲銜龜顧妙無餘不愛封侯愛石渠應笑休文過

萬卷至今誰道沈家書

奉和次韻　　日休

金篆方圓一寸餘可憐銀艾未思渠不知夫子將心印印破人間萬卷書

館娃宮懷古五絶　　日休

綺閣飄香下太湖亂兵侵曉上姑蘇越王大有堪羞處秖把西施賺得吳

鄭妲無言下玉墀夜來飛箭滿罘罳越王定指高

臺笑却見當時金鏤楣
半夜娃宮作戰塲血腥猶雜宴時香西施不及燒
殘蠟猶爲君王泣數行
素襪雖遮未掩羞越兵猶怕伍員頭吳王恨魄今
如在秪合西施瀨上遊
響屧廊中金玉步采蘭山上綺羅身不知水葬今
何處溪月彎彎欲效顰

奉和五絶　　龜蒙

三千雖衣水犀珠半夜夫差國暗屠猶有八人皆
二八獨教西子占亡吳
一宫花渚漾漣漪倭墮鴉鬟出繭眉可料坐中歌
舞袖便將殘節拂降旗
幾多雲榭倚青冥越焰燒來一片平此地最應沾
恨血至今春草不匀生
江色分明練繞臺戰帆遥隔綺疏開波神自厭荒
淫主句踐樓船穩帖來

寶袜香綦碎曉塵亂兵誰惜似花人伯勞應是精
靈使猶向殘陽泣暮春

虎丘寺西小溪閒泛三絶　日休

鼓子花明白石岸桃枝竹覆翠嵐溪分明似對天
台洞應厭頑仙不肯迷
絶壑秖憐白羽傲窮谿唯覺錦鱗癡更深尚有通
樵處或是秦人未可知
高下不驚紅翡翠淺深還礙白薔薇船頭繫個松

根上欲待逢仙不擬埽

奉和三絕次韻　　　　　　　　　　龜蒙

樹號相思枝拂地鳥語提壺聲滿溪雲涯一里千

萬曲直是漁翁行也迷

荒柳臥波渾似困宿雲遮塢未全癡雲情柳意蕭

蕭會若問諸餘總不知

毋逢孤嶼一倚檝便欲狂歌同採薇任是烟蘿中

待月不妨欹枕扣舷埽

卷第七　終

松陵集卷第八

今體七言詩八十四首

白鷗詩 并序　　龜蒙

樂安任君嘗爲涇尉居吳城中地纔數畝而不佩俗物有池池中有島嶼池之南西北邊合三亭修篁嘉木掩隱隈奥處其一不見其二也君好奇樂異喜文學名理之士所得皆清散凝瑩襲美知而偕詣既坐有白鷗翩然馴於砌下因請浮而翫之

主人曰池中之族老矣每以豪健據有鷗之始浮輒逐而害之今畏不敢入吁昔人之心蓄機事猶或舞而不下況害之哉且羽族罹於水者多矣獨鷗爲閒暇其致不高邪一旦水有鯨鯢之患陸有狐狸之憂儔侶不得命嘯塵埃不得澡刷雖蒙人之流賞亦天地之窮鳥也感而爲詩邀襲美同作」
慣向溪頭漾淺沙薄烟微雨是生涯時時失伴沉山影往往爭飛雜浪花晚樹清涼還鸐鳿舊巢零

落寄蒹葭池塘信美應難戀針在魚脣劍在鰕

奉和　日休

雪羽襹褷半惹泥海雲深處舊巢迷池無飛浪爭
教舞洲少輕沙若遣棲烟外失羣慙鴈鶩波中得
志羨鳧鷖主人恩重真難遇莫爲心孤憶舊溪

懷楊台文楊鼎文二秀才　龜蒙

秋早相逢待得春崇蘭清露小山雲崇蘭小山郡中二堂寒
花獨自愁中見曙角多同醒後聞鈞具每隨輕舸

去詩題閒上小樓分重思醉墨縱横甚書破羊欣

白練裙

奉和次韻　　日休

羊曇醑我昔經春各以篇章鬬五雲肎草每容閒

處見擊琴多任醉中聞釣前青翰交加倚醉後紅

魚取次分爲説風標曾入夢上仙初著翠霞裙

友人以人參見惠因以詩謝之　　日休

神艸延年出道家（神艸別名）是誰披露記三椏開時的

定涵雲液斸後還應帶石花名士寄來消酒渴野
人煎處撇泉華從今湯劑如相續不要金山焙上
茶

奉和　　　　　　　　　　　　　　龜蒙

五葉初成椵樹陰紫團峰外卽雞林名參鬼蓋須
難見材似人形不可尋品第已聞升碧簡攜持應
合重黄金殷勤潤取相如肺封禪書成動帝心

傷進士嚴子重詩幷序　　　日休

余爲童在鄉校時簡上抄杜舍人牧之集見有與
進士嚴惲詩後至吳一日有客曰嚴其名余志其名
久矣遽懷文見造於是樂得禮而觀之其所爲工
於七字往往有淸便柔媚時可軼駭於常軌其佳
者曰春光冉冉歸何處更向花前把一杯盡日問
花花不語爲誰零落爲誰開余美之諷而未嘗怠
生舉進士亦十餘計偕余方寃之謂乎竟有得於
時也未幾歸吳興後兩月咸通十一年也雲人至云生以

疾亡於所居矣噫生徒以詞聞於士大夫竟不名而逝豈止此而湮沒耶江湖間多美利士君子苟樂退而有文者死無不爲時惜可勝言耶於是哭而爲詩魯望生之友也當爲我同作

十哭都門榜上塵葢棺終是五湖人生前有敵唯丹桂沒後無家秖白蘋箬下漸新醒處月江南依舊詠來春知君精爽應無盡必在酆都頌帝晨 梁成

酆都官頌紂
絕標帝晨

嚴子重以詩遊於名勝間舊矣余晚於江南相遇甚樂不幸且没襲美作詩序而弔之其名眞不朽矣又何慼其死哉余因息悲而爲之和　　龜蒙

每值江南日落春十年詩酒愛逢君芙蓉湖上吟船倚翡翠岩前醉馬分秪有汀洲連舊業豈無章疏動遺文猶憐未卜佳城處更斸要離冢畔雲

早秋吳體寄襲美　　龜蒙

荒庭古樹只獨倚敗蟬殘蛩苦相仍雖然詩膽大
於斗爭奈愁腸牽似繩短燭初添蕙幌影微風漸
折蕉衣稜安得彎弓似明月快箭拂下西飛鵬

奉和次韻　日休

書淫傳癖窮欲死譊譊何必頻相仍日乾陰蘚厚
堪剝藤把歘松牢似繩擣藥香侵白袷袖穿雲潤
破烏紗稜安得瑤池飲殘酒半醉騎下垂天鵬

秋賦有期因寄襲美時將主試貢士　龜蒙

雲似無心水似閒忽思名在貢書間烟霞鹿弁聊
懸著鄰里漁舠暫解還文草病來猶滿篋藥苗衰
後即離山廣寒宮樹枝多少風送高低便可攀

奉和次韻　　日休

十載江南盡是閒客見詩句滿人間郡侯聞譽親
邀得鄉老知名不放還應帶瓦花經汴水更攜雲
實出包山太微宮裏環岡樹無限瑶枝待爾攀

病中秋懷寄襲美　　龜蒙

病容愁思苦相兼清鏡無情未我嫌貪廣異蔬行
徑窄故求偏藥出錢添同人散後休賒酒雙燕辭
來始下簾更有是非齊未得重憑詹尹拂龜占

奉和次韻　日休

貧病於君亦太兼才高應亦被天嫌因分鶴料家
資減爲置僧餐口數添靜裏改詩空凭几寒中注
易不開簾清詞一一侵眞宰甘取窮愁不用占

新秋即事三首　日休

癡號多於顧愷之更無餘事可從知酒坊吏到常先見鶴料符來每探支吳郡有鶴料案涼後每謀清月社晚來專赴白蓮期共君無事堪相賀又到金虀玉鱠時

堪笑高陽病酒徒幅巾蕭灑在東吳秋期淨掃雲根瘦山信迴緘乳管麤臼月半窗抄朮序清泉一器授芝圖乞求待得西風起盡去聲挽烟帆入太湖」

露槿風杉滿曲除高秋無事似雲廬醉多已任家

人厭病久還甘吏道疎青桂巾箱時寄藥白綸臥
具半抛書君卿脣舌非吾事且向江南問鰒魚

奉和次韻　　　　　　　　　　龜蒙

心似孤雲任所之世塵中更有誰知愁尋冷落驚
雙鬢病得清涼減四支懷舊藥溪終獨往宿枯杉
寺已頻期兼須爲月求高處郎是霜輪殺滿時
帆檝衣裳盡釣徒往來蹤跡徧三吳閒中展卷典
亡小醉後題詩點畫麤松島伴譚多道氣竹窗孤

夢豈良圖還須待致昇平了卽任扁舟放五湖
聲利從來解破除秋灘唯憶下桐廬鸕鷀陣合殘
陽少蜻蛚吟高冷雨疎辯伏南華論指指才非玄
晏借書書當時任使眞堪笑波上三年學炙魚

南陽潤卿將歸雷平因而有贈　日休

借問山中許道士此廻歸去復何如竹屏風扇抄
遺事柘步輿竿繫隱書絳樹實多分紫鹿丹沙泉
淺種紅魚東卿旄節看看至静啟茅齋愼掃除

奉和　　龜蒙

朝市山林隱一般　却歸那減臥雲懽　墮堦紅葉誰

收得　半盎清醪客醉乾　玉箋詩成吟處曉　金沙泉

落夢中寒　眞仙若降如相問　曾步星罡繞醮壇

訪寂上人不遇　　日休

何處尋雲暫廢禪　客來還寄草堂眠　桂寒自落翻

經案　石冷空消洗鉢泉　爐裏尚飄殘玉篆　龕中仍

鏁小金仙　須將二百籤迴去　待得支公恐隔年

奉和　龜蒙

芭蕉霜後石欄荒林下無人閉竹房經抄未成拋素几錫環應撼過寒塘蒲團爲拂浮埃散茶器空懷碧餑香早晚却還宗炳社夜深風雪對禪牀

顧道士亡弟子乞銘於襲美既而奉以束帛因賦戲贈　龜蒙

童初眞府召爲郎君與抽毫刻便房亦謂神仙同許郭不妨才力似班揚比於黄絹詞尤妙酬以霜

縑價未當唯我有文無賣處筆鋒銷盡墨池荒

奉和　日休

師去東華却鍊形門人求我誌金庭大椿枯後新爲記仙鶴亡來始有銘前朝文集未有道士銘誌瓊版欲刊知不朽冰紈將受恐通靈君才莫歎無茲分合注神玄劍解經

秋夕文宴得遥字　日休

啼蛩衰葉共蕭蕭文宴無喧夜轉遥高韻最宜題

雪讚逸才偏稱和雲謠風吹翠𡽀應難刻月照清香太易消無限玄言一盃酒可能容得葢寬饒

同前 得成字　　龜蒙

筆陣初臨夜正清擊銅遥認小金鉦飛觥壯若遊燕市覔句難於下趙城隔嶺故人因會憶傍簷棲鳥帶吟驚梁王座上多詞客五韻甘心第七成 梁昭明嘗文晏賦詩各五韻劉孝威第七方成

南陽廣文欲於荆襄卜居因而有贈

日休

地肺從來是福鄉廣文高致更無雙青精飯熟雲侵竈白𥀝裘成雪濺窗度日竹書千萬字經冬朮煎兩三缸鱸魚自是君家味莫背松江憶漢江

代廣文先生詶次韻　龜蒙

不知天隱在何鄉且欲烟霞跡暫雙靃廟未能齊月馭鹿門聊擬並雲窗薜衜荒磴移桑屐花浸春醪挹石缸莫惜槎頭容釣伴也應東印有餘江

寄毘陵魏處士朴　　日休

文籍先生不肯官絮巾衝雪把漁竿一堆方冊爲

侯印三級幽巖是將壇醉少最因吟月冷瘦多偏

爲臥雲寒兎皮衾煖蓬舟穩欲共誰遊七里灘

奉和　　龜蒙

經苑初成墨沼開何人林下肯尋來若非宗測圖

山後即是韓康賣藥迴溪籟自吟朱鷺曲沙雲還

作白鷗媒唯應地主公田熟時送君家麴糵材

初冬偶作寄南陽潤卿　　日休

寓居無事入清冬雖設樽罍酒半空白菊爲霜翻
帶紫蒼苔因雨却成紅迎潮預遣收魚笱防雪先
教葢鶴籠唯待支硎最寒夜共君披氅訪林公

奉和次韻　　龜蒙

逐日生涯敢計冬可嗟寒事落然空𢥞憐反照緣
書小庭喜新霜爲橘紅衰柳尚能和月動敗蘭猶
擬倩烟籠不知海上今清淺試與飛書問洛公

冬曉章上人院　　日休

山堂冬曉寂無聞一句清言憶領軍琥珀珠粘行處雪櫻櫚箒掃臥來雲松扉欲啟如鳴鶴石鼎初煎若聚蚊不是戀師歸去晚陸機茸內足毛群

奉和　　龜蒙

山寒偏是曉來多況值禪窗雪氣和病客功夫經未演故人書信納新磨閒臨靜案修茶品獨傍深溪記藥科從此逍遙知有地更乘清月伴君過

寄題鏡巖周尊師所居詩 并序　日休

處州仙都山山之半有洞口下望之如鑑目之曰鏡巖下去地二百尺上者以竹梯爲級中如方丈内有乳水滴瀝嵌罅黄老徒周君景復居焉迨八十年不食乎粟日唯焚降眞香一炷讀靈寶度人經而已東牟段公柯昔爲州日聞其名梯其室以造之且曰君居此久矣乳水之滴晝夜可知量乎周君曰某常揣之盡晝與夜一斛加半焉公異而

禮之後柯別十二年日休至吳處人過說周君尚存吟想其道無繇以覩因寄題是詩云

八十餘年住鏡巖鹿皮巾下雪髟髟并寒不奈雲
縈枕經潤何妨乳滴函飲澗猿迴窺絶洞緣梯人
歇倚危杉如何計吏窮於鳥欲望仙都舉一帆

奉和　　　　　　　　　　　　　　龜蒙

見說身輕鶴不如石房無侶共雲居清晨自削靈
香柹獨夜空吟碧落書十洞飛精應徧吸一壑秋

髮未曾梳知君便入懸珠會早晚東騎白鯉魚

寒夜文宴得泉字　日休

分朋競襞七香牋王朗風姿盡列仙盈篋共開華頂藥滿缾同坼惠山泉蟹因霜重金膏溢橘爲風多玉腦鮮吟罷不知詩首數隔林明月過中天

同前得驚字　龜蒙

各將寒調觸詩情旋見微澌入硯生霜月滿庭人暫起汀洲半夜鴈初驚三清每爲仙題想一日多

因累句傾千里建康衰草外含毫誰是憶昭明

庚寅歲十一月新羅弘惠上人與本國同書

請日休爲靈鷲山周禪師碑將還以詩送

之　　　　　　　　　　日休

三十麻衣弄渚禽豈知名字徹鷄林勒銘雖即多

遺草越海還能抵萬金鯨鬣曉掀峯正燒鼇睛夜

没島還陰二千餘字終天别東望辰韓淚灑襟

奉和　　　　　　　　　　龜蒙

一函迢遆過東瀛秪爲先生處乞銘已得雄詞封
靜撿却懷孤影在禪庭春過異國人應寫夜讀滄
洲怪亦聽遥想勒成新塔下盡望空碧禮文星

送潤卿博士還華陽　日休

雪打蓬舟離酒旗華陽居士半酣歸逍遥只恐逢
雲將恬澹眞應降月妃仙市鹿胎如錦嫩陰宮燕
肉似蘇肥公車草合蒲輪壞爭不教他白日飛

同前　龜蒙

何事輕舟近臘迴茅家兄弟欲歸來茅司命以三月十八日十二月二日會于華陽天

封題玉洞虛無奏點撿霜壇沆瀣杯雲肆先生分氣調山圖公子愛詞才殷勤爲向東卿薦灑掃含眞雪後臺

寒日書齋卽事三首　日休

參佐三間似艸堂恬然無事可成忙移時寂歷燒松子盡日殷勤拂乳牀將近道齋先衣褐欲清詩思更焚香空庭好待中宵月獨禮星辰學步罡

不知何事有生涯皮褐親裁學道家深夜數甌唯
柏葉清晨一器是雲華（雲母別名）盆池有鷺窺蘋沫石
版無人埽桂花江漢欲歸應未得夜來頻夢赤城
霞

方朔家貧未有車肯從榮利捨樵漁從公未怪多
侵酒見客唯求轉借書暫聽松風生意足偶看溪
月世情疎如鉤得貴非吾事合向烟波爲玉魚（松江有玉魚）

奉和每篇各用一韻　龜蒙

不必探幽上鬱岡，公齋吟嘯亦何妨。唯求薏苡供僧食，別著氍毹待客牀。春近帶烟分短蕙，曉來衝雪撼疎篁。餘杭山酒猶封在，遙囑高人未肯嘗。

已上星津八月槎，文通猶自學丹砂。江文通有丹砂可學賦仙經寫得空三洞，隱士招來別九華。靜對真圖呼綠齒，偶開神室問黄牙。方諸更是憐才子，錫賚於君合有差。

名價皆酬百萬餘尚憐方丈講玄虛西都賓問曾
成賦東海人求近著書（龔美嘗作弔江都賦又新羅僧請爲太師碑銘）茅
洞烟霞侵寤寐檀溪風月挂樵漁清朝還要廷臣
在兩地寧容便結廬

臘後送內大德從勗遊天台　日休

講散重雲下九天大君恩賜許隨緣霜中一鉢無
辭乞湖上孤舟不廢禪夢入瓊樓寒有月（天台山有金庭不死之鄉及瓊樓玉室）
行過石樹凍無烟（桼消山有石樓樹吳大皇元年郡吏

伍曜于海際得之枝莖紫色有光南越謂之石連理也　他時瓜鏡知何用吳越風光滿御筵

奉和　　龜蒙

應緣南國盡南宗欲訪靈溪路暗通溪在天台山下　峭崿不離雙闕下去程猶在四明東銅缾淨貯桃花雨金策閒搖麥穗風上人指期國清過夏　若戀吾君先拜疏爲論台岳未封公

寄題玉霄峰葉涵象尊師所居　　日休

青冥向上玉霄峰元始先生戴紫蓉曉案瓊文光
洞罄夜壇香氣惹杉松閒迎仙客來爲崔靜唳靈
符去是龍子細捫心無偃骨欲隨師去肯相容偃骨
在胸者名
入星骨

奉和　龜蒙

天台一萬八千丈師在浮雲端掩扉永夜秖知星
斗大深秋猶見海山微風前幾降青毛節雪後應
披白羽衣南望烟霞空再拜欲將飛魄問靈威

南陽廣文博士還雷平後寄　龜蒙

微微春色染林塘親撥烟霞坐澗房陰洞雪膠知未入濁醪風破的偷嘗芝臺曉用金鐺煮星度閒將玉鈴量幾遍侍晨官欲降曙壇先起獨焚香

奉和次韻　日休

春彩融融釋凍塘日精閒嚥坐巖房瓊函靜啟從猿覷金液初開與鶴嘗八會舊文多搭寫七真遺語剩思量不知夢到爲何處紅藥滿山烟月香

題支山南峯僧　　日休

雲侵壞衲重隈肩不下南峰不記年池裏羣魚曾受戒林間孤鶴欲參禪鷄頭竹上開危徑鴨脚花中摘廢泉無限吳都堪賞事何如來此看師眠

奉和次韻　　龜蒙

角毫霜細欲垂肩自說初棲海嶽年萬壑烟霞秋後到一林風雨夜深禪時翻貝葉添新藏閒挿松枝護小泉好是清冬無外事匡牀齋罷向陽眠

送董少卿遊茅山　日休

名卿風度足杓斜一舸閒尋二許家天影曉通金井水山靈深護玉門沙空壇禮後銷香母陰洞緣時觸乳花盡待于公作廷尉（卿嘗爲大理用法有廉平之稱）不須從此便餐霞

同前　龜蒙

威輦高縣度世名至今仙裔作公卿將隨羽節朝珠闕曾佩魚符管赤城（董嘗判台州）雲凍尚含孤石色

雪乾猶墮古松聲應知四扇靈方在待取歸時緑髮生

襲美將以緑罽爲贈因成四韻　龜蒙

三徑風霜利若刀襜褕吹斷罥蓬蒿病中秪自悲龍具世上何人識羽袍狐貉近懷珠履貴薜蘿遥羨白巾高陳王輕暖如相遺免製衰荷效廣騷

詶魯望見迎緑罽次韻　日休

輕裁鴨緑任金刀不怕西風斷野蒿酬贈旣無青

玉案織華猶欠赤霜袍烟披怪石難同逸竹映仙禽未勝高成後料君無別事只應酣飲詠離騷

寄懷南陽潤卿　日休

鹿門山下捕魚郎今向江南作渇羌無事只陪看藕㰖有錢唯欲買湖光醉來渾忘移花處病起空聞焙藥香何事對君猶有愧一篷衝雪返華陽

奉和　龜蒙

高抱相逢各絶塵水經山疏不離身才情未擬湯

從事玄解猶嫌竺道人霞染洞泉渾變紫雪披江
樹半和春誰憐故國無生計唯種南塘二畆芹

天竺寺八月十五日夜桂子　日休

玉顆珊珊下月輪殿前拾得露華新至今不會天
中事應是嫦娥擲與人

奉和　龜蒙

霜實常聞秋半夜天台天竺墮雲岑（垂拱中天台桂子落一十餘日方止）如何兩地無人種却是湘灘是桂林

釣侶二章　日休

趂眠無事避風濤一斗霜鱗換濁醪吳中賣魚論斗驚怪

兒童呼不得盡衝烟雨漉車螯

嚴陵灘勢似雲崩釣具歸來放石層烟浪濺篷寒

不睡更將枯蚌點漁燈

奉和次韻　龜蒙

一艇輕撶看晚濤接䍦抛下漉春醪相逢便倚蒹

葭泊更唱菱歌擘蟹螯

雨後沙虛古岸崩魚梁移入亂雲層﨑時月墮汀洲暗認得妻兒結網燈

寄同年韋校書　日休

二年疎放飽江潭水物山容盡足耽唯有故人憐未替欲封乾鱠寄終南

奉和　龜蒙

萬古風烟滿故都淸才搜括妙無餘可中寄與芸香客便是江南地里書

初冬偶作　　日休

豹皮茵下百餘錢，劉墮閒沽盡醉眠。酒病校來無一事，鶴亡松老似經年。

奉和次韻　　龜蒙

桐下空堦疊緑錢，貂裘初綻擁高眠。小爐低幌還遮掩，酒滴清香似去年。

醉中寄魯望一壺并一絶　　日休

門巷寥寥空紫苔，先生應渴解醒杯。醉中不得親

相倚故遣青州從事來

走筆次韻奉訓　龜蒙

酒痕衣上雜莓苔猶憶紅螺一兩杯正被繞籬荒菊笑日殘還有白衣來

更次來韻寄魯望　日休

蕭蕭紅葉擲蒼苔玄晏先生欠一杯從此問君還酒債顔延之送幾錢來

又和次韻　龜蒙

堦下飢禽啄嫩苔野人方倒病中杯寒蔬賣却還

沽喫可有金貂換得來

重玄寺雙矮檜　日休

撲地枝徊是翠鈿碧絲籠細不成煙應如天竺一難

陀寺一對狻猊相枕眠

奉和　龜蒙

可憐烟刺是青螺如到雙林誤禮多更憶早秋登

北固海門蒼翠出晴波

醉中戲贈襲美　龜蒙

南北風流舊不同傖吳今日若相通病來猶伴金杯滿欲得人呼小褚公

奉詶次韻　日休

秦吳風俗昔難同唯有才情事事通剛戀水雲歸不得前身應是太湖公

皋橋　日休

皋橋依舊綠楊中閭里猶生隱士風唯我到來居

上館不知何道勝梁鴻

奉和　　　　　　　　龜蒙

横絶春流架斷虹凭欄猶想五噫風今來未必非

梁孟却是無人繼伯通

松陵集卷第八

虞山毛晋挍刋　男扆再挍

松陵集卷第九

今體五七言詩八十六首

過張祜處士丹陽故居 并序　進士顏萱

萱與故張處士祜世家通舊尚憶孩稚之歲與伯氏嘗承處士撫抱之仁目管轄爲神童期孔融於偉器光陰徂謝二紀于兹適經其故居已易他主訪遺孤之所止則距故居之右二十餘步荆榛之下蓽門啟焉處士有四男一女男曰椿兒桂子椅

何義門云韓詩汝瀆辭家也唐人用汝瀆代辭家猶用式微代歸字

兒杞兒問之三已物故唯杞爲遺孕與其女尚存欲揖杞與言則又求食於汝墳矣但有霜鬢而黄冠者杖策迎門乃昔時愛姬崔氏也與之話舊歷然可聽嗟乎葛帔練裙兼非所有琴書圖籍盡屬他人又云横塘之西有故田數百畝力既貧窶十年不耕唯歲賦萬錢求免無所嗚呼昔爲穆生置醴鄭公立鄉者復何人哉因吟五十六字以聞好事者

憶昔爲兒逐我兄曾抛竹馬拜先生書齋已换當
時主詩壁空題故友名豈是爭權留怨敵可憐當
路盡公卿柴扉草屋無人問猶向荒田責地征

和張處士詩并序　龜蒙

張祜字承吉元和中作宫體小詩辭曲艷發當時
輕薄之流能其才合譟得譽及老大稍窺建安風
格誦樂府録知作者本意短章大篇往往間出講
諷怨譎時與六義相左右善題目佳境言不可刊

置别處此爲才子之最也繇是賢俊之士及高位
重名者多與之游謂有鵁鶄之野孔翠之鮮竹柏
之貞琴磬之韻或薦之於天子書奏不下亦受辟
諸侯府性狷介不容物輒自劾去以曲阿地古澹
有南朝之遺風遂築室種樹而家焉性嗜水石常
悉力致之從知南海間罷職載羅浮石笋還不蓄
善田利産爲身後計死未二十年而故姬遺孕凍
餒不暇前所謂鵁鶄孔翠竹柏琴磬之家雖朱輪

尚蘂遺編尚吟未嘗一省其孤而恤其窮也噫人假之爲翫好不根於道義耶懼其怨刺於神明耶天果不愛才沒而猶譴耶吾一不知之友人顔弘至行江南道中訪其廬作詩弔而序之屬予應和予汨沒者不足哀承吉之道邀襲美同作庶乎承吉之孤倚其傳而有憐者

勝華通子共悲辛荒徑今爲舊宅鄰一代交遊非不貴五湖風月合教貧魂應絶地爲才鬼名與遺

編在史臣聞道平生偏愛石至今猶泣洞庭人

魯望憫承吉之孤爲詩序邀予屬和欲用予
道振其孤而利之噫承吉之困身後乎魯
望視予困與承吉生前孰若哉未有已困
而能振人者然抑爲之辭用塞良友之意

日休

先生清骨葬烟霞業破孤存孰爲嗟幾篋詩編分
貴位一林石笋散豪家兒過舊宅啼楓影姬繞荒

田泣稗花唯我共君堪便戒莫將文譽作生涯

旅泊吳門呈一二同志　前廣文博士張賁

一舸吳江晚堪憂病廣文鱸魚誰與伴鷗鳥自成羣反照縱橫水斜空斷續雲異鄉無限思盡付酒醺醺

奉詶次韻　龜蒙

高秋能叩觸天籟忽成文苦調雖潛倚靈音自絕羣茅峰曾醮斗笠澤久眠雲許伴山中躅三年任

一醺

賁中間有吳門旅泊之什多垂見和更作一

章以伸詶謝　龜蒙

偶發陶匏響皆蒙組繡文清秋將落帽子夏正離

羣有恨書燕雁無聊賦郢雲徧看心自醉不是酒

能醺

更次韻奉詶　龜蒙

獨倚秋光岸風漪學篳文玄堪教鳳集書好換鵞

羣葉墮平臺月香消古徑雲强歌非白紵聊以送
餘醺

魯望示廣文先生吳門二章情格高散可醒
俗態因追想山中風度次韻屬和存于詩
編魯望之命也　　日休

我見先生道休息鄭廣文寉翻希作伴鷗却覓爲
羣逸好冠清月高宜著白雲朝庭未無事爭任醉
醺醺

能諳肉芝㮄解講隱書文終古神仙窟窮年麋鹿羣行廚煑白石臥具拂青雲應在雷平上支頤復半醺

寄潤卿博士　日休

高眠可爲要玄纁鵲尾金爐一世焚（陶貞白有金鵲尾香爐）塵外鄉人爲許掾山中地主是茅君將收芝菌唯防雪欲曬圖書不奈雲若便華陽終臥去漢家封禪用誰文

詶襲美先輩見寄倒來韻　張賁

尋疑天意喪斯文故遯茅峰寄白雲酒後只留滄
海客香前唯見紫陽君近年已絶詩書癖今日兼
將筆硯焚爲有此身猶苦患不知何者是玄纁

奉和襲美寄廣文先生　龜蒙

忽辭明主事眞君直取姜巴路入雲龍篆拜時輕
誥命霓襟披後小玄纁峰前北帝三元會石上東
卿九錫文應笑世間名利火等閒靈府剩先焚

軍事院霜菊盛開因書一絶寄上諫議

日休

金華千點曉霜凝獨對壺觴又不能已過重陽三十日至今猶自待王弘

奉詶霜菊見贈之什　蘇州刺史崔璞

菊花開晚過秋風聞道芳香正滿叢爭奈病夫難强飲應須速自召車公

奉和諫議詶先輩霜菊　龜蒙

紫莖芳艷照西風秪怕霜華掠斷叢雖伴應劉還
強醉路人終要識山公

幽居有白菊一叢因而成詠呈一二知已　　龜蒙

還是延年一種材菊之別名即將瑤朵冒霜開不如紅
艷臨歌扇欲伴黄英入酒盃陶令接籬堪岸著梁
王高屋好欹來梁朝有白紗高屋帽月中若有閒田地爲勸
嫦娥作意裁

奉和　　　張賁

雪彩氷姿號女華寄身多是地仙家有時南國和
霜立幾處東籬伴月斜謝客瓊枝空貯恨袁郎金
鈿不成夸自知終古清香在更出梅妝弄晚霞

奉和　　　日休

已過重陽半月天琅華千點照寒烟蘂香亦似浮
金靨花樣還如鏤玉錢翫影馮妃堪比艷鍊形蕭
史好爭妍無絲摘向牙箱裏飛上方諸贈列仙

奉和　　進士鄭璧

白豔輕明帶露痕始知佳色重難羣終朝凝笑梁王雪盡日慵飛蜀帝雲燕雨似翻瑤渚浪鴈風疑卷玉綃紋瓊妃若會寬裁翦堪作蟾宮夜舞裙

奉和　　進士司馬都

聦共金英一例開素芳須待早霜催遶籬看見成瑤圃泛酒初迷傍玉盃映水好將蘋作伴犯寒疑與雪爲媒夫君每尚風流事應爲徐妃致此栽

華亭鶴聞之舊矣及來吳中以錢半千得一

隻養之殆經歲不幸爲飲啄所誤經夕而卒

悼之不已遂繼以詩南陽潤卿博士浙東德

師侍御毗陵魏不琢處士東吳陸魯望秀才

及厚於余者悉寄之請垂見和　日休

池上低摧病不行誰教仙魄反層城陰苔尚有前

朝跡皎月新無昨夜聲菰米正殘三日料筠籠休

礙九霄程不知此恨何時盡遇著雲泉即愴情

莫怪朝來淚滿衣墮毛猶傍水花飛遼東舊事今
千古却向人間葬令威

奉和襲美先輩悼鶴二首

前浙東觀察推官兼殿中侍御史李縠

才子襟期本上清陸雲家鶴伴閑情猶憐反顧五
六里何意忽歸十二城露滴誰聞高葉墜月沉休
藉半堦明人間華表堪留語剩向秋風寄一聲
道林曾放雪翎飛應悔庭除閉羽衣料得王恭披

鶴氅倚吟猶待月中歸

奉和　　　　　　張賁

池塘蕭索掩空籠玉樹同嗟一土中莎徑罷鳴唯泣露松軒休舞但悲風丹臺舊氅難重緝紫府新書豈更通雲減霧消無處問只留華髮與衰翁

奉和　　　　　　龜蒙

渥頂鮮毛品格馴莎庭閑暇重難羣無端日暮東風起飄散春空一片雲

一夜圓吭絕不鳴八公虛道得千齡方添上客雲
眠息忽伴中仙劍解形但掩叢毛穿古堞永畱寒
影在空屏君才幸自清如水更向芝田爲刻銘
鄷都香稻字重思遥想飛魂去未飢爭奈野鴉無
數健黄昏來占舊棲枝

奉和　　　　　　　　　　　　　　魏朴

直欲裁詩問杳冥豈教靈化亦浮生風林月動疑
畱魄沙島烟愁似蘊情雪骨夜封蒼蘚冷練衣寒

在碧塘輕入間飛去猶堪恨況是泉臺遠玉京
經秋宋玉已悲傷況報胎禽昨夜亡霜曉起來無
問處伴僧彈指繞荷塘

傷開元觀顧道士　　日休

協晨宫上啟金扉詔使先生坐蜕歸寉有一聲應
是哭丹無餘粒恐潛飛烟凄玉笥封雲篆月慘琪
花葬羽衣腸斷雷平舊遊處五芝無影草微微

奉和　　張賁

鳳麟膠盡夜如何共歎先生劒解多幾度弔來唯

白隺此時乘去必青騾圖中含景隨殘照琴裏流

泉寄逝波悵望眞靈又空返玉書誰授紫微歌

奉和　　　　　　　　　　　　　龜蒙

何事神超入杳冥不騎孤隺上三清多應白簡迎

將去卽是朱陵鍊更生藥奠肯同椒醑味雲謠空

替薤歌聲武皇徒有飄飄思誰問山中宰相名

奉和　　　　　　　　　　　　　鄭璧

斜漢銀瀾一夜東飄飄何處五雲中空留華表千年約纔畢丹爐九轉功形蜕遠山孤壙月影寒深院曉松風門人不覩飛升去猶與浮生哭恨同

醉中即席贈潤卿博士　日休

適越遊吳一散仙銀餠玉柄兩翛然茅山頂上攜書簏笠澤心中漾酒船桐木布溫吟倦後桃花飯熟醉醒前謝安四十餘方起猶自高閒得數年

奉和次韻　張賁

桂枝新下月中仙學海詞鋒譽藹然文陣已推忠信甲窮波猶認孝廉船清標稱住羊車上俗韻慙居雀鷩前共許逢蒙快弓箭再穿楊葉在明年

奉和次韻　　　　　　　　　　　　　　　龜蒙

共是虛皇簡上仙清詞如羽欲飄然登山凡著幾量屐破浪欲乘千里船遠夢只留丹井畔閒吟多在酒旗前誰知海上無名者只記漁歌不記年

偶留羊振文先輩及一二文友小飲日休以

眼病初平不敢飲酒遣侍密歡因成四韻

謝莊初起怯花晴強侍紅筵不避觥久斷杯盂華
蓋喜忽聞歌吹谷神驚襬褷正重新開柳呫囁難
通乍囀鸎猶有僧虔多蜜炬不辭相伴到天明

奉和襲美見罟小讌次韻　羊昭業

澤國春來少遇晴有花開日且飛觥王戎似電休
推病周顗纔醒衆却驚芳景漸濃偏屬酒暖風初
暢欲調鸎知君不肯燃官燭爭得華筵徹夜明

襲美醟振文小宴龜蒙抱病不赴猥示倡和

因次韻仰詶　龜蒙

綺席風開照露晴秖將荼荈代雲觥繁絃似玉紛紛碎佳妓如鴻一一驚毫健幾多飛藻客羽寒寥落映花鶯幽人獨自西窗晚閒凭香檉反照明

醉中襲美先起因成戲贈　李縠

休文雖即逃瓊液阿鶩還須掩玉閨月落金鷄一聲後不知誰悔醉如泥

走筆奉詶次韻　日休

麝烟苒苒生銀兎蠟淚漣漣滴繡閨舞袖莫欺先醉去醒來還解驗金泥

奉和次韻　張賁

何事桃源路忽迷唯留雲雨怨空閨仙郎共許多情調莫遣重歌濁水泥

奉和次韻　龜蒙

莫唱艷歌凝翠黛已通仙籍在金閨他時若寄相

息淚紅粉痕應伴紫泥

奉送浙東德師侍御罷府西歸　張賁

孤雲獨鳥本無依江海重逢故舊稀楊柳漸疏蘆葦白可堪斜日送君歸

同前　龜蒙

王謝遺踪玉籍仙三年閒上鄂君船詩懷白閣僧吟苦俸買青田鶴價偏行次野楓臨遠水醉中衰菊臥涼烟芙蓉散盡西歸去唯有山陰九萬牋

同前　　日休

建安才子太微仙暫上金臺許二年形影欲歸溫室樹夢魂猶傍越溪蓮空將海月爲京信尚使樵風送酒船從此受恩知有處免爲傖鬼恨吳天

浙東罷府西歸道經吳中廣文張博士皮先輩陸秀才皆以雅篇相送不量荒詞亦用

詶別　　李縠

豈有頭風筆下痊浪成蠻語向初筵蘭亭舊址雖

曾見柯笛遺音更不傳照曜文星吳分野畱連花月晉名賢相逢只恨相知晚一曲驪歌又幾年

送羊振文先輩往桂陽歸覲　龜蒙

風雅先生去一麾過庭才子趣歸期（時使君丈人自毛詩博士出牧）讓王門外開帆葉義帝城中望戟枝郢路漸寒飄雪遠湘波初暖漲雲遲靈均精魄如能問又得千年賈傅詞

同前　日休

桂陽新命下彤墀彩服行當欲雪時登第已聞傳禰賦問安猶聽講韓詩竹人臨水迎符節（曹毗湘中賦云篔簹食人）風母穿雲避信旗（桂陽山中有風母獸擊殺向風輒活）無限湘中悼騷恨憑君此去謝江蘺

同前　顔萱

高挂吳帆喜動容問安歸去指湘峰懸魚庭內芝蘭秀馭隺門前薜荔封（蘇耽舊宅在柳州）紅旆正憐棠影茂綵衣偏帶桂香濃臨岐獨有霑襟戀南巷當年

共化龍先輩與拾遺叔父同年也

同前　　司馬都

此去權榮冠士林離筵休恨酒杯深雲梯萬仞初

高步月桂餘香尚滿襟嗚棹曉衝蒼靄發落帆寒

動白華吟君家祖德惟清苦却笑當時問絹心

褚家林亭　　日休

廣亭遥對舊娃宫竹島蘿溪委曲通茂苑樓臺低

檻外太湖魚鳥徹池中蕭疎桂影移茶具狼籍蘋

花上釣筒爭得共君來此住便披隺氅對清風

奉和　　　　　　　　　張賁

疎野林亭震澤西朗吟閒步喜相攜時時風拆蘆

花亂處處霜摧稻穗低百本敗荷魚不動一枝寒

菊蝶空迷今朝偶得高陽伴從放山公醉似泥

奉和　　　　　　　　　龜蒙

一陣西風起浪花遶欄干下散瑤華高窗曲檻仙

侯府臥葦荒芹白鳥家孤島待寒凝片月遠山終

日送餘霞若知方外還如此不要乘秋上海槎

送圓載上人歸日本國　日休

講殿談餘著賜衣椰帆却返舊禪扉貝多紙上經文動如意瓶中佛爪飛颶母影邊持戒宿波神宫裏受齋歸家山到日將何入白象新秋十二圍

重送　日休

雲濤萬里最東頭射馬臺深玉署秋射馬臺卽今王城也無限屬城爲躶國幾多分界是亶州亶州在會稽海外傳是徐福之裔

取經海底開龍藏誦呪空中散蜃樓不奈此時貧
且病乘桴直欲伴師遊

同前　　　　　　　　　　　龜蒙

老思東極舊巖扉却待秋風泛舶歸曉梵陽烏當
石磬夜禪陰火照田衣見翻經論多盈篋親植杉
松大幾圍遥想到時思魏闕秪應遥拜望斜暉

聞圓載上人挾儒家書洎釋典以行更作一
絶以送　　　　　　　　　　龜蒙

九流三藏一時傾萬軸光淩渤澥聲從此遺編東
去後却應荒外有諸生

同前　顏萱

師來一世恣經行却汎滄波問去程心靜已能防
渴鹿鼙喧時爲駭長鯨（師云每遇鯨舟人必鳴鼓而恐之）禪林幾
結金桃重（日本有金桃實重一斤）梵室重修鐵瓦輕（以鐵爲瓦輕于陶者）料得還鄉無別利只應先見日華生

文讌招潤卿博士辭以道侶將至因書一絕

寄之　　　　　　　　　　　　　　　　　　　　　　龜蒙

仙客何時下崔翎方疃如水腦華清不過傳達楊

君夢從許人間小兆聽

奉和　　　　　　　　　　　　　　　　　　　　日休

癭木樽前地胏圖爲君偏輟俗功夫靈眞散盡光

來此莫戀安妃在後無

再招　　　　　　　　　　　　　　　　　　　　龜蒙

遙知道侶譚玄次又是文交麗事時雖是寒輕雲

重日也留花箪待徐擿

奉和　　日休

飈御已應帰杳眇博山猶自對氛氳不知入夜能

來否紅蠟先教刻五分

偶約道流終乖文會因成一絶用荅四篇

張賁

仙侶無何訪蔡經兩煩韶濩出彤庭人間若有登

樓望應怪文星近客星

以青䭀飯分送襲美魯望因成一絶

張賁

誰屑瓊瑤事青䭀舊傳名品出華陽應宜仙子胡麻拌因送劉郎與阮郎

潤卿遺青䭀飯兼之一絶聊用荅謝

日休

傳得三元䭀飯名大宛聞說有仙卿案西梁子文撰黄錦素書十通其二傳大宛北谷子自號青精先生分泉過屋舂青稻此飯以青龍稻爲之

拂霧彯衣折紫莖南燭莖微紫色蒸處不教雙隺見服來
唯怕五雲生卅堂空坐無飢色時把金津漱一聲

同前　　　　　　　　龜蒙

舊聞香積金仙食今見靑精玉斧餐自笑鏡中無
骨録可能飛上紫霞端

酒病偶作　　　　　　日休

鬱林步障晝遮明一炷濃香養病酲何事晩來還
欲飮隔墻聞賣蛤蜊聲

奉和次韻　　龜蒙

栁疎桐下晚窗明秪有微風爲槵醒唯欠白綃籠解散解散王儉髻名時人皆慕之也洛生閒詠兩三聲

奉和次韻　　張賁

白編椰席鏤冰明應助楊青解宿醒難繼二賢金玉倡可憐空作斷猿聲

潤卿魯望寒夜見訪各惜其志遂成一絕

日休

世外爲交不是親醉吟俱岸白綸巾風清月白更

三點未放華陽鶴上人

奉和次韻　　張賁

雲孤隺獨且相親倣效從他折角巾不用吳江歎

留滯風姿俱是玉清人

奉和次韻　　龜蒙

醉韻飄飄不可親掉頭吟側華陽巾如能跂脚東

窗下便是羲皇世上人

翫金鸂鶒戲贈襲美　　龜蒙

曾向溪邊泊暮雲至今猶憶浪花羣不知鏤羽凝香霧堪與鴛鴦覺後聞

奉和　　日休

鏤羽雕毛迥出羣溫磨飄出麝臍薰夜來曾吐紅茵畔猶似溪邊睡不聞

奉和　　張賁

翠羽紅襟鏤彩雲雙飛常笑白鷗羣誰憐化作雕

金質從惜沈檀十里聞

友人許惠酒以詩徵之　日休

野客蕭然訪我家霜殘白菊兩三花子山病起無

餘事只望蒲臺酒一車庾信集云蒲州刺史中山公許酒一車未送

奉和　鄭璧

乘輿閒來小謝家便裁詩句乞櫺花郍原雖不無

端醉也要臨風從鹿車

奉和　龜蒙

凍醪初漉嫩如春輕蟻漂漂雜蕋塵得伴方平同
一醉明朝應作蔡經身

寒夜文讌潤卿有期不至　日休

艸堂虛灑待高眞不意淸齋避世塵料得焚香無
別事存心應降月夫人

奉和　龜蒙

細雨輕觴玉漏終上淸詞句落吟中松齋一夜懷
貞白霜外空聞五粒風

奉和　鄭璧

已知羽駕朝金闕，不用燒蘭望玉京。應是易遷明月好，玉皇留看舞雙成。

蒙恩除替將還京洛偶敘所懷因成六韻呈軍事院諸公郡中一二秀才　崔璞

兩載求人瘼，三春受代歸。務繁多簿籍，才短乏恩威。共理乖天獎，分憂值歲饑。遽蒙交郡印（到郡十二箇月），除替未及二年。安敢整朝衣。作牧慙爲政，思鄉念式微。儻

容還故里高臥掩柴扉

諫議以罷郡將歸以六韻賜示因佇詶獻

日休

欲下持衡詔先容解印歸露濃春後澤霜薄霽來威舊化堪治疾餘恩可療飢隔花攀去棹穿柳挽行衣佐理能無取酬知力甚微空將千感淚異日拜黄扉

謹和諫議罷郡敘懷六韻

龜蒙

已報東吳政初捐左契歸天應酬苦節人不犯寒
威江上恩重借朝端望載飢紫泥封夜詔金殿賜
春衣對酒情何遠裁詩思極微待升鎔造日江海
問漁扉

松陵集卷第九

虞山毛晉挍刋　男扆再挍

松陵集卷第十

雜體詩八十六首

雜體詩序

皮日休

案舜典帝曰夔命汝典樂教胄子詩言志歌永言在焉周禮太師之職掌教六詩諷賦既與風雅互作雜體遂生焉後繫之於樂府蓋典樂之職也在漢代李延年爲協律造新聲雅道雖缺樂府乃盛鐃歌鼓吹拂舞予俞因斯而興詞之體不得不因

時而易也古樂書論之甚詳今不能備載載其他
見者案漢武集元封三年作栢梁臺詔群臣二千
石有能爲七言詩者乃得上坐帝曰日月星辰和
四時梁王曰驂駕駟馬從梁來繇是聯句興焉孔
融詩曰漁父屈節水潛匿方作郡姓名字離合也
繇是離合興焉晉傅咸有廻文反覆詩二首云反
覆其文者以示憂心展轉也悠悠遠邁獨煢煢是
也繇是反覆興焉晉溫嶠有廻文虛言詩云寧神

靜泊損有崇亾繇是廻文興焉梁武帝云後牖有
朽柳沈約云偏眠船舷邊繇是叠韻興焉詩云蝃
蝀在東又曰鴛鴦在梁繇是雙聲興焉詩云維南
有箕不可以簸揚維北有斗不可以挹酒漿近乎
戲也古詩或爲之葢風俗之言也古有採詩官命
之曰風人圍棊燒敗襖看子故依然繇是風人之
作興焉梁書云昭明善賦短韻吳均善壓强韻今
亦効而爲之存于編中陸生與予各有是爲凡八

十六首至如四聲詩三字離合全篇雙聲疊韻之
作悉陸生所爲又足見其多能也案齊竟陵王郡
縣詩曰追芳承荔浦揖道信雲丘縣名繇是興焉
案梁元藥名詩曰戍客恒山下當思衣錦歸藥名
繇是興焉陸與予亦有是作至如鮑昭之建除沈
炯之六甲十二屬梁簡文之卦名陸惠曉之百姓
梁元帝之鳥名龜兆蔡黄門之口字古兩頭纖纖
藁砧五雜組已降非不能也皆鄙而不爲噫繇古

至律緜律至雜詩之道盡乎此也近代作雜體唯劉賓客集中有廻文離合雙聲叠韻如聯句則莫若孟東野與韓文公之多他集罕見足知爲之之難也陸與予竊慕其爲人遂合已作爲雜體一卷屬予序雜體之始云

苦雨雜言寄魯望　皮日休

吳中十日涔涔雨歊蒸庳下豪家苦可憐臨頓陸先生獨自翛然守環堵兒飢僕病漏空廚無人肯

典破衣裾蝨𧖴時時上几案畫𧖴往往跳琴書桃
花米斗半百錢枯荒溼壞炊不然兩袱茵席一素
几仰臥高聲吟太玄知君志氣如鐵石𩞯治雖神
銷不得乃知苦雨不復侵枉費畢星無限力鹿門
人作州從事周章似鼠唯知醉府金廩粟虛請來
憶著先生便知愧愧多饋少眞徒然相見唯知携
酒錢豪華滿眼語不信不如直上天公牋天公牋
方修次且榜鳴蓬來一醉

奉詶苦雨見寄　　　　龜蒙

松篁交加午陰黑別是江南烟靄國頑雲猛雨更相欺聲似虓號色如墨茅茨裛爛簷生衣夜夜化爲螢火飛螢飛漸多屋漸薄一注愁霖當面落愁霖愁霖爾何錯滅頂於余奚所作既不能賦似陳思王又不能詩似謝康樂曹有愁霖賦謝有愁霖詩昔年嘗過杜子美亦得高歌破印紙慣曾掀攪大筆多爲我才情也如此高揖愁霖詞未已披文忽自皮夫子

哀絃怨柱合爲吟恱我窮棲蓬藋裏初悲溼翼何
繇起末欲箋天叩天耳其如玉女正投壺笑電霏
霏作天喜我本曾無一稜去聲田平生嘯傲空漁船
有時赤脚弄明月踏破五湖光底天去歲王師東
下急輸兵粟盡民相泣伊予不戰不耕人敢怨烝
黎無糝粒不然受性圓如規千姿萬態分毫釐唾
壺虎子盡能執舐痔折枝無所辭有頭强方心强
直撐拄頹風不量力自愛垂名野史中寧論抱困

荒城側唯君浩歎非庸人分衣輟飲來相親橫眠
木榻忘華薦對食露葵輕八珍欲窮玄鳳未白欲
懷仙鯨尚隔不如驅入醉鄉中只恐醉鄉田地窄

齊梁怨別　　龜蒙

寥寥缺月看將落簷外霜華染羅幕不知蘭棹到
何山應倚相思樹邊泊

奉和次韻　　日休

芙蓉泣恨紅鉛落一朶別時烟似幕鴛鴦剛解惱

離心夜夜飛來棹邊泊

曉起卽事因成廻文寄襲美　龜蒙

平波落（逺）月吟閒景暗恍浮烟思起人清露曉垂花

謝半遠風微動蕙抽新城荒上處樵童小石蘚分

來宿鷺馴晴寺野尋同去好古碑苔字細書匀

奉和曉起廻文　日休

孤烟曉起初原曲碎樹微分半浪中湖後釣筒移

夜雨竹傍眠几側晨風圖梅帶潤輕霑墨畫蘚經

蒸半失紅無事有杯持永日共君唯好隱墻東

夏日閒居作四聲詩寄襲美　　龜蒙

平聲

荒池菰蒲深閒堦莓苔平江邊松篁多人家簾櫳

清爲書凌遺編調絃夸新聲求懽雖殊途探幽聊

怡情

平上聲

朝烟涵樓臺晚雨染島嶼漁童驚狂歌艇子喜野

語山容堪停杯栁影好隱暑年華如飛鴻斗酒幸
且舉
平去聲
新開窓猶偏自種蕙未徧書籤風搖聞釣榭霧破
見耕耘閒之資嘯詠性最便希夷全天眞詎要問
貴賤
平入聲
端居愁無涯一夕髮欲白因爲鸞章吟忽憶鶴骨

客手披丹臺文脚着赤玉舄如蒙清音訓若渴吸月液

奉訓夏日四聲四首　日休

平聲

塘平芙蓉低庭閒梧桐高清烟埋陽烏藍空含秋毫冠傾慵移簪杯乾將餔糟翛然非隨時夫君眞吾曹

平上聲

溝渠通疎荷浦嶼隱淺篠舟間攢輕蘋槳動起靜
鳥陰稀餘秉閒縷盡晚鼊小吾徒當斯時此道可
以了

平去聲

怡神時高吟快意乍四顧村深啼愁鵑浪霽醒睡
鷺書疲行終朝罩困臥至暮吁哉當今交暫貴便
異路

平入聲

先生何違時一室習寂歷松聲將飄堂岳色欲壓
席彈琴奔玄雲斸藥折白石如教題君詩若得札
玉册

苦雨中又作四聲詩寄魯望　日休

平聲

涔涔將經旬昏昏空迷天鸕鷀成群嬉芙蓉相偎
眠漁通蓑衣城帆過菱花田秋收吾無望悲之真
徒然

平上聲

河平州橋危壘晚水島上衡崖搜松根點沼寫茭

嚮舟輕通縈紆棧墮阻指掌攜橈將尋君渚滿坐

可往

平去聲

狂霖昏悲吟瘦桂對病卧簷虚能影斜舍蠹易漏

破宵愁將琴攻書悶用睡過堆書仍傾觴富貴未

換箇

平入聲
羈棲愁霖中鈌宅屋木惡荷傾還驚魚竹滴復觸
鶴閒僧千聲琴宿客一笈藥悠然思夫君忽憶蠟
屐着
奉詶苦雨四聲重寄三十二句　龜蒙
平聲
幽棲眠疎窻豪居憑高樓浮漚驚跳丸寒聲思重
裘牀前番文竿巢邊登輕舟雖無東皐田還生魚

平憂

平上聲

層雲愁天低久雨倚檻冷絲禽藏荷香錦鯉繞島

影心將時人乖道與隱者靜桐陰無深泉所以逞

短綆

平去聲

烏蟾俱沉光晝夜恨暗度何當乘雲螭面見上帝

愬臣言陰雲欺詔用利劍付廻車誅群姦自散萬

籟怒

平入聲

危簷仍空堦十日滴不歇青莎看成狂白菊即欲

沒吳王荒金樽越妾挾玉瑟當時雖愁霖亦若惜

落月

疊韻雙聲二首　　　　　　　　龜蒙

疊韻山中吟

瓊英輕明生石脉滴瀝碧玄鉛仙偏憐白幘客亦

借

雙聲溪上思

溪空唯容雲木密不隕雨迎漁隱映間妄問謳鴉

槈

奉和疊韻雙聲二首　日休

疊韻山中吟

穿烟泉潺湲觸竹犢觳觳荒篁香墻匡熟鹿伏屋

曲

雙聲溪上思

疎杉低通灘冷鷺立亂浪草彩欲夷猶雲容空澹蕩

疊韻吳宮詞二首　龜蒙

膚愉吳都姝眷戀便殿宴遂巡新春人轉面見戰箭

紅櫳通東風翠珥醉易墜平明兵盈城棄置遂至地

奉和疊韻吴宫詞二首　　日休

侵深尋嶔岑勢厲衛睥睨荒王將鄉亾細麗蔽袂逝

柃榰替製曳康莊傷荒凉主虜部伍苦嬙亾房廊香

閒居雜題五首以題十五字離合　　龜蒙

鳴蜩早

閒來倚杖柴門口鳥下深枝啄晚虫周步一池銷

半日十年聽此鬢如蓬

野態眞

君如有意耽田里予亦無機向藝能心跡所便唯是直入間聞道最先憎

松間斟

子山園靜憐幽木公幹詞淸詠華門月上風微蕭灑甚斗醪何惜置盈樽

飲巖泉

巳甘茅洞三君食欠買桐江一朶山嚴子瀨高秋

浪白水禽飛盡釣舟還

當軒鶴

自笑與人乖好尚田家山客共柴車干時未似棲

廬雀鳥道閒携相爾書

奉和雜題五首以題十五字離合

日休

晚秋吟

東皐烟雨歸耕日免去玄冠手刈禾火滿酒爐詩

在口今人無計奈儂何

好詩景

青盤香露傾荷女子墨風流更不言寺寺雲蘿堪

度日京塵到死撲侯門

醒聞檜

解洗餘醒晨半酉星星仙吹起雲門耳根莫厭聽

佳木會盡山中寂靜源

寺鍾瞋

百緣斗藪無塵土寸地章煌欲布金重擊蒲牢唅
山日瞑瞑烟樹覩棲禽
砌思步
襹襹古薜緆危石切切陰螿應晚田心事萬端何
處止少夷峰下舊雲泉
藥名離合夏日即事三首　龜蒙
乘屐着來幽砌滑石罍煎得遠泉甘草堂秖待新
秋景天色微涼酒半酣

避暑最須從朴野葛巾筠席更相當帰來又好乘
涼釣藤蔓陰陰著雨香
窻外曉簾還自卷栢烟蘭露息晴空青箱有意終
須續斷簡遺編一半通

奉和　日休

季春人病抛芳杜仲夏溪波繞壞垣衣典濁醪身
倚桂心中無事到雲昏
數曲急溪衝細竹葉舟來往盡能通草香石冷無

辭遠志在天台一遇中
桂葉似茸含露紫葛花如綬蘸溪黄連雲更入幽
深地骨餘閒攜相獵郎

懷錫山藥名離合二首　日休

暗竇養泉容決決明園護桂放亭亭歷山居處當
天半夏裏松風盡足聽
曉景半和山氣白薇香清淨雜纖雲實頭自是眠
平石腦側空林看鹿群

奉和　　龜蒙

鶴伴前溪栽白杏人來陰洞寫枯松蘿深境靜日欲落石上未眠聞遠鍾

佳句成來誰不伏神丹偷去亦須防風前莫怪攜詩槀本是吳吟盪槳郎

懷鹿門縣名離合二首　　日休

山瘦更培秋後桂溪澄閒數晚來魚臺前過雁盈千百泉石無情不寄書

十里松蘿陰亂石門前幽事雨來新野霜濃處憐

殘菊潭上花開不見人

奉和　龜蒙

雲容覆枕無非白水色侵磯直是藍田種紫芝餐

可壽春來何事戀江南

竹溪深處猿同宿松閣秋來客共登封徑古苔侵

石鹿城中誰解訪山僧

寒日古人名一絶　龜蒙

初寒朗詠徘徊立欲謝玄關早晚開昨日登樓望
江色魚梁鴻雁幾多來
奉和　　日休
北顧懽遊悲沈宋（梁武改爲北顧）南徐陵寢歎齊梁水邊
韶景無窮柳寒被江淹一半黄
胥口即事六言二首　　日休
波光杳杳不極霽景澹澹初斜黑蛺蝶粘蓮蘂紅
蜻蜓裛蕿花鴛鴦一處兩處舴艋三家五家會把

酒船隈荻共君作去箇生涯

拂釣清風細麗飄蓑暑雨霏微湖雲欲散未散嶼

鳥將飛不飛换酒帩頭把看載蓮艇子撑埽斯人

到死還樂誰道剛須用機

奉和　　　　　　　　　　龜蒙

雨後山容若動天寒樹色如消目送迴汀隱隱心

隨挂鹿搖搖白蔣知秋露裛青楓欲暮烟饒莫問

吴趨行樂酒旗竿倚河橋

把釣絲隨浪遠采蓮衣染香濃綠倒紅飄欲盡風

斜雨細相逢斷岸沈魚罶䍐約罶二音魚網也鄰村送客

艨艑卽是淸霜刮野乘閒莫厭來重

風人詩三首　龜蒙

十萬全師出遙知正憶君一心如瑞麥唯作兩岐

分

破蘗供朝爨須知是苦辛曉天窺落宿誰識獨醒

人

聞道更新幟多應廢舊期征衣無伴擣獨處自然

悲

奉和　　　　　　　　　　日休

刻石書離恨因成別後悲莫言春璽薄猶有萬重

思

鏤出容刀飾親逢巧笑難日中騷客珮争奈郎闌

干

江上秋聲起從來浪得名逆風猶挂席若不會帆

情

寄題天台國清寺齊梁體　日休

十里松門國清路飯猿臺上菩提樹怪來烟雨落

晴天元是海風吹瀑布

同前

峰帶樓臺天外立明河色近罘罳溼松間石上定

僧寒半夜楢溪水聲急

寒夜聯句

靜境揖神凝寒華射林鈌（龜蒙）清知息緒斷爽覺心源澈（日休）高唱戞金奏朗詠鏗玉節（龜蒙）我息方泬寥君詞復淒切（日休）況聞風篁上擺落殘凍雪（龜蒙）寂爾萬籟淸皎然諸靄滅（日休）西窓客無夢南浦波應結（龜蒙）河光正如劍月魄方似玦（日休）短燼不禁挑冷毫看欲折（龜蒙）何夕重相期濁醪還爲設（日休）

開元寺樓看雨聯句

海上風雨來掀轟雜飛電登樓一凭檻滿眼蛟龍

戰

戰（龜蒙）須臾造化慘倏忽堪輿變萬戶響戈鋋千家披組練（日休）群飛拋輪石雜下攻城箭點急似摧胸行斜如中面（龜蒙）細灑魂空冷橫飄目能眩垂簷珂珮喧擽尾珠璣濺（日休）無言九陔遠瞬息馳應徧客處正垂絙微時又懸綫（龜蒙）寫作玉界破吹爲羽林旋翻傷列缺勞却怕豐隆倦（日休）遥瞻山露色漸覺雲成片遠樹欲鳴蟬深簷尚藏燕（龜蒙）殘雷隱轔盡反照依微見天光絜似磨湖彩熟於練（日休）踈帆逗

前渚晚磬分凉殿接息强揮毫窺詞幾焚硯龜蒙佶
栗烏皮几輕明白羽扇畢景好疎吟餘涼可清宴
日休君擕下高登僧引還深院駮蘚淨鋪筵低松溼
垂髯龜蒙齋明乍虚豁林霽逾葱蒨早晚重登臨欲
去多離戀日休

北禪院避暑聯句院昔爲戴顒宅後司勳陸郎中居之

歊蒸何處避來入戴顒宅逍遥脱單絞放曠拋輕
策爬搔林下風偃仰澗中石日休殘蟬烟外響野鶴

沙中跡到此失煩襟蕭然揖禪伯藤懸疊霜蛻桂
倚支雲錫龜蒙清陰豎毛髮爽氣舒筋脉逐幽隨竹
書選勝鋪茵席魚跳上紫芡蝶化緣青壁日休心是
玉蓮徒耳爲金磬敵吾宗昔高尚志在羲皇易豈
獨斷韋編幾將刓鐵擿龜蒙天書旣屢降野抱難自
適一入承明廬盱衡論今昔流光不容寸斯道甘
枉尺日休旣起謝儒玄亦翻商羽翼封章帷幄徧夢
寐江湖日擺落函谷塵高歘華陽幘龜蒙詔去雲無

信埽來鶴相識半病奪牛公全慵捕魚客少微光
一點落此芒磔索日休穉子問池塘門人廢幽曠堪
悲東序寳忽變西方籍不見步兵詩空懷康樂屐龜蒙
高名不可効勝境徒堪惜墨沼轉踈蕪玄齋踰
閴寂遲遲不能去涼颸滿杉栢日休日下洲島清烟
生苾蒻碧俱懷出塵想共有吟詩癖終與淨名遊
還來雪山覓龜蒙

獨在開元寺避暑頗懷魯望因飛筆聯句

煩暑雖難避僧家自有期泉甘於馬乳苔滑似龍
漦日休任誕襟全散臨幽榻旋移松行將雅拜篁陣
欲交麾龜蒙望塔青髎識登樓白鴿知石經森欲動
珠像儼將怡筒簟臨杉穗紗巾透雨絲靜譚蟬噪
少涼步鶴隨遲日休烟重迴蕉扇風輕拂桂帷對碑
吳地說開卷梵天詞積水魚梁壞殘花病枕攲懷
君蕭灑處孤夢繞罘罳龜蒙

寂上人院聯句

癭床空默坐清景不知斜暗數菩提子閒看薜荔

花日休有情唯墨客無語是禪家背日聊依桂嘗泉

欲試茶龜蒙石形蹲玉虎池影閃金蛇經笥安巖匼

鉼囊桂樹椏日休書傳滄海外龕寄白雲涯竹色寒

凌箔燈光靜隔紗龜蒙趂幽翻小品逐勝講南華莎

彩融黃露蓮衣染素霞日休水堪傷聚沫風合落天

葩若許傳心印何辭古堞賒龜蒙

藥名聯句

爲待防風餅須添薏苡杯張賁香燃柘子後罇泛菊
花來日休石耳泉能洗垣衣雨爲裁龜蒙從容犀局靜
斷續玉琴哀賁白芷寒猶採青箱醉尚開日休馬銜
衰草臥烏啄蠹根迴龜蒙雨過蘭芳好霜多桂末摧
賁朱兒應作粉雲母詎成灰日休藝可屠龍膽家曾
近蔦胎龜蒙墻高牽薜荔障軟撼玫瑰賁鷃鼠啼書
戶蝸牛上硯臺日休誰能將藁本封與玉泉才龜蒙

寒夜文宴聯句

文星今夜聚應在斗牛間日休載石人方至乘槎客未還賁送觴繁露曲徵句白雲顏龜蒙節奏唯聽竹從容只話山日休理窮傾祕藏論猛折玄關賁鄰酒分中綠巴牋擘處殷龜蒙淸言聞後醒强韻壓來閒日休犀柄當風揖瓊枝向月攀賁松吟方嚓嚓泉夢憶潺潺龜蒙一會文章草昭明不可刪日休

報恩寺南池聯句

古岸涵碧落龜蒙虛軒明素波坐來魚陣變日休吟久

菊口多秋草分杉露 嵩起 危橋下竹坡遠峰青髻並
龜蒙 口口口髯和趙論寒仍講 日休 支硎僻亦過齋心
曾養鶴 嵩起 揮翰好邀鵝 南峰院即故相國裴公書額 倚石收奇
藥 龜蒙 臨溪藉淺莎桂花晴似拭 日休 荷鏡曉如磨翠
出牛頭聳 嵩起 苔深馬跡跛 石上有支公馬跡 傘欹從野醉
龜蒙 巾側任田歌跁跒松形矮 日休 般跚檜樾矬香飛
僧印火 嵩起 泉急使鑣珂淩鈿眞堪帖 龜蒙 蕁絲亦好
拖幾時無一事 日休 相伴著烟蘿 嵩起

夜會問荅十首

寒夜清日休問魯望　簾外迢迢星斗明況有蕭閒洞中客吟爲紫鳳呼皇聲時華陽廣文先生在焉

癭木杯龜蒙問襲美　杉贅楠瘤刳得來莫怪家人畔邊笑渠心衹愛黃金罍

落霞琴日休問潤卿　寥寥山水揚清音玉皇仙馭碧雲遠空使松風終日吟

蓮花燭貢問襲美　亭亭嫩蘂生紅玉不知含淚怨何人

欲問無繇得心曲

金火障 日休問 魯望 紅獸飛光射羅幌夜來斜展掩深

爐半睡芙蓉香蕩漾

憶山月 龜蒙問 潤卿 前溪後溪清復絶看看又及桂花

時空寄子規啼處血

錦鯨薦 賁問 襲美 碧香紅膩承君宴幾度閒眠却覺來

彩鱗飛出雲濤面

懷溪雲 日休問 魯望 漠漠閒籠鷗鷺群有時日暮碧將

合還被漁舟來觸分

霜中笛龜蒙問 落梅一曲瑤華滴不知青女是何

人三奏未終頭巳白

月下橋日休問 風外拂殘衰柳條倚欄干處獨自

立青翰何人吹玉簫魯望

古松陵即今之吳江予同年濟寧劉君濟民來

爲邑令謂是集爲其邑故物而人未之見授儒

士盧雍校勘捐俸刻之予觀唐詩人多尚次韻

至元白而益盛其萃而成編則有漢上題襟
金及是三集按皮氏自序謂一歲之中詩凡六
百五十八首其富如此則又題襟斷金之所無
者況其遊燕題詠類多吳中之作後之希賢懷
古者將於是乎考固吳人所當寶也劉君為政
不减古人其刻是集豈直私於一邑蓋將公之
天下者也弘治壬戌九月二日前進士吳都穆
記

嘗攷皮襲美文藪及陸魯望笠澤叢書，俱不
載唱和詩。當因襲美從事郡牧，與魯望酬贈
積成十通，分為一冊，名曰松陵，為吳中一時佳話。爾
千百年後，僅弘治間重梓，又湮滅不可得。使海
內慕皮陸之風而願見茲集者，謂吾吳好事
何如？特購宋刻而副諸棗，不特松陵為吾吳之
寓物，道義志業、窮通顯晦如兩人者，可以知幾焉。
海虞毛晉識

乾隆戊戌六月廿三日東里盧文弨校

搜玉小集

《搜玉小集》提要

《搜玉小集》一卷，唐佚名編。選入唐代詩人三十七家，詩歌六十三首（據嘉靖本、萬曆本目録）。所選詩人大多爲初唐人，不乏『文章四友』『初唐四傑』『沈宋』等初唐詩壇代表人物。所選詩崔融最多，共五首，崔湜、沈佺期、徐彦伯、宋之問各四首，劉希夷、鄭愔、張謂各三首，餘皆一兩首，王翰有名無詩。各體兼收，以五言爲多，然而編次混亂，《四庫全書總目》即謂『編次參差，重出迭見，莫能得其體例』。現代以來，學者從入選詩人入手，來推測此集成書年代。伊藤正文推定此集的編選年代不晚於開元中後期①。傅璇琮則認爲編於開元後期至天寶前期。②

《搜玉小集》最早見著於南宋陳振孫《直齋書録解題》，云：『《搜玉小集》一卷，自崔湜至崔融三十七人，詩六十一首。』《宋史·藝文志》則著録爲『《搜玉集》一卷』。另，《新唐書·藝文志》《崇文總目》等目録著録有《搜玉集》十卷。余嘉錫推斷《搜玉小集》可能是從十卷本《搜玉集》删削而來的③。傅璇琮認爲十卷本應在北宋中葉以後即亡佚④。伊藤正文則認爲亡佚於兩宋之交，並進而推斷《搜玉小集》可能是在殘卷或出土文獻的基礎上整理而成⑤。然而因爲材料不足，二者關係目前仍無定論，關於《搜玉小集》的性質與選詩標準等問題也只能闕疑待考。

① 伊藤正文著、李慶譯《論〈搜玉小集〉》，《古典文獻研究》第十一輯，鳳凰出版社二〇〇八年版，第四六四頁。

② 傅璇琮校點《搜玉小集》前記，傅璇琮、陳尚君、徐俊編《唐人選唐詩新編》（修訂本），中華書局二〇一四年版，第九三頁。

③ 余嘉錫著《四庫提要辨證》，中華書局一九八〇年版，第一五五八頁。

④ 傅璇琮校點《搜玉小集》前記，傅璇琮、陳尚君、徐俊編《唐人選唐詩新編》（修訂本），中華書局二〇一四年版，第九三頁。

⑤ 伊藤正文著、李慶譯《論〈搜玉小集〉》，《古典文獻研究》第十一輯，鳳凰出版社二〇〇八年版，第四五六頁。

《搜玉小集》宋刻本早已亡佚，傳世本大多爲明本。其中以嘉靖刻本最早，現藏於國家圖書館，詳見下。之後有隆慶楊綵刻《六家詩選》本，爲半葉九行，行十八字，上海圖書館、天津圖書館等單位有藏本。萬曆年間有《唐人選唐詩六種》本，半葉九行，行十五字，爲鄭振鐸舊藏，現藏於國家圖書館。崇禎元年（一六二八）汲古閣又將此書刻入《唐人選唐詩八種》，爲半葉八行，行十九字，在清代影響較大。諸本文字差異較小。汲古閣本對詩人、詩作加以釐定，如將誤入崔顥詩入崔湜（亦誤），魏徵、陳子昂詩誤入宋之問者分出，於《搜玉小集》有考訂之功。現代以來，傅璇琮先生整理此書，又將誤入崔湜的胡皓詩《大漠行》分出，並對文字加以校訂，使得《搜玉小集》眉目面貌更爲清晰可靠。

本次影印依據國家圖書館藏嘉靖刻本（書號：八五八八）。

嘉靖刻本，與《篋中集》《中興間氣集》合一册，每半葉十行，行十八字，白口，左右雙邊。學界多稱此本爲嘉靖仿宋刻本，或翻刻自南宋書棚本。書前有目録，目録與正文相接，猶存古貌。是本曾經明清之交藏書家馮舒收藏並校勘，鈐有其藏印『上黨』『馮舒之印』『馮已蒼手校本』。卷中朱筆校字即出自其手，卷末有其跋識一行『崇禎三年（一六三〇）八月十九日用柳僉本對過』，道出其校勘之依據。柳僉爲正德、嘉靖年間著名藏書家，以抄本聞名。卷中還鈐有『星橋』『周暹』藏印，知曾爲顧星橋、周叔弢等名家收藏。

（于春媚）

搜玉小集

國家圖書館藏明嘉靖刻本

搜玉小集 内作湜宋之問張說李嶠崔融並多一篇而胡鵠崔顥王翰陳子昂之詩皆闕尚當攷之

崔湜 四首　韓休 一首

胡鵠 一首或作胡皓　裴漼 一首

劉希夷 三首　賀朝 一首

屈同 一首　鄭愔 三首

楊烱 一首　徐彦伯 四首

盧照隣 一首　東方虬 一首

郭元振 一首　駱賓王 一首

崔顥 一首　劉允濟 一首

喬知之 二首　沈佺期 四首

張炫一首　徐晶一首
王泠然二首　許景先一首
宋之問四首　王翰
杜審言一首　劉幽求一首
魏徵二首　陳子昂一首
王勃一首　蘇味道一首
王諲一首　徐璧一首
余延壽一首　張諤三首
李澄之一首　李嶠二首
崔融五首

凡三十七人共六十三首

奉和御製白鹿觀　崔湜

御旗探紫籙，仙仗闢丹丘。捧藥芝童下，焚香桂女留。鸞歌無歲月，鶴語記春秋。臣朔何其幸，常陪漢武遊。

奉和御製平胡　裴漼

玄漠聖恩通，由來書軌同。忽聞窺月滿，相聚寇雲中。廟略占黃氣，神兵出絳宫。將軍行逐虜，使者亦和戎。一舉轒轀滅，再麾沙朔空。直將威禁暴，非用武爲雄。飲至明軍禮，醻勲錫武功。干戈

還載戢文德在唐風

同前　　韓休

南牧正紛紛長河起塞氛玉兵徵選士金鉞拜
將軍疊鼓搖邊吹連旌暗朔雲妖星乘夜落害
氣入朝分始見幽烽警俄看烈火焚功成奏凱
樂戰罷策歸勲盛德陳清廟神謨屬大君叨榮
逢偃伯率舞詠時文

西征軍行遇風　　崔融

北風卷塵沙左右不相識颼颼吹萬里昏昏同
一色馬煩莫敢進人急未遑食草木春更悲天

景晝相匿夙齡慕忠義雅尚存孫直覽史懷滂
驕讀書歎孔棘及茲戎旅地忝從書記職兵氣
騰北荒軍聲勢西極坐覺威靈遠行看祲氛息
愚臣何以料倚馬申微力

塞垣行　崔湜

疾風卷溟海萬里揚沙礫仰望不見天昏昏竟
朝夕是時軍兩進東拒復西敵蔽山張旗鼓間
道潛鋒鏑精騎突曉圍奇兵襲暗壁十月邊塞
寒四山江陰積雨雪鳫南飛風塵景西迫昔我
事討論未嘗怠經籍一朝棄筆硯十年操矛戟

豈要黃河誓須勒燕然石可嗟牧羊臣海上久爲客

大漠行

單于犯薊壖驃騎略蕭邊南山木葉飛下地北海蓬根離上天科斗連營太原道魚麗合陣武威川三軍遥倚仗萬里相馳逐旌旆悠悠靜瀚源鼙鼓喧喧動盧谷窮徼出幽陵吁嗟倦寢興馬蹄凍溜石胡毳暖生氷雲沙泱漭天光閉河塞陰沉海色凝崆峒異國誰能託蕭索邊心常不樂近見行人畏白龍遥聞公主愁黃鶴陽春

半岐路間瑶臺苑玉門關百花芳樹紅將歇二
月蘭皋緑未還陣雲不散魚龍水雨雪猶飛鴻
鴈山山障連綿不可極路遠辛勤夢顔色北堂
萱草不寄來東園桃李長相憶漢將紛紜攻戰
盈胡寇蕭條幽朔韓君拜節偏知遠鄭吉驅
旌坐見迎火絶煙沉右西極谷静山空左北平
但使將軍能百戰不須天子築長城

將軍行　劉希夷

將軍闢轅門耿介當風立諸將欲言事逡巡不
敢入劒氣射雲天鼓聲破原隰黄塵塞路起走

馬追兵急彎弓從此去飛箭如南集截圍百
重斬首五千級代馬流血死胡兵抱鞍泣古來
養甲兵有事常討襲乗我廟堂運坐使干戈戢
獻凱還帝京軍容何翕習

從軍行　　賀朝

朔胡乗月寇邊城軍書插羽刺中京天子金壇
拜飛將單于玉塞振佳兵騎射先鳴推任俠龍
韜决勝佇時英聞有河湟客愔愔理帷帟常山
啓霸圖汜水先天策銜珠浴鐵向桑乾釁旗鼖
鼓指烏丸鳴雞已報關山曉來鴈遥傳沙塞寒

直爲寸心從苦節隴頭無水長嗚咽邊樹蕭蕭
不覺春天山漠漠長飛雪魚麗陣接塞雲平鴈
翼營通海月明始看晉幙飛鵜入旋聞齊壘啼
鳥聲自從一戍燕支山春光幾度晉陽關金河
來轉青絲騎玉筯應啼紅粉顔鴻歸鸎相逐池
邊芳未緑巳見氣清細柳營莫更春歌落梅曲
烽沉竈滅靜邊亭海晏山空肅巳寧行望鳳京
旋凱捷重來麟閣畫丹青

燕歌行此篇巳見國秀集中有八字不同　屈同

漁陽八月塞草腓征人相對并思歸雲和朔氣

連天暗蓬雜驚沙散野飛此時天地陰埃徧瀚海龍城皆血戰兩軍鼓角暗相聞四面旌旗看不見昭君遠嫁已年多戎狄無厭尚不和漢兵候月秋防塞胡騎乘氷夜渡河河塞東西萬餘里地與京華不相似燕支山上少光輝黃沙磧裏無流水金戈玉劒十年征紅粉青樓多怨情厭得殊方夂爲別秋來但聽擣衣聲

塞外　鄭愔

荒壘三軍夕窮郊萬里平海陰凝獨樹月氣下連營戎旆霜凝重邊裘寒更輕將軍猶轉戰都

尉不成名折柳悲春曲吹葭斷夜聲明年漢使
返須築受降城、

紫騮　楊炯

俠客重周遊金鞭控紫騮蛇弓白羽箭鶴轡赤
茸鞦發跡來南海長鳴向北州匈奴今未滅畫
地取封侯

胡無人行　徐彦伯

十月繁霜下征人遠鑿空雲搖錦車節海照角
端弓暗雪埋沙樹衝飈卷塞蓬方隨膜拜入歌
舞玉門中

王昭君　盧照隣

合殿恩中絶，交河使漸稀。肝腸隨玉輦，形影向金微。漢宮草應緑，胡庭沙正飛。願逐三秋鴈，年年一度歸。

同前　東方虬

漢道方全盛，朝廷足武臣。何須薄命妾，辛苦事和親。

同前　郭元振

聞有南河信，傳言殺畫師。始知君念重，更肯惜蛾眉。

晚度天山有懷京邑　駱賓王

忽上天山望，依然想物華。雲疑上苑葉，雪似御溝花。行歎戎麾遠，坐令衣帶賒。交河浮絕塞，弱水浸流沙。旅思徒漂梗，歸期未及瓜。寧知心斷絕，夜夜泣胡笳。

送公主和戎　徐彦伯

鳳扆憐簫曲，鸞帷念掌珍。虜庭遥築館，漢使遠和親。星去銀河夕，花移玉樹春。聖情悽剖愛，駐驛望征塵。

古意　崔湜

十五嫁王昌盈盈出畫堂自矜年正少復倚壻
爲郎舞愛前溪緑歌憐午夜長閑時鬬百草度
日不成粧

酬杜麟臺春思

春還上林苑花滿洛陽城鴛衾夜凝思龍鏡曉
含情憶夢殘燈落離魂閶馬驚可憐朝與暮樓
上獨盈盈

春閨　徐彥伯

戍客戍清波幽閨幽思多暗梁聞語燕夜燭見
飛蛾寶匣藏脂粉金屛綴綺羅裁衣卷紋素織

錦度鳴梭有使通西極緘書寄北河年光只恐盡征戰莫蹉跎

怨情　劉允濟

玉關芳信斷蘭閨錦字新愁來不自抑念切已含嚬虛牖風驚夢空牀月厭人歸期儻可促勿度柳園春

春怨　鄭愔

春朝物候妍愁婦鏡臺前風吹數蝶亂露洗百花鮮試出褰羅幌還來著錦筵曲中愁夜夜樓上别年年不及隨蕭史高飛向紫煙

春閨　沈佺期

汗馬三軍去，流鶯二月還。邊愁行上國，春夢度陽關。池水琉璃淨，園花玳瑁斑。歲華空自擲，憂思不勝顏。

秋閨　鄭愔

征客向輪臺，幽閨寂不開。音書秋鴈斷，機杼夜蛩催。虛幌風吹葉，閑階露濕苔。自憐愁思影，共作月徘徊。

古意　沈佺期

盧家小婦鬱金堂，海燕雙棲玳瑁梁。九月寒砧

催木葉十年征戍憶遼陽白狼河北軍書斷丹
鳳城南秋夜長誰知含愁獨不見更教明月照
流黃

閨怨　　此篇已見於國秀集詩自同而名爲孤獨歎　　徐彥伯

切切夜閨冷微微孤燭燃玉盤紅淚滴金燼彩
光圓暖手縫輕素嚬蛾續斷弦相思咽不語回
向錦屏眠

怨辭　　張炫

去年離別鴈初歸今夜裁縫螢已飛征客未來
音信斷不知何處寄邊衣

秋閨　喬知之

南庭結白露，北風掃黃葉。此時鴻鴈來，驚鳴催思妾。曲房理針線，平砧擣紋練。鴛綺裁已成，龍鄉信難見。窈窕九重閨，寂寞十年啼。紗牕白雲宿，羅幌月光棲。雲月隱微微，夜上流黃機。玉霜凍珠履，金吹薄羅衣。漢家已得地，君去將何事。宛轉結蠶書，寂寥無鴈使。平生荷恩信，本爲容華進。况復落紅顔，蟬聲催白鬢。

擣衣篇　劉希夷

秋天瑟瑟夜漫漫，夜白天清玉露團。燕山遊子

衣裳薄秦地佳人閨閣寒欲向樓中縈楚練還
來機上裂齊紈攬紅袖兮愁徙倚聆青砧兮悵
盤桓盤桓徙倚夜已久螢火雙飛入簾牖西北
風來吹細腰東南月一上浮纖手此時秋月可憐
明此時秋風別有情君看月下參差影爲聽莎
問斷續聲絳河轉兮青雲曉飛鳥鳴兮行人少
攢眉緝縷思紛紛對影穿針魂悄悄閨道還家
未有期誰憐登隴不勝悲夢見形容亦舊日爲
許裁縫改昔時緘書遠寄交河曲須及明年春
草緑莫嫌衣上有斑斑只爲思君淚相續

題河邊枯柳　王泠然

隋家天子憶揚州厭坐深宮傍海穿地鑿山開御路鳴笳疊鼓泝春流流從鞏北河分口直到淮南種官柳功成力盡人旋亡運謝年移樹空有當時綵女侍君王帳殿旌門對柳行青葉交垂連幔色白花飛散染衣香今日摧殘何用道數里曾無一株好驛騎江帆損更多山精野鬼藏應老深秋九月露爲霜日夜孤舟入帝鄉河畔時時聞落葉客中無箇不霑裳

折柳篇　許景先

春色東來度灞橋青門垂柳百千條垂柳西連
建章路漢家禁苑紛無數縈花始徧合歡枝遊
絲半罥相思樹秦樓初日照南隅柔條垂緑映
金鋪寶釵新梳髮鬢髻錦帶交垂連理襦自憐
柳塞淹戎幕銀燭長啼愁夢著芳樹朝催玉管
新春風夜染羅衣薄城頭楊柳已如絲今年花
落去年時折芳遠寄相思曲爲惜容華難再持

長信宮樹　　　　　　　　喬知之

阿娜當軒樹葦茸倚蘭殿葉映九春華香摇五
明扇餘花鳥哢盡新葉虫書徧零落容自知芬

芳君不見

同蔡孚五亭詠　徐晶

章奏中京罷雲容別業歸拂琴鋪野席牽柳挂朝衣翡翠巢書幌鴛鴦立釣磯幽棲可憐處春事滿林扉

阮公體

秦王按劍怒發卒戍龍沙雄圖尚未畢海內已紛拏黃塵暗天起白日斂精華唯見長城外僵屍如亂麻

贈蘇管記　杜審言

北地寒應苦南庭戍不歸邊聲亂羌笛朔氣卷
戎衣雨雪關山暗風霜草木稀胡兵戰欲盡虜
騎獵猶肥鴈塞何時入龍城幾度圍據鞍雄劍
動揺筆羽書飛輿駕還京邑朋游滿帝畿方期
乘獻凱歌舞共春輝

温泉莊卧疾寄楊七炯　宋之問

移疾卧兹嶺寥寥倦幽獨賴有嵩高山高枕長
在目兹山棲靈異朝夕翳雲族是日濛雨暗夂
影入巖谷晷洛何悠漫川原信重復夏餘鳥獸
蕃秋來禾黍熟秉願守樊圃歸閑欣執牧惜無

載酒人徒把京潭菊

述懷

中原初遂鹿投筆事戎軒縱横計不就慷慨志猶存杖策謁天子驅馬出關門請纓繫南越憑軾下東藩鬱紆陟高岫出没望平原古木吟寒鴈空山啼夜猿既傷千里目還驚九死魂豈不憚艱險深懷國士恩季布無二諾侯嬴重一言人生感意氣功名誰復論

暮秋言懷

首夏别京輔抄秋滯三河沉沉蓬萊閣日夕鄉

思多霜翦涼地蕙風梢幽渚荷歲芳坐淪歌感此式微歌

白帝懷古

日落滄江晚停橈問土風城臨巴子國臺沒漢王宮荒服仍周甸深山尚禹功巖懸青壁斷地險碧流通古木生雲際歸帆出霧中川途去無限客思坐何窮

書懷　劉幽求

心爲明時盡君門尚不容田園迷徑路歸去路何從

桂陽三日述懷　宋之問

代業京華裏，遠投魑魅鄉。登高望不極，雲海四茫茫。伊昔乘休盼，常爲人所羡。兩朝賜顔色，二紀倍歡宴。昆明宿昔遇龍媒，伊闕天泉復幾回。西夏黄河水心劒，東周西洛羽觴杯。苑中落花掃還合，河畔垂楊撥不開。千春萬壽多行樂，栢梁和歌攀睿作。賜金顔色奉恩輝，風舉雲揺入紫微。晨趨北闕朝天去，夜出南官把燭歸。載筆儒林多歲月，襆被文昌事吳越。[redacted]山海高且深，興來無處不登臨。永和九年佐海郡，暮春三

月醉山陰愚謂嬉遊　長似昔不言流寓歘成今
始安繁華舊風俗帳　飲傾城沸江曲主人管弦
清且悲客子肝腸斷　還續荔浦蘅皐萬里餘洛
陽音信絶能踈故園　今日應愁思春來何人更
裓除逐伴誰憐合浦　葉思歸不食桂江魚不求
漢吏金囊贈願得家　人錦字書

九日升高　王勃

九月九日望鄉臺他　席他鄉送客杯人今已厭
南中苦鴻鴈那從北　地來

觀燈　蘇味道

火樹銀花合星橋鐵鎖開暗塵隨馬去明月逐人來遊騎皆穠李行歌盡落梅金吾不禁夜玉漏莫相催

夜遊　沈佺期

今夕重門啓游春得夜芳月華連晝色燈影雜星光南陌青絲騎東鄰紅粉粧管絃遥辨曲羅綺暗聞香人擁行歌路車攢闘舞場經過猶未已鍾鼓出長揚

觀燈　王諲

暫得金吾夜通看火樹春停車傍明月走馬入

紅塵妓雜歌偏勝塲移舞　更新應須盡記取説
向不來人

夜光篇　王泠然

遊人夜到汝陽間夜色冥　濛不解顔誰家瘖起
寒山燒因此明中得見山　山頭山下須臾滿歷
險緣深無暫斷焦聲散着　羣樹鳴炎氣傍臨一
川暖是時西北多海風吹　上連天光更雄濁煙
熏月黑高熖爇雲紅初謂　鍊丹仙竈裏還疑鑄
劍神溪中劃爲飛電來照　物乍作流星併上空
西山無草光已滅東頂熒　熒猶未絶沸湯雩吞

數道木蘭蓋陰崖幾年雪　兩京貧病若爲居四壁皆成鑿照餘未得貴遊　同秉燭唯將半景借披書

催粧　徐璧

傳聞燭下調紅粉明鏡臺前別作春不須滿面渾粧却留著雙眉待畫人

翦綵　沈佺期

宮女憐芳樹裁花競早榮　寒依刀尺盡春向綺羅生弱蔕盤絲發香蘂結　素成纖枝幸不棄長就玉階傾

人日翦綵　余延壽

閨婦持刀坐自憐裁翦新葉催情綴色花寄手成春帖燕留粧戸黏雞待餉人擎來問夫婿何處不知貞

三日岐王宅　張謂

玉女貴妃生嬰兒始發聲金盆浴未了綳子繡初成翡翠雕芳褥真珠帖小纓何時學健　闕取落花輕

滿月

壯金泥杖氣壯庭玉表奇才竹似因談植蘭疑入

夢裁鳥將入子去鳳遂丸鵜來今夜明珠色當
隨滿月開

太平公主山亭侍宴應制　李嶠

黄金瑞牓絳河隈白玉仙輿紫禁來碧樹青岑
雲外聳朱樓畫壁水中開龍舟下瞰鮫人宅羽
節高臨鳳女臺遽惜歡娛歌吹晚揮戈更却曜
靈回

岐王席上詠美人　張諤

半額畫雙蛾盈盈燭下歌玉杯寒意少金屋夜
情多香豔王分帖裙嬌勑賜羅平陽莫相妬喚

出不如他

汾陰行　李嶠

君不見昔日西京全盛時汾陰后土親祭祠齋
宮宿寢設儲供撞鐘鳴鼓樹羽旗漢家四葉才
且雄賓延萬靈服九戎栢梁賦詩高宴罷詔書
法駕幸河東河東太守親掃除奉迎至尊導鑾
輿五營夾道列容衛三河縱觀空里閭回旗駐
蹕降靈場懷椒奠桂邀百祥金鼎發色正焜煌
明祇燡爚攄景光陳玉埋牲禮神畢氣麾上帝
乘輿出彼汾之曲佳可遊木蘭爲楫桂爲舟棹

歌微吟彩鷁浮簫鼓哀鳴白雲秋歡娛宴賜洽
羣后家家復除戸牛酒聲明動天樂無有千秋
萬歲南山壽自從天子向南関玉輦金車不復
還珠簾翠羽長寂寞鼎湖龍髯何處攀千年人
事一朝空四海爲家此路窮雄豪意氣今何在
壇場宫觀盡蒿蓬道傍古老長歎息世事回環
不可識昔時青樓對歌舞今日黄埃聚荆棘山
川滿目淚霑衣富貴榮華能幾時不見即今汾
水上唯有年年秋鴈飛

代白頭吟　劉希夷

洛陽城東桃李花飛來飛去落誰家洛陽女兒惜顔色行逢落花長歎息今年花落顔色改明年花開復誰在已見松栢摧爲薪更聞桑田變成海古人無復洛城東今人還對落花風年年歲歲花相似歲歲年年人不同寄言全盛紅顔子須憐半死白頭翁此翁白頭眞可憐伊昔紅顔美少年公子王孫芳樹下清歌妙舞落花前光禄池臺文錦繡將軍樓閣畫神僊一朝臥病無知已三春行樂在誰邊宛轉蛾眉能幾時須史鶴髮亂如絲但看古來歌舞處唯有黃昏鳥

雀悲

明河篇　宋之問

八月凉風天氣精萬里無雲河漢明昏見南樓清且淺曉落西山縱復横洛陽城闕天中起長河夜夜千門裏複道連甍共蔽虧畫堂瓊户特相宜雲母帳前初汎濫水精簾外轉逶迤倬彼昭回如練白復出東城接南陌南陌征人去不歸誰家今夜擣寒衣鴛鴦機上踈螢度烏鵲橋邊一鴈飛鴈飛螢度愁難歇坐見天河傾漸没已能舒卷任浮雲不惜光輝讓流月明河可望

不可親願得乘槎一問津更將織女支機石還訪成都賣卜人

韋長史挽歌　崔融

日暮桑榆下寒生松栢中冥冥多苦霧切切有悲風京兆新阡合扶陽甲第空郭門從此去荆棘漸蒙籠

度大庾嶺　宋之問

度嶺方辭國停軺一望家魂隨南翥鳥淚盡北枝花山雨初含霽江雲欲變霞但令歸有日不敢恨長沙

過蠻洞

越嶺千重合，蠻溪十里斜。竹迷樵子徑，萍匝釣人家。林暗交楓葉，園香覆橘花。誰憐在荒外，孤賞足雲霞。

登越王臺

江上越王臺，登高望幾回。南溟天外合，北戶日邊開。地濕煙常起，山晴雨半來。冬花掃盧橘，夏葉摘楊梅。跡類虞翻枉，人非賈誼才。歸心不可度，白髮重相催。

詠寶劍

寶劍出昆吾龜龍夾彩珠五精初獻術千戶競淪都匣氣衝牛斗山形轉轆轤欲知天下貴持此問風胡

崇禎三年八月十九日周艸庵本對過

搜玉小集終

國家出版基金項目

詹福瑞　陳紅彦　主編

分門纂類唐歌詩

國家圖書館藏清初汲古閣影宋抄本

歷代唐詩珍稀選本彙編

（唐宋金元卷）

㊲

鳳凰出版社

圖書在版編目（CIP）數據

分門纂類唐歌詩：國家圖書館藏清初汲古閣影宋抄本／詹福瑞，陳紅彦主編. -- 南京：鳳凰出版社，2025. 3. --（歷代唐詩珍稀選本彙編）. -- ISBN 978-7-5506-4408-3

Ⅰ. I222.742

中國國家版本館CIP數據核字第2025JG3405號

書　　名　分門纂類唐歌詩（國家圖書館藏清初汲古閣影宋抄本）
主　　編　詹福瑞　陳紅彦
責任編輯　李相東　姜　嵩
裝幀設計　姜　嵩
責任監製　程明嬌
出版發行　鳳凰出版社（原江蘇古籍出版社）
　　　　　發行部電話025-83223462
出版社地址　江蘇省南京市中央路165號，郵編：210009
照　　排　南京新華豐製版有限公司
印　　刷　金壇古籍印刷廠有限公司
　　　　　江蘇省金壇市晨風路186號，郵編：213200
開　　本　718毫米×1005毫米　1/16
印　　張　33.25
版　　次　2025年3月第1版
印　　次　2025年3月第1次印刷
標準書號　ISBN 978-7-5506-4408-3
定　　價　380.00圓

目次

分門纂類唐歌詩

國家圖書館藏清初汲古閣影宋抄本，清毛扆跋

詩源於情性之正其來久矣人不能無樂樂斯
詠詠斯謡詩以興焉世有升降情性無古今詩
未嘗泯也夫子删詩定取三百篇以爲經雅頌
之音鏗天地動鬼神一時從臣才藝固足辦此
列國之風婦人女子小夫賤隸片善寸美俱所
不弃商頌僅五篇以那爲首正考父得於周太
師夫子汲汲存之雖左氏所載逸詩如茅鴟祈
招之類亦太山一豪芒耳非採星宿遺羲娥也
然亦詩非夫子不敢删删之者僭聚流成海聚
寶成山聚一代之詩而成集殆取是耳唐文爲

一王法而詩尤工杜子美李太白韓退之柳子
厚人誦其言家有其集不必類聚而傳也間有
一唫一詠散落人寰殘碑斷碣異聞雜紀何可
勝計嘗鼎一臠固知其美終不若過屠門大嚼
之爲快是集之編蒐羅包括靡所不備凡唐人
所作上自聖製下及俚歌郊廟軍旅宴饗道塗
感事送行傷時弔古慶賀哀挽遷謫隱淪宮怨
閨情閑居邊思風月雨雪草木禽魚莫不類聚
而明分之雖不足追思無邪之盛要皆由人心
以出非盡背於情性之正者也昔荆公嘗選唐

人三百家爲一集名曰詩選姚鉉作唐文粹序
亦謂有唐詩類選英靈間氣極玄又玄等集皆
有去取於其間非集録之大全也雪林李君龔
嗜唐詩窮一生以爲工予既畢舉子業　先公
俾學詩毎相與講論歎諸家不可盡見因發吾
家藏手出鋼目合訂分類志成此編宦轍東西
軸囑李君足成之旁收逸墜募致平生所未見
者得一千三百五十三家四萬七百九十一首
大略備矣列爲若干卷蓋首尾十餘年而後畢
繕而藏之予瞿成之之難而失之之易也行必

攜以自隨公暇時復倒篋繙閱因謀鋟梓庋焉後之覽是集者如入建章而睹千門萬户之富動心駭目迷不知其所從若夫嗜截而雋其永啜醴而咀其醇則在君子之自得而已咸淳改元正月十五日趙孟奎書

總目

經史詩集類

卷第六　九十四
卷第七　九十五
卷第八　九十六
卷第九　九十七
卷第十　九十八
卷第十一　九十九
卷第十二　一百

天地山川類卷第十八　趙孟奎　分門纂

類唐歌詩十八

晚步　晚泊

晚歸　日暮

暝　雜題

曉

權德輿

曉風摇五兩殘月暎石壁稍稍曙光開片帆在
空碧

成文幹

列宿回元朝北極爽神晞露滴樓臺佳人卷箔
臨階切奕旨廷花作夜開

詠曉

韋應物

軍中始吹角城上河初落深沉猶隱帷晃朗先分閣

温庭筠

清漏殘亂珠凝燭淚微紅上露盤褰衣復理鬟餘潤拂芝蘭

望曉詞

施肩吾

攬衣起兮望秋河濛濛遠霧飛輕羅蟠桃樹上
日欲出白榆枝畔星無多

將曉

杜甫

石城除擊柝鐵鎖欲開關鼓角悲荒塞星河落
曉山巴人常小梗蜀使動無還垂老孤帆色飄
飄犯百蠻
軍吏回官燭舟人自楚歌寒沙蒙薄霧落月去
清波壯惜身名晚衰慙應接多歸朝日簪笏筋
力定如何

曉光詞　施肩吾

日輪浮動羲和推東方一軋天門開風神爲我掃煙霧四海蕩蕩無塵埃

江上吟曉　王貞白

一葉野人舟長將載酒游夜來吟思苦江上月華秋曉露滿紅蓼輕波颺白鷗漁翁似有約相伴釣中流

曉歌

莊南傑

鶡鷄哭樹星河轉海上金烏翅如電嫦娥斂髮綰雲頭玉女舒霞織天面九土廚煙滿城邑商洛隴頭車馬急魏宮鐘動繡窻明夢娥驚對殘燈立

曉思　王建

曉氣生綠水春條露靡靡林閒棲鳥散遠念征人起幽花宿含彩早蝶寒弄翅君行非晨風詎能從𦐖至

山村曉思

于濆

開門省禾黍隣翁水頭住今朝南澗波昨夜西川雨牧童披短簑腰笛期煙渚不問水邊人騎牛傍山去

碧澗驛曉思

温庭筠

香燈伴殘夢楚國在天涯月落子規歇滿庭山杏花

曉望

杜甫

白帝更聲盡陽臺曉色分高峰寒上日疊嶺宿

霾雲地坼江帆隱天清木葉聞荆扉對麋鹿應

共爾爲羣

翁承贊

清霜散漫似輕嵐玉闕參差萬象涵獨上秦臺

最高處舊山依約在東南

李咸用

露驚松上鶴曉色動扶桑碧浪催人老紅輪照

物忙世情隨日變利路與天長好駕艅船去陶

陸入醉鄉

劉乙

地祇逃秀境神化或般雷裂漢媧補合高峰劒躍開即今新定業何世不遺才若是浮名道須言有禍胎

舟中曉望

孟浩

掛席東南望青山水國遥舳艫爭利涉來往任風潮問我今何適天台訪石橋坐看霞色曉疑是赤城標

湘江曉望

熊皎

笙歌歡罷散離筵水色朦朧蘸宿煙山響踈鐘何處寺火光收釣下灘船微雲過島侵斜月古岸平江浸遠天歸夢已闌風色動孤帆仍要住無緣

潤州顯濟閣曉望

韋莊

清曉水如鏡隔江人似鷗遠煙藏海島初日照揚州地壯孫權氣雲疑庾信愁一篷何處客吟

倪釣魚舟

貴池曉望

羅隱

稂莠參天翦未平且乗孤棹且行行計踈狡兔無三窟羇甚賔鴻欲一生合眼亦知非本意傷心其奈是多情前溪好泊誰爲主昨夜沙禽占月明

華下霽後曉眺

翁承賛

結茆幽寂近禪林霽景烟光著柳陰千嶂華山

雲外秀萬重鄉思望中深老嫌白髮還偷鑷貧
對春風亦強吟花畔水邊人不會騰騰閑步一
披襟

曉發　賀知章

江皐聞曙鐘輕曳履還舺海潮夜漠漠川霧晨
溶溶始見江上鈞猶埋雲外峰故鄉杳無際明
發懷朋從

又

故鄉杳無際江皐聞曉鐘始見沙上鳥猶埋雲

外峯

姚鵠

旅行宜早發況復是南歸月影緣山盡鐘聲隔浦微殘星螢共失落葉鳥和飛去去渡南浦村中人出稀

褚載

貪路貪名須早發枕前無計暫徘徊纔聞雞唱呼童起巳有鈴聲過驛來衣濕乍驚沾霧露馬行仍未見塵埃朝朝陌上侵星去待得酬身了便回

唐求

旅館候天曙整車趨遠程幾處曉鐘斷半橋殘月明沙上鳥猶在渡頭人未行去去古時道馬嘶三兩聲

途中曉發

崔曙

曉發長風裏勞歌赴遠期雲輕歸海疾月滿下山遲旅望因高盡鄉心遇物悲故林遥不見況在落花時

曉發蕭關

王貞白

遠行自早發邊城曉色閒數鴻寒背磧片月落臨關隴上明星没沙中夜探還歸程不可計幾日到家山

曉行

劉得仁

萬類半巳動此心寧自安月沉平野盡星隱曙空殘馬渡横流廣人衝薄霧寒還思猶夢者不信早行難

板橋曉别

李商隱

迴望高城落曉河長亭窻戸壓微波水仙欲上鯉魚去一夜芙蓉紅淚多

曉起

李商隱

擬盃當曉起呵鏡可微寒隔箔山櫻熟褰帷桂燭殘書長爲報晚夢好更尋難影響輸雙蝶偏過舊畹蘭

宿東巖寺曉起

薛瑩

野寺寒塘曉游人一夢分鐘殘數樹月僧起半
巖雲宿鳥驚初見幽泉落不聞吟餘凭前檻紅
葉下紛紛

曉坐　李商隱

後閤罷朝眠前池思黯然梅應未暇雪柳自不
勝煙淚續淺深綆腸危高下絃紅顔無定所得
失在當年

曉坐西齋　韋應物

鼕鼕城鼓動稍稍林鴉去柳意不勝春巖光已知曙寢齋有單褅一作茅靈藥爲朝茹盥漱忻景清焚香澄神慮公門自常事道心寧易一作異處

春曉

陸龜蒙

春庭曉景列清露花邐迤黄蜂一過慵夜夜棲香蘂

李中

殘燭猶存月尚明幾家幃幌夢魂驚星河漸沒行人動歷歷林梢百舌聲

秋江曉望

皮日休

萬頃湖天碧一星飛鷺白此時放懷望不猒爲浮客

冬曉呈隣里

盧綸

終夜寢衣冷開門思曙光空堦一蘘葉華室四隣霜望闕覺天迴憶山愁路荒中途一留滞雙鬢颯然蒼

雜題

曉至園中憶諸弟崔都水

韋應物

山郭恒悄悄林月亦娟娟景清神已澄一作事謐

簡慮絶牽秋塘徧衰草曉露洗紅蓮不見心所

愛茲賞豈爲妍

石城曉

李賀

月落大堤上女垣棲烏起細露濕團紅寒香解

夜醉女牛渡天河柳煙滿城曲上客留斷纓殘

蛾鬭雙緑春帳依微蟬翼羅橫茵突金隱體花

帳前輕綮鶴毛起欲説春心無所似

東樓曉

白居易

豚豚復豚豚東樓無宿客城暗雲霧多峽深田地窄宵燈尚留焰晨禽初展翮欲知山高低不見東方白

赴京初入汴口曉景即事先寄兵部李郎中

杜牧

清淮控隋漕北走長安道檣形櫛櫛斜浪態迤迤徒何反好初旭紅可染明河澹如掃澤闊鳥來

遲村飢人語早露蔓蟲絲多風蒲燕雛老秋思

高蕭蕭客愁長梟梟因懷京洛間宦游何戚草

什伍持津梁頑湧爭追討翾便去聲詎可尋幾祕

安能考小人乏馨香上下將何禱唯有君子心

顯豁知幽抱

曉過伊水寄龍門僧

司馬札

龍門樹色暗蒼蒼伊水東流客恨長病馬獨嘶

殘夜月行人欲渡滿船霜幾家煙火依村步何

處魚歌似故鄉山下禪庵老師在須將形役問

空王

曉感　　褚載

曉鼓鼕鼕星漢微佩金鳴玉鬪光輝出門各自爭歧路至老何人免是非大道不應由曲取浮生還要畧知機故園華表高高在可得不如丁令威

待旦　　李咸用

簷靜燕雛語窻虛蟾影過時情因客老歸夢入

秋多蔽日群山霧滔天四海波吾皇思壯士誰

應大風歌

清旦題採藥翁草堂

温庭筠

幽人尋藥逕來自曉雲邊衣濕朮花雨語成松

嶺煙解藤開澗戸踏石過溪泉林外晨光動山

昏鳥滿天

春旦直疏

王績

春夜猶自長高窻來月明耿耿不能寐振衣步

前楹懷抱塹無擾自覺形神清遐想太古事俯
察今世情淳薄何不同運數之所成歎息萬重
隔已聞晨雞鳴迴首東南隅　誰知
忘機者寂泊存其精

凌晨

盧照隣

日掩鴻都夕河佂亂箭移蟲飛明月戶鵲遶落
花枝蘭襟帳北壑玉匣鼓文漪聞有啼鶯處暗
幄曉雲披

寺居清晨

劉復

高枕對曉月衣中清旦凉露華朝未晞滴瀝含虛光隔竹聞汲井開扉見焚香幽心感衰病結念依法王青冥早雲飛杳眇空鳥翔此情皆有釋悠然知所忘

晨起　曹松

曉色教不睡卷簾清氣中林殘數枝月髮冷一梳風並鳥含鐘語欹河隔霧空莫疑營白日道路本無窮

許渾

桂樹緑層層風微煙露凝簷楹銜落月幃幌耿殘燈蘄簟曙香冷越瓶秋水澄心閒即無事何異住山僧

殘月皓煙露掩門深竹齋水蟲鳴曲檻山鳥下空階清鏡曉看髮素琴秋寄懷因知北窻客一作卧日與世情乖

晨興

白居易

宿鳥動前林晨光上東屋銅爐添早香紗籠滅

殘燭頭醒風稍愈眼飽睡初足起坐兀無思叩齒三十六何以解宿齋一盃雲母粥

韓偓

曉景山河爽閑居巷陌清已能消滯念兼得散餘酲汲水人初起迴燈燕暫驚放懷殊未足圓隙已塵生

翁承贊

晨起竹軒外逍遥清興多早凉生戶牖孤月照關河旅食甘藜藿歸心憶薜蘿一罇如有地放意且狂歌

又

鼓絶天街冷霧收曉來風景已堪愁槐無顏色

因經雨菊有精神爲傍秋自愛鮮飈生户外不

教閑事住心頭披襟徐步一瀟灑吟遶盆池想

狎鷗

晨裝一本作洛中

許渾

帶月飯行侶西游關塞長晨鷄鳴遠戍宿鴈起

寒塘雲卷四山雪風凝千樹霜誰家游俠子一作誰家歌舞散

沉醉卧蘭堂

秋晨　駱賓王

紫陌炎氣歇青蘋晚吹浮亂竹揺踈影縈池織細流飄香曳舞袖帶泛粧樓不分君恩絶紈扇曲中秋

雪霽晨起　李德裕

雪覆寒谿竹風卷野田蓬四望無行跡誰憐孤老翁

朝

杜甫

清旭楚宫南霜空萬嶺含野人時獨往雲木曉
相參俊鶻無聲過飢烏下食貪病身終不動揺
落任江潭

浦汎晨初發郊扉冷未開村踈黄葉墜野靜白
鷗來礎潤休全濕雲晴欲半迴巫山冬可怪昨
夜有奔雷

朝課

白居易

平甃白石渠靜掃青苔院池上好風來新荷大

如扇小亭中何有素琴對黄卷藥珠諷數篇秋
思彈一遍從容朝課畢方與客相見

春早　韋莊

聞鶯纔覺曉閉戶已知晴一帶牕間月斜穿枕
上生

早興　白居易

晨光出照屋梁明初打開門鼓一聲犬上階眠
知地濕鳥窺牕語報天晴半銷宿酒頭仍重新

脫冬衣體乍輕睡覺心空思想盡近來鄉夢不
多成

早起　杜甫

春來常早起幽事頗相關帖石防隤岸開林出
遠山一丘藏曲折緩步有躋攀童僕來城市缾
中得酒還

王建

迴燈正衣裳出戶星未稀堂前候姑起環珮生
晨輝暗池光冪歷密樹花葳蕤九成鐘漏絕遥

聽直郎歸　劉郇伯

鎮靜人猶寢天高月自涼一星深戍火殘月半橋霜客老愁塵下蟬寒怨路傍青山依舊色宛是馬卿鄉

楊厚

星漢轉寒更伊余索寞情鐘催帰夢斷鴈引遠愁生危辟蘭光暗疎簾露氣清閑庭聊一望海日未分明

賈島

北客入西京北鴈再離北秋寢獨前與天梭星
落織耽翫餘恬爽顧眄輕疴力旅途少顔盡明
鏡勸仙食出門路蹤橫張家路最直昨夜夢見

書張家廳上壁

李商隱

風露澹清晨簾間獨起人鶯花啼又笑畢竟是
誰親

曹鄴

月墮滄浪西門開樹無影此時歸夢闌立在梧
桐井

貫休

夜坐還早起寂寥多病身神清尋夢在香極覺花新樹露繁於雨溪雲動似人又知何處客軋軋轉征輪

早起五言三韻

韓偓

萬樹緑楊垂千般黃鳥語庭花風雨餘岑寂如村塢依依官渡頭晴陽照行旅

山中早起

劉乙

雞謌扶桑枝秋空隱少微階雲霞並曜高日月爭輝若厥開天道同初發帝機以言當代事閑闢紫宸扉

郵亭早起

李中

郵舍残燈在村林鷄唱頻星河吟裏曉川陸望中春舊友青雲貴殊鄉素髮新悠悠念行計難更駐征輪

早入諫院

鄭谷

玉階春冷未催班暫拂塵衣就笏眠孤立小心
還自笑夢魂潛繞御爐煙
紫雲重疊抱春城廊下人稀唱漏聲偷得微吟
斜倚柱滿衣花露聽宫鶯

早行　王觀

雞唱催人起又生前去愁路明殘月在山露宿
雲收村店煙火動漁家燈燭幽趨名與趨利行
役幾時休

劉駕

馬上續殘夢馬嘶時復驚心孤行多虞僮僕近
我行棲禽未分散落月照古城莫羨居者閑冢
邊人已耕

熊皎

結束何妨早將行四顧頻山前猶見月陌上未
逢人遠樹動宿鳥危橋怯病身漸明恒自慰應
免復迷津

郭良

早行星尚在數里未天明不辨雲林色空聞風
水聲月從山上落河入斗閒横漸至重門外依

稀見洛城

陸龜蒙

水寒孤棹觸天文直似乘槎去問津縱使碧虛無限好客星名字也愁人

羅鄴

雨灑江聲風又吹扁舟正與睡相宜無端戍鼓催前去別却青山向曉時

李咸用

家國三千里中宵筭去程困纔成蝶夢行不待鷄鳴馬首摇殘月鴉群起古城發來經幾堠村

寺遠鐘聲

秋日早行

韋莊

上馬蕭蕭襟袖涼路穿禾黍繞宮牆半山殘月露華冷一岸野風蓮萼香煙外驛樓紅隱隱渚邊雲樹暗蒼蒼行人自是心如火兔走烏飛不覺長

闕下早行

林寬

軋軋推危轍聽鷄獨早行風吹宿靄散月照華

山明白首東西客黃河晝夜清相逢皆有事唯我是閑情

商山早行　　温庭筠

晨起動征鐸客行悲故鄉鷄聲茅店月人迹板橋霜槲葉落山路枳花明驛牆因思杜陵夢鳧鴈滿迴塘

早發　　李郢

野店星河在行人道路長孤燈憐宿處斜月厭

新紫草色多寒露蟲聲似故組清秋無限恨殘

菊過重陽

李紳

沙洲月落宿禽驚潮起風微曉霧生黃鶴浪明

知上信黒龍山暗避前程火旗似辨吴門戍水

驛遥迷楚塞城蕭索更看江葉下兩鄉俱是宦

遊情

于濆

緑野含曙光東北雲如茜棲鵶林際起落月水

中見此身何自苦日日淩霜霰流蘇帳裏人猶

在陽臺畔

杜荀鶴

東窻未明塵夢蘇呼童結束登征途落葉鋪霜馬蹄滑寒猨嘯月人心孤時逆帽簷風刮頂旋呵鞭手凍粘鬚青雲快活一未見爭得安閑釣五湖

韋莊

早霧濃於雨田深黍稻低出門鷄未唱過客馬頻嘶樹色遥藏店泉聲暗傍畦獨吟三十里城月尚如珪

羅鄴

一點燈殘魯酒醒已攜孤劒事離程愁看飛雪聞鷄唱獨向長空背鴈行白草近關微有路濁河連底凍無聲此中來往本迢遞況是驅羸客塞城

羅隱

北去南來無定居此生生計竟何如酷憐一覺平明睡長被雞聲惡破除

項斯

早發昭應

行人見雪愁初作帝鄉游旅店開偏早鄉帆去未收燈殘催卷席手冷怕梳頭是物寒無色湯泉正自流

早發故園

馬戴

語別在中夜登車離故鄉曙鐘寒出岳寺一作殘月迴凝霜風柳條多折沙雲氣盡黃行逢海西鴈零落不成行

早發故山作

馬戴

雲門夾峭石石路蔭長松谷響猿相應山深水

復重餐霞人不見一作已往採藥客猶逢獨宿靈潭

側時聞岳頂鐘

早發洛中

許棠

半夜發清洛不知過石橋雲增中岳大樹隱上

陽遥塹黑初沉月河鳴欲認潮孤村人尚夢無

處暫停橈

早發洞庭

方干

長天接廣澤二氣共含秋舉目無平地何心戀直鈎孤鐘鳴大岸片月落中流却憶鴟夷子當時此泛舟

早發潼關

吴融

天邊月初落馬上夢猶殘關樹蒼蒼曉堦澹澹寒宦遊終自苦身世静堪觀爭似山中隱和雲枕碧湍

早發宜陵即事

羅鄴

霜白山村月落時一聲雞後又登岐居人猶自
掩關在行客已愁驅馬遲身事不堪空感激鬢
毛看著欲凋衰青萍委匣休哮吼未有恩儲擬
報誰

早發交崔山還太室

崔曙

東林氣微白寒鳥將高翔吾亦自兹去北山歸
草堂　朧朧辨少陽春水生積雪野
火出枯桑獨往路難盡窮陰人易傷傷此無衣
客如何蒙雨霜

早發赴洞庭舟中作

白居易

閶門曙色欲蒼蒼星月高低宿水光棹舉影搖燈燭動舟移聲拽管絃長漸看海樹紅生日遥見包山白帶霜出郭已行十五里唯銷一曲慢霓裳

秋晚早發新定

杜牧

解印書千軸重陽酒百缸涼風滿紅樹曉月下秋江巖壑會歸去塵埃終不降懸纓未敢濯巖

瀨碧潺潺

雨後早發永寧

薛能

春霖朝罷客西東馬足泥聲路未通獨愛千峰

最高處一峰初日白雲中

道中早發

司馬札

野店鷄一聲蕭蕭客車動西峰帶曉月十里猶

相送繁霜滿前道羸馬四蹄重遙羡青樓人錦

衾方遠夢功名不我與孤劒何所用行役難自

休家山憶秋洞

早歸　元稹

春靜曉風微淩晨帶酒歸遠山籠宿霧高樹影朝暉飲馬魚驚水穿花露滴衣嬌鶯似相惱含囀傍人飛

韓偓

去是黃昏後歸當朧腮時衩衣吟宿醉風露動

相思

雜題

欲曙

元稹

江隄闃暗流漏鼓急殘籌片月低城堞稀星轉角樓鸛媒華表上鶡鴂柳枝頭不爲來趨府何因欲曙遊

東方未明

韓愈

東方未明大星沒獨有太白配殘月嗟爾殘月勿相疑同光共影須臾期殘月暉暉太白睒睒鷄三號更五點

初起　李商隱

想像咸池日欲光五更鐘後更迴腸三年苦霧巴江水不爲離人照屋梁

晏起　劉得仁

日過辰時猶在夢客來應笑也求名浮生自得長高枕不向人間與命爭

早送舉人入試　白居易

夙駕送舉人東方猶未明自謂出太早已有車
馬行騎火高低影街鼓參差聲可憐早朝者相
看意氣生日出塵埃飛羣動互營營營營各何
求無非利與名而我常晏起虛住長安城春深
官又滿日有歸山情

晚

杜甫

杖藜尋晚巷炙背近牆暄人見幽居僻吾知拙
養尊朝廷問府主耕稼學山村歸翼飛棲定寒
燈亦閉門

權德輿

古樹夕陽盡空江暮靄收寂寞扣船坐獨生千里愁

向晚

李商隱

當風橫去幰臨水卷空帷北土鞦韆罷南朝祓禊歸花情羞脉脉柳意悵微微莫歎佳期晚佳期自古稀

晚景

子蘭

池荷衰颯菊芬芳策杖吟詩向草堂滿目暮雲風卷盡郡樓寒角數聲長

西山晚景　王周

公局長清淡池亭晚景中蔗竿閑倚碧蓮朶靜淹紅半引彎彎月微生颭颭風無思復無慮此味幾人同

又

一片殘陽景朦朧淡月中蘭芽紆嫩紫䔧頰抹生紅琴阮資清格冠簪養素風煙霄半知己吏

隱少相同

晚思

司空圖

蛩餘窻下月草濕堦前露晚景淒我衣秋風入

何樹

高蟾

虞泉冬恨由來短楊葉春期分外長惆悵浮生

不知處明朝依舊出滄浪

陝西晚思

羅隱

長途已自窮此去更西東樯色榮衰裏人心往返中別情流水急歸意故山空莫忘交遊分從來事一同

晚興

白居易

極浦收殘雨高城駐落暉山明虹半出松闇鶴雙歸將吏隨衙散文書入務稀閑吟倚新竹筠粉汙朱衣

又

草淺馬翩翩新晴薄暮天柳條春拂面衫袖醉

垂鞭立語花堤上行吟水寺前等閑消一日不
覺過三年

送客迴晚興

白居易

城上雲霧開沙頭風浪定參差亂山出澹泞平
江淨行客舟已遠居人酒初醒嫋嫋秋竹梢巴
蟬聲似磬

山中晚興寄裴侍御

司馬札

雷息疎雨散空山夏雲晴南軒對林晚籬落新

蛩鳴白酒一樽滿坐歌天地清十年身未閑心
在人間名永懷君親恩久賤難退情安得蓬丘
侶提攜採瑤英

晚望　白居易

江城寒角動沙洲夕鳥還獨在高亭上西南望
遠山

裴夷直

日下夕陰長前山凝積翠白鳥一行飛聯聯粉
書字

貫休

曠望危橋上微吟落照前煙霞濃浸海川岳闊連天白鳥格不俗孤雲態可憐終朝將爾輩歸去舊江邊

雲溪西亭晚望

張籍

雲水碧悠悠西亭柳岸頭夕陰生遠岫斜照逐迴流此地動歸思逢人方倦遊吴興耆舊盡空見白蘋洲

西原晚望

白居易

花菊引閑行行上西原路原上晚無人因高聊四顧南阡有煙火北陌連墟墓村隣何蕭踈近者猶百步吾廬在其下寂寞風日暮門外轉枯蓬籬根伏寒兔故園汴水上離亂不堪去近歲始移家飄然此村住新屋五六閒古槐八九樹便是衰病身此生終老處

秋原晚望

楊淩

客鴈秋來次第逢家書頻寄兩三封夕陽天外

雲歸盡亂見青山無數峰

涇川野居晚望

劉得仁

地極接穹蒼西維落太陽泉聲入深稻山色出
南崗風起蘆兼荻煙生柘與桑歸來坐幽石半
壁冷蟾光

東門晚望

司馬札

青門聊極望何事久離羣芳草失歸路故鄉空
暮雲信回陵樹老夢斷灞流分兄弟正南北鴻

聲堪獨聞

白鹿原晚望

馬戴

滻曲鴈飛下秦原人葬回丘墳與城闕草樹共

塵埃

龜山寺晚望

張蠙

四面湖光絶路歧鸂鶒飛起暮鐘時漁舟不用

懸帆蓆歸去乗風插柳枝

河梁晚望

子蘭

水勢滔滔不可量漁舟容易泛滄浪連山翠靄籠沙溆白鳥翩翩下夕陽

雨添一夜秋濤闊極目茫茫似接天不知龍物潛何處魚躍蛙鳴滿檻前

江城晚望

劉滄

一望江城思有餘遙分野徑入樵漁青山經雨菊花盡白鳥下灘蘆葉疎靜聽潮聲寒木杪遠看風色暮帆歸秋期又步童謁路不得年年句

此居

金陵晚望

高蟾

曾伴浮雲歸晚翠猶陪落日汎秋聲世間無限丹青手一片傷心畫不成

秋日北固晚望

高蟾

風含遠思翛翛晚日照高情的的秋何事滿江惆悵水年年無語向東流

澤國路岐當面苦江城砧杵入心寒不知白髮

誰醫得爲問無情歲月看

蒲中霽後晚望

薛能

河邊霽色無人見身帶春風立岸頭濁水茫茫有何意日斜還向古蒲州

村中晚望

陸龜蒙

抱杖柴門立江村日易斜鴈寒猶憶侶人病更離家短髮看成雪雙眸舊有花何須千里外即比是天涯

湖州晚望

吴融

鼓角迎秋晚韻長斷虹䟊雨間微陽兩條溪水

分頭碧四面人家入骨涼獨鳥歸時雲鬬迴殘

蟬急處日爭忙他年若得壺中術一簇汀洲盡

貯將

僕射陂晚望

羅鄴

離人到此倍堪傷陂水蘆花似故鄉身事未知

何日了馬蹄唯覺到秋忙田園牢落東歸晚道

路辛勤此去長却羡無愁是沙鳥雙雙相趂下
斜陽

南徐晚望　褚載

芳草鋪香晚岸晴岸頭含醉去來行僧歸岳外
殘鐘寺日下江邊調角城入浙孤帆知楚信過
淮踈雨帶潮聲如今未免風塵役寧敢忽忽便
濯纓

京中晚望　羅隱

心女里鹿跡女萍漫向人間忙一靈往事不知多少夢夜來和酒一時醒

晚眺

羅隱

凭古城邊眺晚晴遠村高樹轉分明天如鏡面都來淨地似人心總不平雲向嶺頭閑不澈水流溪裏太忙生誰人得及莊居老免被榮枯寵辱驚

孟賔于

倚杖殘秋裏吟中四顧頻西風天際鴈落日渡

頭人草色衰平野山陰斂暮塵却尋苔徑去明
月照村隣

崔耿

江溶流落景山色凝暮煙衰髮照秋日壯心緘
昔年愁吟長抱膝孰許高高天

北固晚眺

竇常

水國芒種後梅天風雨涼露蠶開晚簇江鷰繞
危檣山趾北來固潮頭西去長年年此登眺人
事幾銷亡

別後西陵晚眺

元稹

晚日未抛詩筆硯夕陽空望郡樓臺與君後會

知何日不似潮頭夢却迴

晚眺有懷

馬戴

黠黠抱離念曠懷成怨歌高臺試延望落照在

寒波此地芳草歇舊山喬木多悠然暮天際但

見鳥相過

早春錢塘湖晚眺

張祜

落日下林坂撫襟睇前蹤輕澌流迴浦殘雪明高峰仰視天宇曠俯登雲樹重聊當問眞界昨夜西巒鐘

南昌晚眺一作與

韋莊

南昌城郭枕江煙章水悠悠浪拍天芳草綠遮仙尉宅落霞紅襯賈人船霏霏閣上千山雨嘒嘒雲中萬樹蟬怪得地多章句客庾家樓在斗牛邊

晚登郡閣　韋應物

悵然高閣望已掩東城關春風偏送柳夜景欲沉山

晚步　劉得仁

野步晚悠悠山光澹早秋遠空淪日脚多稼没人頭古木蟬齊噪深塍水慢流幽居迴不近秋策却堪愁

姚揆

陋巷貧疑本姓顔晚來閑步出林間數聲長笛
吹沈日一片殘雲點破山島寺漸踈敲石磬漁
家方半掩柴關遲迴從此搜吟久待得溪頭月
上還

村晚閑步

劉得仁

緩步出居處過原邊鴈行夕陽投草木遠水映
蒼茫野寺因蟾宿雲溪斸藥嘗蕭條霜景暮極
目盡堪傷

暮行可是上

韓愈

暮行河堤上四顧不見人衰草際黄雲感歎愁

我神夜歸孤舟卧展轉空及晨謀計竟何就嗟

嗟世與身

秋日江東晚行

姚揆

迢迢驅馬過江東此際令人恨莫窮一撮秋煙

堤上白半輪殘日嶺頭紅路歧滋味猶如舊鄉

曲聲音漸不同含思看看到梁苑畫樓絲竹徹

遥空

秋夜晚泊　杜荀鶴

一望一蒼然蕭騷起暮天遠山横落日歸鳥度平川家是去秋别月當今夕圓漁翁自相伴徹曉葦叢邊

舟行晚泊江上寺　杜荀鶴

乆勞風水上禪客喜相依挂衲雖無分修心未覺非日沉山虎出鐘動寺禽歸月上潮平後談空漸入微（水一作雨　空一作玄）

汴上晚泊

吴融

亭上風猶急橋邊月巳斜柳寒難吐絮浪濁不成花歧路春三月園林海一涯蕭然正無寐夜櫓莫咿啞

江山晚泊

左偃

寒雲淡淡天無際片帆落處沙鷗起水闊風高日復斜扁舟獨宿蘆花裏

雲溪晚泊寄裴庶子

羅隱

溪風如扇雨如絲閑步閑吟柳惲詩盃酒踈狂非曩日野花狼藉似當時道窮漫有依劉感才急應無借寇期滿眼雲山莫相笑與君俱是受深知

吴門晚泊寄句曲道友

羅隱

採香徑在人不留採香徑下停葉舟桃花李花鬬紅白山鳥水鳥自獻酬十萬梅銷空寸土三分孫策竟荒丘未知到了關身否笑殺雷平許

遠游

湖亭晚歸

白居易

盡日湖亭卧心閑事亦稀起因殘醉醒坐待晚涼歸松雨飄藤帽江風透葛衣柳堤行不厭沙軟絮霏霏

東城晚歸

白居易

一條邛杖懸龜榼雙角吴童控馬銜晚入東城誰識我短靴低帽白蕉衫

晉昌晚歸馬上贈

李商隱

勇多侵路去恨有礙燈還嗅自微微白看成沓沓殺坐來疑物外歸去有簾閒君問傷春句千辭不可删

街西晚歸

鄭谷

御溝春水繞閑坊信馬歸來傍短牆幽榭名園臨紫陌晚風時帶牡丹香

日晚歸山詞

施肩吾

虎跡新逢雨後泥無人家處洞邊溪獨行歸客晚山裏賴有鷓鴣臨路歧

暮歸

白居易

不覺百年半何曾一日閑朝隨燭影出暮趂鼓聲還甕裏非無酒牆頭亦有山歸來長困卧早晚得開顔

日暮

杜甫

日落風亦起城頭烏尾訛黄雲髙未動白水已揚波羌婦語還哭胡兒行且歌將軍别換馬夜出擁雕戈

又

牛羊下來夕各已閉柴門風月自清夜江山非故園石泉流暗壁草露滴秋根頭白燈明裏何須花燼繁

薄暮　杜甫

江上最深地山雲薄暮時寒花隱亂草宿鳥擇

浮枝舊國見何日高秋心苦悲人生不再好鬢髮白成絲

暝　杜甫

日下四山陰山庭嵐氣侵牛羊歸徑險烏雀聚枝深正枕當星劒收書動玉琴半扉開燭影欲掩見清砧

山居秋暝　王維

空山新雨後天氣晚來秋明月松間照清泉石

上流竹喧歸浣女蓮動下漁舟隨意春芳歇王
孫自可留

建昌渡暝吟

韋莊

月照臨官渡鄉情獨浩然鳥棲彭蠡樹月上建
昌船市散漁翁醉樓深賈客眠隔江何處笛吹
斷綠楊煙

馬上晚吟

白居易

人少街荒已寂寥風多塵起重蕭條上陽落葉

飄宮樹中渡流澌擁渭橋出早冒寒衣校薄歸
遲侵黑酒全消如今不是閑行日日短天陰坊
曲遥

暮立

白居易

黄昏獨立佛堂前滿地槐花滿樹蟬大抵四時
心揔苦就中腸斷是秋天

黄州暮愁

項斯

凌澌衝淚眼重疊自西來即夜寒應合非春暖

天地山川類卷第二十

趙孟奎　分門纂

類唐歌詩二十

皮日休

七相三公盡白鬚腰金印重不勝趨問來總道

扁舟去只見漁人在五湖

太湖詩并序

皮日休

余頃在江漢嘗耨鹿門𪊲㵈湖然而

未能放形者抑志於道也爾後以文

事造請於是南浮至二別涉洞庭迴

觀敷淺源登廬阜濟九江由天柱抵

霍嶽又自箕潁轉樊鄧陟商顏入藍

關凡自江漢至于京千者十數俟繞
者二萬里道之不行者有困辱危殆
志之可適者有山水遊翫則休戚不
孤矣咸通九年自京東遊復得宿太
華樂荆山賞女几度轘轅窮嵩高入
京索浮汴渠至揚州又航天塹從北
固至姑蘇噫江山幽絶見貴于地誌
者余之所到不翅于半則煙霞魚鳥
林壑雲月可爲屬猒之具矣尚楞然
於志者抑古聖人所謂獨行之性乎

逸民之流乎余真得而爲也爾後聞震澤包山其中有靈異學黄老徒樂之多不返益欲一觀豁平生之鬱鬱焉十一年夏六月會大司諫清河公憂霖雨之爲患乃擇日休將公命禱于震澤祀事既畢神應如響於是太湖之中所謂洞庭山者得以恣討凡所歷皆圖籍稱爲靈異者遂爲詩二十章以志其事兼寄天隨子

初入太湖

聞有太湖名十年未曾諳今朝得遊泛大笑稱
平昔一舍行胥塘盡日到震澤三萬六千頃千
頃頗黎色連空淡無纇照野平絶隟好放青翰
舟堪弄白玉笛疎岑七十二雙雙露矛戟悠然
嘯傲去天上摇盡鷁西風乍獵獵驚波蓭涵碧
倏忽雪陣吼須臾玉崖圻樹動爲蜃尾山浮似
鼇脊落照射鴻溶清輝蕩抛擲雲輕似可染霞
爛如堪摘漸瞑無處泊挽帆從所適枕下聞澎
汃肌上生瘆瘵討異足邅迴尋幽多阻隔願風
與良便吹入神仙宅甘將一蘊書永事嵩山伯

曉次神景宫

夜半幽夢中扁舟似鳬躍曉來到何許俄倚包
山脚三百六十丈攢空利如削遐瞻但徙倚欲
上先矍鑠濃露濕莎裳淺泉漸草屩行行未一
里節境轉寂寞靜逕侵泬寥仙扉傍巖崿松聲
正清絶海日方照灼歘臨幽墟天萬想皆擺落
壇靈有芝菌殿聖無鳥雀瓊幃自迴旋錦旌空
粲錯鼎氣爲龍虎香煙混丹雘凝看出次雲默
聽語時鶴緑書不可注雲笈應無鑰晴來鳥思
喜崦裏花光弱天籟如擊琴泉聲似擬鐸清齋

洞前陟巔頂玄秘絳空中悉非章地上皆靈藥
金醴可酣暢玉鼓堪咀嚼存心服燕胎叩齒讀
龍蹻福地七十二茲焉堪永託在獸之虎貙於
蟲不毒蠚嘗聞擇骨録仙誌非可作緑腸既朱
髓青肝復紫絡伊余之此相天與形貌惡每嗟
原憲瘇常苦齊侯瘧終然合委頓剛亦慕寥廓
三茅亦嘗仕竟與珪組薄欲問包山神來賒少
巖壑

入林屋洞

齋心已三日筋骨如煙輕腰下佩金獸手中持

火鈴幽塘四百里中有日月精連亘三十六各
各爲玉京自非心至誠必被神物烹頷余慕大
道不能惜微生遂招放曠侶同作幽憂行其門
纔函丈初若盤薄硎洞氣黑眣眆苔髮紅髩鬡
試足值坎窞低頭避崢嶸攀緣不知倦怪異焉
敢驚匍匐一百步稍稍策可横忽然白蝙蝠來
撲松炬明人語散澒洞石響高玲玎脚底龍蛇
氣頭上波濤聲有時若服匿偪仄如見繃俄爾
造平澹豁然逢光晶金堂似鐫出玉座如琢成
前有方丈沼疑碧融人晴雲襲甚不動喬露函

而罄漱之恐減筭兮之以延齡愁爲三官責不
敢攜一甗昔云夏后氏於此藏眞經刻之以紫
琳祕之以丹瓊期之以萬祀守之以百靈焉得
彼丈人竊之不加刑石箧一以出左神俄不扃
禹書既之得吴國由是傾蘚縫纔半尺中有怪
物腥欲去既嚄唶將迴又伶俜却遵舊時道半
日出杳冥屨泥惹石髓衣濕沾雲英玄籙乏仙
骨青文無絳名雖然入隂宫不得朝上清對彼
神仙窟自厭濁俗形却憎造物者遣我騎文星

雨中遊包山精舍

松門亘五里彩翠高下絢幽人共躋攀勝事頗
清便娑娑林上雨隱隱湖中電薜帶輕束腰荷
笠低遮面濕屨黏煙霧穿衣落霜霰笑次度巖
壑困中遇臺殿老僧三四人梵字十數卷施稀
無夏屋境僻乏朝膳散髮抵泉流支頤數雲片
坐石忽忘起捫蘿不知倦異蝶時似錦幽禽或
如鈿篥篣還戛刃栟櫚自摇扇俗態既斗藪野
情空眷戀道人摘芝菌爲余備午饌渴興石榴
羹飢愜胡麻飯如何事于役茲遊急於傳却將
塵土衣一任暴絲賤

遊毛公壇

却上南山路松行儼如廡松根礙幽徑孱顔不能斧擺屨跨亂雲側巾蹲怪樹三休且半日始到毛公塢雨水合一澗潨崖却爲浦相敵百千戟共擂十萬鼓噴散日月精射破神仙府唯愁絶地脉又恐折天柱一窺耳目眩再聽毛髮竪次到煉丹井井幹瞖宿莽下有藥剛丹勻之百疾愈凝於白獺髓湛似桐馬乳黃露醒齒牙碧粘甘肺腑檜異松復怪枯踈乎撑拄乾蛇一百丈髐然半天舞下有毛公壇壇方不盈畝當時

雲龍篆一片苔蘚古時時仙禽來忽忽祥煙聚
我愛周息元忽起應明主三諫却歸來迴頭唾
珪組伊余何不幸斯人不復覩如何大開口與
世爭枯腐將山待夸娥以肉投猰㺄欻坐侵桂
陰不知已與午茲地足靈境他年終結宇敢道
萬石君輕於一絲縷

三宿神景宫

古觀岑且寂幽人情自怡一來包山下三宿湖
之湄況此深夏夕不逢清月姿玉泉浣衣後金
殿添香時客省高且敞客牀蟠復奇石枕冷入

肌笄席寒侵肌氣清寐不著起生臨堦墀松陰
忽微照獨見螢火芝素鶴警微露白蓮明暗池
窻穤帶乳蘚壁縫含雲蓺聞磬走魍魎見燭奔
羇雌沆瀣欲滴瀝芭蕉未離披五更山蟬響醒
發如吹篪杉風忽然起飄破步虛詞道客巾屨
樣上清朝禮儀明發作此事豈復甘趨馳
以毛公泉一缾獻上諫議因寄
劉根昔成道茲塢四百年毵毵被其體號爲緑
毛仙因思清泠汲鑿彼岩嶺巔五色既鍊矣一
勺方鏗然既用文武火俄窮雌雄篇赤鹽撲紅

霧白華飛素煙服之生羽翼倏爾沖玄天眞隱
尚有迹厥祀將近千我來討靈勝到此期終焉
滴苦破竇淨鮮深餘甃圓澄如玉髓潔泛若金
精鮮顔色半帶乳氣味全和鉛飲之融痞蹇濯
之伸拘攣有時䚡者飌倏忽風雷顛素綆絲不
短越罍腹甚便汲時月液動擔處玉漿旋敢獻
大司諫置之鈐閣前清如介潔性滌比掃蕩權
炙背野人興亦思侯伯憐也知飲冰苦願受一
鉼泉
縹眇峯

頭冀華陽帢手持大夏笠清晨閃道佇來上紅
緲峯帶露嗅藥蔓和雲尋鹿蹤時驚鼯鼪鼠飛
上千丈松翠碧内有室叩之虚硿礐古穴下徹
海視之寒鴻濛遇歇有佳思緣危無倦容須臾
到絶頂似鳥穿樊籠恐足蹈海日疑身凌天風
衆岫點巨浸四海接圓穹似將青螺髻撒在明
月中片白作越分孤嵐爲吴宫一陣𩆜靆氣隱
隱生湖東激雷與波起狂電將日紅磬磬雨點
大金鶻轟下空暴光隔雲閃髣髴亘天龍連拳
百丈尾下拔湖之洪捽爲一雪山欲與昭回通

移時却搖下細碎衡與嵩神物諒不測絕景尤
難窮杖策下反照漸聞仙觀鐘煙波噴肌骨雲
壑闐心胷竟死愛未足當生且歡逢不然把天
爵自拜太湖公

桃花塢

夤緣度南嶺盡日穿林樾窮深到茲塢逸興轉
超忽塢名雖然在不見桃花發恐是武陵溪自
閉仙日月倚峯小精舍當嶺殘耕垡採洞任迴
環把雲恣披拂閑禽啼窈窱險狁眠碑砐微風
次重嵐喦嶷巠功坳青崟嵅鵠垂秀五台人昌

高竹鬬鉏招弄泉爭唱空齋蒸柏葉里飯詞

石髮空羨塢中人終身無屐襪

明月灣

曉景淡無際孤舟恣迴環試問最幽處號爲明

月灣半巖翡翠巢望見不可攀柳弱下絲網藤

深垂花鬘松癭忽似狖石文或如戲釣臺兩三

處苔老腥蝙斑沙雨幾處霽水禽相向閑野人

波濤上白屋幽深閒曉掊橘栽去莫作魚梁還

清泉出石砌好樹臨柴關對此老且死不知憂

與患好境無處住好處無境删赦然不自適脉

脉當湖山

練瀆

吴王厭得國所玩終不足一上姑蘇臺猶自嫌

局促艅艎六宫鬧艨衝後軍肅一陣水麝風空

中蕩平淥鳥困避錦帆龍跧防鐵軸流蘇惹煙

浪羽葆飄巖谷靈境太蹂踐因兹塞林屋空闊

嫌太湖崎嶇開練瀆三尋齾石齒數里穿山腹

底静似金膏礫碎如丹粟波殿鄭妲醉蟾閣西

施宿幾轉含煙舟一唱來雲曲不知欄楯上夜

有越人遊君王奄面死賓御不敢哭艶鬼逐夜

濤荒宫養麋鹿國破溝亦淺代變草空緑白鳥都不知朝眠還暮浴

投龍潭

龜山下最深惡氣何洋溢涎不暴龍巢腥風卷蛟室曉來林岑静獰色如怒日氣涌撲㚗煤波澄掃純漆下有水君府貝闕光比櫛左右列介臣縱横守鱗卒月中珠母見煙際楓人出生犀不敢燒水怪恐摧捽時有慕道者作彼投龍術端嚴持碧簡齋戒揮紫筆兼以金蜿蜒投之光焌律琴高坐赤鯉何許縱仙逸我願與之遊兹

焉託靈質

孤園寺

艇子小且兀緣湖蕩白芷縈紆泊一碕宛到孤園寺蘿島凝清陰松門湛虛翠寒泉飛碧螭古木鬬蒼兕鐘梵在水䰢樓臺入雲肆巖邊足鳴蠻樹杪多飛鸓香莎滿院落風泛金靃靡靜鶴啄柏蠹閑猱弄榅　小殿薰陸香古經貝多紙老僧方瞑坐見客還強起指茲正險絕何以來到此先言洞壑數次話真如理磬韻醒閑心茶香疑搐齒巾之劫貝布𦆀以旃檀餌數刻得清

淨終身欲依止可憐陶侍讀身列丹臺位雅號曰勝力亦聞師佛氏今日到孤園何妨稱弟子

上眞觀

逕盤在山肋繚繞窮雲端擿菌杖頭紫緣崕屐齒刓半日到上眞洞宮知造難雙戶啓眞景齋心方可觀天鈞鳴響亮天祿行蹣跚琪樹夾一逕萬條青琅玕兩松峙庭際怪狀吁可嘆大螾騰共結脩蛇飛相盤皮膚拆甲冑枝節擒貙犴鏬處似天裂朽中如井眢欐褷風聲[疒先]跁跒地力痑根上露鉗釱空中狂波瀾合時若莽蒼闢

處如轘轅儼對無霸陣靜間嚴陵灘靈飛一以
護山都焉敢干兩廊絜寂歷中殿高嶒岏靜架
九色節間懸十絶幡微風時一吹百寶清闌珊
昔有葉道士位當昇靈官欲箋紫微志唯食虹
景丹既遂隱龍去道風猶恐殘猶聞絳目草往
往生空壇羽客兩三人石上譚泥丸謂我或龍
胄粲然與之懽衣巾紫華冷食次白芝寒自覺
有眞氣恐隨風力摶明朝若更住必擬隳儒冠

銷夏灣

太湖有曲處其門爲兩崖當中數十頃別如一

天池號爲錯夏灣此名無所私赤日莫斜照清
風多遥吹沙嶼掃粉墨松竹調埴箎山果紅韎
鞨水苔清䰄髵木陰厚若瓦巖磴滑如飴我來
此遊息夏景方赫曦一坐盤石上肅肅寒生肌
小艖或可泛短策或可支行鷺翠羽起坐見白
蓮披斂袖弄輕浪解巾敵涼颸但有水雲見更
餘沙禽知京洛往來客暍死緣奔馳此中便可
老焉用名利爲

包山祠

白雲最深處像設盈巖堂村祭足茗糲水奠多

桃漿箬邅突古砌薜荔綳頹牆爐灰寂不然風
送杉桂香積雨晦州里流波漂稻粱公惟大司
諫憫此如發狂命予傳明禱祇事實不遑一奠
若肸蠁再祝如激揚出廟未半日陽雲逢淡光
雙雙雨點少漸收羽林槍忽然山家犬起吠白
日傍公心與神志相向如玄黄我願作一疏奏
之于穹蒼留神千萬祀永福吳封疆

聖姑廟

洛神有靈逸古廟臨空渚暴雨駁丹青荒蘿繞
梁梠野風旋芝蓋飢烏銜椒糈寂寂落楓花時

時闔巖扉常云三五夕盡會姑祁侶月下留紫
姑霜中召青女俄然響環珮倏爾鳴機杼樂至
有聞時香來無定處目瞪如有待魂斷空無語
雲雨竟不生留情在何處

太湖石

茲山有石岸抵浪如受屠雪陣千萬戰蘚巖高
下刓乃是天詭怪信非人功夫白丁一云取難
甚網珊瑚厥狀復若何鬼工不可圖或拳若虺
蜴或蹲如虎貙連絡若鉤鏁重疊如萼跗或若
巨人骼或如太帝符䏲肛筫簹筍格磔琅玕株

斷處露海眼移來和沙鬚求之煩耄倪載之勞
舳艫通侯一以盼貴却驪龍珠厚賜以賝賮遠
去窮京都五侯土山下要爾添嵒峿賞玩若稱
意爵祿行斯須苟有王佐士崛起於太湖試問
欲西笑得如茲石無

菴裏

菴裏何幽奇膏腴二十頃風吹稻花香直過龜
山頂青苗細膩卧白羽悠溶靜塍畔起鸊鵜田
中通舴艋幾家傍潭洞孤戍當林嶺罷釣時煮
菱亭繰或焙茗哨然八十老生計於此永苦力

伊征賦怡顏過朝暝洞庭取異事包山極幽景
念爾飽得知亦是遺民幸

石板

翠石數百步如板漂不流空疑水妃意浮出青
玉洲中若瑩龍劍外唯疊蛇矛狂波忽然死浩
氣清且浮似將翠黛色抹破太湖秋安得三五
夕攜酒棹扁舟召取月夫人嘯歌於上頭又恐
霄景闊虛皇拜仙侯欲見九錫碑立當十二樓
瓊文忽然下石板誰能留此事少知者唯應波
上鷗

奉和太湖詩

陸龜蒙

初入太湖

東南具區雄天水合爲一高帆大弓滿羿射爭
箭疾時當暑雨後氣象仍鬱密乍如開雕篋聳
翅忽飛出行將十洲近坐覺八極溢耳目駭鴻
濛精神寒佶栗坑來斗呀豁涌處驚嵯崒嶮異
拔龍湫喧如破蛟室斯須風妥帖若受命平秩
微茫識端倪遠嶠疑格筆巉巉見銅闕左右皆
輔弼盤空嚴相趨去勢猶橫逸嘗聞咸池氣下

注作清質至今涵赤霄尚且浴白日又云構浮
玉宛與崑閬匹肅爲靈官家此事難致詰纔迎
沙嶼好指顧俄巳失山川互蔽虧魚鳥空瞀眊
何當授真檢得召天吴術一一問朝宗方應可
譚悉

曉次神景宫

曉帆逗碕岸高步入神景灑灑襟袖清如臨蘂
珠屏雖然聳動息此地常寂静翠鐊有寒鏁碧
花無定影憑軒羽人傲夾户天獸猛稽首朝元
君褰衣就虚省呀空雪牙利漱水石齒冷香母

未垂嬰芝田不論頃遥通河漢口近撫松桂頂
飯薦十白蔬杯釃九光杏人間附塵躅固陋眞
鉗頸肯信抃鼇傾猶疑夏蟲永玄津蕩瓊龍紫
泉啼金鼎盡出冰霜書期君一披省

入林屋洞

知名十小天林屋當第九題之爲左神理之以
天后䰟堆辟邪輩左右專備守自非方瞳人不
敢窺洞口唯君好奇士復嘯忘情友致傘在風
林低冠入雲竇中深劇苔井傍坎纔藥臼石角
忽支頤藤根時束肘初爲大幽怖漸見微明誘

屹若造靈封森如達仙藪嘗聞白芝秀狀與琅
花偶又坐紫泉光甘如酌天酒何人能挹嚼餌
以代漿糗却笑探五符徒勞步雙斗眞君不可
見焚盥空遲久眷戀玉碣文行行但迴首

雨中遊包山精舍

包山信神仙主者上眞職及棲鐘梵侶又是清
涼域乃知煙霞地絶俗無不得巖開一逕分柏
擁深殿黒僧閑若圖畫像古非雕刻海客施明
珠湘蕤料淨食有魚皆玉尾有鳥盡金臆手擕
鞞鐸佉若在中印國千峯殘雨過萬籟清且極

此時空寂心可以遺智識知君戰未勝尚倚功名力却下聽經徒孤帆有行色

毛公壇

古有韓終道授之劉先生身如碧鳳凰羽翼披輕輕先生盛驅役臣伏甲與丁勢可倒五嶽不唯鞭羣靈飄飄駕翔螭白日朝太清空遺古壇在稠疊煙蘿屏遠懷步綱夕列宿森然明四角鎮露獸三層差羽嬰迴眸盻七炁運足馳躔星象外眞既感區中道俄成邇來向千祀雲嶠空崢嶸石上橘花落石根瑶草青時時白鹿下此

外無人行我試岑寂境自言齋戒精如今君安
死魂魄猶邅腥有笈皆緑字有芝皆紫莖相將
望瀛島浩蕩淩滄溟

三宿神景宫

靈蹤未徧尋不覺谿色暝迴頭問樓所稍下杉
蘿逕巖居更幽絶澗户相隱映過此即神宫虚
堂愜雲性四軒盡踈達一榻何清零髣髴聞玉
笙敲鏗動涼磬風凝古松粒露壓脩荷柄萬籟
既無聲澄明但心聽希微辨眞語若授虚皇命
尺宅按來平華池漱餘淨頻窺宿羽麗三吸晨

霞盛豈獨冷衣襟便堪遺造請徒探物外趣未
脫塵中病舉手謝靈峯倘徉事歸榜

以毛公泉獻大諫清河公

先生煉飛精羽化成翩翻荒壇與古甃隱軫清
冷存四面蹙山骨中心含月魂除非紫水脉即
是金沙源香實灑桂蘂甘惟漬雲根向來探幽
人酌罷祛蒙昏況公珪璋質近處諫諍垣又聞
虛靜姿早挂氷雪痕君對瑶華味重獻蘭薰言
當應滌煩暑朗詠翬飛軒我願得一掬攀天叫
重閽霏霏散爲雨用以移焦原

縹緲峯

左右皆跳岑孤峯挺然起因思縹緲稱乃在虚
無裏清晨躋磴道便是孱顔始據石即更歌遇
泉還徙倚花竒忽如薦樹曲渾成几樂静煙靄
知忘機猿狖喜頻攀峻過斗末造平如砥舉首
閡青冥迴眸聊下睎高帆大於鳥廣墠纔類蟻
就此微茫中爭先未嘗已葛洪詬剛氣去地四
十里茍能乘之遊止若道路耳吾將自峯頂便
可朝帝扆盡欲活羣生不唯私一己超騎明月
斡復弄華星蘂却下蓬莱巔重窺清淺水身爲

大塊客自號天隨子他日向華陽敲雲問名氏

桃花塢

行行問絶境貴與名相親空經桃花塢不見秦
時人願此爲東風吹起枝上春願此作流水潛
浮蘋中塵願此爲好鳥得棲花際鄰願此作幽
蝶得隨花下賓朝爲照花日暮作涵花津試爲
探花士出作偷桃人桃源不我棄庶可全天眞

明月灣

昔聞明月觀秪傷荒野基今逢明月灣不值三
五時擇此二明月洞庭看最奇連山忽中斷遠

桂分毫釐居迴二十里一片澄匳猶見說秋半

夜淨無雲物欺兼之星斗藏獨有神仙期初聞

鏘鏘鐃銚積漸調參差空中卓羽衛波上停龍螭

縱舞玉煙節高歌碧霜詞清光悄不動萬象寒

咿咿此會非俗致無由得旁窺但當乘扁舟酒

瓮仍相隨或徹三弄笛或成數聯詩自然瑩心

骨何用神仙爲

練瀆

越恃君子衆大將壓全吴吴將派天澤以練舟

師徒一境止千里支流忽然迂蒼奩東洪波坐

似馮夷軀戰艦百萬輩浮宫三十餘平川盛丁
寧絶島分儲胥鳳押半鶴膝錦杠雜肥胡沓煙
與殺氣浩浩隨風驅彈射盡高鳥杯觥醉潛魚
山靈恐見鞭水府愁爲墟兵利德日削反爲儲
國屠至今鈎鏃殘尚與泥沙俱照此月倍苦來
茲煙亦孤丁魂尚有淚合灑青楓枯

投龍潭

名山潭洞中自古多祕邃君將接神物聊用伸
祀事鎔金象牙角尺木無不備亦既奉眞官因
之洵前志持來長明詰敬以投嘉瑞鱗光煥水

容目色燒山翠吾皇疥秦漢豈獨探怪異所貴
風雨時民皆受其賜良田爲巨浸汚澤成赤地
掌職一不行精靈又何寄唯貪血食飽但據驪
珠睡何必費黃金年年授星使

孤園寺

浮屠從西來事者極梁武巖幽與水曲結構無
遺土窮山林榦盡竭海珠璣聚況即待從臣敢
愛煙波塢幡條玉龍扣殿角金虬舞釋子猒樓
臺生人露風雨今來四百載像設藏雲浦輕鴿
亂馴鷗鳴鐘和朝櫓庭蕉裂旗旆野蔓差纓組

石上解空人窻前聽經虎林虛葉如織水淨沙
堪數徧問得中天歸修釋迦譜

上眞觀

嘗聞昇三清眞有上中下官居乘佩服一一自
相亞霄裙或霞翠侍女忽玉妃坐進金碧腴去
馳飈欻駕今來上眞觀怳若心靈訝秖恐暫神
遊又疑親羽化風餘撼朱草雲破生瑶榭望極
覺波平行虛信煙藉閑開飛龜帙靜倚宿鳳架
俗狀既能遺塵冠聊以卸人間方大火此境無
朱夏松蓋蔭日車泉沖瓿天䆿窮幽不知卷復

息芝園舍鏘珮引涼姿焚香禮遥夜無情走聲
利有志依閑暇何處好迎僧希將石樓借

銷夏灣

霞島焰難泊雲峯奇未收蕭條千里灣獨自清
如秋古岸過新雨高蘿蔭横流遥風吹蒹葭折
處鳴颼颼昔予守圭竇過於回禄因日爲蘧篨
徒分作祇裯僻願狎寒水怪不封朱轂侯豈知
煙浪涯坐可思重裘健若數尺鯉泛然雙白鷗
不識號火井孰問名焦丘我真魚鳥家盡室營
扁舟遺名復避世消夏還消憂

包山祠

靜境林麓好古祠煙靄濃自非通靈才敢陟羣仙峯百里波浪沓中堂簫鼓重眞君具瓊轝鬅鬆來相從清露濯巢鳥陰靈生晝龍風飄橘柚香日動幡蓋容將命禮且潔所祈年不凶終當以跡聞特用諸侯封

聖姑廟

渺渺洞庭水盈盈芳嶼神因知古佳麗不獨湘夫人流蘇蕩遥吹斜嶺生輕塵蜀綵駮霞碎吴消盤霧匀可憐飛燕姿合是乘鸞賓坐想煙雨

夕兼之花草春空登油壁車窈窕詐相親好贈
玉條脱堪攜紫綸巾殷勤撥香池重薦汀洲蘋
明朝動蘭檝不翅星河津

太湖石

他山豈無石厥狀皆可薦端然遇良工坐使天
質變或裁基棟宇礧砢成廣殿或剖出温瑜精
光具華瑱或將破仇敵百礮資苦戰或用鏡功
名萬古如會面今之洞庭者一以爲此選槎牙
真不材反作天下彦所奇者嵌崆所尚者蔥蒨
旁穿參洞穴内竅均環釧刻削九琳窻玲瓏五

明扇新雕碧霞段旋剖秋天片無力置池塘臨
風只流盻
菴裏
山横路若絶轉檝逢平川川中水木幽高下兼
良田溝塍隨微溜桑柘含疎煙處處倚蠶箔家
家下漁筌騃犢卧新菽野禽争折蓮試招搔首
翁共語殘陽邊今來九州内未得皆恬然賊陣
始吉語狂波又凶年吾翁欲何道守此常安眠
笑我掉頭去蘆中聞刺船余知隱地術可以齊
眞仙終當從之遊庶復全於天

石柁

一片倒山屏何時隳洞門屹然空闊中萬古波

濤痕我意上帝命持來壓泉源恐爲庚辰官囚

怪力所掀又疑廣衺次零落潛驚奔不然遭霹

靂強半沉無垠如何造化首便截秋雲根往事

不足問奇蹤安可論吾今病煩暑據簟常昏昏

欲從石公乞瑩理平如璊前後植桂檜東西置

琴樽盡攜天壤徒浩唱羲皇言

泛五湖　　李紳

范子蜕冠履扁舟逸霄漢嗟予抱險艱怵惕經
瀰漫窮通泛濫勞趣適殊昏旦浴日盪層空浮
天淼無畔依灘落葉聚立浦驚鴻散浪疊雪峯
連山孤翠崖斷風帆同巨壑雲矗成高岸宇宙
或東西星辰沉粲爛霞生澒洞遠月吐青熒亂
豈復問津迷休爲呂梁歎漂沉身詎保覆溺心
長判胡越郡異鄉嬰童　爲翫依稀占井邑嘹
唳同鶤鸛舉棹未宵分維舟方日旰徵斯濟川
力若鼓凌風翰易狎當悔游臨深罔知難

錢塘胡春行

白居易

孤山寺北賈亭西水面初平雲脚低幾處早鶯爭暖樹誰家新燕啄春泥亂花漸欲迷人眼淺草纔能没馬蹄最愛湖東行不足緑楊陰裏白沙堤

鏡湖夜泊有懷

李頻

廣水遥隄利物功因思太守惠無窮自從版築興農隙長與耕耘致歲豐漲接星津流蕩漾寬浮雲岫動虛空想當戰國開時有范蠡扁舟秪

此中

泛鏡湖

王貞白

我泛鏡湖日未生千里蓴時無賀賓客誰識謫仙人吟對四時雪憶遊三島春惡聞亡越事洗耳大江濵

過巢湖

杜荀鶴

世人貪利復貪榮來向湖邊始至誠男子登舟與登岸此心可不一般行

趙載同遊焦湖夜歸作

蕭穎士

將澤國淜騰迎淮甸東江輸大江別流從此縣仙尉俯勝境輕橈恣遊衍自公暇有餘微尚得所願拈引閒翰墨風流盡歡宴稍移井邑閒始悦登眺便遥岫逢映接連塘乍迴轉劃然氣象分萬頃行可見波中峯一點雲際帆千片浩歎無端涯孰知蘊虛變往遊信不厭畢景方未還蘭　靄裹延緣蒲稗間勢隨風潮遠心與　迴見出浦月雄光射東關悠然蓬壺

事　顏安得傲吏隱彌年寓兹山

經江寧覽舊跡至玄武湖

張九齡

南國更數世北湖方十洲天清華林苑日晏景
陽樓果下迴仙騎津傍駐綵旒鳧鷖喧鳳管荷
芰鬬龍舟七子陪詩賦千人和棹謳應言在鎬
樂不讓横汾秋風俗因紓慢江山成易由駒王
信不武孫叔是無謀佳氣日將歇霸功誰與脩
桑田東海變麇鹿姑蘇遊否運爭三國康時芳
九州山淮莫府在館豈豫章留尊[illegible]

尊義取斯窮愁年貌改寂寂爾胡爲不諳詠多
忤無容禮益卑微生尚何有遠跡固其宜思擾
梁山曲情遥越鳥枝故園從海上良友邈天涯
雲雨歎一別川原勞載馳上慚伯樂顧中負伯
牙知去國誠寥落經途弊險巇歲逢霜雪苦林
屬蕙蘭萎欲贈幽芳歇行悲舊賞移一從關作
限兩見月成規苒苒窮年籥行行盡路岐征鞍
税北渚歸帆指南垂樹晚猶葱蒨江寒尚渺瀰
士風從楚別山水入湘奇石瀨相奔觸煙林更
蔽虧層崖夾洞浦輕舸泛澄漪松篠行皆傍禽

魚動輒隨惜哉邊地隔不與故人窺疇昔陪鴛鷺朝陽振羽儀來音雖寂寞接景每逶迤朝罷冥塵事賓來沽酒巵邀歡逐芳草結興選華池及此風成歎何時霧可披自憐無用者誰念有情離望美音容闊懷賢夢想疲因聲達霄漢持拙守東陂

沔州城南郎官湖并序

李白

乾元歲秋八月白遷於夜郎遇故人尚書郎張謂出使夏口沔州牧杜公

漢陽宰王公觴于江城之南湖樂天下之再平也方夜水月如練清光可掇張公殊有勝槩四望超然乃顧白曰此湖古來賢豪遊者非一而往跡佳景寂寥無聞夫子可爲我標之嘉名以傳不朽白因舉酒酹水號之曰郎官湖亦由鄭圃之有僕射陂也席上文士輔翼岑靜以爲知言乃命賦詩紀事刻石湖側將與大別山共相磨滅

趙孟奎分門纂類唐歌詩

艸木蟲魚類第三

草木蟲魚類卷第三　趙孟奎　分門纂類

唐歌詩九十一

花三

牡丹　題牡丹

賞牡丹　看牡丹

觀牡丹　傷牡丹

惜牡丹　別牡丹

送牡丹　未開牡丹

殘牡丹　紅牡丹

白牡丹　紅白牡丹

李商隱

壓逕復緣溝當牕又映樓終銷一國破不啻萬金求鸞鳳戲三島神仙居十洲應憐萱草淡却得號忘憂

錦幃初卷衛夫人綉被猶堆越鄂君垂手亂翻雕玉珮折腰爭舞鬱金裙石家蠟燭何曾剪荀令香爐可待熏我是夢中傳彩筆欲書花葉寄朝雲

秦韜玉

折妖放豔有誰催疑就仙中旋折來圖把一春

皆占斷固留三月始教開壓枝金蘂香如撲逐
朶檀心巧勝裁好是酒闌絲竹罷倚風含笑向
樓臺

孫魴

意態天生異轉看看轉新百花休放艷三月始
爲春蝶死難離檻鶯狂不避人其如豪貴地清
醒復何因

來鵬

中國名花異國香花開得地更芬芳纔呈冶態
當春晝却斂妖姿向夕陽雨過阿嬌慵粉黛風

蘂塵

王叡

牡丹妖艷亂人心一國如狂不惜金曷若東園桃與李果成無語自成陰

裴説

數朶欲傾城安同桃李榮未嘗貧處見不似地中生比物疑無價當春獨有名遊蜂與胡蝶來往自多情

鄭谷

亂前看不足亂後眼偏明却得蓬蒿力遮藏見

太平

羅隱

似共東風别有因絳羅高卷不勝春若教解語應傾國任是無情亦動人芍藥與君爲近侍芙蓉何處避芳塵可憐韓令功成後辜負穠華過此身

羅鄴

落盡春紅始著花花時比屋事豪奢買栽池館恐無地看到子孫能幾家門倚長衢攢繡轂幄籠輕日護香霞歌鐘滿座爭歡賞肯信流年鬢

有華

張又新

牡丹一朶直千金將謂從來色最深今日滿欄開似雪一生辜負看花心

李咸用

少見南人識識來嗟復驚始知春有色不信爾無情恐是天地媚暫隨雲雨生緣何絶尤物更可比妍明

文丙

萬物承春各鬬奇百花分貴近亭也開時若也

姮娥見落日刑堪公子知詩客筵中金琖滿美
人頭上玉釵垂不同寒菊舒重九只擬清香泛
酒巵

薛能

去年零落暮春時淚濕紅牋怨別詩常恐便隨
巫峽散何因重有武陵期傳情每向馨香得不
語還應彼此知欲就欄邊安枕席夜深閑共説
相思

司空圖

得地牡丹盛曉添龍麝香主人猶自惜錦幕護

春霜

渾侍中宅牡丹

劉禹錫

徑尺千餘朶人間有此花今朝見顏色更不向

諸家

題所賃宅牡丹花

王建

賃宅得花饒初開恐是妖粉光深紫膩肉色退

紅嬌且願風留著惟愁日炙焦可憐零落蘂收

取作香燒

西明寺牡丹

元稹

花滿琉璃地上生光風炫轉紫雲英自從天女盤中見直至今朝眼更明

重題西明寺牡丹

白居易

往年君向東都去曾歎花時君未迴今年況作江陵別惆悵花前又獨來只愁離別長如此不道明年花不開

杭州開元寺牡丹花

張祜

濃艷初開小藥欄人人惆悵出長安風流却是錢塘寺不踏紅塵見牡丹

僧院牡丹　李商隱

葉薄風才倚枝輕霧不勝開先如避客色淺爲依僧粉壁正蕩水緗幃初卷燈傾城惟待笑要裂幾多繒

主人司空後亭牡丹　孫魴

佳卉掞芳辰天容乃絕倫望開從隔歲愁過即
無春體物真英氣餘花似庶人蜂攢知眷戀鳥
語亦殷勤況在豪華地寧同里巷塵酷憐應喪
德多賞奈怡神忌穢栽時土嘗甘折處津遶行
邪識倦圍坐豈辭頻入夢殊巫峽臨池勝洛濱
樂喧絲雜竹露漬卯連寅飲興尤思滿吟情自
合新怕風惟怯夜憂雨不經旬欄檻為良援亭
臺是四鄰雖非能伐性爭免礙還淳闘艷何慚
蜀矜繁未讓秦私心期一日許近看逡巡

萬壽寺牡丹

翁承贊

爛熳香風引貴游高僧移步亦遲留可憐殿角
長松色不得王孫一舉頭

遠公亭牡丹

李咸用

雁門禪客吟春亭牡丹獨逞花中英雙成膩臉
隈雲屛百般姿態因風生延年不敢歌傾城朝
雲暮雨愁娉婷藥繁蟻脚粘不行甜迷蜂醉飛
無聲廬山根脚含精靈發妍吐秀叢君庭溢江
太守多閑情闌朱繞絳留輕盈羆羆綠醴當風

傾平頭奴子啾銀笙紅葩豔豔交童星左文右

武憐君榮白銅鞮上𩣺清明

柴司徒宅牡丹　　李中

暮春欄檻有佳期公子開顏乍拆時翠幄密籠

鶯未識好香難掩蝶先知願陪妓女爭調樂欲

賞賔朋預詠詩只恐却隨雲雨去隔年還是動

相思

戲題牡丹　　韓愈

幸自同開俱隱約何須相倚鬭輕盈凌晨併作
新粧面對客偏含不語情雙鷰無機還拂掠遊
蜂多思正經營長年是事皆抛盡今日欄邊暫
眼明

題牡丹

盧士衡

萬葉紅綃剪盡春丹青任寫不如眞風光九十
無多日難惜樽前折贈人

題南平後園牡丹

齊己

暖披烟艷照西園翠幄朱欄護列仙玉帳笙歌
留盡日瑶臺伴侣待歸天香多覺受風光剩紅
重知含雨露偏上客分明記開處明年開更勝
今年

賞牡丹　　劉禹錫

庭前芍藥妖無格池上芙蕖淨少情惟有牡丹
真國色花開時節動京城

看牡丹　　孫魴

莫將紅粉比穠華紅粉那堪比此花隔院聞香
誰不惜出欄呈艷自應誇北方有態須傾國西
子能言亦喪家輸我一枝和曉露真珠簾外向
人斜
看花長到牡丹月萬事全忘自不知風促乍開
方可惜雨淋將謝可堪悲閑年對坐渾成偶醉
後拋眠恐負伊也擬便休還改過迢迢爭奈一
年期

元縣

金蘂霞英疊綵香初疑少女出蘭房逡巡又是

一年別寄語羣仙呼索郎

夜看牡丹

温庭筠

高低深淺一欄紅把火慇懃遶露叢希逸近來成懶病不能容易向春風

唐郎中宅與諸公同飲酒看牡丹

劉禹錫

今日花前飲甘心醉一杯但愁花有語不爲老人開

和王郎中召看牡丹

姚合

葩疊萼相重燒欄復照空妍姿朝景裏醉艷晚
煙中乍恠霞臨砌還疑燭出籠遶行驚地赤移
坐覺衣紅殷麗開繁朶香濃發幾叢裁綃樣豈
似染茜色寧同嫩畏人看損鮮愁日炙融嬋娟
涵宿露爛熳抵春風縱賞襟情合閑吟景思通
客來歸盡懶鶯戀語無窮萬物珍那比千金買
不充如今難更有縱有在仙宫

與楊十二李三早入永壽寺看牡丹

元稹

曉入白蓮宮琉璃花界淨開敷多喻草凌亂被

幽徑壓砌錦地鋪當霞日輪映蝶舞香暫飄蜂

牽蘂難正籠處綵雲合露湛紅珠瑩結葉影自

交搖風光不定繁花有時節安得保全盛色見

盡浮榮希君了真性

看渾家牡丹花戲贈李二十

白居易

香勝燒蘭紅勝霞城中最數令公家人人散後

君須看歸到江南無此花

次韻和盧先輩避難寺居看牡丹

王駕

亂後寄僧居看花恨有餘香宜閑靜立態似別

離初朶容紅相照欄低畫不如狂風任吹却最

共野人踈

牛尊師宅看牡丹

段成式

洞裏仙春日更長翠叢風剪紫霞芳若爲蕭史

通家客情願扛壺入醉鄉

看天王院牡丹

王貞白

前年帝里探春時寺寺名花我盡知今日長安
巳灰燼忍隨南國對芳枝

再看光福寺牡丹　劉兼

去年曾看牡丹花舞蝶迎人傍綵霞今日再遊
光福寺春風吹我入仙家當筵芬馥歌脣動倚
檻嬌羞醉眼斜來歲未朝京闕去依前和露載
歸衙

看牡丹　僧文益

擁毳對芳叢由來趣不同髮從今日白花是去
年紅豔色隨朝露馨香逐晚風何須待零落然
後始知空

觀江南牡丹

張蠙

北地花開南地風寄根還與客心同羣芳盡怯
千般態幾醉能消一番紅舉世秪將華勝實眞
禪元喻色爲空近年明主思王道不許新栽滿
六宮

中山臨上人院觀牡丹寄諸從事

杜荀鶴

閑來吟遶牡丹叢花艷人生事略同半雨半風三月内多愁多病百年中開當韶景何多好落向僧家即是空一境别無惟此有忍教醒坐對支公

傷雨後牡丹

劉昭禹

廢功看不已醉起又持盃數日簾常卷中宵雨忽來淒涼無戲蝶零落在蒼苔造化根難問令人首可迴

晚春送牡丹

李建勳

攜觴邀客遶朱欄腸斷残春送牡丹風雨數來留不得離披將謝忍重看氛氳蘭麝香初減零落雲霞色漸乾借問少年能幾許不須推酒厭盃盤

題未開牡丹

孫魴

青苞雖小葉雖踈貴氣高情便有餘渾未盛時猶若比䓘應開日合何如尋芳蝶巳棲丹檻襯

落苔先染石渠無限風光言不得一心留在暮春初

主人司空見和未開牡丹輒卻奉和

把筆臨芳不自怡首銜章句促妖期已驚常調言多鄙遽捧高吟愧可知絕代負名應愈重千金方笑更難移狂歌狂醉尤堪羨大拙當時是老時

殘牡丹

李建勳

腸斷題詩如執別芳茵愁更繞欄鋪風飄金蘂

看全落露滴檀英又暫蘇失意婕妤糚漸薄背

身妃子病難扶迴看池館春休也又是迢迢看

畫圖

微之宅殘牡丹

白居易

殘紅零落無人賞雨打風摧花不全諸處見時

猶悵望況當元九小亭前

賣殘牡丹

魚玄機

臨風興歎落花頻芳意潛消又一春應爲價高

人不問去綠香甚蝶藂新紅英只稱生宮裏翠

葉那堪染露塵及至移根上林苑王孫方恨買

無因

紅牡丹　　王維

綠豔閑且靜紅衣淺復深花心愁欲斷春色豈

知心

白牡丹　　白居易

白花冷澹無人愛亦占芳名道牡丹應似東宮

白贊善被人還喚作朝官

和錢學士作

城中看花客旦暮走營營素華人不顧亦占牡
丹名閑在深寺中車馬無來聲惟有錢學士盡
日遶叢行憐此皓然質無人自芳馨衆嫌我獨
賞移植在中庭留景夜不暝迎光曙先明對之
心亦静虚白相向生唐昌玉蘂花攀翫衆所争
折得比顔色一種如瑶瓊彼因稀見貴此以多
爲輕始知無正色愛惡隨人情豈惟花獨爾理
與人事并君看入時者紫艶與紅英

白牡丹

裴潾

長安豪貴惜春殘爭賞花開紫牡丹别有玉盤承露冷無人起就月中看

王貞白

穀雨洗纖素裁爲白牡丹異香開玉合輕滑泥銀盤曉貯露華濕宵傾月魄寒佳人淡糚罷無語倚朱欄

僧舍白牡丹二首

吴融

膩若裁雲薄綴霜春殘獨自殿群芳梅糚向日
霏霏暖紈扇摇風閃閃光月䰟照來空見影露
華凝後更多香天生潔白宜清凈何必殷紅映
洞房
俟家萬朶簇霞丹若竝雙林素豔難合影只應
天際月分香多是畹中蘭雖饒百卉爭先發還
在三春向後殘想得惠林憑此檻肯將榮落意
來看

同于汝錫賞白牡丹

王建

曉日花初吐春寒白未凝月光裁不得蘇合點
難勝柔膩於雲葉新鮮掩鶴膺統心黄倒暈側
面紫重稜乍斂看如睡初開問欲譍並香幽蕙
死比艷美人憎價數千金貴形相兩眼疼自知
顔色好愁被彩光凌

紅白牡丹

吴融

不必繁絃不必歌靜中相對更情多殷鮮一半
霞分綺潔澈旁邊月颭波看久願成莊叟夢惜
留須倩魯陽戈重來應共今來别風墮香殘襯

碧莎

趙侍郎看紅白牡丹因寄楊狀頭贊圖

殷文珪

遲開都爲讓群芳貴地栽成對玉堂紅艷裊煙疑欲語素華映月只聞香剪裁偏得東風意淡薄似矜西子糚雅稱花中爲首冠年年長占斷春光

牡丹種田

李賀

蓮枝未長秦蘅老走馬駄金斸春草水灌香泥

却月盆一夜緑房迎白曉美人醉語園中煙晚

華巳散蝶又闌梁王老去羅衣在拂袖風吹蜀

國絃歸霞帔拖蜀帳昏嫣紅落粉罷承恩檀郎

謝女眠何處樓庭月明燕夜語

正元中牡丹多

柳渾

近來無奈牡丹何數十千錢買一窠今朝始得

分明見也共戎葵不校多

武元衡

聞王仲周所居牡丹花發戲贈

聞説亭花秀暮春長安才子看須頻花開花落
無人見借問何人是主人

虚白堂前牡丹相傳玄太傅手植在錢唐

羅隱

欲詢往事奈無言六十年來此托根香暖幾飄
袁虎扇格高長對孔融樽曾憂世亂陰難合且
喜春殘色尚存莫背欄干便相笑與君俱受主
人恩

和僧房牡丹

吴融

萬緣銷盡本無心，何事看花恨却深。都是支郎足情調，墜香殘蘂亦成吟。

又題牡丹上主人司空　孫魴

一年芳勝一年芳，愛重賢侯意異常。手劈紅芳看闊狹，自張青幄蓋馨香。白疑美玉無多潤，紫覺靈芝不是祥。秖恐夢徵他日去，又須移向鳳池傍。

牡丹落後有作

未發先愁有一朝，如今零落更魂銷。青叢別後

無多色紅線穿來已半焦蓄恨綺羅猶眷眷薄情蜂蝶去飄飄明年雖道還期在爭奈憑欄乍寂寥

移牡丹栽

白居易

金錢買得牡丹栽何處辭叢别主來紅芳堪惜還堪恨百處移將百處開

贈李十二牡丹花片因以餞行

元稹

鶯涕餘聲絮墮風牡丹花盡葉成叢可憐顔色

經年別收取朱欄一片紅

秋題牡丹叢

白居易

晚叢白露夕衰葉涼風朝紅艷久已歇碧芳今

亦銷幽人坐相對心事共蕭條

和樂天秋題牡丹叢

元稹

弊宅豔山卉别來長歎息吟君晚叢詠似見摧

隤色欲識别後容勤過晚叢側

芍藥

韓愈

浩態狂香昔未逢紅燈爍爍綠盤龍覺來獨對

忽驚恐身在仙宫第幾重

王貞白

芍藥承春寵何曾羨牡丹麥秋能幾日穀雨只

微寒妬態風頻起嬌糚露欲殘芙蓉浣紗伴長

恨隔波瀾

潘咸

閑來竹亭賞賞極蘂珠宫葉已盡餘翠花纔半

展紅媚欺桃李色香奪綺羅風每到春殘日芳

華處處同

紅芍藥

元稹

芍藥綻紅綃巴籬織青瑣繁絲蹙金蘂高焰當鑪火翦刻形雲片開張赤霜裹煙輕琉璃葉風亞珊瑚朶受露色低迷向人嬌婀娜酡顔醉後泣小女粧成坐𪇆𪇆錦不如夭夭桃未可晴霞畏欲散晚日愁將墮結植本爲誰賞心期在我採之諒多思幽贈何由果

戲題堦前芍藥

柳宗元

凡卉與時謝妍華麗兹晨欹紅醉濃露窈窕留
餘春孤賞白日暮暄風動揺頻夜㯐藹芳氣幽
卧知相親願致溱洧贈悠悠南國人

故王維右丞堂前芍藥花開悽然感懷

錢起

芍藥花開出舊欄春衫掩淚再來看主人不在
花長在更勝青松守歲寒

草詞畢遇芍藥初開因詠小謝紅藥當堦飜
詩以爲一句未盡其狀偶成十六韻

白居易

罷草紫泥詔起吟紅藥詩詞頭封送後花口拆開時坐對鉤簾久行觀步履遲兩三叢爛熳十二葉參差背日房微斂當堦朶旋欹釵葶抽碧股粉蘂撲黄絲動蕩情無限低斜力不支周迴看未足比諭語難爲勾漏丹砂裹僬僥火焰旗形雲膩根蔕絳幘欠纓緌況有晴風度仍兼宿露垂疑香薫罨畫似淚著臙脂有意留連我無言怨思誰應愁明日落如恨隔年期菡萏泥連蕚玫瑰刺繞枝等量無勝者惟眼與心知

薔薇

陸龜蒙

倚牆當户自横陳致得貧家似不貧外布芳菲雖笑日中含芒刺欲傷人清香往往生遥吹狂蔓看看及四鄰遇有客來堪玩處一端晴綺照煙新

奉和次韻

皮日休

誰繡連延滿户陳暫應遮得陸郎貧紅芳掩斂[illegible]

臨牆處似窺舞秪應是董雙成戲翦得神霞寸寸新

裴說

一架長條萬朶春嫩紅深緑小窠勻只應根下千年土曾葬西川織錦人

吴融

萬卉春風度繁花夏景長館娃人盡醉西子始新糚

李建勳

萬蘂爭開照檻光詩家何物可相方錦江風撼

雲霞碎仙子衣飄黼黻香裛露早英濃壓架背
人狂蔓暗穿牆綵戔鑾榼旬休日欲召親賓看
一場
拂簷拖地對前墀蝶影蜂聲爛熳時萬倍馨香
勝玉蘂一生顏色笑西施忘歸醉客臨高架恃
寵佳人索好枝將並舞腰誰得及惹衣傷手盡
從伊

齊己

根本似玫瑰繁英刺外開香高叢有架紅落地
多苔去住閑人看晴明遠蝶來扗丹先幾日銷

歇向塵埃

薔薇篇

儲光羲

裊裊長數尋青青不作林一莖獨秀當庭心數枝分作滿庭陰春日遲遲欲將半亭影聆聆正堪翫枝上鶯嬌不畏人葉裏蛾飛自相亂秦家女兒愛芳菲畫眉相喚採蕤蕤高處紅鬚欲就手低邊緑刺已牽衣蒲桃架上朝光滿楊柳園中暝鳥飛連袂踏歌從北去風吹香氣逐人歸

薔薇花

張祜

曉風抹破臙脂顆夜雨催成蜀錦機當晝開時
正明媚故鄉疑是買臣歸

陸暢

錦窠花朶燃叢醉翠葉眉稠裛露垂莫引美人
來架下恐驚紅片落臙脂

李季蘭

翠融紅綻渾無力斜倚欄干似詫春深處最宜
香惹蝶摘時兼恐焰燒春當空巧結玲瓏帳著
地能鋪錦綉裀最好凌晨和露看碧紗牕外一

杉新

題薔薇花

朱慶餘

四面重條密浮陰入夏清緑攢傷手刺紅墮斷
腸英粉著蜂鬚膩光凝蝶翅明雨中看亦好況
復值初晴

和薔薇花歌

孟郊

仙機札札織鳳凰花開七十有二行天霞落地
攢紅光風枝嫋嫋時一颺飛散葩馥遶空王忽

鸗錦浪洗新色又似宫娃逞糚飾終當一使移
花根還比蒲桃天上植

紅薔薇

牛嶠

曉啼珠露渾無力綉簇羅襦不着行若綴壽陽
公主額六宫争肯學梅糚

莊南傑

九天碎霞明澤國造化工夫潛剪刻翠葉長眉
約細枝殷紅短刺鉤春色明日當樓晚香歇金
帶盤空欲戎結謝豹聲催麥隴秋薰風吹落猩

猩血

李咸用

春雨有五色灑來花旋成欲留池上景別染草中英晝出看還欠蓪爲揷未輕王孫多好事擕酒寄吟傾

紅薔薇花歌

王轂

紅霞爛潑猩猩血阿母瑶池曬仙纈晚日春風奪眼明蜀機錦彩渾疑黦公子亭臺香觸人百花懡㦬無精神苧羅西子見應妬風光占斷年

年新

李太舍池上翫紅薇醉題

韓偓

花低池小水泙泙花落池心片片輕酩酊不能羞白鬢顚狂猶自睠紅英乍爲旅客顔常厚每見同人眼暫明京洛林園歸未得天涯相顧一含情

邀人賞薔薇

孟郊

蜀色庶可比楚叢亦應無醉紅不自力狂豔如

索扶麗蘂惜未摘宛枝長更紅何人是花侯詩
老強相呼
從叔將軍宅薔薇花開太府韋卿有題壁長
句因以和作
權德輿
環列從容蹀躞歸光風駘蕩發紅薇鶯藏密葉
宜新霽蝶遶低枝愛晚暉艷色當軒迷舞袖繁
香滿逕拂朝衣名卿洞壑仍相近佳句新成和
者稀
溧陽唐興寺觀薔薇花同諸公餞陳明府

孟郊

忽驚紅琉璃千艷萬艷開佛火不燒物淨香空徘徊花下印文字林間詠觴盃羣官餞宰官此地車馬來

林書記薔薇

張碧

東風拆盡諸花卉是箇亭臺冷如水黃鸝舌滑跳柳陰教看薔薇吐金蘂雙成湧出瑠璃宫天香闊罩紅熏籠西施曉下吴王殿亂抛嬌臉新匀濃瑶匝學繡流蘇慢綠夾殷紅垂錦段炎州

吹落滿汀雲阮瑶庭前裝一半酔且書還復吟
蜀牋影裏霞光侵秦娥晚憑欄干立柔枝墜落
青羅襟殷頻無波緑池水爲君作鏡開糚蘂

朱秀才庭際薔薇

方干

繡難相似畫難真明媚鮮妍絶比倫露壓盤條
方到地風吹艶色欲燒春斷霞轉影侵西壁濃
麝分香入四隣看取後時歸故里庭花應讓錦
衣新

重題薔薇

皮日休

濃似猩猩初染素輕於燕燕欲凌空可憐細麗難勝日照得深紅作浅紅

奉和次韻

陸龜蒙

穠華自古不得久況是倚春春已空更被夜來風雨惡滿階狼籍没多紅

僧院薔薇

李咸用

客引擎茶看離披曬錦紅不緣開淨域爭忍負

春風小片當吟落清香入定空何人來此植應
固惱休公
城上薔薇
李紳
薔薇繁豔滿城陰爛熳開紅次第深新蘂度香
翻宿蝶密房飄影戲晨禽賣闍織婦慙詩句南
國佳人怨錦衾風月寂寥思往事暮春空賦白
頭吟
臨水薔薇
李群玉

堪恨復堪傷無情不久長浪摇千臉笑風舞一
叢芳似濯文君錦如窺漢女糚所思雲雨外何
處寄馨香

和友人題僧院薔薇花三首

崔櫓

何人移得在禪家瑟瑟枝條蔟蔟霞爭那寂寥
埋草暗不勝惆悵舞風斜無緣影對金樽酒可
惜香和石鼎茶看取老僧齊物意一般拋擲等
凡花

忍委芳心比地錦似霞顏色苦低迴風驚少女

俏香去雨談巫娭覓伴來今日猶憐僧院種舊

山曾映釣磯裁三清上客知惆悵勸我春醪一

兩盃

露香如醉態如慵斜壓危欄草色中試問更誰

過野寺無憀徒自舞春風蘭釭尚惜連明在錦

帳先愁入夏空一日幾回來又去不能容易捨

深紅

三月二十七日自撫州往南城縣舟行見拂

水薔薇因有是作

韓偓

江中春雨波浪肥石上野花枝葉瘦枝低波髙如
有情浪去枝留如力鬬緑刺紅芳戰㬈時呉娃越
艷醺酣後且將濁酒伴清吟酒逸吟狂輕宇宙

戲題新栽薔薇

白居易

移根易地莫憔悴野外庭前一種春少府無妻
春寂寞花開將爾當夫人

戲題盧祕書新移薔薇

風動翠條腰嫋娜露垂紅蕚淚闌干移他到此
須爲主不引花人莫使看

裴常侍以題薔薇架十八韻見示因廣爲三

十韻以和之

託質依高架攢華對小堂晚開春去後獨秀院
中央霱景朱明早芳時白晝長穠因天與色麗
共日爭光剪碧排千萼研朱染萬房煙條塗石
緑粉蘂撲雌黄根動彤雲湧枝揺赤羽翔九微
燈炫轉七寶帳熒煌淑氣熏行徑清陰接步廊
照梁迷藻梲耀壁變雕牆爛若叢燃火殷於葉
得霜臙脂含笑臉蘇合裛衣香浹洽濡晨露玲
瓏漏夕陽合羅排勘襭醉暈淺深粧乍見疑迴

面遥看誤斷腸風朝舞飛燕雨夜泣蕭娘桃李
慙無語芝蘭讓不芳山榴何細碎石竹苦尋常
蕙慘隈欄避蓮羞映浦藏怯教蕉葉戰妬得柳
花狂豈可輕嘲詠應須痛比方畫幈風自展綉
繖蓋誰張翠錦挑成字丹砂印著行猩猩凝血
點瑟瑟蹙金匡散亂萎紅片尖纖嫩紫芒觸僧
飄毹毼留妓冒羅裳寡和陽春曲多情騎省郎
縁誇美顏色引出好文章東顧辭仁里西歸入
帝鄉假如君愛殺留著莫移將

薔薇花一叢獨死不知其故因有是篇

栢脩未嘗損根蕟不曾移同類今齊茂孤芳忽
獨萎仍憐委地日正是帶花時碎碧初凋葉焦
紅尚戀枝乾坤無厚薄草木自榮衰欲問因何
事春風亦不知

櫻桃

太宗

華林滿芳景洛陽徧陽春朱顏含遠日翠色影
長津喬柯囀嬌鳥低枝映美人昔作園中實今
來席上珍

櫻桃花

皮日休

婀娜枝香拂酒壺向陽疑是不融酥晚來嵬峩渾如醉惟有春風獨自扶

櫻桃花下

李商隱

流鶯舞蝶兩相欺不取花芳正結時他日未開今日謝嘉辰長短是參差

櫻桃曲

顧況

百舌猶來上苑花遊人獨自憶京華遥知寢廟

嘗新後勅賜櫻桃向幾家

題櫻桃

李群玉

春初攜酒此花間幾度臨風倒玉山今日葉聲

黃滿樹再來惆悵不能攀

題宇文秀才櫻桃

李涉

風光莫占少年家白髮殷勤最戀花今日顛狂

任君笑趁愁得醉眼麻茶

北樓櫻桃花

李紳

開花占得春光早雪綴雲裝萬萼輕凝豔拆時初照日落英頻處乍聞鶯舞空柔弱看無力帶月葱蘢似有情多事東風入閨闥盡飄芳思委江城

樟亭驛小櫻桃

韋莊

當年此樹正花開五馬仙郎載酒來李白已亡工部死何人堪伴玉山頹

山寺看櫻桃花題僧壁

劉言史

楚寺春風臘盡時含桃先拆一千枝老僧不語
傍邊坐花發人來總不知

和裴僕射看櫻桃花　張籍

昨日南園新雨後櫻桃花發舊枝柯天明不待
人同看遶樹重重履跡多

同諸客攜酒早看櫻桃花　白居易

曉報櫻桃發春攜酒客過綠錫粘盞杓紅雪壓
枝柯天色晴明少人生事故多停杯替花語不

醉擬如何

夜看櫻桃花

皮日休

纖枝揺月弄圓霜半入隣家半入牆劉阮不知
人獨立滿衣清露到明香

買帶花櫻桃

吴融

粉紅輕浅靚糚新和露和煙別近隣萬一有情
應有恨一年榮落兩家春

白櫻樹

于武陵

記得花開雪滿枝和蜂和蝶帶花移如今花落
遊蜂去空作主人惆悵詩

櫻桃花下有感而作

白居易

藹藹美周宅櫻繁春日斜一爲洛下客十見池
上花爛熳豈無意爲君占年華風光饒此樹歌
舞勝諸家失盡白頭伴長成紅粉娃停盃兩相
顧堪喜且堪嗟

題東樓前李使臣所種櫻桃花

身入青雲無見日手栽紅樹又逢春惟留花向
樓前著故故拋愁與後人

元家花

今日元家宅櫻桃發幾枝稀稠與顏色一似去
年時失却東園主春風可得知

衡州歲前遊合江亭見山櫻蘂未拆因賦
含彩悋驚春

呂温

山櫻先春發紅蘂滿霜枝幽處竟誰見芳心空
自知似羞朝日照疑畏暖風吹欲問含彩意恐

驚輕薄兒

移山櫻桃

白居易

亦知官舍非吾宅且斸山櫻滿院栽上佐近來多五考少應四度見花開

嘲櫻桃

李商隱

朱實鳥含盡青樓人未歸南園無限樹獨自葉如幃

草木蟲魚類卷第三

纂類唐歌詩　艸木蟲魚類第五

草木蟲魚類卷第五　趙孟奎　分門纂類

唐歌詩九十三

花五

石榴　千葉石榴

海榴　山榴

山薑花　積雪花

米囊花　燕翁花

紫薇　蘭

金錢　槐花

鳳仙花　槿花

王	雞冠花
金燈花	芙蓉
白芙蓉	木芙蓉
菊	秋菊
新菊	早菊
晚菊	寒菊
殘菊	十日菊
野菊	白菊
甘菊	乞菊栽
採菊	對菊

雜題　合歡

花五

石榴　孔紹安

可憐中庭樹移根逐漢臣只爲來時晚開花不及春

榴花　韓愈

五月榴花照眼明枝間時見子初成可憐此地無車馬顛倒青苔落絳英

感石榴二十韻

元稹

何年安石國萬里貢榴花迢遞河源道因依漢使槎酸辛犯葱嶺憔悴涉龍沙初到標珍木多來比亂麻深拋故園裏少種貴人家惟我荊州見憐君胡地賖從教當路長兼恣入簷斜緑葉裁煙翠紅英動日華新簾裾透影踈牖燭籠紗委作金爐焰飄成玉砌瑕乍驚珠綴密終誤繡幃奢琥珀烘梳碎燕支懶頰塗風翻一樹火電轉五雲車絳帳迎霄日芙渠綻早牙淺深俱隱

映前後各分葩宿露低蓮臉朝光借綺霞暗虹
徒繳繞濯錦莫周遮俗態能嫌舊芳姿尚可嘉
非專愛顏色同恨阻幽遐滿眼思鄉淚相嗟亦
自嗟

千葉石榴花

子蘭

一朶花開千葉紅開時又不藉東風若教移在
香閨畔定與佳人艷態同

海榴

楊憑

海榴殷色透簾櫳看盛看衰意欲同若許三英
隨五馬便將濃艷鬬繁紅

温庭筠

海榴開似火先解報春風葉亂裁箋緑花宜插
鬢紅蠟珠攢作蔕緗綵翦成叢鄭驛多歸思相
期一笑同

方干

亭際夭妍日日看每朝顔色一般般滿枝猶待
春風力數朶先欺臘雪寒舞蝶似隨歌拍轉遊
人只怕酒盃乾乆長年少應難得忍不叢邊到

病隨支遁偶行行正見榴花獨滿庭瘦竹成林
人不看却應羞得強青青

歎靈鷲寺山榴

李羣玉

水蝶巖蜂俱不知露紅凝豔數千枝山深春晚
無人賞即是杜鵑催落時

雨中看山榴落花

李郢

山榴逼砌栽山火一團開盡日風兼雨春渠擁
作堆

崔元受少府自賦所還遺山薑花以詩答之

劉禹錫

故人博羅尉遺我山薑花採從碧海上來自謫仙家雲濤潤孤根陰火照晨葩淨搖扶桑日豔對瀛洲霞世人愛芳辛搴擷忘幽遐傳名入帝里飛馹辭天涯王濟本尚味石崇方鬭奢雕盤多不識綺席乃增華驛馬損筋骨貴人滋齒牙顧予藜藿士持此空嘆嗟

和崔使君臨發不得觀積雪花見題書閣

朱景玄

貧居稍與池塘近旬日軒車不降來一樹瓊花
空有待曉風看落滿青苔

米囊花　　郭震

開花空道勝於草結實何曾濟得民却笑野田
禾與黍不聞絃管過青春

燕蓊花　　李郢

十二街中何限草燕蓊盡欲占殘春黄花撲地
無窮極愁殺江南去住人

紫薇花

唐彦謙

素秋寒露重芳事固應稀小檻臨清沼高藂見紫薇溫麐終有思暗淡豈無輝見欲迷交甫誰能狀宓妃糚新猶倚鏡步緩不勝衣恍似新相得偎如久未歸又疑神女過猶佩七香幃還似星娥織初臨五綵機慶雲今已集威鳳莫驚飛綺筆題難盡煩君白玉徽

白居易

絲綸閣下文書靜鐘鼓樓中刻漏長獨坐黄昏

誰是伴紫薇花對紫薇郎

紫薇花對紫薇翁名色雖同貌不同獨占芳菲當夏景不將顔色託春風潯陽官舍雙高樹興善僧庭一大叢何似蘇州安置處花堂欄下月明中

甘露寺紫薇花

孫魴

蜀葵鄙下兼全落菡萏清高且未開赫日迸光飛蝶去紫薇擎艷出林來聞香不稱從僧舍見影尤思在酒盃誰笑晚芳爲賤劣便饒春麗巳

塵埃牽吟過夏惟憂盡立看移時亦忘迴惆悵
寓居無好地懶能分取一枝栽

臨發崇讓宅紫薇

李商隱

一樹濃姿獨看來秋庭暮雨類輕埃不先搖落
應爲有巳欲别離休更開桃綬含情依露井柳
綿相憶隔章臺天涯地角同榮謝豈要移根上
苑栽

見紫薇花憶微之

白居易

一叢暗淡將何比淺碧籠裙襯紫巾除却微之
見應愛人間少有别花人
甲子歲夏五月自長沙抵醴陵貴就深僻以
便疎慵由道林之南步步勝絶去緑口分
東入南小江山水益秀村籬之次忽見紫
薇花因思玉堂及西掖廳前皆植是花遂
賦詩四韻聊寄知心
韓偓
職在内庭宫闕下廳前皆種紫薇花眼明忽傍
漁家見魂斷方驚鳳閣賒淺色暈成宫裏錦濃

香染着洞中霞此行若遇支機石又被君平驗

海查

蘭

李嶠

虛室重招尋忘言契斷金英浮漢家酒雪儷楚

王琴廣殿輕香發高臺遠吹吟汾河應擢秀誰

肯訪山陰

無可

蘭色結春光氛氳掩衆芳過門階露葉尋澤逕

連香晼靜風吹亂亭秋雨引長靈均曾采擷紉

珮挂荷裳

詠芳蘭

太宗

春暉開禁苑淑景媚蘭場映庭含淺色凝露泫

浮光日麗參差影風傳輕重香會須君子折佩

裏作芬芳

幽蘭

崔塗

幽植衆寧知芬芳只暗持自無君子佩未是國

香衰白露沾長早春風到每遲不如當路草芬

馥欲何爲

園中時蔬盡加鋤理惟秋蘭數本委而不顧

彼雖一物有足悲者遂賦二章

張九齡

場藿已成歲園葵亦向陽蘭時獨不偶露節漸

無芳旨異菁爲蓄甘非蔗有漿人多利一飽誰

復惜馨香

幸得不鋤去孤苗守舊根無心羡旨蓄豈欲近

名園遇賞寧充佩爲生莫礙門幽林芳意在非

是爲人論

余昔自西濵得蘭數本移藝於庭亦既逾歲而芃然蕃殖自余遊者未始以芳草爲遇矣因悲夫物有壓常而返不若混然者有之焉遂寄情於此

温庭筠

寓賞本殊致意幽非我情吾常有深淺外物無重輕各言藝幽深彼美香數莖豈爲賞者設自保孤根生易地無赤株麗土亦同榮賞際林壑近泛餘煙露清余懷既鬱陶爾類徒縱横妍蚩苟不信寵辱何爲驚眞隱諒無迹激時猶揀名

幽叢語綺晰豈必懷歸耕

金錢花

來鵬

也無稜郭也無神露洗還同鑄出新青帝若教

花裏用牡丹應是得錢人

盧子發

輪郭休誇四字書紅窠寫出對庭除時時買得

佳人笑本色金錢却不如

陳翥

梟露牽風夾瘦莎一星星大遍窠窠閑門永巷

新秋裏幸不傷廉莫怕多
古蘚寒蕪讓品流小齋多謝伴清幽若教夷甫
門前種也是無多過一秋

吴仁璧

淺絳濃香幾朵匀日鎔金鑄萬家新堪疑劉寵
遺芳在不許山陰父老貧

羅隱

占得佳名繞樹芳依依相伴向秋光若交此物
堪收貯應被豪門盡斸將

槐花

翁承贊

雨中裝點望中黄勾引蟬聲送夕陽憶惜當年隨計吏馬蹄終日爲君忙

鄭谷

毵毵金蘂撲晴空舉子魂驚落照中今日老郎猶有恨昔年相虐十秋風

羅鄴

行宫門外陌銅駞兩畔分栽此最多欲到清秋近時節争開金蘂向關河層樓寄恨飄珠箔駿馬憐香撼玉珂愁殺江湖隨計者年年爲爾剩

奔波

岐下寓居見槐花落因寄從事

吴融

纔開便落不勝黄，覆著庭莎襯夕陽。只共蟬催雙鬢老，可知人已十年忙。曉窻須爲吟秋興，夜枕應教夢帝鄉。蜀國馬卿看從獵，肯將閑事入

凄涼

鳳仙花

吴仁璧

香紅嫩緑共開時，冷蝶飢蜂兩不知。此際最宜

何處看朝陽初上碧梧枝

槿花

李商隱

風露淒淒秋景繁可憐榮落在朝昏未央宫裏

三千女但保紅顔莫保恩

鸎體傷風力鷄香積露文殷鮮一相雜啼笑兩

難分月裏寧無姊雲中亦有君三清與仙島何

事亦離群

珠館重燃乂玉房梳掃餘燒蘭纔作燭襞錦不

成書本以亭亭遠翻嫌脉脉疎迴頭問殘照殘

照更空虛

崔道融

槿花不見夕一日一回新東風吹桃李須到明年春

紅槿花

戎昱

花是深紅葉麴塵不將桃李共爭春今日驚秋自憐客折來持贈少年人

朱槿花

薛濤

紅閑露臉誤文君言夢芙蓉草錦雲造化大者

排比巧衣裳色澤總薰薰

李商隱

蓮後紅何患梅先白莫誇纔飛建章火又落赤

城霞不卷錦步障未登油壁車日西相對罷休

澣向天涯

西北朝天路登臨思上才城閑煙草徧村暗雨

雲回人豈無端别猿應有意哀征南予更遠吟

斷望鄉臺

敬和吏部韋郎中庭前朱槿之作

宋之問

日給當輪滿星郎伏奏旋猶紆起草思更有落

花篇氣與香衣雜光侵畫壁然徒聞賦君子無

以和神仙

秋槿

白居易

風露颯巳冷天色亦黄昏中庭有槿花榮落同

一晨秋開巳寂寞夕殞何紛紛正憐少顔色復

歎不逡巡感此因念彼懷哉聊一陳男兒老富

貴女子晚婚姻頭白始得志色衰方事人後時

不獲已安得如青春

木槿花

劉庭琦

物情良可見人事不勝悲莫恃朝榮好君看暮落時

玩槿花

羊士諤

何乃詩人興研詞屬蕣華風流感異代窈窕比同車凝艷垂清露驚秋隔絳紗蟬鳴復蟲思惆悵竹陰斜

戎昱

自用金錢買槿栽二年方始得花開鮮紅未許

佳人見蝴蝶爭知早到來

王蕣花

薛濤

瓊枝玓瓅露珊珊欲折如披雲彩寒閒拂朱房

何所似緣山偏映日輪殘

鷄冠花

羅鄴

一枝濃艷對秋光露滴風摇倚砌傍曉景乍看

佰虡似誚家新染紫羅裳

金燈花

薛濤

欄邊不見蘘蘘葉砌下惟翻艶艶叢細視欲將何物比晚霞初疊赤城宫

盧溵

踈莖秋擢翠幽艶夕添紅有月長燈在無煙燼火同香濃初受露勢庳不知風應笑金臺上先隨曉漏終

芙蓉

温庭筠

刺茎澹蕩緑花片參差紅吴歌秋水冷湘廟夜雲空濃艷香露裏美人清鏡中南樓未歸客一夕練塘東

陸龜蒙

閑吟鮑昭賦更起屈平愁莫引西風動紅衣不耐秋

闕下芙蓉

包何

一人理國致昇平萬物呈祥助聖明天上可從

闕下過江南花向殿前生慶雲垂蔭開難落湛
露爲珠滿不傾更對樂懸張簨簴歌工欲奏採
蓮聲

獨芙蓉　　王貞白

方塘清曉鏡獨照玉容秋蠹芰不相採斂蘋空
自愁日斜還顧影風起強垂頭芳意羨何物雙
雙鸂鶒游

詠紅芙蓉上宋使君　　貫休

擘水苞金紫艷濃乍觀疑在水仙宫難驅顔色
文章裏合出天人池館中芬馥静生朱檻贕動
摇微映鷺鷥紅臨川内史詩相似遥仰清吟滿
閣風

白芙蓉　陸龜蒙

澹然相對却成勞月染風裁箇箇高似説玊皇
親謫墮至今猶著水霜袍

木芙蓉　韓愈

新開寒露叢遠比水邊紅豔色寧相妬嘉名偶自同採江秋節晚搴木古祠空須勤勤來看無令便逐風

霍揔

本自江湖遠常聞霜露餘爭春候濃李得水異紅蕖孤秀曾無偶當門幸不鉏唯能政揺落繁綵照堦除

劉兼

素靈失律詐風流強把芳菲半載偷是葉萎蕤霜照夜此花爛熳火燒秋謝蓮色淡爭堪重陶

菊香濃亦合羞誰道金風能肅物因何厚薄不相侔

秋朝木芙蓉

李嘉祐

水面芙蓉秋已衰繁條倒是著花時平明露滴垂紅臉似有朝開暮落悲

山路木芙蓉

崔櫓

不向橫塘泥裏栽兩株晴笑碧嵓隈枉教絕世深紅色又向深山僻處開萬里王孫應有恨三

年實倚惜無才綵花更羨人閒事半日江邊悵
望迴
湘岸移木芙蓉植龍興精舍
柳宗元
有美不自蔽安能守孤根盈盈湘西岸秋至風
露繁麗影别寒水穠芳委前軒［］荷諒難雜反
此生高原
菊
陳叔達
霜間開紫蔕露下發金英但令逢採摘寧辭獨

晚榮

李嶠

玉律三秋暮，金精九日開。榮舒洛媛浦，香泛野人杯。霹靂寒潭側，丰茸曉岸隈。黃花今日晚，無復白衣來。

元稹

秋叢遶舍似陶家，遍遶籬邊日漸斜。不是花中偏愛菊，此花開盡更無花。

無可

東籬搖落後，密艷被寒催。夾雨驚新拆，經霜忽

盡閑野香盈客袖禁藥泛天杯不共春蘭並悠
揚遠蝶來
李商隱
暗暗淡淡紫融融冶冶黄陶令籬邊色羅含宅
裏香幾時禁重露寔是怯殘陽願泛金鸚鵡昇
君白玉堂
唐彦謙
雪菊金英兩斷腸蝶翎蜂鼻帶清香寒村宿霧
臨幽徑廢苑斜暉傍短牆近取松筠爲伴侣遠
將桃李作參商年來病肺疎杯酒每憶龍山似

故鄉

李山甫

籬下霜前偶得存忍教遲晚避蘭蓀也銷造化無多力未受陽和一點恩栽處不容依玉砌要時還許上金鐏陶潛殁後誰知己露滴幽叢見淚痕

鄭谷

王孫莫把比荆蒿九日枝枝近鬢毛露濕秋香滿池岸由來不羨瓦松高

羅隱

籬落歲云暮數枝聊自芳雪裁纖蘂密金拆小
苞香千載白衣酒一生青女霜春叢莫輕薄彼
此有行藏

秋菊

駱賓王

擢秀三秋晚開芳十步中分黄俱笑日含翠共
摇風碎影和流動浮香隱岸通金翹徒可泛玉
斝
誰同

詠新菊

姚合

黄金色未足摘取且嘗新若待重陽日何曾異
衆人

浣花亭陪川主王播相公暨寮同賦早菊　薛濤

西陸行終令東籬始再陽緑英初濯露金蘂半
含霜自有兼材用那同衆草芳獻酬樽俎外寧
有懼豺狼

晚菊　韓愈

少年飲酒時踊躍見菊花今來不復飲每見恒

咨嗟佇立擂滿手行行把歸家此時無與語棄置奈悲何

庭際晚菊上主人

齊己

九月將欲盡幽叢始綻芳都緣含正氣不是背重陽採去蜂聲遠尋來蝶路長王孫歸未晚猶尋泛金觴

詠郎中席寒菊

朱灣

衆芳春競發寒菊暮偏滋受氣應非異開花獨

自遲晚成猶有分欲採未過時忍棄東籬下看

隨秋草衰

賦得殘菊

太宗

堦蘭凝曙霜岸菊照晨光露濃晞晚笑風勁淺

殘香細葉彫輕翠圓花飛碎黄還將今歲色復

結後年芳

萬年厲負外宅殘菊

顧非熊

纔過重陽後人心已爲殘近霜須苦惜帶蝶更

宜看色減頻經雨香銷恐漸寒今朝陸令宅不

醉却應難

十日菊　　鄭谷

節去蜂愁蝶不知曉庭還繞折殘枝自縁今日

人心別未必秋香一夜衰

薛瑩

昨日樽前折萬人酣曉香今朝籬下見滿地委

殘陽得失片時痛榮枯一歲傷未將同腐草猶

更有重霜

野菊

王建

晚艷出荒籬冷香着秋水憶向山中見伴蛩石壁裏

李商隱

苦竹園南椒塢邊微香冉冉淚涓涓已悲節物同寒鴈忍委芳心與暮蟬細路獨來當此夕清罇相伴省他年紫雲新苑移花處不取霜栽近御筵

村路菊花

崔櫓

梟風驚未定溪影晚來寒不得重陽節虛將滿把看神仙誰採掇烟雨惜彫殘牧豎樵童看應交愛爾難

白菊

張蠙

秋天木葉乾猶有白花殘舉世稀栽得豪家却畫看片苔相應緑諸卉獨宜寒幾度携佳客登高欲折難

許棠

所尚雪霜姿非關落帽期香飄風外別影到月
中疑發在林凋後繁當露冷時人間稀有此自
古乃無詩

司空圖

人間萬恨已難平栽得垂楊更繫情猶喜閨前
霜未下菊邊依舊舞身輕
莫惜西風又起來猶能婀娜傍池臺不辭暫被
霜寒挫舞袖招香即却回
爲報繁霜且莫催窮秋須到自低摧橫拖長袖
招人別只待春風却舞來

不疑陶令是狂生作賦其如有定情猶勝江南
隱居士詩魔終嫋負孤名
自古詩人少顯榮逃名何用更題名詩中有慮
猶須戒莫向詩中着不平
登高可羨少年塲白菊堆邊鬢似霜不筭更希
沾上藥今朝第七十重陽
羅弘信
雖被風霜競欲催皎然顔色不低摧已疑素手
能糚出又似金錢未染來香散自宜飄渌酒葉
交仍得蔭蒼苔尋思閉户中宵見應認寒窻雪

一堆

幽居有白菊一叢因而成詠呈一二知己

陸龜蒙

還是延年一種材即將瑤朶冒霜開不知紅艷臨歌扇欲伴黄英入酒盃陶令接䍦堪岸著梁王高屋好攲來月中若有閑田地爲勸嫦娥作意栽

奉和

張賁

雪彩氷姿號女華寄身多是地仙家有時南國

和霜立幾處東籬伴月斜謝客瓊枝空貯恨袁
郎金鈿不成夸自知終古清香在更出梅糚弄
晚霞

皮日休

已過重陽半月天琅華千點照寒煙蘂香亦似
浮金靨花樣還如鏤玉錢玩影馮妃堪比艷鍊
形蕭史好爭妍無由摘向牙箱裏飛上方諸贈
列仙

鄭壁

白艷輕明帶露痕始知佳色重難群終朝凝笑

梁王雪盡日慵飛蜀帝雲燕雨似翻瑶渚浪鴈

風疑卷玉綃紋瓊妃若會寬裁翦堪作蟾宫夜

舞裙

司馬都

恥共金英一例開素芳須待早霜催遶籬看見

成瑶圃泛酒初迷傍玉盃映水好將蘋作伴犯

寒疑與雪爲媒夫君每尚風流事應爲徐妃致

此裁

重陽席上賦白菊

白居易

滿園花菊鬱金黃中有孤叢色似霜還似今朝
歌酒席白頭翁入少年場

和汴州令狐相公白菊

楊巨源

兔園春欲盡别有一叢芳直似窮陰雪全輕向
曉霜凝暉侵桂臯晶彩奪螢光素蕚迎風舞銀
房泫露香水晶簾不隔雲母扇韜鋩紈袖呈瑤
瑟氷容啓玉堂今來碧油下知自白雲鄉留此
非吾土須移鳳沼傍

和馬郎中移白菊見示

李商隱

陶詩只採黄金實郢曲新傳白雪英素色不同籬下發繁花疑自月中生浮杯小摘開雲母帶露全移綴水精偏稱含香五字客從兹得地始芳榮

憶白菊

陸龜蒙

稚子書傳白菊開西城相滞未容迴月明階下窗紗薄多少清香透入來

重憶白菊

我憐貞白重寒芳前後叢生夾小堂月朶暮開
無絶艷風莖時動有奇香何慙謝雪清才詠不
羡劉梅貴主糚更憶幽窻凝一夢夜來村落有
微霜
和吴子華侍郎令狐昭化舍人歎白菊衰謝
之絶次用本韻
韓偓
正憐香雪披千片忽訝殘霞覆一叢還似妖姬
長年後酒酣雙臉却微紅
白菊雜書四首

司空圖

黄昏寒立更披襟露浥清香悦道心却笑誰家
扃繡户正熏龍麝暖鴛衾

四面雲屏一帶天是非斷得自脩然此生只是
償詩債白菊開時最不眠

狂才不足自英雄僕妾驅令學販春侯印幾人
封萬户儂家只辦買孤峯

黄鸝囀處誰同聽白菊開時且剩過漫道南朝
足流品由來叔寶不宜多

歎庭前甘菊花

杜甫

簷前甘菊移時晚青蘂重陽不堪摘明日蕭條盡醉醒殘花爛熳開何益籬邊野外多衆芳采擷細瑣升中堂念玆空長大枝葉結根失所纏風霜

寄友人乞菊栽

李郢

藥欄經雨正堪鋤白菊煩君乞數株潘岳賦中芳思在陶潛籬下綠英無移來稍及蟬鳴樹種罷長教酒滿壷

子成仙縱難學九秋思看集

鳩鷄

恩門小諫雨中乞菊花栽

鄭谷

握蘭將滿歲栽菊伴吟詩老去慵趨世朝迴獨
繞籬迊香風細細澆緑水瀰瀰祗共山僧賞何
當國士移孤根深有托微雨正相宜更待金英
發憑君插一枝

採菊

李建勲

簇簇竟相鮮一枝開幾番咏甘貧麹蘗香好勝

蘭蓀古道風摇遠荒籬露壓繁盈筐時採得服
餌近知門

折菊

杜牧

籬東菊徑深折得自孤吟雨中衣半濕擁鼻自
知心

暮秋與裴居晦宴因見採菊花之作

鮑溶

菊花低色過重陽似憶王孫白玉觴今日王孫
好收採高天已下兩迴霜

對菊

賈島

九日不出門十日見黄菊灼灼尚繁英美人無消息

齊己

蝶醉蜂狂半拆時冷煙清露壓離披欲傾琥珀盃浮爾好把茱萸朶配伊孔雀毛衣應者是鳳凰金翠更無之何因栽向僧園裏門外重陽過不知

華下對菊

司空圖

清香裛露對高齋泛酒偏能浣旅懷不似春風

逞紅艶鏡前空墜玉人釵

和張尹憶東籬菊　李端

傳書報劉尹何事憶陶家若爲籬邊菊山中有

此花

和錢員外早冬翫禁中新菊　白居易

禁署寒氣遲孟冬菊初拆新黄間繁緑爛若金

照碧仙郎小隱日心似陶彭澤秋憐潭上看日
慣籬邊摘今來此地賞野意潛自適金馬門内
花玉山峯下客寒芳引清句吟翫煙景夕賜酒
色偏宜握蘭香不敵淒淒百卉死歲晚冰霜積
惟有此花開殷勤助君惜

酬皇甫郎中對新菊花見憶

愛菊高人吟逸韻悲秋病客感衰懷黄花助興
方携酒紅葉添愁正滿階居士葷腥今已斷仙
郎杯杓爲誰排愧君相憶東籬下擬廢重陽一

東園翫菊

少年昨已去芳歲今又闌如何寂寞意復此荒涼園園中獨立夊日淡風露寒秋蔬盡蕪没好樹亦凋殘惟有數叢菊新開籬落間携觴聊就酌爲爾一留連憶我少小日易爲興所牽見酒無時節未飲已欣然近從年長來漸覺取樂難常恐更衰老强飲亦無歡顧謂爾菊花後時何獨鮮誠知不爲我借爾暫開顔

將赴湖州留題亭菊

杜牧

陶菊手自種楚蘭心有期遥知渡江日正是擷
芳時
劉員外寄移菊
李山甫
秋來緣樹復緣牆怕共平蕪一例荒顔色不能
隨地變風流惟解逐人香煙含細葉交加碧露
拆寒英次第黄深謝栽培與知賞但慙終歲待
重陽
軍事院霜菊盛開因書一絶寄上諫議
支日休

金華千點曉霜凝獨對壺觴又不能已過重陽
三十日至今猶自待王弘
奉詶霜菊見贈之什
崔璞
菊花開晚過秋風聞道芳香正滿叢爭奈病夫
難強飲應須速自召車公
奉和諫議詶先輩霜菊
陸龜蒙
紫莖芳艷照西風秖怕霜華掠斷叢雖伴應劉
還強醉路人終要識山公

庭前菊　韋莊

爲憶長安爛熳開我今移爾滿庭栽紅蘭莫笑青青色曾向龍山泛酒來

題合歡　李頎

開花復卷葉艷眼又驚心蝶逵西枝露風披東榦陰黄衫漂細蘂時拂女郎砧

夜合　元稹

綺桂滿朝陽融融有露光雨多疑濯錦風散似

分糵葉密煙蒙火枝低繡拂牆更憐當暑見留

詠日偏長

對晚開夜合花贈皇甫郎中

白居易

移晚校一月花遲過半年紅開杪秋日翠合欲

昏天白露滴不死涼風吹更鮮後時誰肯顧惟

我與君憐

草木蟲魚類卷第五

草木蟲魚類卷第六　趙孟奎　分門纂類

唐歌詩九十四

花　六

蓼花　紅蕉

菱　蘆花

紅荆　鮮花

題雜花

草

草　春草

芳草　庭草

江邊草　路傍草
除草　蓬
茅　莎
蒲　菖蒲
芭蕉　萍
苔　春苔
秋苔　苔蘚
蘆　葦
蒹葭　雜題
花六

蓼花　鄭谷

簇簇復悠悠年年拂漫流差池伴黄菊冷淡過
清秋晚帶鳴蟲急寒藏宿鷺愁故溪歸不得憑
仗繫漁舟

紅蕉　柳宗元

晚英值窮節綠潤含朱光以兹正陽色窈窕凌
清霜遠物世所重旅人心獨傷迴暉眺林際戚
戚無遺芳

徐凝

紅蕉曾到嶺南看校小芭蕉幾一般差是斜刀

翦紅綃卷來開去葉中安

紅花

李中

紅花顏色掩千花任是猩猩血未加染出輕羅

莫相貴古人崇儉誡奢華

送人紅花栽

劉昭禹

世上紅蕉異因移萬里根艱難離瘴土瀟洒入

朱門葉戰青雲韻花零宿露痕長安多未識誰想動吟魂

菱

李嶠

鉅野韶光暮東平春溜通影摇江浦月香引棹歌風日色翻池上潭花發鑑中五湖多賞樂千里望難窮。

看採菱

白居易

菱池如鏡淨無波白點花稀青角多時唱一聲

新水謌誤人道是採菱歌

蘆花

雍裕之

夾岸復連沙枝枝摇浪花月明渾似雪無處認

漁家

羅鄴

如練如霜乾復輕西風處處拂江城長垂釣叟

看不足暫泊王孫愁亦生好傍翠樓裝月色枉

隨紅葉舞秋聲最宜群鷺斜陽裏閑捕纖鱗傍

爾行

蘆花動　耿湋

連素穗翻秋氣細節踈莖任長吹共作月中聲

孤舟發鄉思

紅荊　元稹

庭中栽得紅荊樹十月花開不待春直到孩提

盡驚怪一家同是北來人

蘚花　文丙

寂寞人偏重無心恍牡丹秋風湣不得流水泛
應難怪石從教徧幽庭一任盤若逢公子顧重
疊是朱欄
雜題
石蓮花
司空曙
今逢石上生本自波中有紅艷秋風裏誰憐衆
芳後
臨洮龍興寺玄上人院同詠青木香叢
岑參

移根自遠方種得在僧房六月花新吐三春葉已長抽莖高錫杖引影到繩床只爲能除疾傾心向藥王

優鉢羅花歌 并序

岑參

參嘗讀佛經聞有優鉢羅花目所未見天寶景申歲參忝大理評事攝監察御史領伊西北庭度支副使自公多暇乃於府庭内栽樹種藥爲山鑿池婆娑乎其間足以寄傲交河小吏

有獻此花者云得之於天山之南其
狀異於衆草勢龍蓯如冠弁嶷然上
聳生不傍引欑花中拆駢葉外包異
香騰風秀色媚景因賞而歎曰爾不
生於中土僻在遐裔使牡丹價重芙
蓉譽高惜哉夫天地無私陰陽無偏
各遂其生自物厥性豈以偏地而不
生乎豈以無人而不芳乎適此花不
遭小吏終委諸山谷亦何異懷才之
士未會明主擯於林藪耶因感而爲

歌歌曰

白山南赤山北其間有花人不識綠莖碧葉好顏色葉六瓣花九房夜掩朝開多異香何不生彼中國兮生西方移根在庭媚我公堂恥與衆草之爲伍何亭亭而獨芳何不爲人之所賞兮深山窮谷委嚴霜吾竊悲陽關道路長曾不得獻于君王

庭前晚花開

李白

西王母桃種我家三千陽春始一花結實苦遲

爲人笑攀折唧唧長咨嗟

早花　　杜甫

西京安穩未不見一人來臘月巴江曲山花已自開盈盈當雪杏艷艷待春梅直若風塵暗誰憂客鬢催

花底

紫萼扶千蘂黃鬚照萬花忽疑行暮雨何事入朝霞恐是潘安縣堪留衛玠車深知好顔色莫作委泥沙

夏花明

韋應物

夏條緑已密朱蕚綴明鮮炎炎日正午灼灼火俱燃翻風適自亂照水復成妍歸視窻間字熒煌滿眼前

夏中崔中丞宅見海紅揺落一花獨開

劉長卿

何事一花殘閑庭百草闌緑滋經雨發紅艷隔林看竟日餘香在過時獨秀難共憐芳意晚秋露未須團

贈陳判官求子花詩 魏府出此物

楊巨源

油地輕綃碧且紅須憐纖手是良工能生麗思千花外善點穠姿五彩中子細傳看臨霽景殷勤持贈及春風若將江上迎桃葉一帖何妨錦繡同

都城從事蕭員外寄梅梨花詩盡綺麗惠然遠及

羊士諤

珠履行臺擁附蟬外郎高步似神仙陳詩今見

唐風盛從事遥瞻衛國賢擲地好詞凌彩筆浣花春水膩魚牋東山芳意須同賞海實囊盛幾日傳

風折花枝

韓愈

浮艷侵天難就看清香撲地可遥聞春風也是多情思故揀繁枝折贈君

別自栽小樹

王建

去年今日栽臨去見花開好住守空院夜間人

不來

採松花　姚合

擬服松花無處學嵩陽道士忽相教今朝試上高枝採不覺傾翻仙鶴巢

花栽二首　元稹

買得山花一兩栽離鄉別土易摧隤欲知北客居南意看取南花北地來

南花北地種應難且向船中盡日看縱使將來

眼前死猶勝抛擲在空欄

種木槲花

柳宗元

上苑年年占物華飄零今日在天涯秖應長作龍城守剩種庭前木槲花

山枇杷

白居易

深山老去惜年華況對東谿野枇杷火樹風來翻絳艷瓊枝日出曬紅紗迴看桃李都無色映得芙蓉不是花爭奈結根深石底無因移得到

人家

紫陽花

何年植向仙壇上早晚移栽到梵家雖在人間

人不識與君名作紫陽花

翫迎春花贈楊郎中

金英翠萼帶春寒黃色花中有幾般憑君與向

遊人道莫作蔓菁花眼看

代迎春花招劉郎中

幸與松筠相近栽不隨桃李一時開杏園豈敢

妨君去未有花時且看來

木蓮樹生巴峽山谷間巴民亦呼爲黄心樹
大者高五丈涉冬不凋身如青楊有白文
葉如桂厚大無脊花如蓮香色豔膩皆同
獨房蘂有異四月初始開自開迨謝僅二
十日忠州西北十里有鳴玉谿生者穠茂
尤異元和十四年夏命道士毋丘元志寫
惜其遐僻因題三絶句云
如折芙蓉栽旱地似抛芍藥挂高枝雲埋水隔
無人識惟有南賓太守
紅似臙脂膩如粉傷心好物不須臾山中風起

無時節明日重來得在無
巳愁花落荒巖底復根生亂石間幾度欲移
移不得天教抛擲在深山

東坡種花二首

持錢買花樹城東坡上栽但購有花者不限桃
李梅百果參雜種千枝次第開天時有早晚地
力無高低紅者霞豔豔白者雪皚皚遊蜂遂不
去好鳥亦來栖前有長流水下有小平臺時拂
臺上石一舉風前盃花枝蔭我頭花蘂落我懷
獨酌復獨詠不覺月平西巴俗不愛花竟春無

人來惟此醉太守盡日不能迴
東坡春向暮樹木今何如漠漠花落盡翳翳葉
生初每日領僮僕荷鋤仍決渠剗土壅其本引
泉溉其枯小樹低數尺大樹長丈餘封植來幾
時高下齊扶疎養樹旣如此養民亦何殊將欲
茂枝葉必先救根株云何救根株勸農均賦租
云何茂枝葉省事寬刑書移此爲郡政庶幾甿
俗蘇

別種東坡花樹兩絶

二年留滯在江城草樹禽魚盡有情何處殷勤

重廻首東坡桃李種新成

花林好住莫顦顇春至但知依舊春樓上明年

新太守不妨還是愛花人

種桃杏

無論海角與天涯大抵心安即是家路遠誰能

念鄉曲年深兼欲忘京華忠州且作三年計種

杏栽桃擬待花

別萱桂

使君竟不住萱桂徒栽種桂有留人名萱無忘

憂用不如江畔月步步來相送

除蘇州刺史别洛城東花

亂雪千花落新絲兩鬢生老除吳郡守春别洛陽城江上今重去城東更一行别花何用伴勸酒有殘鶯

酬辛員外折花見遺　薛濤

青鳥東飛正落梅銜花滿口下瑶臺一枝爲授殷勤意把向風前旋旋開

種花　朱慶餘

憶昔兩京官道上可憐桃李晝陰垂不知誰作
巡花使空記玄宗遺種時

晚春花　　項斯

陰洞日光薄花開不及時當春無半樹經燒足
空枝踈與香風會細將泉影移此中人到少開
盡幾人知

長安花　　聶夷中

種花滿西園花發青樓道花下一禾生去之爲

惡草
見袁德師侍御説江南有仙壇花因以戲贈
鮑溶
記説天壇花耐涼笑風含露對春光欲求御史
更分别何似衣花歲歲香
剪綵花
雍裕之
敢競桃李色自是刀尺功蝶猶迷翦翠人豈辨
裁紅
不萎花

劉商

惆悵朝陽午及斜剩栽桃李學仙家花開花落

人如舊誰道容顏不及花

江雨望花

盧中

細雨滿江春水漲好風留客野梅香避秦不是

無歸意一度逢花一斷腸

高花

李商隱

花將人共笑籬外露繁枝宋玉臨江宅牆低不

擬窺

贈子直花下

池光忽隱牆花氣亂侵房屏緣蝶留粉牕油蜂印黃官書推小吏侍史從清郎並馬更吟去尋思有底忙

花下醉

尋芳不覺醉流霞倚樹沉眠日已斜客散酒醒深夜後更持紅燭賞殘花

即日

一歲林花即日休江頭亭下悵奄留重吟細把

眞無柰巳落猶開未放愁山色正來銜小苑春
陰只欲傍高樓金鞍忽散銀壺滴更醉誰家白
玉鉤

庭前

陸龜蒙

合歡能解恚萱草信忘憂盡向庭前種萋萋特
地愁

小園桃李始花偶以成詠

王周

桃李栽成艷格新數枝留得小園春半紅半白

無風雨隨分夭容解笑人

草　　吴融

渁亦不可成晝亦不可得萇弘未死時應無此

顏色

春草　　曹松

不獨滿池塘夢中佳句香春風有餘力引上古

城牆　　齊己

處處萋萋平原帶日西堤隨游子路遠入離
鴂啼金谷園應没夫差國已迷欲尋蘭蕙徑荒
穢滿汀畦

曲江春草　　鄭谷

花落江堤簇暖煙雨餘　色遠相連香輪莫輾
青青破留與愁人一醉眠

龍池春草　　李洞

龍池清禁裏芳草傍池春旋長方遮岸全生不

渁塵和風輕動色湛露靜流津淺得承天步深
疑遠御輪魚尋倒影没花帶濕光新肯學長河
畔綿綿思遠人

春草謡

顧況

春草不解行隨人上東城正月二月色綿綿千
里萬里傷人情

春草歌

莊南傑

莫莫綿綿幾多思無言須㝷春風意花栽卜錦

繡晴空菲拾翠簟鋪平地含芳年景爭芬馥遠

雲恨起山蘼蕪離人不忍到此處淚蛾滴盡雙

眞珠

芳草　　孫魴

何處不相見煙苗捧露心萋萋綠遠水苒苒在

空林野吹閑搖闊遊人醉卧深南朝古城裏碑

石又應沉

　　　　　　邑載

幽芳無處無幽處恨何如倦客傷歸思春風滿

舊居晚煙迷杳靄朝露健扶踈省傍靈光看殘
陽少皞區

羅鄴

廢苑牆南殘雨中似袍顔色正蒙茸微香暗惹
遊人步遠緑纔分鬭雉蹤三楚渡頭長恨見五
侯門外卻難逢年年縱有春風便馬跡車輪一
萬重

曲江岸上天街裏兩地縱生車馬多不似萋萋
南浦見晚來煙雨半相和

李中

二月正綿綿離情袂爾牽四交袂過雨輕里正

鋪煙眷戀殘花惹留連醉客眠飄香是杜若最

憶楚江邊

僧虛中

綿綿芳興綠何處動深思金谷人亡後沙場日

暖時麟龍藏有瑞風雨灑無私欲採蘭兼蕙清

香可贈誰

庭草

杜甫

楚草經寒碧庭春入眼濃舊低收葉舉新掩捲

牙重步履宜輕過開筵得屢供看花隨節序不
敢強爲容

曹鄴

庭草根自淺造化無遺功低回一寸心不敢怨
春風

賦得江邊草

李中

岸春芳意合幾處思纏緜向暮江蘺雨初晴杜
若煙靜宜幽鷺立遠稱碧波連送别王孫處萋
萋南甫邊

路傍草

徐寅

楚甸秦原萬里平誰教根向路傍生輕蹄繡轂長相蹋合是榮時不得榮

于鄴

春至始青青香車碾巳平不知山下處來遠路傍生每歲有人在何時無馬行應隨塵與土吹滿洛陽城

除草

杜甫

唐彥謙

移從杜城曲置在小齋東正是高秋裏仍兼細雨中結根防迸竹踈蔭託高桐冉冉齊芳草飄飄笑斷蓬片時留靜者一夜響鳴蛩野露經宵滴溪煙盡日濛試才卑庾薤求味笑周菘只此霜栽好他時贈伯翁

青青水中蒲

韓愈

青青水中蒲下有一雙魚君今上隴去我在與誰居

青青水中蒲，長在水中居。寄語浮萍草，相隨我
不如。
青青水中蒲，葉短不出水。婦人不下堂，行子在
萬里。

魯東門觀刈蒲

李白

魯國寒事早，初霜刈渚蒲。揮鐮若轉月，拂水生
連珠。此草最可珍，何必貴龍鬚。織作玉牀席，欣
承清夜娛。羅衣能再拂，不畏素塵蕪。

種蒲

陸龜蒙

杜若溪邊手自移旋抽煙劒碧參差何時織得

孤帆去懸向秋風訪所思

寄菖蒲

張籍

石上生菖蒲一寸十二節仙人勸我食令我頭

青面如雪逢人寄君一縫囊書中不得傳此方

君能來作栖霞侶與君同入丹玄鄉

芭蕉

路延德

一種靈苗異天然體性虚葉如斜界紙心似倒
抽書
未展芭蕉
錢珝
冷燭無煙緑蠟乾芳心猶卷怯春寒一緘書札
藏何事會被東風暗拆看
萍
李嶠
二月虹初見三春蟻正浮青蘋含吹轉紫葉帶
波流屢逐明神薦常隨旅客遊既能甜似蜜還

繞楚王舟

皮日休

嫩似金脂颺似煙多情渾欲擁紅蓮明朝擬附

南風信寄與湘妃作翠鈿

陸龜蒙

晚來風約半池明重疊侵沙緑罽成不用臨池

重相笑最無根蔕是浮名

苔

李咸用

幾年風雨跡疊在石孱顏生處景長靜看來情

儘閑吟亭侵壞壁藥院掩空闌每憶東行徑移笻獨自還

苔錢

鄭谷

春紅秋紫繞池臺箇箇圓如濟世財雨後無端滿窮巷買花不得買愁來

春苔

孫魴

底物最牽吟秋苔獨自尋何時連夜雨疊翠滿松陰湘岸荒祠靜吴宫古砌深侯門還可惜長

被馬蹄侵

齊已

獨憐蒼翠文長與寂寥存鶴靜窺秋片僧閑踏冷痕月明踈竹徑雨歇敗莎根別有深宮裏兼花鎖斷魂

同舍弟佶班韋二員外秋苔對之成詠

包何

每看苔蘚色如向簿書閑幽思纏芳樹高情寄遠山雨痕連地緑日映出林斑却笑興公賦臨危滑石間

苔蘚

貫休

嚴子釣臺邊不少謝公山屐上無多世間若也皆廉潔金玉生根奈爾何

小蘆

王貞白

高致想江湖當庭植小蘆清風時自至綠竹興何殊嫩喜日高薄踈憂雨點鹿鹿驚蛙跳得過鬭雀裊無餘未識笆籬護幾擡笻竹扶惹煙輕弱柳蘸水軟青蒲溉灌情偏重琴尊賞不孤穿花

思釣叟吹葉小羌雛寒色暮天映秋聲遠籟俱
朗吟應有趣瀟灑十餘株

出關宿盤豆館對叢蘆有感

李商隱

蘆葉梢梢夏景深郵亭暫欲灑塵襟昔年曾是
江南客此日初爲關外心思子臺邊風自急玉
娘湖上月應沉清聲不遠行人去一世荒城伴
夜砧

庭葦

李中

品格清於竹詩家景最幽從裁向池沼長似在
汀洲玩好招溪叟棲堪待野鷗影踈當夕照花
亂正深秋韻細堪清耳根牢好繫舟故溪髙岸
上冷淡有誰遊

叢葦

張蠙

叢叢寒水邊曽折打魚船忽與亭臺近翻嫌島
嶼偏花明無月夜聲急正秋天遥憶巴陵渡殘
陽一望煙

種葦

姚合

欲種數莖葦出門來往頻近陂收本土選地問幽人靜看惟思長初移未覺匀坐中尋竹客將去更逡巡

蒹葭

杜甫

摧折不自守秋風吹若何暫時花載雪墮木葉沉波體弱春苗早叢長夜露多江湖後揺落亦恐歲蹉跎

凡草誡

蘇拯

野草凡不凡亦應生和出鉏夫耘藥欄根不留其一良由本蕪穢著地成棄物人生行不脩何門可容膝不惟不爾容得無凡草嫉賢愚偃仰閒鑒之宜日日

傷靡草

雍陶

靡草似客心年年亦傷死無由伴花落暫得因風起

見野草中有名曰白頭翁者

李白

醉入田家去行歌荒野中如何青草裏亦有白頭翁折取對明鏡宛將衰鬢同微芳似相誚流恨向東風

流夜郎題葵葉

慙君能衛足歎我遠移根白日如分照還歸守故園

金盤草詩

王周

今春從南陵得草名金盤金盤有仁性生在林

一端根節歲一節食之甘而酸風俗競採掇俾
人防急難巴中虵虺毒解之如走丸巨葉展六
出軟榦分長竿揺揺緑玉活裊裊香荷寒世去
暑酷月鬱有神物看天之産於此意欲生民安
今之爲政者何不反此觀知彼苛且猛愼勿虐
而殘一物茍失所萬金惟可歎莫並蒿與萊豈
羨芝及蘭勤湨護根本栽植當庭欄寄言好生
者休説神仙丹

冬日見牧牛人擔青草歸

張説

塞上綿應折江南草可結欲持梅嶺花遠競榆
關雪日月無他照山川何頓别茍齊兩地心天
問將何設

草木蟲魚類卷第六

草木蟲魚類卷第七　趙孟奎　分門纂類

唐歌詩九十五

木一

松　孤松

古松　老松

小松　偃松

賣松　買松

栽松　松聲

雜題　古栢

病栢　新栽栢

古　秋

栽杉　檜

雙檜　矮檜

桂　孤桂

雙桂　小桂

紅桂　桂子

雜題

木一

松

李嶠

鬱鬱高巖表森森幽澗陲鶴棲君子樹風拂大夫枝百尺條陰合千年蓋影披歲寒終不改多節幸君知

無可

枝幹怪鱗皴煙梢出澗新屈盤高極月蒼翠遠驚人待鶴移陰過聽風落子頻青青寒木外自與九霄鄰

陸肱

雪霜知勁質今古乞嘉名斷砌盤根遠踈林偃蓋青鶴栖可弋魚曾老四時聲鬱鬱心爾久亞

高萬井生

王叡

寒松聳拔倚蒼岑綠葉扶踈自結陰丁固夢時還有意秦皇封日豈無心常將正節栖孤鶴不遣高枝宿衆禽好是特凋羣木後護霜凌雪翠逾深

盧士衡

雲外千尋好性靈伴杉陪栢事孤貞招呼暑氣終無分應和涼風別有聲細雨灑時花旋落道人飡處葉重生如逢郢匠垂搜採爲棟爲梁力

不輕

李山甫

地聳蒼龍勢抱雲天敎青共衆材分孤標百尺雪中見長嘯一聲風裏聞桃李傍他眞是佞藤蘿攀爾亦非羣平生相愛應相識誰道修篁勝此君

翁承贊

倚澗臨溪自屈蟠雪花銷盡蘚花乾幽枝好折爲談柄入手方知有歲寒

寥王圖

曾於西晉封中散又向東吴作大夫濃翠自知
千古在清聲誰道四時無枝柯偃後龍蛇老根
脚盤來爪距麤直待素秋摇落日始將凡木鬬
榮枯

　　　　　　脩睦
細韻颼颼入骨涼影兼巢鶴過高牆盤根一種
依平地自是梧桐不乂長

　　　　　　成文幹
大夫名價古今聞盤屈孤貞更出羣將謂嶺頭
閑得了夕陽猶挂數枝雲

山中松

張鼎

聳枝碧雲端根侵鮮壁盤幾經良匠顧猶作散材看雪積花開少風多子落乾空存後凋色歲晚出林巒

松樹

元稹

華山高幢幢上有高高松株株遥各各葉葉相重重槐樹夾道植枝葉但冥蒙既無貞直幹復有罥掛蟲何不種松樹使之摇清風秦時已曾

種類種不供可憐孤松意不與桃李同時在
高山頂摎盤虬與龍屈爲大厦棟庇廕侯與公
不肯作行任倶在塵土中

和　　白居易

亭亭山上松一一生朝陽森聳上參天柯條百
尺長漠漠塵中槐兩兩夾康莊婆娑低覆地枝
榦亦尋常八月白露降槐葉次第黄歲暮滿山
雪松色鬱青蒼彼如君子心秉操貫冰霜此如
小人面變態隨炎涼共知松勝槐誠欲栽道傍

糞土種瑶草瑶草終不芳尚可以斧斤伐之爲棟梁殺身獲其所爲君構明堂不然終天年老死在南崗不願亞枝葉低隨槐樹行

題左張松樹

宋之問

歲晚東巖下周顧何悽惻日落西山陰衆草起寒色中有喬松樹使我長歎息百尺無寸枝一生自孤直

新秦郡松樹歌

王隹

青青山上松數里不見今更逢不見君心相憶

此心向君君應識爲君顏色高且閑亭亭迥出

浮雲閒

孤松篇

劉希夷

蠶月桑葉青鸎時柳花白澹艷煙雨滋敷芬陽

春陌如何秋風起零落從此始獨有南澗松不

歎東流水玄陰天地冥皓雪朝夜零豈不罹寒

暑爲君留青青好顏色落落任孤直羣樹

遥相望衆草不敢逼靈龜卜眞隱仙鳥宜棲息

恥受秦帝封願言唐侯食寒山夜月明山冷氣
清清淒兮歸風集吹之作琴聲松子卧仙岑寂
聽凝野心清泠有真曲樵採無知音美人何時
來幽逕委緑苔吁嗟深澗底弃捐廣厦材

華山孤松

張蠙

石罅引根非土力冒寒猶助岳蓮光緑槐生在
膏腴地何得無心拒雪霜

冬日題興善寺崔律師院孤松

劉득二

爲此跡名路頻來訪遠公孤標宜雪後每見憶

山中靜影生幽蘚寒聲入迥空何年植茲地曉

夕動清風

孤松吟詶渾贊善

盧綸

深山荒松枝雪壓半離披朱門青松樹萬葉森

清露霑露重色逾鮮吟風似遠泉天寒香自發日

麗影長圓陰郊一夜雪榆柳皆枯折迴首望君

家翠蓋滿瓊花捧君青松曲自顧同衰木曲罷

不相親深山頭白人

商山臨路有孤松往來斫以爲明好事者憐
之編竹成援遂其生植感而賦詩
柳宗元
孤松停翠蓋託根臨廣路不以險自防遂爲明
所誤幸逢仁惠重意此藩籬護猶有半心存時
将承雨露

古松
齊己
雷電不敢伐鱗皴勢萬端蠹依枯節死蛇入朽
根盤影浸僧禪溼聲吹鶴夢寒尋常風雨夜應

有鬼神看

題流溝寺古松

白居易

煙葉葱蘢蒼麈尾霜皮駁落紫龍鱗欲知松老

看塵壁死却題詩幾許人

和薛監察題興善寺古松

張喬

種在法王城年深有古名瘦根盤地遠香吹入

雲清鶴動池臺影僧禪雨雪聲看來人旋老因

此歎浮生

古松感興

皇甫松

皇天后地力使我向此生貴賤不我均若爲天地情我家世道德旨意匡文明家集四百卷獨立天地經寄言青松姿豈羨朱槿榮昭昭大化光共此遺芳馨

老松

孫魴

鬱鬱復蒼蒼秋風韻更長空心應有老葉不知霜子落生深澗陰清背夕陽如逢東岱雨猶

得覆秦王

古寺老松

齊己

百歲禪師説先師指此松少年行道遶早見偃

枝重月檻移孤影秋庭卓一峰終當因夜電拏

攫便雲龍

古松歌

莊南傑

山上山下松森沈翠蓋煙中龜鱗犀甲鑠支體

泉聲雨脚洗春風深碧麈尾掃冥濛淺黄龍腹

盤穹崇拏天攫地數千尺恐作雲雨歸維嵩歸
維嵩成大厦莫遣邂逅逢樵者

靈谿老松詞

盧士衡

靈谿古觀壇西角千尺鱗皴棟梁樸橫一枝枝
戛樓閣直一枝枝掃寥廓白石蒼苔擁根脚月
明風撼寒光落有時風雨暝擺撼若黑龍之騰
躍合生於象外峰巒枉滯乎人間山岳安得巨
靈授請託拔向青桂榆邊着

小松

羅隱

已有清陰逼座隅愛聲仙客肯過無陵遷谷變須高節莫向人間作大夫

齊己

發地纔過膝蟠根已有靈嚴霜百草白深院一株青後夜蕭騷動空階蟋蟀聽誰於千歲外吟遶老龍形

皮日休

婆娑只三尺移來白雲逕亭亭向空意已解凌遼負葉健似虬髯枝脆如鶴脛清音猶未成紺

彩空不定陰圓小芝蓋鱗澁脩荷柄先愁被鷃
搶頳恐遭蝸病結根幸得地且免離離映磥砢
不難遇在保晚成性一日造明堂爲君當畢命

陸龜蒙

擢秀逋客巖遺根飛鳥遥因求飾清閟遂得辭
危負貞同栢有心至若珠無脛枝形短未怪鬣
數差難定況密三天風方遵四時柄那與培塿
嘆免荅鄰里病微霜靜可分片月踈堪映奇當
虎頭筆韻叶通明性會拂陽烏胷掄材膺帝命

小松歌

李咸用

幽人不喜凡草生秋鋤斸得寒青青庭閑土瘦根脚獰風搖雨拂精神醒短影月斜不滿尺清聲細入鳴蛩翼天人戲剪蒼龍鬚參差簇在瑶堦側金精水鬼欺不得長與東皇逞顔色勁節暫因君子移貞心不爲麻中直

五粒小松歌

李賀

前謝秀才杜雲卿命予作五粒小松歌予以選書多事不治曲辭經十日

聊道八句以當命意

蛇子蛇孫鱗蜿蜿新香幾粒洪崖飯緑波浸葉滿濃光細束龍鬚鉸刀翦主人壁上鋪州圖主人堂前多俗儒月明白露秋淚滴石筍溪雲肯寄書

題小松　張祜

何處斸雲煙新移此館前碧姿塵不染清影露長鮮聳地心纔直凌雲操未全可悲人自老何日是千年

李商隱

憐君孤秀植庭中細葉輕陰滿座風桃李盛時
雖寂寞雪霜多後始青葱一年幾變枯榮事百
尺方資柱石功爲謝西園車馬客定悲搖落盡
成空

張喬

松子落何年纖枝長水邊斸開深澗雪移出遠
林煙帶月栖幽鳥兼花灌冷泉微風動清韻閑
聽罷琴眠

題翰林東閣前小松

元稹

簷礙脩鱗亞霜侵簇翠黄惟餘入琴韻終待舜絃張

西齋小松

松樹短於我清風亦已多況乃枝上雪動摇微月波幽姿得閑地詎感歲蹉跎但恐厦終構藉君當奈何簇簇枝新黄纖纖攢素指柔荳漸依條短莎還半委清風日夜高淩雲竟何已千歲盤老龍脩鱗自兹始

書院二小松

李群玉

一雙幽色出凡塵數粒秋煙二尺鱗從此靜窻

聞細韻琴聲長伴讀書人

馮氏書齋小松二首

王貞白

孤根生遠岳移植翠枝添自秉雪霜操任他蜂

蝶嫌微陰連逈竹清韻入踈簾聳勢即空碧時

人看莫厭

得地已經歲清音晝夜聞根涵舊山土葉間近

溪雲野鶴望長遠庭花笑不群須知揺落後衆

木始能分

題唐興寺小松

杜荀鶴

雖小天然別難將衆木同侵僧半牕月向客滿襟風枝拂行苔鶴聲分叫砌蟲如今未堪看須是雪霜中

臺頭寺願上人院古松下有小松裁毫末新生與纖草不辨重其有凌雲干霄之志與趙八員外裴十補闕同賦之

皇甫冉

細草亦全高秋毫乍堪比及至干霄日何人復

居此

再遊紫陽洞重題小松

盧士衡

仙家種此充朝食葉葉枝枝造化力去年見時

似鶴高今年蕭騷八九尺不同矮檜終委地定

向晴空倚天碧好期逸士統貞根昂枝點破秋

苔色尋思凡眼重花開寧知此木超塵埃秖是

十年五年閒堪作大厦之宏材

和李用夫栽小松

項斯

移來未換葉已勝在空山靜對心標直遥吟境助閑影侵殘雪際聲透小牕間即聳凌空榦翛翛豈易攀

貢院樓北新栽小松

吴武陵

拂檻愛貞容移根自遠峰已從芳草没終不任苔封葉小初臨雪鱗生欲狀龍承春濯雨露得地近垣墉逐吹風微動含煙色漸濃時迴日月照爲謝小山松

題新栽小松

劉得仁

滿庭蕭颾皆凡木豈得颼飀似石溪雪後枝柯疑盡出月中長短共人齊未知何日干天及恐到秋來被鶴栖却向舊山尋得處白雲根發覓應迷

題吉水縣廳前新栽小松

李中

斸開幽澗蘚苔斑移得孤根植砌前影小未遮官舍月翠濃猶帶舊山煙群花解笑香寧久衆

木雖高節不堅輸我婆娑欄檻内晚風蕭颯學
幽泉

嚴鄭公堦下新松
杜甫

弱質豈自負移根方爾瞻細聲聞玉帳疎翠近
珠簾未見紫煙集虚蒙清露霑何當一百丈欹
蓋擁高簷

遥同蔡起居偃松篇
張説

清都衆木總縈紛傳道孤松最出群名接天庭

長光景氣連宮闕借氛氳懸池的的停華露偃

蓋重重拂瑞雲不惜流膏助仙鼎願將楨榦捧

明君莫比冥靈楚南樹朽老江間代不聞

蕭寺偃松

顧況

淒淒百卉病亭亭雙松迥直上古寺深橫拂秋

殿冷輕響入龜息片陰棲鶴頂山中多好樹可

憐無比並

廟庭偃松并序

劉禹錫

侍中後閤前有小松不待年而偃丞
相晉公爲賦詩美其猶龍蛇然植于
高檐喬木閒上嵚旁軋盤蹙傾亞似
不得天和者公以遂物性爲意乃加
憐焉命畚土以壯其趾使無攲索綯
以牽其榦使不仆盥漱之餘以潤之
顧盼之輝以照之發於仁心感召和
氣無復夭閼坐能敷舒嚮之跧蹙化
爲奇古故雖衰丈而有偃號焉予嘗
詣閤白事公爲道所以且示以詩切

感嘉木之逢時斐然成詠

勢軋枝偏根已危高情一見與扶持忽從顛頽

有生意却爲離披無俗姿影入巖廊行樂處韻

含天籟宿齋時謝公莫道東山待正取陰成滿

鳳池

贈賣松者

白居易

一束蒼蒼色知從澗底來斸掘經幾日枝葉滿

塵埃不買非他意城中無地栽

齊己

未得凌雲價何慚所負眞自知桃李世有愛歲
寒人瑟瑟初離潤青青未識塵寧同買花者貴
逐片時春

令和州買松

裴夷直

好覓凌霜質仍須帶雨栽須知剖竹日便是看
松來

栽松

白居易

小松未盈尺心愛手自移蒼然澗底色雲溼煙

霏霏栽植我年晚長成君性遲如何過四十種
此數寸枝得見成陰否人生七十稀
愛君抱晚節憐君含直文欲得朝朝見堦前故
種君知君死則已不死會凌雲
劉得仁
翠色凜空庭披衣獨遶行取從山頂嶮栽得道
心生未弱幽泉韻焉論别木聲霜天殘月在轉
影入池清
新栽松
文丙

可憐同百草况負雪霜姿歌舞地不尚歲寒人
自移堦除添冷淡毫末入思惟盡道生雲洞誰
知路嶮巇

齊己

野僧教種法苒苒出蓬蒿百歲催人老千年待
爾高靜宜兼竹石幽合近猨猱他日成陰後秋
風吹海濤

· 荅友人新栽松

張碧

石門新長青龍髯虬身宛轉雲光粘聞君愛我

幽崖前十株五株寒霜天越溪老僧頭削雪曾
云手植當庭月三十年來遮火雲涼風五月生
空門願君栽於清澗泉貞姿莫逐夭桃妍
易開還易落貞姿鬱鬱長依然山童懶上孤峰
巔當牕劃破屛風煙

訓賈鵬山人郡内新栽松寓興見贈

柳宗元

芳朽自爲別無心乃玄功夭夭日放花榮耀將
安窮青松遺澗底擢蒔兹庭中積雪表明秀寒
花助葱蘢幽貞夙有慕持以延清風

無能常閑閤偶以靜見名奇姿來遠山忽似人
家生勁色不改舊芳心與誰榮喧卑豈所安任
物非我情清韻動竽瑟諧此風中聲

翫手植松

施肩吾

却思毫末栽松處青翠纔將衆草分今日散材
遮不得看看氣色欲凌雲

松聲

白居易

月好好獨坐雙松在前軒西南微風來潛入枝

葉閒蕭寥發爲聲半夜明月前寒山𡽂𡽂雨秋
琴泠泠絃一聞滌炎暑再聽破昏煩竟夕遂不
寐心體俱翛然南陌車馬動西鄰歌吹繁誰知
茲簷下滿耳不爲喧

雜題

品松　　孟郊

追悲謝靈運不得殊常封縱然孔與顔亦莫及
此松此松天格高聳異千萬重抓拏拒古手擘
裂少室峰擘裂風雨獰抓拏指爪牗道入難抱

心學生易墮蹤時時數點仙娟娟一線龍霏微嵐浪際遊戲顥輿濃品松徒高高雎鳴詎噰噰賞異尚可貴賞潛誰能容名華非典實翦棄徒纖茸刻削大雅文所以不敢慵

高松

李商隱

高松出衆木伴我向天涯客散初晴後僧來不語時有風傳雅韻無雪試幽姿上藥終相待他年訪伏龜

靈松歌

䕺已

靈松靈松是何根株盤蹦枝幹與群木殊世眼
爭知蒼翠容薜蘿遮處深朦朧先秋瑟瑟生谷
風青陰倒卓寒潭中八月天威行肅殺草木凋
零向霜雪惟有此松高下枝一枝枝在無摧折
凝凍頑冰如鐵堅重重鎖到槎牙顛老鱗枯節
相紏捉踉蹡立在青崖前有時深洞興雷雹飛
電繞身光閃爍乍似蒼龍驚起時攫霧拏雲欲
騰躍夜深山月照高枝踈影細落莓苔磯千年
朽枿䰢魎出一株寒韻鏘琉璃安得良工妙圖

臒寫將偃蹇懸煙閣飛瀑聲中戰歲寒紅霞影
裏䇿蕭索

乳毛松

鄭谷

松格一何高何人號乳毛霜天寓直夜媿爾伴
閑曹

遠松

王貞白

遠松逞材幹何由入棟梁歲寒虛勝竹功績不
如桑秋露茲古子春雲裏欹黃雖蒙匠者須焦

扴日難阦

衰松

孟郊

近世交道衰青松落顔色人心忌孤直木性隨改易旣摧栖日榦未展擎天力終是君子材還思君子識

題蘇仙宅枯松

李涉

幾年蒼翠在仙家一旦枝枯類海槎不如酸澁棠梨樹却占高城獨放花

四松

杜甫

四松初移時大抵三尺強別來忽三歲離立如人長會看根不拔莫計枝凋傷幽色幸秀發踈柯亦昂藏所插小藩籬本亦有隄防終然振撥損得愧千葉黃敢爲故林主黎庶猶未康避賊今始歸春草滿空堂覽物歎衰謝及茲慰淒涼清風爲我起灑面若微霜足以送老姿聊待偃蓋張我生無根蔕配爾亦茫茫有情且賦詩事迹兩可忘勿矜千載後慘澹蟠穹蒼

省中題新植雙松

裴夷直

端坐高宮起遠心雲高水闊共幽沉更堂寓直將誰語自種雙松伴夜吟

寄題盩厔廳前雙松

白居易

憶昨爲吏日折腰多苦辛歸家不自適無計慰心神手裁兩樹松聊以當嘉賓乘春日一往生意漸欣欣清韻度秋在緑茸隨日新始憐澗底色不憶城中春有時晝掩關雙影對一身盡日

不寂寞意中如三人忽奉宣室詔徵爲文苑臣
閑來一惆悵長似別交親早知煙翠前攀翫不
逡巡悔從白雲裏移爾落䠇塵

南軒松　李白

南軒有孤松柯葉自緜羃清風無閑時蕭灑終
夂日陰生古苔緑色渠秋煙碧何當凌雲霄直
上數千尺

和陸拾遺題諫院松　吴融

落落孤松何處尋月華西畔結根深曉含仙掌
三清露晚上宮牆百雉陰野鶴不歸應有怨白
雲高去太無心碧巖秋澗休相望捧日元須在
禁林

鄭轂補闕山松

張蠙

心將積雪欺根與白雲離遠寄僧猶憶高看鶴
未知影交新長葉皴匝舊生枝多少同時種深
山不得移

澗松

崔塗

寸寸凌霜長勁條路人猶笑未干霄南園桃李
雖堪羡爭柰春殘又寂寥

題遺愛寺前溪松

白居易

偃亞長松樹侵臨小石溪静將流水對高共遠
峰齊翠蓋煙籠密花幢雪壓低與僧清影坐借
鶴穩枝栖筆寫形難似琴偷韻易迷暑天風槭
槭晴夜露凄凄獨憇依爲舍閑行繞作蹊棟梁
君莫採留著伴幽棲

道傍松

熊皎

偃蓋當衢莫記年獨含蒼翠鶴應憐垂陰不向笙歌地有韻自成風雨天塵路岐分夜月燒侵根脚起殘煙論功只合行人賞銷得煩蒸古道邊

庭松

白居易

堂下何所有十松當我階亂立無行次高下亦不齊高者三丈長下者十尺低有如野生物不

知何人栽接以青瓦屋承之白沙臺朝昏有風

月燥濕無塵泥踈韻秋㰈㰈涼陰夏淒淒春深

微雨夕滿葉珠蓑蓑歲暮大雪天壓枝玉皚皚

四時各有趣萬木非其儕去年買此宅多爲人

所咍一家二十口移轉就松來移來有何得但

得煩襟開即此是益友豈必交賢才顧我猶俗

士冠帶走塵埃未稱爲松主時時一愧懷

僧院松　　曹松

比木韻彌全秋宵學瑟絃空知百餘尺未定幾

多年古甲磨雲拆孤根拔地堅何當抛一幹作
蓋道場前

薛侍御題興善寺松

許棠

何年斸到城滿國響高名半寺陰常匝鄰坊景
亦清代多無巧勢風定有餘聲自得天然狀非
同澗底生

横水驛雙峰院松

趙嘏

故園溪上雪中别野館枕前雲外逢白髮漸多

何自苦清陰長在好相容迎風幾拂朝天騎帶月猶含度嶺鍾更憶葛洪丹井畔數株臨水欲成龍

詠南岳徑松

狄煥

一陣雨聲歸岳嶠兩條寒色下瀟湘客吟晚景停孤棹僧踏清陰徹上方

憑韋少府班覔松樹子栽

杜甫

落落出羣非欅柳青青不朽豈楊梅欲存老盡

千年意爲覔霜根數寸栽

風入松歌

皎然

西嶺松聲落日秋千枝萬葉風飀飀美人援琴弄成曲寫得松間聲斷續聲斷續清我䰟流波壞陵安足論美人夜坐月明裏含少商兮點清徵風何淒兮飄颼攪寒松兮又夜起夜未央曲何長金徽更促聲泱泱何人此時不得意意若紘悲聞客堂

古栢

李洞

手植知何代年齊偃蓋松結根生別樹吹子落鄰峰古榦經龍嗅高煙過鴈衝可佳繁葉盡聲不礙秋鐘

古栢行

杜甫

孔明廟前有老栢柯如青銅根如石霜皮溜雨四十圍黛色參天二千尺君臣已與時際會樹木猶爲人愛惜雲來氣接巫峽長月出寒通雪山白憶昨路繞錦亭東先主武侯同閟宫崔嵬

枝榦郊原古窈窕丹青户牖空落落盤踞雖得
地冥冥孤高多烈風扶持自是神明力正直元
因造化功大厦如傾要梁棟萬牛迴首丘山重
不露文章世已驚未辭翦伐誰能送苦心豈免
容螻蟻香葉終經宿鸞鳳志士幽人莫怨嗟古
來才大難爲用

武侯廟古栢

雍陶

窓葉四時同一色高枝千歲對孤峰此中疑有
精靈在爲見盤根似卧龍

李商隱

蜀相階前栢龍蛇捧閟宫隂成外江畔老向惠陵東大樹思馮異甘棠憶召公葉彫湘鷰雨枝折海鵬風玉壘經綸遠金刀歷數終誰將出師表一爲問昭融

病栢

杜甫

有栢生崇岡童童狀車蓋偃蹙龍虎姿主當風雲會神明依正直故老多再拜豈知千年根中路顏色壞出非不得地蟠據亦高大歲寒忽無

憑日夜柯葉攺丹鳳領九雛哀鳴翔其外鵾鵷
志意滿養子穿穴内客從何鄉來竚立乆吁怪
靜求元精理浩蕩難倚賴

蕭常侍癭栢亭歌

盧綸

栢之異者山中靈好人斷絶爲君亭雲翻浪卷
不可識鳥獸成形花倒植莓苔舊點色尚青霹
靂残痕節猶黒金貂主人漢三老構此窮年下
朝早心規目製不暫疲匠者受詞無一詞清晨
拂匣菱生鏡落日凭欄星滿池攢毫鬬拱無斤

跡根瘦聯懸同素壁數層亂寫雲裏峰萬片爭呈雪中石重簾不動自飄香似到瀛洲白玉堂水精如意方金色雲母屏風透掩光四堦綿綿被纖草草上依微衆山道松間汲井煙翠寒洞裏圍棊天景好愚儒敢欲賀成功鸞鳳栖翔固不同應念廢材今接地一枝思寄户庭中

使院中新栽栢樹子呈李十五栖筠

岑參

愛爾青青色移根此地來不曽臺上種留向磧中栽脆葉欺門柳狂花笑院梅不須愁歲晚霜

露豈能摧
武丘寺殿前有古杉一本形狀醜怪圖之不
盡況百卉競媚若妬若媚惟此杉死抱奇
節髐然闖然不知雨露之可生也風霜之
可瘁也乃造化者方外之材乎遂賦三百
言以見志
皮日休
種日應逢晉枯來必自隋鰐狂將立處螭鬭未
開時卓犖擲槍幹义牙束戟枝初驚螺篆活復
訝獝狂癡勁質如堯瘦貞容學舜黴勢能擒土

伯醜可駭山祇虎爪拏巖穩虬身脫浪歃槎頭
禿似刷枏觜利於錐突兀方相脛鱗皴夏氏胝
根應藏鬼血柯欲漏龍漦拗似神荼怒呀如猰
㺄飢朽癰難可吮枯尰不堪治一炷玄雲拔三
尋黒䘯音狼頭敎窣豎蠆尾搖攣垂目燥那逢
爟心開豈中鈹任苔爲疥癬從蠹作瘏痍品格
齊遼鶴年齡等寶龜將懷縮地力欲負拔山姿
未倒防風骨初僵負貳屍漆書明古本鐵室杌
全師碨礧還無極伶俜又莫持堅應敵駿骨文
定寫魌皮蟠屈愁淩剎騰驤恐攫池搶煙寒嶹

巇披蒹葭襹褷威仡誠難識勾芒恐不知好燒
胡律看堪共達多期寡色諸芳笑無聲衆籟疑
終添八柱位未要一繩維盡日來惟我當春翫
更誰他年如入用直柱太平基

奉和古杉三十韻

陸龜蒙

衆木盡相遺孤杉獨任奇揷天形硉兀當殿勢
敧危恐是夸娥怒教臨巀嶭裒節穿開耳目根
瘻坐熊羆世只論榮落人誰問等衰有巔從日
上無葉與秋欺虎搏應難動鵰蹲不敢遲戰鋒

新鈌齾燒岸黑[illegible]黧鬬死龍骸雜爭奔鹿角差
肢銷洪水腦稜聳梵天眉磔索珊瑚湧森嚴獬
豸窺向空分犖指衝浪出鯨鬐楊僕船橦在蚩
尤陣纛隳下連金粟固高用鐵蒺披擬若符堅
棰浮於祖納椎崢嶸驚露鶴[illegible]趚閡雲螭傍宇
將支壓撐霄欲抵巇背交蝨臂揭相向鶻拳追
格筆差猶立階干卓未麾鬼神應暗畫風雨恐
潛移已覺寒松伏偏宜后土疲好邀清嘯傲堪
映古茅茨材大應容蝎年深必孕夔後凋依佛
氏初植必僧彌擁腫煩莊辯槎牙費庾詞詠多

靈府叵搜苦化權畀類旣區中寡朋當物外推
蟠桃標日域珠草侍仙墀眞宰誠求夢春工幸
可醫若能噓嶰竹猶足動華滋

郡齋移杉

韋應物

擢幹方數尺幽姿已蒼然結根西山寺來植郡
齋前新含野露氣稍靜高牕眠雖爲賞心遇豈
有巖中緣

栽杉

白居易

勁葉森利劒孤莖挺端標纔高四五尺勢若干
青霄移栽東牕前愛爾寒不凋病夫臥相對日
夕閑蕭蕭昨爲山中樹今爲簷下條雖然遇賞
翫無乃近塵囂猶勝澗谷底埋没隨衆樵不見
鬱鬱松委質山上苗

檜樹　　　秦韜玉

翠雲交榦瘦輪囷嘯雨吟風幾百春深蓋屈盤
青麈尾老皮張展黒龍鱗惟堆寒色資琴興不
放秋聲染俗塵歲月如波事如夢竟留蒼翠待

佁人

謝寺雙檜

劉禹錫

雙檜蒼然古貌奇含煙吐霧鬱參差晚依禪客當金殿初對將軍映畫旗龍象界中成寳蓋鴛鴦瓦上出高枝長明燈是前朝焰曾照青青年少時

法雲雙檜

温庭筠

晉朝名輩此離群想對濃陰去住分題處尚尋

王内史畫時應是顧將軍長廊夜静聲疑雨古
殿秋深影勝雲一下南臺到人世曉泉清籟更
難聞

題法雲寺雙檜

方壺居士

謝郎雙檜緑於雲昏曉濃陰色未分若並亳宫
仙鹿跡定知高峭不如君

三峰府内矮檜

吴融

擢秀衣黄斸移根自碧岑岢劉誰合抱直上豈

盈尋遠砌行窺頂當庭坐茈隂短堪驚衆目高
已讓他林日轉無長影風迴有細音不容蘿蔦
附只耐雪霜侵玉帳籠應匝牙旗倚更禁葉低
宜拂席枝裊易抽簪緑澗支離久朱門掩映深
何須一千丈方有歲寒心

題尨棺寺真上人院矮檜

杜荀鶴

天生仙檜是長才栽檜希逢此最低一自舊山
來砌畔幾番凡木與雲齊迥無斜影教僧踏免
有閑枝引鶴棲今日偶題題似著不知題後更

誰題

桂　李嶠

未植銀宮裏寧移玉殿幽枝生無限月花滿自
然秋俠客條爲馬僊人葉作舟願君期道術攀
折可淹留

詠桂二首　李白

園花笑芳年池草艷春色猶不如槿花嬋娟玉
皆則芬榮可夭足零落在瞬息豈若瓊樹枝終

歲長翁䒱
世人種桃李多在金張門攀折爭捷徑及此春風暄一朝天霜下榮耀難久存安知南山桂綠葉垂芳根清陰亦可託何惜樹君園

題黄山人庭前孤桂

方干

映牕孤桂非手植子落月中閒落時仙客此時頭不白看來看去有枯枝

雙桂詠

陳陶

青冥結根易傾倒沃州山中雙樹好瑠璃宫殿
無斧聲石上蕭蕭伴僧老

小桂　皮日休

一子落天上生此青璧枝欻從山之幽斸斷雲
根移勁挺隱珪質盤珊緹油姿葉彩碧髓融花
狀白毫蕤稜層立翠節偃蹇樛青螭影濬雪霧
後香泛風和時吾祖在月窟孤貞能見貽願老
君子地不敢辭喧卑

和

陸龜蒙

諷賦輕八植擅名方一枝才高不滿意更自寒
山移宛宛別雲態蒼蒼出塵姿煙歸助華杪雪
點迎芳蕤青條坐可結白日如奔螭諒無劉翦
憂即是蕭森時洛浦雖有蔭騷人聊自怡終爲
濟川檝豈在論高卑

比聞龍門敬善寺有紅桂樹獨秀伊川嘗於
江南諸山訪之莫致陳侍御知予所好因
訪剡溪樵客偶得數株移植郊園衆芳色
沮乃敬善所有是蜀道芮草徒得嘉名因

賦是詩兼贈陳侍御

李德裕

昔聞紅桂枝獨秀龍門側越叟遺數株周人未嘗識平生愛此樹攀翫無由得君子知我心因之爲羽翼豈煩嘉客譽且就清陰息來自天姥岑長凝翠嵐色芬芳世所絕偃蹇枝漸直瓊葉潤不彫珠英粲如織猶疑翡翠宿想待鵷鶵食寧止暫淹留終當□封植

天竺寺八月十五日夜桂子

支日休

王顆珊珊下月輪殿前拾得露華新至今不會
天中事應是嫦娥擲與人

和　　陸龜蒙

霜實常聞秋半夜天台天竺墮雲岑如何兩地
無人種却是湘灘是桂林

雜題

山中桂　　于武陵

日暖上陽路鳥啼知幾春忽逢幽隱樹如見獨

醒人石冷花開晚風多葉落頻樵夫應不識歲
久伐爲薪

雍裕之

入樹拂丹霄四時青不凋秋風何處起先裊最
長條

月中桂

熊皎

斷破重輪種者誰銀蟾何事便相隨莫言望夜
無攀處却是吟人有得時孤影不凋清露滴異
香長在好風吹幾回目斷煙霄外未必恒娥昔

一枝

盧山桂

白居易

偃蹇月中桂結根依青天天風繞月起吹子下人間飄零倚何處乃落匡盧山生爲石上桂葉如剪碧鮮枝榦日長大根荄日牢堅不歸天上月空老山中年盧山去咸陽道里三四千無人爲移植得入上林園不及紅花樹長栽温室前

廳前桂

天台嶺上凌霜樹司馬廳前委地叢一種不生

明月裏山中猶校勝塵中

東城桂三首 并序

蘇之東城古吴都城也今謂之樵牧場有桂一株生乎城下惜其不得地因賦三絶句以唁之

子墮本從天竺寺根盤今在闔閭城當時應逐南風落落向人間取次生

霜雪壓多雖不死荊榛長疾欲相埋長憂落在樵人手賣作蘇州一束柴

遥知天上桂華孤試問嫦娥更要無月宫幸有

隙田地何不中央種兩株

自衡陽移桂十餘本植零陵所住精舍

柳宗元

謫官去南裔清湘繞靈岳晨登蒹葭岸霜景霽
紛濁離披得幽桂芳本欣盈握火耕困煙燼薪
採久摧剥道旁且不顧岑嶺况悠邈傾筐壅故
壤棲息期鸞鷟路遠清涼宫一雨悟無學南人
始珍重微我誰先覺芳意不可傳丹心徒自渥

題殿前桂葉

盧僎

桂樹生南海芳香隔楚山今朝天上見疑是月
中攀

草木蟲魚類卷第七

草木蟲魚類卷第八　趙孟奎　分門纂類

唐歌詩九十六

木二

柳　垂柳

獨柳　新柳

冬柳　老柳

衰柳　枯柳

柳枝　折柳枝

題柳　詠柳

贈柳　謔柳

對柳　種柳
雜題　桑
梔子　冬青
槐　檉
椰子　楓
甘　橙
橘　櫻
枇杷　棗
梨　荔枝
柿

木二

柳

杜之松

漢將本屯營遼河有戍城大夫曾取姓先生曾
得名高枝拂遠鴈踈影度遥星不辭攀折苦爲
入管絃聲

李紳

千條垂柳拂金絲日暖牽風葉學眉愁見花飛
狂不定還同輕薄五陵兒

韓琮

折柳歌中得翠條遠移金殿種青霄上陽宮女
含聲送不忿先歸舞細腰

杜牧

數樹新開翠影齊倚風情態被春迷依依故國
樊川恨半掩村橋半拂溪

日落水流西復東春光不盡柳何窮巫娥廟裏
低含雨宋玉宅前斜帶風莫將榆莢共爭翠深
感杏花相映紅灞上漢南千萬樹幾人遊宦别
離中

李季蘭

最愛纖纖曲水濵夕陽移影過青蘋東風又染
一年緑楚客更傷千里春低葉已藏依岸棹高
枝應閉上樓人舞腰漸重煙光老散作飛綿惹
翠茵

李商隱

爲有橋邊拂面香何曾自敢占流光後庭玉樹
承恩澤不信年華有斷腸
柳映江潭底有情望中頻遣客心驚巴雷隱隱
千山外更作章臺走馬聲
曾逐東風拂舞筵樂游春苑斷腸天如何肯到

清秋日巳帶斜陽又帶蟬
江南江北雪初消漠漠輕黄惹嫩條灞岸巳攀
行客手楚宫先騁舞姬腰清明帶雨臨官道晚
日含風拂野橋如線如絲正牽恨王孫歸路一
何遥
動春何限葉撼曉幾多枝解有相思否應無不
舞時絮飛藏皓蝶帶弱露黄鸝傾國宜通體誰
來獨賞眉
崔櫓
風慢日遲遲拖煙拂水時惹將千萬恨繫在短

長枝骨軟張郎瘦腰輕楚女飢故園歸未得多少斷腸思

唐彦謙

春思春愁一萬枝遠村遥岸寄相思西園有雨和苔長南内無人拂檻垂遊客寂寥緘遠恨暮鸎啼叫惜芳時晚來飛絮如霜雪恐爲多情管別離

春風向楊柳能事盡風流有意疑張緒無情見莫愁依然金谷在寧免武昌偷前路難回首何須苦映樓

覩雲

閑花野草總爭新眉皺絲乾獨不勻乞與東風

殘氣力莫教虛度一年春

孫魴

龍葱二月初青軟自相紆意態花猶少風流木

更無影繁晴陌上煙重古城隅煬帝河聲裏幾

番榮又枯

數樹新栽在畫橋春來猶自長長條東風多事

剛牽引巳解纖纖學舞腰

金堤堤上一林煙況近清明二月天別有數株

遥望見畫橋南面拂鞦韆
春物牽情不奈何就中楊柳態難過也知是處
無花去爭那看時未覺多
小眉初展緑條稠露壓煙濛不自由莫是折來
偏屬意依稀相似是風流
九衢春霽溼雲凝着地毿毿礙馬行擬折無端
抛又戀亂穿來去羨黄鶯
千樹陰陰蓋御溝雪花金穗思悠悠先朝事後
應無也惟是荒根逐碧流
摇蕩和風恃賴春蘸流遮路逐年新顛狂絮落

還堪恨分外欺淩寂寞人
暖催春促吐芳芽伴雨從風處處斜莫道玄功
無定配不然爭得見桃花
小池前後碧江濵窣翠拋青爛熳春不是和風
爲擡舉可能開眼向行人
深緑依依配淺黄兩般顔色一般香到頭嬝娜
成何事秪解年年斷客腸
李山甫　十首
灞岸江頭臘雪消東風偷軟入纖條春來不忍
登樓望萬架金絲着地嬌

受盡風霜得到春一條條是逐年新尋常送別
無餘事爭忍攀將過與人
長恨陽和也世情把香和艷與紅英家家只是
栽桃李獨自無根到處生
只爲遮樓又拂橋被人摧折好枝條假饒張緒
如今在須把風流暗裏銷
弱帶低垂可自由傍他門户倚他樓金風不解
相擡舉露壓煙欺直到秋
終日堂前學畫眉幾人曾道勝花枝試看三月
春殘後門外青陰是阿誰

也曾飛絮謝家庭從此風流別有名不是向人
無用處一枝愁殺別離情
從來只是愛花人楊柳何曾占得春多向客亭
門外立與他迎送往來塵
強扶柔態酒難醒殢著春風別有情公子王孫
且相伴與君俱得幾時榮
無賴秋風斗頓寒萬條煙草一時乾遊人若要
春消息直向江頭臘後看

鄭谷

半煙半雨江橋畔映杏映桃山路中會得離人

無限意千絲萬絮惹春風

韓偓

一籠金線拂彎橋幾被兒童損細腰無奈靈和標格在春來依舊裊長條

翁承贊 五首

斜拂中橋遠映樓翠光駘蕩曉煙收洛陽才子多情思橫把金鞭約馬頭

高出營門遠出牆朱欄門閉綠成行將軍宴罷東風急閒襯旌旗簇畫堂

彭澤先生酒滿船五株栽向九江邊長條細葉

無窮盡管領春風不計年
煬帝東遊意緒多宮娃眉翠兩相和一聲水調
春風暮千里交陰鑠汴河
纒繞春情卒未休秦娥蕭史兩相求玉勾欄内
珠簾卷瑟瑟絲籠十二樓

裴説

高拂危樓低拂塵灞橋攀折一何頻思量却是
無情樹不解迎人只送人

羅隱

灞岸晴來送别頻相偎相倚不勝春自家飛絮

猶無定爭解垂絲絆路人
一簇青煙鎖玉樓半垂欄畔半垂溝明年更有
新條在繞亂春風卒未休
羅弘信
糚點青春更有誰青春常許占先知亞夫營畔
風輕處元亮門前日暖時花密宛如飄六出葉
繁何惜借雙眉交情别緒論多少好向仁人贈
一枝
文丙
何事動吟哦長　翠色和垂陰千樹少送别一

枝多帶霧籠彭澤搖風舞汴河只因隋帝植民
力幾銷磨

司空圖 二首

誰家按舞傍池塘已見繁枝嫩眼黃漫說早梅
先得意不知春力暗分張

似擬淩寒妬早梅無端弄色傍高臺折來未有
新枝長莫遣佳人更折來

李中

春來無樹不青青似共東風別有情閑憶舊居
湓水畔數枝煙雨屬啼鶯

最愛青青水國中莫愁門外閒花紅纖纖無力勝春色撼起啼鶯恨晚風

和練秀才楊柳

楊巨源

水邊楊柳麴塵絲立馬煩君折一枝惟有春風最相惜殷勤更向手中吹

楊柳

汪遵

亞夫營畔柳濛濛隋主堤邊四路通攀折贈君還有意翠眉輕嫩怕春風

垂柳

李商隱

娉婷小苑中婀娜曲池東朝佩皆垂地仙衣盡帶風七賢寧占竹三品且饒松腸斷靈和殿先皇玉座空

唐彥謙

絆惹春風別有情世間誰敢鬬輕盈楚王江畔無端種餓損纖腰學不成

垂柳碧鬅茸樓昏帶雨容思量成晝夢來去發春慵梳洗憑張敞乘騎笑稚恭碧虛從轉笠紅

燭近高春怨臉明秋水愁眉淡遠峯小園花盡

蝶靜院酒醒蛩舊作琴臺鳳今爲藥店龍寳奩

抛擲久一任景陽鐘

獨柳　杜牧

含煙一株柳拂地摇風久佳人不忍折悵望迴

纖手

新柳　司空曙

全欺芳蕙晚似妬寒梅疾撩亂發青條春風來

綫日

崔櫓

無情柔態任春催似不勝風倚古臺多少去年今日恨御溝顔色洞庭來

禁中新柳

施肩吾

萬條金線帶春煙深染青絲不直錢又免生當離别地宫鵶啼處禁門前

長安新柳

陳光

九陌雲初霽皇衢柳已新不同天苑景先得日邊春色淺微含露絲輕未惹塵一枝方欲折歸去及茲晨

臨川見新柳

崔櫓

不到江頭三四日橋邊楊柳老金絲岸南岸北往來渡帶雨帶煙深淺枝何處故鄉牽夢想兩迴他國見榮衰汀洲草色亦如此愁殺遠人人不知

喜小樓西新柳抽條

白居易

一行弱柳前年種數尺柔條今日新漸欲拂他騎馬客未多遮得上樓人須教碧玉羞眉黛莫與紅桃作麴塵爲報金堤千萬樹饒伊未敢苦爭春

冬柳

陸龜蒙

柳汀斜對野人窻零落衰條傍曉江正是霜風飄斷處寒鷗驚起一雙雙

勤政樓西老柳

白居易

半朽臨風樹多情立馬人開元一株柳長慶二年春

題州北路傍老柳樹

皮枯緣受風霜久條短爲經攀折頻但見半衰當此路不知初種是何人雪花零碎逐年減煙葉稀踈隨分新莫道老株芳意少逢春猶勝不逢春

衰柳

吴二璧

金屋渾稀露玦圓廣陌長堤黛色殘水興往迹

隋煬帝一千餘里可堪看

雨中題衰柳

白居易

溼屈青條折寒飄黃葉多不知秋雨意更遣欲

如何

題河邊枯柳

王泠然

隋家天子憶揚州厭坐深宮傍海遊穿地鑿山

開御路鳴笳疊鼓汎清流流從鞏北河分口直

到淮南種官柳功成力盡人旋亡運謝年移樹空有當時綵女侍君王帳殿旌門對柳行青葉交垂連幔色白花飛散染衣香今日摧殘何用道數里曾無一株好驛騎江帆損更多山精野鬼藏應老深秋九月露爲霜日夜孤舟入帝鄉河畔時時聞落葉客中無箇不霑裳

柳枝　　薛能

數首新詞帶恨成柳絲牽我我傷情柔娥幸有腰支穩試踏吹聲作唱聲

高出軍營遠映橋賊兵曾斫火曾燒風流性在

終難改依舊春來萬萬條

縣依陶令想嫌迂營伴將軍即大麄此日與君

除萬恨數篇風調更應無

狂似纖腰嫩勝綿自多情態竟誰憐遊人不折

還堪恨拋向橋邊與路邊

乾符五年許州刺史薛能於郡閤與幕中談

賓酣飲酷酣因令部妓少女作楊柳枝健

舞復賦其詞無可聽者自以五絶爲楊柳

新聲

朝陽暗照緑楊煙一別通波十七年應有舊枝
無處覓萬株風裏卓旌旃
晴垂芳態吐芽新雨擺輕條溼面春別有出牆
高數尺不知搖動是何人
晚梳簪朶事登樓因掛垂楊立地愁牽斷緑絲
攀不及半空懸着玉搔頭
西園高樹後庭根處處尋芳有折痕終憶我遊
桃葉舍一株斜映竹籬門
劉白蘇臺揔近時當初章句是誰推纖腰舞盡
春昜卯未有農家一首詩

姛合　五首

黄金絲掛粉牆頭動似顛狂静似愁遊客見時
心自醉無因得見謝家樓
葉葉如眉翠色濃黄鶯偏戀語從容橋邊陌上
無人識雨溼煙和思萬重
江上東西離别饒舊條折盡折新條亦知春色
人將去猶勝狂風取次飄
二月楊花觸處飛悠悠漠漠自東西謝家詠雪
徒相比吹落庭前便作泥
江亭楊柳折還垂月照深黄幾樹絲見説隋堤

枯已盡年年行客怪春遲

折柳枝

施肩吾

傷見路邊楊柳春一重折盡一重新今年還折

去年處不送去年離別人

薛能十首

華清高樹出離宮南陌柔條帶暖風誰見輕陰

是良夜瀑泉聲畔月明中

洛橋晴影覆江船羗笛秋聲溼塞煙閑想習池

公宴罷水蒲風絮夕陽天

嫩緑輕懸似綴旒路人遥見隔宫樓誰能更近
丹墀種解播皇風入九州
暖風晴日斷浮埃廢路新條發釣臺處處輕陰
可惆悵後人攀處古人栽
潭上江邊嫋嫋垂日高風靜絮相隨青樓一樹
無人見正是女郎眠覺時
汴水高懸百萬條風清兩岸一時摇隋家力盡
虚栽得無限春風屬聖朝
和花煙樹九重城夾岸春陰十萬營惟向邊頭
不堪望一林顛頇少人行

窻外齊垂旭日初樓邊輕好暖風徐遊人莫道
栽無益桃李清陰却不如
衆木猶寒獨早青御溝橋畔曲江亭陶家舊日
應如此一院春條緑遶廳
帳偃纓垂細復繁令人心想石家園風條月影
皆堪重何事侯門愛樹萱

折柳贈行人

雍裕之

那言柳亂垂盡日任風吹欲識千年恨和煙折
一枝

題柳

温庭筠

楊柳千條拂面絲綠煙金穗不勝吹香隨靜婉歌塵起影伴嬌饒舞袖垂羌管一聲何處曲流鶯百囀最高枝千門九陌花如雪飛過宮牆兩自知

李中

折向離亭畔春光滿手生群花豈無艷柔質自多情夾岸籠溪月兼風撼野鶯隋堤三月暮飛絮想縱橫

詠柳

吴融

自與鶯爲地不教花作媒細應和雨斷輕祗受
風裁好拂錦地障莫遮銅雀臺灞陵千萬樹日
暮别離迴

李咸用

日近煙饒還有意東垣西掖幾千株牽連别恨
知難盡誇衒春光恐更無解引人情長婉約巧
隨風勢強盤紆天應繡出繁華景處處茸絲惹
路衢

韓偓

裊雨拖風不自持全身無力向人垂玉纖折得

遥相贈便似觀音手裏時

贈柳

李商隱

帝臺從掩映郢路更參差見説風流極來當婀

娜時橋迴行欲斷堤遠意相隨忍放花如雪青

樓撲酒旗

謔柳

巳帶黄金縷仍飛白玉花長時須拂馬密處少

藏鵶眉細從他歛腰輕莫自斜玳梁誰道好偏擬映盧家

暮春對柳 二首

司空圖

縈愁惹恨奈楊花閉户垂簾亦滿家惱得閑人作酒病剛須又撲越甌茶

洞中猶說看桃花輕絮狂飛自俗家正是階前開遠信小娥旋拂碾新茶

岳陽對柳

滕

詎此種春色令人看莫窮正垂雲夢雨不奈洞
庭風昔出長安道獨遊隋苑東當時今日思須
信苦相同

種柳戲題　柳宗元

柳州柳刺史種柳柳江邊談笑爲故事推移成
昔年垂陰當覆地聳榦會參天好作思人樹慚
無惠化傳

種柳三詠　白居易

白頭種松桂早晚見成林不及栽楊柳明年便
有陰春風爲催促副取老人心
從君種楊柳夾水意如何准擬三年後青絲拂
緑波仍教小樓上對唱柳枝歌
更想五年後千千條麴塵路旁深映月樓上闇
藏春愁殺閑遊客聞歌不見人

東澗種柳

野性愛栽植植柳水中坻乘春持斧斫裁截而
樹之長短既不一高下隨所宜倚岸埋大榦臨
流輩小枝松栢不可待楩柟固難移不如種此

樹此樹易榮滋無根亦可活成陰況非遲三年
未離郡可以見依依種罷水邊憩仰頭閑自思
富貴本非望功名須待時不種東溪柳端坐欲
何爲

西澗種柳

韋應物

宰邑乖所願僶俛惜昔人聊將休暇日種柳西
澗濱置鍤息微倦臨流睇歸雲封壤自人力生
條在陽春成陰豈自取爲茂屬他辰延詠留佳
賞山水變夕曛

雜題

隋堤柳　杜牧

夾岸垂楊三百里祇應圖畫冣相宜自嫌流落西歸疾不見東風二月時

李山甫

曾傍龍舟拂翠華至今凝恨倚天涯但經春色還秋色不覺楊家是李家背日古隂從北朽逐波踈影向南斜年年只有晴風便遥爲雷塘送雪花

翁承贊

春半煙深汴水東黃金絲軟不勝風輕籠行殿
迷天子拋擲長安似夢中

羅隱

夾岸依依千里遥路人迴首認隋朝春風未借
宣華意猶費工夫長緑條

春池柳

太宗

年柳變池臺隨隄曲直迴逐浪絲陰去迎風帶
影來疎黃一鳥哢半翠幾眉開飛雪臨春岸參

差閒早梅

宮柳　　韓偓

莫道秋來芳意遲宮娃猶似妬娥眉幸當玉輦經過處不怕金風浩蕩時草色長承垂地葉日華先動映樓枝澗松亦有凌雲分爭似移根太液池

華清宮前柳　　王建

楊柳宮前忽地春在先驚動探春人曉來唯

驪山雨洗去枝條綠上塵

御溝柳　杜荀鶴

律到御溝春溝邊柳色新細籠穿禁火輕拂入朝人日近韶光早天低聖澤勻谷鶯棲未穩宮女畫難眞楚國空揺浪隋堤暗惹塵如何帝城裏先得霞龍津

長安柳　脩睦

雨重依依舞態低任人攀折路東西何如渡口

成林處留得黄鸝到夜啼

灞岸柳　　楊巨源

楊柳含煙灞岸春年年攀折爲行人好風儻借

低枝便莫遣青絲掃路塵

青門柳　　白居易

青青一樹傷心色曾入幾人離恨中爲近都門

多送别長條折盡減春風

蘇州卯

金谷園中黄𡟲婣曲江亭畔碧婆娑老來處處
遊行遍不似蘇州柳㝡多絮撲白頭條拂面使
君無計奈春何

東亭柳

趙嘏

拂水斜煙一萬條幾隨春色倚河橋不知别後
誰攀折猶自風流勝舞腰

闕門柳

李商隱

永定河邊一行柳依依長發故年春東來西去

人情薄不爲清陰減路塵

邊城柳

劉卓

一株新柳色十里斷孤城爲近東西路長懸離別情

小橋柳

白居易

細水涓涓似淚流日西惆悵小橋頭衰楊葉盡空枝在猶被霜風吹不休

巴江柳

李商隱

巴江可惜柳柳色緑侵江好向金鑾殿移陰入綺窻

江柳　薛能

條緑似垂纓離筵日照輕向人雖有態傷我爲無情橋遠孤臨水牆低半出營天津曾此見亦是愴行行

江邊柳　李郢

東風晴色掛闌干眉葉初晴畏曉寒江上別筵終日有緑條春在長應難

雍裕之

嫋嫋古堤邊青青一樹煙若爲絲不斷留取繫郎船

憶江柳

白居易

曾栽楊柳江南岸一別江南兩度春遥憶青青江岸上不知攀折是何人

正月水邊柳

張又新

結根挺涯涘垂影覆清淺睡眼寒未開嬾腰晴更軟摇空條已重拂水帶方展似醉煙景凝如愁月露泫絲長魚悮恐枝弱禽驚踐悵别幾多情含春任攀搴

途中柳

李中

翠色晴來近長亭路去遥無人折煙縷落日拂溪橋

野狐泉柳林

元稹

去日野狐泉上柳紫牙初綻拂眉低秋來寥落

驚風雨葉滿空林踏作泥

盧貞

詔取永豐坊柳植禁苑

一樹依依在永豐兩枝飛去杳無蹤玉皇曾采

人間曲應逐歌聲入九重

崔櫓

南陽見柳

夜來風入最高枝胥斷愁腸幾尺絲楚塞曾吟

煙午處曲江長憶雪晴時金徑細轂縈迴岸戉

笛牛歌遠近陂還把舊年惆悵意武安城下一

吟詩

宇文秀才齋中海柳詠

孟郊

玉縷青葳蕤結爲芳樹姿忽驚明月鈎鈎出珊

瑚枝灼灼不死花蒙蒙長生絲飲栢況仙味詠

蘭擬古詞霜風清颼颼與君長相思

謝韋大夫柳裁

皇甫冉

本在胡笳曲今從漢將營濃陰方待庇弱植豈無情比雪花應吐藏烏葉未成五株蒙遠賜應使號先生

題平陽郡汾橋邊柳樹

岑參

此地曾居住今來宛似歸可憐汾上柳相見也依依

搖柳

孟郊

弱弱本易驚看看勢難定因風以醉舞盡日不

能正時邀詠花女笑輟春糚鏡

柳邊

杜甫

只道梅花發那知柳亦新枝枝揔到地葉葉自開春紫燕時翻翼黄鸝不露身漢南應老盡霸上遠愁人

柳下暗記

李商隱

無奈巴南柳千條傍吹臺更將黄映白擬作杏花媒

柳宜城鵲巢歌 并序

顧況

俗傳鵲巢在南令人貧窮多口舌東西家者已斫樹枝公獨順其乳育於鳥如此於人可知況承命歌曰

相公宅前楊柳樹野鵲飛來復飛去東家斫樹枝西家斫樹枝東家西家斫樹枝發遣野鵲巢何枝相君處分留野鵲一月生得三箇兒相君長命復富貴口舌貧窮徒爾爲

看桑

孫魴

簇簇手相遮閑看甚可嗟藉多雖是葉裁盛不如花春緑暗連麥秋乾暮立鴉舊鄉曾種得經亂屬誰家

採桑

鄭谷

曉陌攜籠去桑村路隔淮何如鬬百草賭取鳳凰釵

枯桑

白居易

道傍老枯桑枯來非一朝皮黃外尚活心黑中先焦有似多憂者非因外火燒

梔子　杜甫

梔子比衆木人間誠未多於身色有用與道氣傷和紅取風霜實青看雨露柯無情移得汝貴在映江波

宛陵館冬青樹　趙嘏

碧樹如煙覆晚波清秋欲盡客重過故園亦有

如煙樹鴻鴈不來風雨多
洞靈觀冬青　許渾
霜霰不凋色兩株交石壇未秋紅實淺經夏緑
陰寒露重蟬鳴急風多鳥宿難何如西禁柳晴
舞玉闌干
槐　李嶠
暮律移寒火春宫長舊栽葉生馳道側花落鳳
庭隈烈士懷忠觸鴻儒訪業來何當赤墀下竦

榦擬三台

鳳閣南廳槐樹半生死雖遇陽和終呈枯朽

託根清禁頗覺非宜感物緣情率爾爲詠

李懷遠

庭槐歲月深半死尚抽心葉少寧障日枝疎不

礙禽帷幄諒無取棟梁非所任媿在龍樓側羞

處鳳池陰未能辭雨露猶得欵衣簪惜悲生意

盡空餘古木吟

庭槐

白居易

南方饒竹樹惟有青槐稀十種八九死縱活亦
支離何此郡庭下一株獨華滋蒙蒙碧煙葉嫋
嫋黄花枝我家渭水上此樹蔭前墀忽向天涯
見憶在故園時人生有情感遇物牽所思樹木
猶復爾況見舊親知

題湖城縣西道中槐樹

吴融

零落欹斜此路中盛時曾識太平風曉迷天仗
歸春苑暮送鑾旗指洛宫一自煙塵生薊北更
無消息幸關東而今只有孤根在鳥啄蟲穿没

亂蓬

魏倉曹東堂檉樹

李頎

愛君雙檉一樹奇千葉齊生萬葉垂長頭拂石帶煙雨獨立空山人莫知欑青蓄翠陰滿屋紫穗紅英曾斷目洛陽墨客遊雲間若到麻源第三谷

題椰子樹

沈佺期

日南椰子樹杳裊出風塵叢㝡生雕木首圓實貫櫝

椡身玉房九霄露碧葉四時春不及塗林果移根隨漢臣

江上楓

雍裕之

綺霞明赤岸錦纜繞丹枝楚客征愁絶西風且莫吹

成文幹

江楓自翁鬱不競松筠力一葉落漁家殘陽帶秋色

柳州城西北隅種甘樹

柳宗元

手種黄甘二百株春來新葉徧城隅方同楚客憐皇樹不學荆州利木奴幾歲開花聞噴雪何人摘實見垂珠若教坐待成林日滋味還堪養老夫

照公院雙橙　李頎

種橙夾階生得地細葉隔簾見雙翠抽條向長未及肩泉水遶根日三四青青何必楚人家帶雨凝煙新著花永願香爐灑甘露夕陽時映東

枝斜南庭黃竹爾不敵借問何時堪挂錫

勑移橘栽

張彪

南橘北爲枳古來豈虛言徙植期不變陰陽感
君恩枝條皆宛然本土封其根及時望栽種萬
里遶花園滋味豈聖心實以憂黎元暫勞致力
重永感貢獻煩是嗟草木類禀異於乾坤願爲
王母桃千歲奉至尊

洞庭山維諒上人院堦前孤生橘樹歌

皎然

洞庭仙山但生橘不生凡木與梨栗眞子無私
自不栽感得一株堦下出細葉繁枝委露新四
時常緑不關春若言此物無道性何意孤生來
就人三月二月山初暖最愛低簷數枝短白花
不用鳥嘀銜來自有風吹手中滿九月十月爭破
顔金實離離色殷殷一夜天晴香滿山天生珍
木異於俗俗士來逢不敢觸清陰獨步禪起時
徙倚枝前看不足

諒公洞庭孤橘歌

顧況

不種自生一株橘誰教渠向階前出階前出一
株不羡江陵千木奴下生白蟻子上有青雀雛
分花薝蔔旃檀香結實如意摩尼珠洞庭橘樹
凝煙碧洞庭波月連沙白待取天公放恩赦儂
家定作湖中客

病橘

杜甫

羣橘少生意雖多亦奚爲惜哉結實小酸澁如
棠梨剖之盡蠹蟲采掇爽其宜紛然不適口豈
止存其皮蕭蕭半死葉未忍别故枝玄冬霜雪

書趙孟奎唐歌詩後

此書係牧翁先生藏本後歸先君先君見背後余兄弟往見先生問及遺書荅以宋本皆先君手授問趙孟奎唐歌詩屬誰荅云屬扆又問施註蘇詩云亦屬扆先生注目視扆曰汝何幸也此二者皆良書也余與君家俱有之余為六丁下取惟君家獨存故問唐歌詩吾家故物尊府君見而奇之後余又得綿紙强半部從内府流出紙白墨新燦然奪目尊府君因求此本適床頭金盡遂以相質内府藏本有序目弃抄去猶憶其序云一千三百

五十三家四萬七百九十一首又云蘇詩王註荒陋施註典核即如吹洞簫之客姓名藝能甚悉他可類推矣君家有缺卷屢從余借抄未與也今深悔之扆聞之茫然不知所謂歸家篝燈發兩書而讀之唐歌詩無序目及檢蘇詩赤壁賦註亦無吹簫人姓名次日反覆繙閱果于次孔毅父詩註見之載坡公手帖云綿竹武都山道士楊世昌子京善畫山水能鼓琴曉星曆骨色及作軌革卦影通知黃白藥術其第三首有西州楊道士識音律洞簫入手等句證其自廬山從公在壬戌之夏赤壁賦中吹洞簫者殆是楊也。吳文定公題赤壁圖詩云西飛孤鶴記何祥有客吹簫楊世昌當日賦成誰與註數行石刻舊曾藏見家藏集第二十卷扆按施註記飛鶴者又是一帖此二帖蜀箋墨蹟往昔藏施宿家其所刊石搨文定公有之據賦成誰註之詞則公亦未見施註矣而所抄趙孟奎序目奈何失去後二年檢書錄中得之開卷疾讀二句不誤一字急錄入册内按目展玩雖十存其一有隱僻姓名從未寓目者因思以天下之大好事者之衆豈無全書傳聞武進唐孝廉孔明（字昭）有之託王石谷（翬）往問無有也先是託王子良（善長）訪于金壇甲辰二月子良從金壇來述于子荆之言曰唐氏舊有其書價須百金夏日暴書方讀趙序忽憶其言躍然曰于與唐姻亞也果能得之鳩工而刻之不過傾家之半遂可公之天下俾讀其書者如入建章而睹千門萬戶之富此生樂事莫

踰于此矣盍再訪諸即欲鼓棹而前如石壕
吏何內兄嚴拱侯垣曰此韻事亦勝事也吾
當往次日即行道經丹陽宿旅店樓中中夜
聞戶樞聲雞初鳴鄰辟大呼失金諸商旅盡
起將啟行戶皆扃鐍不得出天明伍伯來追
宿店者二十三人拱侯居首為與失金者比
屋也匍匐見縣令命各出橐中金呂失金者
驗之布金滿堂下多者數百最少者拱侯也
及驗畢皆非遂出拱侯曰可以行矣曰未也
令不能決當質之于神舁神像坐廣庭庭中
架熾炭上置巨鍋傾桐油于中火炎炎從油

上出向拱侯曰請浴拱侯長歎曰毛斧季書
癖害人一至此乎趙孟奎之唐詩其有無未
卜令余死于沸油何也一老人曰若毋恐苟
盜金必糜爛不然無傷也試以手探之痛不
甚劇遂蘸油塗體果無損以次二十二人盡
無恙拱侯曰人謀鬼謀鑊湯鑪炭盡嘗之矣
今可以行矣又一人亦去其二十一人者方
與旅店鬬及事白盜金者店家也拱侯抵金
壇促于子荊寓書唐孔明荅曰無之竟不得
書以歸扆趨迎問唐歌詩拱侯曰焉得歌不
哭幸矣扆驚叩之具述前事既悵怏復蹶躇

焉雖然戚戚焉猶思他訪也後讀葉文莊公
集謂從雷侍郎錄殘本完者僅二十七卷乃
幡然曰公為英宗朝名臣前此且二百年其
菉竹堂藏書甲天下尚止于此余小子焉得
冀窺全豹乎敝箒之享遂欣然自足汲古後
人毛扆謹識

按趙孟奎字文耀號春谷寄貫蘇州宗太祖
十一世孫寶祐丙辰文信國榜進士官至秘
閣脩撰博覽工文善畫竹石蘭蕙祖希懌字
叔和淳熙中進士以江西安撫轉運除知平
江聚財用出入而削浮費無藝者郡多舞文

吏未及期年苗薅髮櫛官寺肅清以治行進
直學士尋以病告移知太平州拜昭信軍節
度使致仕累贈太師成國公謚正惠葬吴縣
穹窿山父與簒字德淵别號節齋嘉熙三年
直敷文閣知平江兼淮浙發運使四年郡中
饑分場設粥委請董役全活者數萬人寶祐
三年以觀文殿學士再守郡行鄉飲射禮于
學宫復修飾殿堂齋廬廣弦誦以嚴教養學
宫子弟為生立祠明年兼提刑六年除江東
安撫使知建康府景定初再知平江句祠封
周國公謚忠惠㞐按孟奎祖父俱典吾郡有

政績且丘墓在焉寄貫于蘇室矣唐詩一集亦吾郡典故其作序在咸淳改元距今四百餘年而湮没若此景仰之餘可勝扼腕扆又識

附録葉文莊公書唐歌詩後 見涇東藁第十卷

唐歌詩殘書十冊録于雷景陽侍郎此書趙孟奎編分門纂類其用志勤矣舊凡百卷今存此三十一卷内三十一三十二卷見名類詩逸三十九四十卷僅有首末二紙所存實二十七卷蓋三不及一也景陽云尚有一冊尋未得

國家出版基金資助項目
國家社會科學基金重大招標項目（16ZDA174）